有爱的青春陪伴者

野风

孟宋—著

贵州出版集团
贵州人民出版社

图书在版编目（C I P）数据

野风 / 孟宋编著. -- 贵阳 : 贵州人民出版社,
2022.11
ISBN 978-7-221-17250-1

Ⅰ. ①野… Ⅱ. ①孟… Ⅲ. ①长篇小说－中国－当代
Ⅳ. ①I247.5

中国版本图书馆CIP数据核字(2022)第163733号

野风

YEFENG

孟宋 / 著

出版统筹：陈继光
选题策划：大鱼文化
责任编辑：潘 媛
特约编辑：廖 妍 文佳慧
装帧设计：Insect 唐卉婷
封面绘制：糖谷一
出版发行：贵州人民出版社（贵阳市观山湖区会展东路SOHO办公区A座
邮编：550081）
印 刷：长沙鸿发印务实业有限公司
开 本：880毫米×1230毫米 1/32
字 数：389千字
印 张：11.5
版 次：2022年11月第1版
印 次：2022年11月第1次印刷
书 号：ISBN 978-7-221-17250-1
定 价：45.80元

贵州人民出版社微信

目录 CONTENTS

目录

CONTENTS

第一章 / 西街柳巷

风速网吧，百八十平方米的地方，充斥着键盘鼠标噼里啪啦的声音。网瘾少年们沉浸在游戏的世界里，嘴里时不时冒出几句脏话，墙上贴的“禁止吸烟”像是摆设。

最前面的柜台摆放着一个巨大的显示屏，显示屏后面隐隐约约露出男生短寸的头发，脑袋右侧还被理发师剃了两道，头皮清晰可见，有点酷，很带劲。

和这发型一样酷的，是他身上松松垮垮的黑色T恤，手臂从衣服里露出来，是属于少年独有的骨感。

而就是这样一位酷哥，正面无表情地玩着游戏机——《超级玛丽》。

“游戏机不错啊！”

就在宋风最后一条命被食人花绞死的时候，有人推门进来，还非常懂事地递上来一罐可乐。

“两百块，拿走。”宋风把游戏机扔在桌子上，懒洋洋地接过罐装的百事。

“两百块？”陈辉愣了愣，拿起游戏机前后看了两眼，略带几分嫌弃，“一百八十块钱买的游戏机还带充电宝？”

“一百五。”

“您真大方。”

刚从冰柜里拿出的冰凉铝罐，在接触到宋风温热指腹的那一刻，似乎是害羞了，化成了水。他食指勾着拉环，随意一拉，液体里的气泡充斥在喉间，相继炸裂，留下一股冰凉的甜。

“风哥，为什么你这里一个女生都没有？”陈辉看见这帮男生就脑袋疼，当初开网吧还想着能和漂亮姑娘来个美丽的邂逅。

说到女生……

宋风顺着窗户往下扫了一眼，视线落在柳巷拐角的文身店，没过几秒又收了回来，重新打开游戏机。

他回来的这十天，倒没见她来过网吧。

“为什么为什么为什么？”陈辉脑袋里有许多小问号。

“嘴休息会儿，天干物燥的，容易着火。”宋风重新拿起游戏机，往后瘫在椅子上，浑身上下透露着懒散。

“好的，老板。”陈辉拿出手机刷了起来。

窗户开着，但烟味时不时地飘过来，宋风忽然觉得嘴里有点空，他舔了舔嘴唇，压下心里那份蠢蠢欲动，打开抽屉拿了一支棒棒糖。

陈辉穿着印花T恤和大裤衩坐在对面，看起来挺利索的一小伙，就是这嘴特别忙，照陈辉这个磨嘴的频率，宋风很好奇他的嘴唇会不会一天比一天薄，他很想拿尺子去量量。

“风哥，晚上去唱歌吗？西街刚开了一家店正在搞活动呢，唱一小时送一小时，爆米花免费吃。”陈辉从屏幕中抬起头。

“四分三十二秒，不错，有进步。”宋风按下手机的秒表。

陈辉愣了愣，紧接着把腿放下：“整天闲得你……”

话说到一半陈辉顿住了，不知道想起了什么，表情忽然不太自然，其实，在他这种没心没肺的人脸上出现这种表情，挺奇怪的。

宋风视线依旧落在游戏机上，连眼皮都没抬一下，马里奥顺利地从烟囱里爬下进入下一关。

陈辉扫了他一眼，转移了话题：“你在外面野了两个月，回来咱们还没一起聚过呢，待会儿我叫上狗子他们，晚上一起过去。”

陈辉是个行动派，话说完就开始在微信上喊人了。

而另一边，马里奥被乌龟撞了一下变小了，紧接着又不小心跳下了悬梯——

GAME OVER（游戏结束）！

宋风百无聊赖地放下游戏机，伸了个懒腰，听着陈辉将他安排得明明白白。对于这种事，他没什么想法，在哪里都一样，做什么也没差别。

反正很闲。

棒棒糖只剩下最后一点，口腔里蔓延着一股甜腻，宋风看着熄灭的显示器发了会儿呆，然后随意地望向窗外，当视线掠过街角的文身店时，慢慢停住了。

一男一女正站在柳树下，有说有笑的样子。

宋风的眉毛微不可察地上挑，脸上出现了这几天来唯一能表达情绪起伏的表情，不爽。

“晚上吃什么？直接去我家店里吃怎么样？我妈中午炖了排骨。”陈辉打开外卖软件浏览着自家餐馆的菜谱，过了很久都没听到宋老板的回应，“排骨成……”

正要再问，陈辉抬头就注意到了宋风的表情，他愣了愣，从椅子里起来顺着宋风的视线往窗外看：“怎么了？”

“他们，”宋风目光落在老柳树下那对男女的身上，“什么时候在一起的？”

“就那次俞知逸来文身，啧，没想到好学生也会文身。”

“你说高中喜欢俞知逸的女孩那么多，也没见他喜欢谁，原来喜欢这款的，但两人明显很不搭。”

替宋风看店的这两个月，陈辉已经看见很多次了，所以过了最初的震惊，并且本着不打扰宋老板游山玩水的兴致，很懂事地没在他面前提起俞知逸。

陈辉坐回椅子上，暗暗看了宋老板一眼，没发现异样。

宋风双腿随意地交叠，视线依旧停留在窗外，面无表情地注视着那对男女。

耳边是网瘾少年骂骂咧咧的声音，忽然一阵烟味飘在他鼻间，像回过神似的，宋风眼睑低垂，喉结微微动了动，过了两秒，他拉开抽屉拿出烟和打火机。

第一百七十三次戒烟，失败。

尼古丁和一氧化碳好像真的可以麻痹神经，很久不碰再抽起来有点轻飘飘的。宋风已经两个多月没抽了，烟袅袅地往上飘，他将目光再次落在老柳树旁。

舒冬背对着他，看不清表情……嗯，为什么他知道她的名字呢？

宋风扯了扯嘴角，右耳的黑色耳钉在阳光下闪过一道光。因为她每次来上网，开机子刷身份证的时候，他都会看一眼。

从她手里接过身份证，放在读卡器上，再还给她。

对宋风来说，舒冬是他偶尔望向窗外，一个靠在老柳树旁抽烟的人，一个他偶尔抬头能看见在网吧角落打游戏的人。

没什么特别的。

但俞知逸不同，那是一个……他曾经和现在都很想撕碎的人。

眼里一闪而过的阴沉好像没有存在过，少年转眼间又笑得漫不经心。

陈辉抬头，就看到宋老板百无聊赖的神情，手里的烟已经燃到了最尾，但他似乎也没察觉，整个人无精打采，显得慵懒极了。

“怎么又抽？”陈辉想去夺他手里的烟。

这时，陈辉的手机响了。

“寻不到花的折翼枯叶蝶，永远也看不见凋谢……”

陈辉接通电话：“喂，妈……好……好我现在回去。”

极短的一通电话，说话的时间还没有铃声长。

“我先走了，我妈让我回去帮她算账，晚上一起吃饭别忘了。”陈辉拿起电动车钥匙从椅子上起来。

“知道了。”

七月初的下午，五六点时没那么热了，太阳悠悠地挂在天边，宋风重新瘫在椅子上，发着呆。过了半小时他换了个姿势，只是腰忽然疼了一下。

他皱眉从椅子上起来，整天这么躺着，都快没街边老大爷的腿脚利索了。

站在窗边，宋风无意地往下面扫了一眼，老柳树下已经没人了，一股又一股的烟味传来，勾得人心痒又烦躁。

今天周三，人不算很多，坐着的那几个也都是烟不离手的，如果周末人多，宋风就不会这么惯着他们了。

宋风没再打开抽屉，拿着游戏机下楼。

宋城的老城区，生活节奏很慢，环境还凑合，没有压得让人喘不过气的高楼大厦，也没有标志性的建筑，只有一群不起眼的旧式居民楼，其中，还有一条不起眼的巷子——

柳巷。

和这个衰落的旧城区一样，没什么特别的。

柳巷两侧是三层高的楼，婚纱摄影、理发店、沙县小吃、书店什么都有。巷子不宽，两辆车并行勉勉强强能过去，技术不好的可能要轧在路沿上，平常也挺幽静，毕竟有点能耐的年轻人都出去读书工作了。

巷子走到尽头，有一棵大柳树，枝干错综盘出无数枝条，柳条丝丝垂下，在地上投下大片树荫，粗壮的树身两个人都很难抱住，即使在雨水充沛的夏天，有些老树皮也是干的。

它很茂盛，很粗壮，但却无法让人感到挺拔，毕竟，盘虬的树身已经有些倾斜了，就像是被岁月压弯腰的老人，只静静地站在街角，和这座城一起，淡淡地看着世事变迁，人来人往。

巷子尽头那棵老柳树旁边，有家网吧，在三楼，拐角一楼还有个文身店。

宋风没走远，就坐在楼下的路沿上玩游戏，对面的楼恰好挡住太阳，投下一片阴凉。他控制着游戏人物顺利地跳过食人花，踢走乌龟，躲过虫子，跳上浮梯……终于，还是跳下了悬崖。

他无所谓地把游戏机放在旁边，看着很久都没有一个人经过的小巷，拿出纸巾，将鞋面上不知道什么时候蹭的灰擦掉。

宋老板是个体面人，大热的夏天，在自己的地盘，依旧规规矩矩地穿着黑色T恤、黑色裤子、黑色板鞋，整个身体修长挺拔又充满力度。

擦干净后，他再次拿起了游戏机。

客人走之后，舒冬收拾好东西，拿着烟走到门外的老柳树旁，靠着墙点了一根烟。

黑色的吊带和夏天很配，洗得发白的牛仔裤和夏天也很配，中分的黑色长发披在后背，两侧的散发也被别在耳后，很干净的一张脸。

手里夹着烟，缥缈缭绕，舒冬望着眼前的文身店，从十五岁到现在，她在这里已经待了四年。

舒冬低头，没什么表情地看着慢慢燃烧的烟丝，余光无意间掠过路边坐着的人，她出神地看了几秒。但当她准备移开视线的时候，他忽然看了过来，两个人对视了一眼，好像什么都没有发生，舒冬若无其事地偏了头。

只是，余光里那个身影却越来越近。

宋风放下游戏机，朝她慢慢走过来，嘴角竟然还噙着若有若无的笑。

十几米的距离，等舒冬缓过神，他已经在眼前了。

只剩半米，宋风又往前迈了一步。

两个人之间，忽然只剩下微小的缝隙，男生独有的气息萦绕在鼻间，

舒冬皱了皱眉，整个人靠在墙上，抬头冷冷地看向他。

宋风浑然不觉，他笑着低头，目光掠过她的鼻子、脸颊、耳朵，在眼睛停留了片刻，接着移到嘴唇……

然后，他用手抬起她的下巴，吻了下去。

唇瓣带着微凉的触感，任舒冬再冷漠，还是错愕地抬眼，一秒，两秒，三秒……

指间烟蒂的温度越来越烫，好像要烫到手。

不知过了多久，他终于起身，舒冬眼睛里最初的惊悸也消失不见了，仿佛什么都没发生过的平静，只抬头定定地望着他。

“舒服吗？”宋风笑着将她散落的一丝头发撩在耳后。

舒冬忽然笑了。

唇间的烟草味，分不清是谁的，她抽了最后一口烟，缭绕缥缈的烟雾在两个人之间缠绕散去，她抬手，将猩红的烟头抵在他胸前的黑T恤上。

空气中有隐隐的烧焦味，烟灭了。

舒冬笑着开口：“舒服。”

随后，舒冬转身离开了，宋风低头看着衣服上烧焦的地方，笑了笑。

宋城说大不大，说小也没到那种走在街上谁都认识的地步，毕竟是城市，有城市的人情淡薄。

但在老城区，那些辍学调皮捣蛋打架的孩子，一半都知道宋风，所以网吧生意还不错，狐朋狗友都喜欢在这里聚堆，就算宋风一整天都不出现在店里，也没人敢在这里闹事。

晚上七八点，天刚暗下来，陈辉就发了定位给宋风，宋老板嘱咐了店员两声就出门了。

两条街，不算太远，晚上的风吹着很舒服，他晃晃悠悠地准备晃过去。

餐馆里没位置了，舒冬坐在外面大排档，俞知逸不喜欢喝饮料，她就先倒了两杯温水，用自己的那杯倒出来些将餐具洗干净。

他们在一起两个月了，想到这里，舒冬向来没什么表情的脸上有些柔和，她从没想过能和他这么好、这么干净、这么遥不可及的人在一起。

小城市对女生的包容性很低，舒冬喜欢穿吊带，不过是因为想在夏天凉快点而已；她喜欢抽烟，不过是闲来打发时间，就像小孩子明知道糖吃多了不好还是忍不住吃。

但所有认识她或者不认识她，只要是路过小巷的人，看见她靠在老柳树旁都会有异样的眼光。

有时候，这个世界区分善恶的方式很畸形。

但舒冬不在乎。长这么大，她很少有在乎的东西，倒不是冷淡，只是有些安静和木讷。

然而现在她和俞知逸在一起了，她知道他喜欢什么，于是她今天穿了一条裙子，白色碎花的。

过了十几分钟，一个男生在餐馆门前往里张望，五米开外，舒冬抬头就看见了那个熟悉的背影。

白衬衫，牛仔裤。

在舒冬的认知世界里，这座破败的小城市，找不到第二个穿白衬衫的人，他像是高年级永远名列前茅的温和学长，事实上，他也的确是这样。

“知逸，这里。”舒冬朝他挥了挥手。

周围有人喝酒说话，并且旁边挨着马路，有些嘈杂。

“怎么坐在这里？”俞知逸就要迈上台阶走进店里，听到熟悉的声音后朝她走过去。

“里面没位置了，看看点些什么。”舒冬笑了笑，将菜单放到他面前。

俞知逸站在桌子旁，透过玻璃门看向店里，发现确实没位置了才坐在舒冬对面，笑得温和：“抱歉，刚刚耽搁了一会儿。”

面对俞知逸，舒冬总有些不自然，带着些许不敢触碰的仰望：“没关系，我也刚到。”

两个人在一起才两个月，待在一起的时间就更短了，对于舒冬来说，这个男朋友还很陌生。

“前段时间学校的课比较多，没能回来找你。”俞知逸边点菜边抬头看了舒冬一眼，忽然起了捉弄的意味，他笑着看向对面的女孩儿，“想我了吗？”

舒冬端着杯子的手忽然顿住，呆滞地看着俞知逸。

表达惊慌失措的方式有很多种，有人仰马翻鸡飞狗跳，还有舒冬这种，没有反应的反应，安静且木讷，呆滞在那里，任心脏乱跳面上还是一片平静。

而这在旁人眼中，她就是冷漠，难以接近。

俞知逸的视线一直落在她脸上，没有看见羞涩、脸红、惊慌，甚至笑意，他嘴角的笑始终温和，只不过视线慢慢收了回去。

一段感情，有的人还处于憧憬懵懂，而另一个人，似乎已经接近了尾声。

“学习重要。”察觉到他慢慢收回去的目光，舒冬连忙笑了笑，嘴角上扬的弧度很大。

她知道自己有问题，慢热，情绪残缺无法和人共情，有时候，她也很想改，但没有人给她机会。

认识她这几个月以来，这是俞知逸见她笑得最明媚的一次，顺着她的脖子往下，这才发现她今天穿的裙子，很漂亮。

舒冬刚刚的话还没说完，停顿了好久，她抬头：“反正我……工作比较闲，以后可以请假去找你。”

俞知逸在省城读大学，学校在全国排前几名，今年大三，暑假再开学就是大四。而舒冬，初中毕业就没再念了，所以她很羡慕读书的人，对成绩好的人总是莫名地仰望，以及总害怕打扰到他。

来文身的人，形形色色，她见过各种各样的，但四月初的那个下午，她收拾完器具抬头，看见落落干净的男生走进店里。

穿着白衬衫的男生，她没见过。

她的世界里，从来没有这么干净的人，连想象都没有依据。

听到舒冬的话，俞知逸垂着的视线愣了几秒，再次抬头依旧是熟悉的温和：“一周后我就要实习了，恐怕没有时间跟你出去玩。”

“实习？”舒冬没听他说过。

“嗯。大四没课了，学校安排了实习，在省电视台。”俞知逸招手叫来服务员，点了几个菜，点完菜后抽了张纸巾擦了擦桌子。

舒冬点了点头，这些她不懂：“还住在学校吗？”

“学校离电视台有点远，可能要租房子。”杯子里的水见了底，俞知逸帮舒冬倒了杯，又将自己的杯子蓄满。

舒冬沉默了几秒：“如果需要钱的话，我这里……”

“原来女朋友这么有钱。”舒冬还没说完就被他打断了，俞知逸逗她，并含蓄地拒绝。

舒冬有点不好意思，嘴角挂着浅笑：“虽然不多，但工作了这么久，还是能帮到你的。”

“别多想了，过两天我再想办法。”点的菜陆陆续续上来了，俞知逸抽了双一次性筷子，分开后递给舒冬。

陈辉的狐朋狗友今天有约了，最终还是他们两个，宋风和陈辉在路口碰见，刚转过街角，十几米的距离，宋风一眼就看见了舒冬。

他好像从来没见过她笑，但现在，她正在笑，虽然很浅，几乎看不见。

很难看，跟她身上那条白裙子一样难看。

“馒头片、烤面筋、掌中宝、羊肉串、菜卷……”陈辉报了一堆菜名，抬头看了宋老板一眼，“这些够吗？”

宋风：“够了。”

“够你个头啊够！一看就没听我说话，你是在思春吗大哥？”陈辉像是找到了宋风的把柄，疯狂地戳，“我看待会儿点的羊肉串你要是不吃，我……”

情急之下，陈辉卡壳了。

宋风耳膜有点疼，斜睨了陈辉一眼：“你，怎么样？”

“……弄死你。”陈辉气势不足。

说话间，两个人已经走到了。

“来风哥，赶紧的。”看到右边有张空桌子，陈辉拽着宋风就往那边走。

这家烧烤店生意很好，特别是夏天这个时间段，有位置很难得。

陈辉给宋风留了位置，宋风却绕过陈辉走向对面坐下了，陈辉只愣了一秒就跟着坐下，因为愣多了也想不明白，不过陈辉坐下余光往旁边扫了一眼，顿时惊了！

斜对面邻桌坐着俞知逸。

陈辉抬头疯狂地给宋风使眼色，旁边坐着的叔往这边看了一眼，以为他眼抽筋了。但任陈辉再怎么用力抛媚眼，宋风只岁月静好地拿着菜单，安静地翻阅。

陈辉累了。

不过他忽然意识到，宋老板这是知道了吧？要不然怎么连羊肉串都感应不到。

陈辉叫来服务员，念菜单式地报了一堆，最终也没敢说出“羊肉串”三个字，报完菜服务员走了，而对面宋老板翻着菜单，依旧没有看完。

舒冬没有偏头，两指不由自主地摩挲。她端起杯子喝了口水，把视线落在俞知逸身上，但余光里，那枚黑色耳钉在灯光下时不时闪出光芒。

大排档的桌子都偏矮，大老爷们儿喝酒闲唠，这种场合下，手里夹着烟的人很多。

正巧俞知逸旁边的人刚点着一根，烟顺着风飘到他鼻间，他皱了皱眉，微微偏头咳了两声。

他皱眉的动作，舒冬看见了，她知道他讨厌烟，而她也从来没告诉过他，她抽烟。

当俞知逸抬头的时候，忽然看到对面的人有些熟悉："陈辉？"

"最佳男演员"陈辉疑惑地抬头，接着就是又惊又喜："俞知逸！你怎么在这里？真巧，毕了业咱们都没见过，三年了，你还是老样子，有时间一起吃饭！"

宋风无处安放的长腿一脚踢在陈辉腿上。

"是挺巧。"俞知逸笑了笑，扭头向自己右边看过去——既然对面坐着陈辉，那这边肯定是宋风。

"四月份我回家那次看见你了。"俞知逸看向宋风，依旧是对谁都谦谦有礼的温和微笑，"最近在做什么？"

舒冬握着筷子的手，渐渐握紧了，她视线低垂，脸上没什么表情。

没想到，他们认识。

呼出的气息有些绵长，嗯，已经很久了，舒冬不知道生气是什么滋味……不，下午她尝到了。

她生气、心虚、害怕，但这所有微小的动作，在谈话声中，在马路疾驰而过的车流里，在夜色的保护下，都隐匿了。

只是两个人心怀鬼胎而已。

"游手好闲。"天地都察觉不到舒冬的异样，但宋风可以，他明目张胆地将视线落在她身上，脸上依旧是玩世不恭的笑，把游手好闲表现得淋漓尽致，"这是？"

他赌，俞知逸不想承认，至少在他面前不会承认。

果然，氛围突然安静，即使十分短暂。

"我女朋友。"愣了两秒后，俞知逸笑着说，只是笑意却不达眼底。

"嫂子真漂亮！""最佳男演员"陈辉说。

舒冬愣了愣，不自然地弯了下嘴角："谢谢。"

宋风自顾自地倒了杯酒，愿赌服输。

"风哥你的衣服怎么了？"陈辉往前倾了倾身，还以为光线太暗自己看错了，"怎么弄的？"

宋风还穿着下午那件黑色T恤，胸口处烧焦的小洞，清晰可见。

"小猫挠的。"他嘴角噙着笑，状似无意地看了舒冬一眼。

舒冬慢慢收紧了五指，眸光微冷。

"我怎么不知道你什么时候养的猫？"

"下午。"

舒冬夹着菜，吃不出来什么味道，她放下筷子问俞知逸："吃好了吗？"

往常两个人出来，只要俞知逸不起身，舒冬就坐着听他说话，安静地笑，不吵不闹。

“再坐一会儿。跟你介绍一下，”俞知逸察觉不到舒冬的异样，当然，在所有人看来她确实跟平常没什么差别，永远都是那张略带疏离的脸。俞知逸手向右边伸了伸对舒冬说，“这是陈辉，这是宋风，都是我高中同学。”

舒冬顺着俞知逸伸手的方向看过去，确切地说，这是她今天晚上“第一次”看他。

“你们好，我是舒冬。”

“我们见过。”宋风放下酒杯，喉结很明显，他扫了一眼舒冬笑着说。

一瞬间，舒冬和俞知逸都愣了愣。

陈辉也看了宋老板一眼，不知道他要搞什么，只是内心暗暗兴奋，又不能表现出来，只好埋头苦吃，没过多久手边就摆满了钎子。

舒冬以为宋风会假装不认识。

而俞知逸，在大家看不见的角度五指不自觉地收拢，他们认识？有些藏起来不想被人发现的东西，此刻，突然有人掀开了掩在上面的白布。

“是吗，这么巧？”俞知逸依旧是满脸温和。

俞知逸的每个细微表情，宋风都看在眼里，他嘴角的笑染上几分嘲弄，接着不紧不慢地说：“我的网吧就在她的文身店旁边。”

如果说刚刚那片白布只是掀开一半，那现在，已经完全暴露出来了，没有一分一毫的遮挡。

俞知逸笑得越发温和，好借此来掩盖不停涌动的心虚。

宋风忽然觉得自己没有赌错，俞知逸敢承认她是一回事，毕竟她长得还不错，有什么不敢承认的。

但是，如果长得还不错的她，是一个没读过书的小文身师，这就是另一回事了。

俞知逸不想让别人知道，尤其是宋风。

“你开了网吧？”俞知逸很意外。

不知道是真的惊讶还是别的，总之关于他不想提及的还是绕过去了，宋风当然不会在乎。

“嗯。”宋风应得很随意。他和俞知逸之间，没有必要装兄弟情深，都是恨不得把对方踩死在脚下再摩擦两下的主。

但俞知逸不同，他总喜欢挂着那副笑，对谁都那个样子，而所有人都深信不疑，他就是这样，这样礼貌，这样懂事。

宋风很想把他那层虚伪的皮撕下来。

明显感觉到气氛的僵硬，舒冬往斜对角淡淡看了一眼，沉默地听着，时不时喝点水。

盘子里小山似的烧烤正以肉眼可见的速度减少，而陈辉手边的钎子肉眼可见地变高。明明是个瘦子，胃口却抵三个胖子。

“什么时候的事？都没听同学说过。”俞知逸也没转身，边吃边聊。

两张桌子挨得很近，不用拼在一起都快连在一起了，两个人就这么有一搭没一搭地唠，虽然宋老板的态度略微敷衍，却谁也没说把桌子拼在一起，那条半米宽的缝，是彼此最后的倔强。

“半年了。”看见对面陈辉吃得那么忘我，宋风忍不住乐了，“慢点吃，我不跟你抢。”

正咬着钎子上的肉往下撸，陈辉一愣：“滚！”

“不是在读大专吗，怎么不念了？”俞知逸问这句话的时候，神情让人捉摸不透。

有时候，一个人想了解你的近况，可能并不是关心，而是看到你碌碌无为坐吃等死，他会比较安心。

“都是混日子，没区别。”或许是陈辉调动了宋风的食欲，他拿了一根不知道是什么肉的串，吃得悠闲。

俞知逸皱了皱眉，停了两秒，他转过身看着宋风：“还有半年就读完了，虽说宋城大专一般，但有个证总比……”

空气中发出铮铮的响声，铁钎被宋风抬手插在桌面上。

一时间，安静了。

舒冬看着他们两个，想拉俞知逸走，陈辉也放下了手中的筋皮子，死死盯着俞知逸，只要宋老板一有指示，他就冲上去。

“俞知逸。”宋风也偏了偏身，只是视线却落在了他手臂上，目光自带嘲讽，懒得掩饰，“不累吗？”

这种为他着想的表演，宋风不想看。

舒冬顺着他的目光看过去，看见了俞知逸手臂上那条疤，很长。之前他去文身的时候舒冬就看见了，但她从来没问过。

这条疤，是宋风的手笔，发生在高考后的第一天，如果不是陈辉拦着，就不只是条疤这么简单了。

有些事情不用挑明，都是明白人，俞知逸看了一眼那条疤，没有生气愤怒，反倒有了一丝畅快：“有时间再聚。”

饭菜凉了，气氛也僵了。

“走吧。”没等俞知逸的回答，舒冬从桌前离开。

“等一下，我去结账。”最后看了一眼宋风，俞知逸跟上舒冬。

“我结过了。”两米开外，舒冬转身。

俞知逸注视了她片刻，然后笑了：“说好的请你吃饭。”

两个人并肩离开，声音越来越远。

街边的路灯有些昏黄，微风将挂着的灯吹得摇摇晃晃，宋风注视着地面上那双被拉长的影子，不知道在看谁，然后抬手倒了杯酒。

俞知逸心里有事，舒冬也不打扰他，两个人就沉默地往前走。当转过街角的时候，舒冬说：“过段时间你要实习租房子，其他地方……少花钱。”

舒冬指的“其他地方”，只是指她自己而已，所以她刚刚趁他不注意的时候去结了账，当然，俞知逸也能听懂。

心不在焉了一路，俞知逸终于缓过了神，他轻轻拉起舒冬的手：“谢谢。”

她是个好女孩，刚刚一瞬间他挺感动，但是，顺其自然吧。

这条路隔很远才有一个路灯，光线昏暗，路边的树在灯光与月光下，投下纵横交错的影。被他牵着手沉默地往前走，舒冬眼尾微微上扬。

她没交过男朋友，不知道两个人在一起是什么状态，也不知道自己做得好不好，但是跟他在一起，她想对他好，也想让自己变得很好。

“你家往这边吗？我送你回家。”来到十字路口，俞知逸不是很确定地问。

“就在前面，几分钟就到了。”舒冬知道他今天心情不是很好，“你快回家休息吧。”

俞知逸也没有坚持，摸了摸她的头发：“自己可以吗？”

舒冬笑了：“嗯，可以。”

“回家给我电话。”

“好。”

十字路口，两个人朝相反的方向离开。

不知道是不是星光太亮的缘故，今天晚上，舒冬的眼睛分外漂亮，还沉浸在他的温柔里，却永远也看不清背后的人走得多匆忙。

如果一个男人真的爱你，哪怕这条路十公里，他也会陪你走下去，他不会让你一个人走夜路，更不要说只是几分钟的路程。

所以女生不要太懂事，要适度撒娇，偶尔矫情，然而这些道理，舒冬这辈子是学不会了。

晚上十点多的风，很惬意，只是越往前走，灯光越暗，舒冬来到家楼下的时候，正好有一个路灯，她慢慢走过去，走到电线杆前，沉默注视着上面的寻人启事，看了足足能有五分钟。

“赵英霞，女……”

忽然响起的声音，舒冬被吓了一跳，她连忙转身，率先看到一枚黑色耳钉……

他还在念。

“68 岁，患有老年痴呆症，7 月 11 日在长丰路走失，身穿红色半袖上衣和黑色裤子，如果有好心人看到请联系以下电话和住址，谢谢。”

一则情感真挚的寻人启事被宋风念得像白开水，读完之后，他低头看着她，不怪他突然出现，只是她看得太投入。

他们走后没过多久，宋风没什么兴致和陈辉也离开了，刚转到这条街，远远地看到路灯下有个人站着不动，走近了才发现是她。以为她不认识字，宋风索性就当了回好人。

慌乱只是一瞬，灯光下，舒冬的脸很白，但面对宋风，往常的面无表情又多了一分冷。

“他没送你？”宋风语调轻飘飘的。

舒冬抬头，直视着他的眼睛：“你那么对我，是因为他。”

她很少有这么直接的时候，在所有人面前都平静沉默的舒冬，在面对宋风时，却不自觉地多了几分凌厉。

她自己都察觉不到。

宋风散漫的神情有一瞬停滞，黑色的耳钉隐匿在夜色里。他低头望着她：“你们不合适。”

白炽的灯光下，他一身黑，她一身白，两个人之间的距离很近，融在老街的市井烟火中。只是面对面站着，谁也没回答对方的问题。

舒冬忽然笑了，脸上无所谓，但心里却那么难过：“这句话我听过很多遍。”

“他配不上你。”

舒冬嘴角的冷笑还没完全消失，就那么凝滞在脸上。他的眼睛黑亮，和下午、晚上的时候不一样，她忽然看不懂了。

僵持了片刻，舒冬转身离开了。

望着她的背影，宋风又不自觉地笑了。他不是什么好人，但也不是坏人，拯救一下错入情网的少女还是可以的。手不小心碰到 T 恤胸前被烧焦的小洞，他摸了摸。

嗯，好像是初吻。

前面的路灯越来越少，宋风嚼着口香糖一个人消失在夜色里。

次日正中午，陈辉骑着电动车，从西街冲到柳巷，将小电瓶生生开出了法拉利的气势。他顺着楼梯爬上三楼，发现宋老板竟然在店里。

“你这几天在这儿待的时间比过去半年都长。”陈辉走到空调前，撩起衣服露出一整块腹肌，调整了下扇叶对着吹，“我妈上午炖了只鸭子，说是鸭血清肺，我刚把那锅老鸭汤送到你家，还以为你会在家呢。”

宋风窝在椅子里，两条长腿敲在桌子上，手里拿着游戏机：“替我谢谢桂兰姨。”

陈辉：“谢什么，你是亲儿子。”

宋风笑了笑，没再说什么，继续玩游戏。

他和陈辉在高中认识，刚开始绝对是谁都看对方不顺眼的，打过两次架，后来竟然打出了感情。

本来以为他跟陈辉两个人整天在一起不干正事，吴阿姨会见面就骂他，没想到真当亲儿子了。

后来他开这家网吧，自己虽说有点钱，但也只够租个房子，在家拿了点，跟狐朋狗友借，帮他最多的还是陈辉他们家。

宋风把腿放下，将游戏机放在桌子上，从抽屉里拿出来一个信封：“拿回去给桂兰姨。”

“什么东西？”陈辉背对着宋风吹空调，扭头看见他手上的信封，随即就懂了，汗消得差不多了，他捞了把椅子坐在宋风旁边，“先还别人的，我家现在用不着。”

宋风没有收回去：“拿着。”

成年人，借钱最伤感情，特别是桂兰姨对他们家这么好。

“晚上去我家吃饭你自己给，说不定我妈看见你，一高兴能少要点。”陈辉把背心一点点卷起来，露出白嫩嫩的肚皮。

他不接，宋风直接扔到他怀里了。

小机灵鬼陈辉站起来安抚似的摸了摸宋老板的脑袋，被他短寸扎人的头发吸引了，“要不然改天我也去剪个寸头？应该挺好看。”

“你缺的不是发型，是风哥那张脸。”旁边一个小兄弟无情地揭穿。

“啧，皮痒了是不是？”这句话瞬间戳到陈辉心坎儿上，他抬头往四

周看了看，“今天太阳打西边儿出来了？竟然都没抽烟。”

他说进门怎么感觉今天哪儿不一样了呢，往常哪天不是乌烟瘴气，也就周末人多的时候宋老板会管一管，平常就让他们自己互相熏着。

“风哥说影响他戒烟，以后都不让抽了。”又一个兄弟比赛输了刚退出来，跟陈辉闲唠。

陈辉见怪不怪：“这是第几次了？”

第二排靠左，一个染着绿毛杀马特的弟弟想了想说：“好像是第一百七十四。”

“都记着点儿，说不定今年能冲上三百。”

他们这一屋子的人，几乎都认识，要不怎么说是狐朋狗友呢，就算是家在城东的，也都漂洋过海来上网，更何况宋城这片海就这么大，还就这儿条街。

宋老大沉迷在他的小破游戏机里，对兄弟们的“犯上作乱”不放在眼里。

今天很热，宋风没开窗户，他习惯性地往楼下看了一眼，巷子里没有一个人影。

坐得久了，他起来伸了伸懒腰，身上穿着跟昨天款式一样的黑色T恤，只不过上面没有烧焦的洞。宋风买衣服向来懒得挑，都是直接拿几件，整个夏天就这么过去了。

两条手臂往上伸的时候，T恤也跟着往上，隐隐露出点性感的腹肌和肚脐，随着手臂放下，衣服也合上了。

下面是条骚气的红色运动裤，脚踝露在外面，浑身每一处都散发着介于少年和男人之间的骨感和力量。

陈辉看得不过瘾。

“刚刚去我家，他们在干什么？”宋风望向窗外，看着那棵老柳树发呆，陈辉坐在第一排，离得比较近。

“我去的时候爷爷正在看书，没过一会儿那帮毛孩子就来了。”陈辉登上账号，先领了领任务和奖励，“奶奶正着急出门跟人说媒呢。”

宋风皱了皱眉，拿出来手机拨了一个号码，只是等了好一会儿那边才接通。

“小风，我现在正忙着呢，一会儿奶奶再给你打过去。”电话这头，宋奶奶正要迈进男方家里。

“大中午的不在家休息，出去赶着中暑呢？”宋风摸了摸玻璃，很烫。

“奶奶的身体自己清楚，不跟你说了，听话！”

很干脆，电话挂了，宋风看着电话屏幕，心里暗叹一口气，这么大岁数的人了，不知道是谁不听话。

“看着点，我出去一趟。”宋风准备下楼。

“等下。”陈辉摘下脖子里套着的耳机，上前两步把宋风拉回来，“奶奶那么大人了，况且身边肯定有其他人，你操什么心？”

宋风看了一眼陈辉：“我在这里也是闲着。”

“自己的店自己看！哥哥今天是来玩游戏的。”陈辉坐回去，游戏里已经跳伞了，红色爆炸头傻站在马路上一动不动，“奶奶的身体真挺好的，昨天晚上还跟我妈一起去跑步，你见过哪个快七十岁的人有这么好的心态？”

宋风低着头，不知道在想什么。

“况且老人家喜欢，你就让她去呗。”五分钟了，陈辉没捡到一把枪，看这鬼地方也不像有人，他扫了一眼站在原地的宋风，“我看爷爷最近身体也不错，他退休了没事做，也不像奶奶似的喜欢出去凑热闹，整天自己在家看书下棋，会闲出病的，正好放暑假，让这帮毛孩子去闹闹。”

宋风已经坐回去了，巨大的显示屏把他整个挡住，陈辉只能从缝隙里看见他骚气的红色运动裤。

电脑屏幕里，陈辉再看，“人”已经倒地上了，缩圈把自己给毒死。他索性瘫在椅子上，继续跟宋老板掰扯。

“人没那么脆，你别太敏感了。”陈辉顿了下，竟然有几分认真，“会让他们有负担的。”

显示屏后面，宋风望着窗外的老柳树，听到陈辉的话后，眼睛微动，他最担心的不是奶奶，而是爷爷。

奶奶身体向来很好，但爷爷一年四季药没有断过，身体天生就比较弱，奶奶年轻的时候喜欢跟人说媒，现在还喜欢，并且不管成不成，一分钱都不要，只是图个开心，爷爷当了一辈子老师，退休这几年，有时候就在家给学生补课。

一个月前又有人找来要补课，宋风说什么都不同意，怕他累着，陈辉说那些他不是没想过，但他不知道，怎么做对他们是最好的。

过了两三个小时，宋奶奶打电话过来，说已经回家了，宋风挂了电话后骑着自行车就回去了。

房子是旧式居民楼，在一楼，宋风打开门就闻到一股老鸭汤的鲜味。

“回来了！”宋奶奶端着锅从厨房出来。

“嗯。”宋风进来没看见那群学生，“今天结束了？”

“几个孩子今天有事，就提前走了。”孟爷爷戴着眼镜，在竹椅上看书，是一本看着已经翻过很多遍的《红楼梦》。

宋风才进来一分钟，就热得想冲冷水澡，他不在家的时候空调完全就是摆设，让他们开就说怕凉身体受不了，他知道，他们就是怕费电。

“再把人家孩子热病了。”宋风拿起空调遥控器打开了。

孟爷爷把书放下，笑了笑：“他们走了我才关的，屋里还有凉气呢。”

凉气？宋风都要气乐了，人越老越像小孩子，都学会狡辩了。

宋奶奶盛了三碗汤，又去厨房拿了三个勺子：“你说你爷爷，小辉把汤送过来我着急出门，他也不知道放进冰箱里，这么大的人了也照顾不好自己，以后要是我先走了，他可怎么办？”

“说什么呢。”宋风抬头面无表情地看过去。

“不说了不说了，喝汤！”宋奶奶又从锅里捞了块肉放进孟爷爷和宋风碗里，“你桂兰姨手艺真好。”

宋风喝着汤，发现奶奶的脸有点红，他低头，缓缓开口：“我不是不让你们做这些，现在外面三十几度，五六点去不行吗？一年也就这几个月用得着空调，能用几度电？”

孟爷爷笑得慈眉善目，忽然咳嗽了两声：“我跟你奶奶年龄大了，受不得凉。”

这些话，宋风耳朵都听出了茧子。

“小风，我跟你爷爷这代人是吃过苦的，饥荒都熬过来了，那时候有几个人不干体力活的？虽说现在老了，也不会走几步路就晕倒在外面，也就是你爷爷，从小身体弱去读书，能比我们少干点活。”

说起来，陈辉似乎是得了宋奶奶真传。

“哪里比你们做得少了。”

两个人聊着聊着就说到了以前，宋风听着他们拌嘴，靠着沙发闭上了眼睛，嘴角有隐隐约约的笑。

孟爷爷，名字孟鹤然，人和他的名字一样，白净消瘦，对什么都不争不抢，不爱凑热闹，有什么事也都藏在心里不爱说话，大多时间都捧着书，而宋奶奶恰巧反过来，对什么都想了解，热心肠。

宋奶奶大孟爷爷两岁，刚刚说爷爷照顾不好自己，说到底，这全是宋奶奶给惯的，用一个字来形容宋奶奶对孟爷爷的照顾，那就是“宠”。

宋奶奶很宠孟爷爷。

那时候家里兄弟姐妹多，宋奶奶只读到小学二年级就不上学了，但耐不住她聪明，看电视的时候哪个字不认识就问孟爷爷，到现在没有她不认识的字，不但全认识，还会写。

而孟爷爷从小身体就弱，那个年代条件也不好，这么多年了，虽说没有大病，但小病不断，宋奶奶心疼他写字读书的手，从来不让他干重活。

两个人就这么磕磕绊绊地走到现在。

宋奶奶把碗都收起来，想到什么动作忽然慢了："小风，明天你爸生日，咱们一早去后山烧点纸。"

宋风嘴角的笑忽然就僵住了，他慢慢睁开眼睛，看着故意装作若无其事的爷爷奶奶，手不自觉地握在一起："我妈来吗？"

宋奶奶端着碗准备去厨房，脚步停住了，紧接着又满脸堆笑地扭头看向宋风："你妈家里有事，就不过来了。"

宋风没再回网吧，晚上陪爷爷奶奶在客厅看了很久的戏，十二点躺在床上的时候，丝毫不困。

窗帘半遮着，星光混合着月光照进来，洒在窗前的地板上，宋风单手枕着手臂，望着夜空发呆。

公园后山的陵园里，这些年都是他陪着爷爷奶奶一起去的，附近有一座庙，奶奶常年来这里烧香，求爷爷身体健康，求他考一个好大学，求全家人平安。

可是，他没有考上好的大学，她的儿子也没有平安地活下来。

他爸爸，是在他八岁那年没的，军人，飞行员，在练习中出了事故，没有尸体。

他妈妈，改嫁了，每年会回来一次，不亲不疏，再怎么说已经是别人家的人了。

有地址有电话，地址，宋风看过很多遍，但一次也没去过，电话，也看过很多次，已经烂在心里了，也从来没打过。

隔壁时不时传来咳嗽声，很轻，但在夜里却听得无比清晰。

对于父母，宋风没有过多的感情，因为在一起相处的时间太少，他只是，太放心不下隔壁那两个"老家伙"。

宋城这几条街，自行车完全够了，一个小时应该能从城东骑到城西。

陪爷爷奶奶去过后山，宋风回了网吧，今天周日，上午人不多，只有七八个人，他看了眼墙上的表，刚十点，陈辉估计还在睡。

下午人陆陆续续过来，宋风跟他们说了句不准抽烟，就戴上眼罩瘫在椅子里了。

室内开着空调，冷气源源不断地散入每个角落，阳光透过玻璃照进室内，打在窗边男生的脸上，皮肤虽然被晒黑了些，但在黑色眼罩的映衬下还是显得很白。

耳边全是鼠标键盘的敲击声，这时候，窗外的蝉鸣声就显得比较舒服，但宋风酝酿的丁点睡意也渐渐消失。

他摘下眼罩。

突然的强光让他有些不适，他眯着眼打开窗户，窗外的热气扑面而来，蝉鸣声很亮，他起身随意往外看了看，目光掠过某一处的时候停住了。

她穿着黑色 T 恤，上身随意靠着墙，手里还夹着烟。

不知道是不是听见窗户打开的声音，舒冬抬头，两人的视线在空气中碰撞，似乎谁都没有想到。

舒冬夹着烟的手顿了顿，然后移开了眼。烟只剩最后一截，她深深吸了一口，然后掐灭扔进了垃圾桶里，没再看任何地方直接回了店里。

楼下已经没有人影了，宋风看着那棵老柳树，突然扯了扯嘴角。

他习惯性地打开窗户，当然不是为了看舒冬。对宋风来说，她仅仅是一个知道名字的人，他只是无聊，想看看这条街的人都在干什么。

但是好像，距离上次碰到俞知逸已经过去十天了，宋风再也没在店里见过她，只是偶尔往下看的时候，看见一个身影。

文身店的生意并没有因为今天是周日而比平常好多少，林哥不在，舒冬送走一个客人后，把店里收拾了收拾，然后坐在沙发上发呆。

手机屏幕已经停在一个页面很久了，是俞知逸的微信对话框，还停留在昨天晚上的“晚安”，舒冬想打电话过去，又担心吵到他学习。

对于不上学没有双休日的人来说，对周末的概念并不是很敏感，常常不知道今天是周几。所以，舒冬也想不到她以为在学习的人，正和朋友在 KTV 唱歌。

包厢里，两个男生，两个女生。

“知逸，你实习怎么样了？”说话的是俞知逸的室友张超。

歌比较安静，昏暗的光线中，俞知逸目光停留在唱歌的女孩身上，忽然听见了自己的名字，他扭头：“这三天还好，刚开始就熟悉下环境，做一些简单的事。”

“早上几点上班？”一个叫佳佳的短发女孩问。

“八点半。大家应该都差不多吧。”他们三个都是同班同学，只有正在唱歌的女孩是隔壁班的，是佳佳的朋友。

“嗯，我们也是，每天跟雨霏早上都起很早，太难了。”

俞知逸听了，往唱歌的女孩那边看了一眼，正好她唱完走过来，棕色微卷的头发随着她走动在背后飘，她笑着问：“在聊什么？”

佳佳把自己的好朋友拉到身边：“当然是实习的苦日子，要不我们一起在外面租个房子？”

“二环那里应该挺贵吧。”俞知逸的室友张超说。

“我们一起租会不会便宜点？”雨霏的目光在俞知逸身上停了一瞬，又不动声色地移开了。

“知逸，你觉得……”张超转过头看俞知逸心不在焉的样子，随即打趣道，“你最近是不是交女朋友了？”

俞知逸还没说话，佳佳就瞪大眼睛：“不可能！谁能被你看上？我们雨霏这种温柔懂事、落落大方的摆在你面前看不见吗？”

“佳佳！”雨霏连忙阻止口不择言的朋友，带着点羞涩，只不过光线太暗看不清楚。

俞知逸，在新闻系应该没有人不认识，也是女生寝室熄灯后偷偷嘀咕的人，他成绩好，长得好。而隔壁班的林雨霏，就是男生寝室讨论的焦点。

两个人都知道对方，却从来没说过话，只差一个契机，或许，就是今天。

佳佳看俞知逸没说话，心里突然没底了：“不会真有了吧？”

旁边林雨霏所有的注意力都在俞知逸的答案上，却故意装作不在意，视线落在其他地方。

“没有。”俞知逸笑了笑，是看着林雨霏说的。

室友瞬间就看出了端倪，决定帮好兄弟一把，他搂着俞知逸的肩：“那你看我们系花雨霏怎么样？”

林雨霏往这边看了看，跟俞知逸对视了一眼，不好意思地笑了：“别开玩笑了。”

“俞知逸，男人一点好吗？”佳佳很爷们儿地捶了下俞知逸的肩膀。

俞知逸看着雨霏，把她的害羞和嘴角上扬全看在眼里：“挺好的。”

“哟！”佳佳和室友在那边起哄。

林雨霏听见俞知逸的话，抬头看着他笑了笑。

佳佳正要说什么，俞知逸的手机突然响了。

后面大家都唱累了，没再点歌，手机铃声就很清晰。

俞知逸拿出手机，看见手机屏幕上的号码时，嘴角的笑忽然僵住了，但很快他又若无其事地抬头："不好意思，我出去接个电话。"

俞知逸是个善于伪装的高手，在座的没有一个人发现他的异样，或许这个世界上，只有宋风知道他那层皮下是个什么样的人。

KTV 走廊里，他往另一侧走了很远，才接通电话："怎么了？"

很久的等待音忽然接通，舒冬有些意外，她从沙发上坐直了身体："没什么事，你在学校吗？"

"嗯，在寝室。"俞知逸面不改色。

电话那端背景有些嘈杂，舒冬皱了皱眉："好像有点吵，不会打扰到你学习吗？"

走廊里全是各个房间里漏出的声音，混在一起倒也听不出来是什么了，俞知逸笑了笑："没关系，习惯了。"

舒冬低头看着自己的衣角，缓缓开口："要不先用我的钱，出去租个房子吧。"

正缓缓迈着步子的俞知逸，脚步忽然顿住，目光注视着地面某一处，忽然沉默了。

电话里，很久没听到他的声音，只有其他的嘈杂，舒冬看着墙上的表："我现在也没有用钱的地方，你先拿去用。"

俞知逸低着头，不知道在想什么。过了片刻，他说："等我考虑两天。"

舒冬："好。"

俞知逸："谢谢你。"

舒冬忽然愣了，她轻笑："我们不用说这个。"

俞知逸视线低垂："好，我现在有点忙，待会儿给你打过去。"

"好，你先忙。"舒冬说。

电话挂断，俞知逸走回包厢的路上，神色没有丝毫变化。

他刚推开门，室友就问他："要不要一起租房子？"

"你们怎么想？"俞知逸坐回原来的位置。

"现在确实离得太远了，跟家里又不好意思要钱，不过可以先跟朋友借，等发工资了再还给他们。"佳佳又看了林雨霏一眼，"局长大人的千金，要跟我们一起租吗？"

局长？

俞知逸抬头望过去，正巧林雨霏也在看他，两个人相视一笑。

“等我回家问问爸妈。”林雨霏说。

晚上七八点钟，宋风抬头看了看，从他的角度只能看见一堆五颜六色的头发，他缓缓地从椅子上站起来，活动活动筋骨：“到点了，游戏没玩完的快点‘自杀’。”

话音刚落，就听到一片狼嚎声：“再等会儿，最后一把！”

宋风：“一分钟。”

“这局稳赢啊！风哥求你再给三分钟！”

宋风：“三十秒。”

“风哥你这是不是数太快了？”

宋风：“十秒。”

“风哥你冷酷无情！”

“残暴专制！”

宋风：“五秒。”

“啊啊啊啊啊，风哥不要！”

宋风：“三，二，一。”

随着话音刚落，所有屏幕都黑了，宋老板拉了闸。

“风哥你——”粉头发的弟弟一脸生无可恋。

“我怎么？”宋老板仿佛完全察觉不到少年们的怨气似要掀了房顶，懒洋洋地往椅子里一躺，开始下逐客令，“都快点回家，其他地儿也别去了。”

“那明天见？”

“不见。”宋风冷酷无情，“走之前把屋子给我收拾干净。”

“知道了，整天躺着也不怕躺出肉。”这个黑发弟弟的胆子有点大，但还是乖乖地去拿扫帚和拖把。

人多力量大，有收拾桌子上的泡面桶和饮料瓶的，有扫地上瓜子皮的，也有拖地的，总之，是一群非常懂事可爱的不良少年。

可能从来没有一家网吧像宋风似的，晚上七八点钟就开始赶人。

因为来宋风这里的大多数是学生，很多也都是冲他来的，明天是周一，虽然他们不学习，但宋风却希望他们学习。

宋老板从来没说过，但他们都懂。

没过多久，屋子就收拾干净了，不良少年们跟他打过招呼后都陆陆续续地离开。宋风打开窗户，准备换换气。

只是他刚站起来，就看见对面文身店熄了灯，她关门之后，往这边走

了过来，如果他没看错的话，是他们这个楼梯。

宋风又把闸打开了。

舒冬推开门的时候，愣了一下，她以为会和往常一样很多人，但往里扫了一眼，里面干干净净的，像是一天没有营业。想到前段时间的事，她站在门口犹豫了。

她莫名地不想和他独处。

宋风保持着万年瘫的姿势，专注于手里的小游戏，仿佛没有察觉到有人来，也没往舒冬那边看一眼。

他的忽视，倒让舒冬放松了警惕，她走到柜台前，把身份证放到桌子上。

这时候，宋风才缓缓抬头。看到是她，他没有故作惊喜，也没有故意冷淡。他看着舒冬的眼睛，嘴角扯了一个轻笑。

宋风把身份证沿着桌面滑到边缘，往常都是直接放在感应器上，而今天，他拿着身份证仔细打量。

“这么小。”宋风看着出生日期的信息，满脸都是调戏少女的浪荡。

十九岁，其实她的年龄比他想的要大。

舒冬面无表情地看着他，目光越来越冷，后悔刚才进来的决定，但现在身份证还在他的手上。

“还给我。”舒冬声音跟她的表情一样，没有起伏。

对她的反应很满意，宋风的腿敲在桌子上，一只手撑着脑袋，一只手拿着舒冬的身份证慢慢摩挲，决定把“浪”这个字诠释到底：“叫哥哥，今天请你免费玩。”

舒冬似乎听见了自己渐渐不平静的呼吸，注视了他两秒，她转身就走。

没想到她连身份证都不要，宋风嘴角的浪笑终于不见了，长腿从桌子上滑下来：“喂！等一下。”

舒冬却置若罔闻，直直地往门外走，但耐不住宋老板腿长，在离门只有一步的距离，他伸手将门关上，反锁。

舒冬处于他的胸膛和门之间。

随着宋风身上的气息发散，舒冬心中的怒意倒是越来越盛，在这一刻，她首先想到的是俞知逸，她已经对不起他了。

她只是不想太早回家，一个人，那么长的夜，很难熬。

原本以为有了喜欢的人，两个人在一起后会有所改变，而现在，舒冬忽然有些迷茫，和俞知逸在一起后，有哪些地方变了吗？好像没有，还是她一个人失眠，一个人把夜熬干。

她没有动，宋风不知道她在想什么。

把她转过来，宋风往后退了一步，把身份证伸到她面前，乖乖认错："抱歉，别生气，请你玩一周。"

不知道是因为刚刚的胡思乱想转移了注意力，还是他后退的那一步，总之，舒冬已经没刚才那么生气了。

她就是这样，像是有感情障碍，几乎没有人能让她有太大的情绪波动，生气也好，开心也好，都不会持续太久，能感应到也无法共鸣。

在感情里，舒冬是残缺的。

她抬头，看着宋风的脸，他已经没有了刚才的戏弄。

现在，舒冬反倒不想走了，因为，此时此刻她很想了解俞知逸。

从他手中拿过身份证，舒冬错开他，缓缓走到往常去的那个角落，开机，打开游戏。

宋风站在原地看着角落里的身影，几乎整个人都被巨大的显示器挡住了，黑色的T恤和椅背融为一体，只有露在外面白皙的手臂证明那里有人存在。

宋风有些意外，他以为她会毫不犹豫地离开。

没再兴风作浪，宋风回到椅子里乖乖瘫着。他还是有点怕的，如果失去这位唯一的女上帝，陈辉可能会跟他拼命。

时间一分一秒地过去，宋风有些困了，身体斜在椅子里慢慢闭上了眼睛，网吧少有的安静中，键盘的敲击声从最后面隐隐约约地传来，仿佛也没那么刺耳了。

舒冬玩游戏干净利落，开着语音也从来不说话，枪法准得总是一枪毙命，匹配对手的间隔中，她往前面扫了一眼，他没再做其他过分的事情，所以这个晚上，也不算太糟。

宋风再睁开眼的时候，已经晚上十一点了，他揉了揉眼，往后面的角落看了看，人竟然还在。

他起身从冰箱里拿出一瓶可乐，站在窗边一口气喝下去大半瓶，空调在那帮小崽子走的时候已经关了，他把所有的窗户打开，夜风吹进来，让人很舒服。

宋风往楼下看了看，所有的商铺都关了，只剩下街道两旁的路灯亮着，夜晚的巷子十分安静。

宋风活动了下腰后，往后面走，走到她身后拉开了旁边的椅子。

舒冬知道他过来了，但连一个眼神都没给他，依旧专注在并没有什么

意思的游戏上。

宋风也不捣乱，趴在桌子上乖乖地看着她的屏幕，眼睛还带着没睡醒的蒙眬睡意。只是一局结束了，她又连开两局都没有看他一眼，这让宋风感觉自己很没有存在感。

骨子里的不安分因子又开始骚动，宋风伸了个懒腰，懒洋洋地靠着椅背："这游戏怎么玩？教教我。"

舒冬仿佛没有听见，面无表情地打开倍镜，瞄准，一枪毙命。

"哟！舒冬老师不仅针扎得准，枪打得也这么好。"宋风化身游戏解说员。

这一次，舒冬扭头看了他一眼。

宋风忽然觉得有点冷，这种冷酷杀手的好苗子，他是不敢惹的。

游戏话题插入失败，宋风偏头注视着她，骨头很小，还很瘦，穿着黑色T恤显得更娇瘦了。

宋风："这么晚回家，你爸妈不着急吗？"

舒冬正敲击着键盘的手忽然停了，然而只是短暂的一瞬，她又继续游戏："我自己住。"

宋风有点意外。他不动声色地看了她一眼，依旧没个正形："那带我回去很方便。"

舒冬扭头面无表情地看着宋风，手却继续控制着鼠标玩游戏。

砰！

击毙。

没有被威胁的自觉，宋风嘴角上扬，他喜欢酷酷的女孩。

沉默了几分钟，宋风安静地看她打游戏，也顺便打量着她，她身上黑色的T恤上没有任何图案，他低头看了看自己的黑T："你的衣服在哪儿买的？跟我的挺像情侣装。"

舒冬皱了皱眉，视线从电脑屏幕上移开。她看着宋风，脸上带着少有的认真严肃："我有男朋友。"

宋风扯了扯嘴角："我说让你当我女朋友了吗？"

舒冬："……"

比老奸巨猾，舒冬不是对手。

但比起刚刚的漠视，她现在的注视让宋风更不自在，他收了收可能造成误会的表情，看了眼她的屏幕："房子后面有人。"

舒冬看了他最后一秒，移开视线，正准备去操控鼠标的时候，手机忽然响了。

——知逸。

屏幕上亮着的名字，舒冬看清了，宋风也看清了。

铃声打破了夜晚的静谧，连带着宋风脸上的笑也消失殆尽。舒冬摘下耳机，接通了电话，她看了眼旁边的宋风，想出去跟俞知逸聊，只是她还没站起来，后面突然多出一份重量，将她禁锢在椅子上。

“还没睡吗？”俞知逸在学校寝室的走廊里。

“嗯，实习报告写完了？”下班后，舒冬给他发消息，但他说要写实习报告，所以舒冬来了网吧消磨时间。

然而此时此刻，舒冬的心情并不是很平静，周围男生的气息和温度几乎将她包围，她不敢动。

电脑游戏里，存活仅剩两个人。

宋风站在她椅背身后，弯腰熟练地操控着鼠标和键盘，熟练地匍匐前进，换枪，打药，扔烟幕弹。

舒冬看着屏幕微微发愣。

“刚刚写完，你在做什么？”大学寝室，十一点这个时间应该是最热闹的，俞知逸来到走廊尽头，这边的寝室没有住人。

这个姿势，舒冬好像完全被宋风笼罩在怀里，他按键盘的时候，手臂会时不时地碰到她的脸。舒冬深深吸了口气：“在玩游戏。”

俞知逸点了点头：“别玩太久，熬夜对身体不好。”

忽然心里暖暖的，但一想到身边的人，舒冬五指不自觉地握成拳头，带着愧疚和愤怒：“知道了，你待会儿也早点睡。”

俞知逸笑了笑：“今天想我了吗？”

舒冬的目光有些呆滞，意外和甜蜜杂糅在一起，往常这个时候，电话应该已经挂断了。

电脑屏幕上，安全区范围不断缩小，宋风从房子后面绕过来，对着不远处的草地一阵扫射。

砰砰砰！

大吉大利，今晚吃鸡。

“想了。”

在舒冬看不见的角度，宋风笑了，带着几分邪气。那两个字话音刚落，宋风低头和她贴得更近。

舒冬只感觉一阵湿润和灼热的气息缠绕在心头，连电话里的声音都变

得缥缈遥远。

“我这周回去看你。”看见有人往这边来，俞知逸不动声色地上楼。

舒冬力不从心地握住手机，本来很惊喜的事情，却因为此刻周围的心惊肉跳没那么纯粹了。她努力找回自己的声音：“如果忙的话，就不用回来了，过几天我去看你。”

只稍微调皮了下的宋风，做完坏事后就乖乖坐回了旁边的椅子上，有些事情，要循序渐进，否则用力过猛，小兔子会被吓跑的。

“周末不忙，在学校也是闲着。”舒冬的话显然不是俞知逸想要的答案。

旁边的人不再乱来，舒冬稍微松了口气，她背过去对着窗外：“那正好你回来，我把钱给你。”

钱？宋风眉头微皱。

而电话那边，俞知逸满脸的得偿所愿，他的声音刻意温柔了些：“谢谢你宝贝。”

一瞬间的寂静，舒冬仿佛什么都没听见，然而那两个字却又那么清晰，连带着心脏的悸动和脸颊发烫。

“不用说谢谢。”舒冬低头，将那丝不自然掩藏起来，“早点睡，晚安。”

“晚安。”

宋风就这么懒洋洋地瘫在椅子里，听两个人你侬我侬地煲完电话粥，只是懒散里又多了几分其他意思。

电话挂断，舒冬嘴角有隐隐的笑容，只是刚转身看到宋风的时候，那丝笑容一点一点地收了起来。

一个耳光是不是太仁慈了些？舒冬冷冷地看着宋风，然后从桌子上拿起钥匙，转身离开。

宋风不紧不慢地起身：“回家吗？我送你。”

舒冬停住脚步，手指紧紧攥在一起，仿佛已经到了一个临界点。

“怎么能让女孩一个人回家。”宋风慢慢走过去。

听见宋风的话，舒冬忽然转身，但宋风由于惯性差点和她撞个满怀，两人之间只有十厘米的距离，宋风低头看着她的鼻尖，不疾不徐地往后退了半步。

舒冬没有抬眼，神色平静地注视着他胸膛前的方寸地方，从骨子里透露出的生人勿近和淡漠气息，直到他往后又退了些距离，她才抬头。

“我有男朋友，我很喜欢他。”

“嗯。”

就像是一拳砸在棉花上，不疼不痒的，面对他毫不掩饰的敷衍和嚣张，舒冬忽然笑了，她上前一步，狠狠踩在他的脚上，看着那副懒散的表情突然变得有趣，她才满意地离开了。

宋风倒吸了一口凉气，疼得失去知觉，那么小的身板怎么会有这么大力气。

“对你心爱的男朋友了解吗？”

舒冬走到门边，他话里嘲讽的意思很明显，但是，也成功地让她停住了脚步。

舒冬缓缓转身。

宋风得逞地笑了。

狩猎游戏中，你永远不知道自己是猎人还是猎物，你以为你赢了，但是我也有办法掐着你的软肋——让你输。

宋风晃晃悠悠地走到她身边，倚着门：“说了要送你，就是你今天一刀把我砍了，也送你。”

舒冬以为他会接着说俞知逸，不知道是习惯了他的戏弄，还是妥协了，她竟然没有想象中的那么生气。

宋风靠着门，低头懒懒地注视她。她脸上的皮肤被晒黑了，健康的肤色很好看，睫毛有点长，挡住了眼睛，不知道在想什么。不得不说，她是个很难看懂的人。

不知道说什么的时候，沉默可以解决一切问题，舒冬转身走了，宋风笑着跟在后面。

午夜十二点的宋城，路灯在夜里散发着昏黄的光晕，打在横横斜斜的树枝上。这个时间还开着门的，只有饭店和小宾馆了，马路边大排档的人也都还没有散场。

夏夜静谧的街巷和灯光，勾勒出一幅老城里的市井烟火。

宋风骑着一辆通体黑色的山地车跟在舒冬后面，时不时搭句话也没有人回应，到某个街角的时候，宋风双腿撑地，不再往前了。

没记错的话前面就是她家，一个人住。

舒冬骑着自行车路过小区门外的路灯时，习惯性地停住了。她抬头看了看电线杆上贴的各种小广告，以及中间的寻人启事。

“本人有一只萨摩耶，白色，于 8 月 3 日早晨在长风路丢失，现急寻，如有见到过或者捡到的好心人请与本人联系，有重金酬谢。”

这次是只狗，连丢失的狗都有人找。

舒冬面色平静地低下头，看了眼地上自己的影子。过了几秒忽然想到什么，她往后扭头……

三十米开外的街角，也有一个路灯，路灯下的男生坐在自行车上双腿撑地，正往她这边看。

距离有点远，他背着光，脸隐匿在昏暗里。其实，舒冬不确定他是不是正在看她，只知道，他是看向这边的。

“谢谢。”

舒冬轻轻开口，两个字太轻了，在空气中瞬间消散，微小的声音，可能连她自己都没有听见。

前天晚上宋城有一个十三岁的女孩失踪了，宋风知道，舒冬也知道。

舒冬没再停留，转身回去了，就在她进去小区的那一刻，街角的人朝完全相反的方向离开。

生活日复一日没有意义地重复，下午，舒冬在为一个客人文身，结束之后她收拾好器械，把客人送出去，刚回到店里林哥就叫住了她。

“小冬，你叔刚刚打电话，说正宇回来了，让你晚上回家吃饭。”林峰从二楼下来，拿湿毛巾擦了把脸。

舒冬点了点头：“好，谢谢林哥。”

林哥是这家文身店的老板，二十七八岁的样子，穿了件白色的背心，一眼看过去就能看到他那条大花臂。林哥刚结婚没多久，整天沉浸在新婚的甜蜜里，店里很多事都交给了舒冬，还给舒冬涨了几百块的工资。

“这个月的工资给你打卡里了，有时间去查一下。”林哥走到空调前，把温度调低了两度。

“不用查了。”舒冬笑了笑。

“哟，这么相信我，坑蒙拐骗我可是行家。”林峰转身坐在沙发上，点了根烟看着舒冬，“现在工资还给他们吗？”

“今年开始没给了。”舒冬坐在茶几对面的椅子上。

“你叔和阿姨……不用我说什么，总之自己多长个心眼，有困难跟我说。”林哥跷着二郎腿。

舒冬低头看着茶几。虽然她不太爱说话，但心里是有情绪的，而且很鲜明，就比如现在的五味杂陈，只不过她很少在脸上表现出来。她说：“谢谢林哥。”

“下午没什么事早点回去，我今天在店里。”林峰把烟掐灭扔进烟灰缸里。

“好，四点半还有个预约的客人要过来。”舒冬说。

“我来就行。好久没动过，手都快生了。”林哥看了眼墙上的挂钟，看时间快到了，于是去二楼准备东西。

桌子上有小片水渍，可能是刚从冰箱里拿出来的饮料太凉了，在茶几上化成了水，舒冬拿纸巾擦干净。

下午从店里离开，舒冬没有直接回去，而是在自己租的房子里躺了一会儿，快到七点才骑着自行车过去。

推开门，她把买的水果放在茶几上。

“怎么才过来，下班晚了吗？”一个女人端着汤从厨房出来，看见舒冬，笑盈盈地问。

“晚了一点。”舒冬不太会说谎。

“回自己家买这么多水果做什么，你上次买的还没吃完呢。”沙发上坐着个男人。

舒冬笑了笑没说话。这个地方，她住了十年，却始终没有家的感觉。

她洗了洗手，准备去厨房帮忙。

“别沾手了，现在马上就好。”张月玲笑着进了厨房。

“小冬坐着吧，让你姨弄，感觉好久没见你了。”舒健周往沙发那边移了移。

“上周我来的时候，姨说你出差了。”舒冬坐下。

“嗯，上周有点忙。”舒健周说。

两个人说话有点干巴，这时候客厅对面的卧室门打开了，从里面走出一个高高大大却又青涩未脱的男生。

“姐回来了。”舒正宇看见舒冬很开心。

“嗯，怎么从学校回来了？”没记错的话，今天是周一。

“有点发烧了，而且最近状态不是很好。”舒正宇坐在舒冬旁边，有气无力地靠在沙发上。

舒冬扭头，看他的脸有点红，伸手碰了碰他的额头：“有点烫，吃药了吗？”

舒正宇抓住舒冬的手笑了笑：“吃了，睡了一下午。”

“赶紧把身体养好回学校，初三的课耽误不起。”舒健周有点严厉。

“吃饭啦，把桌子都收一收。”张月玲端着最后一个盘子从厨房出来，把围裙摘掉放在旁边。

“冬冬多吃点,这才几天不见,怎么又瘦了?”张月玲夹菜到舒冬碗里。

“谢谢姨。”舒冬低头吃着，总觉得今天和往常不太一样。

而这边,舒健周又往舒冬碗里夹了点:“尝尝你姨的手艺有没有长进。”

舒冬微微愣神，还是笑了笑：“很好吃，谢谢叔。”

“好吃就多吃点，瘦成这副样子整天让我跟你叔看着心疼。最近工作还好吗?”张月玲关切地看着舒冬。

四十岁的女人，不着边际地把圆滑融进了骨子里，平常没有心思和条件保养，眼角已经被岁月磨出了明显的痕迹。

“挺好的。”舒冬说。

“听小林说给你涨工资了?”张月玲笑了笑。

正夹着菜的舒冬忽然顿住了，随后又若无其事地把筷子缩回来，机械地咀嚼着，却再也吃不出来是什么味道。

“嗯，涨了几百块钱。”舒冬没抬头。

“这么好，恭喜姐姐！”舒正宇摸了摸舒冬的头，“过几天去买几件好看的衣服。”

舒冬笑了笑：“你有喜欢的吗?”

“你赚的钱自己好好留着，妈给我的钱够。”对于舒冬薪资涨了，舒正宇很高兴。

十四岁的孩子，很单纯。

舒冬笑了笑，只是一个嘴角上扬的动作而已，但眼睛里，却有点难过。她那么不会表达自己情绪的人，眼里竟然有了难过。

“冬冬，是这样的。”张月玲放下了筷子，叹了一口气，“正宇他外公上周住院了，甲状腺检查出来点问题，到底是什么意思咱们也不懂，但医生说……最好做个手术。”

“我外公生病了?”舒正宇一脸惊讶，紧接着连声音都不自觉地高了，“你们怎么不告诉我?”

“你上学那么忙，冬冬工作也忙，这不是不想让你们操心……”张月玲抹了把眼泪，看了眼舒冬，“冬冬，家里的情况你是知道的，你叔赚的钱就那么点，得供正宇上学和家里开销，姨是个废人不会赚钱……”

舒健周坐在那里没有说话，只是一脸凝重，张月玲不停地抹泪，舒冬递了张纸巾过去。

张月玲眼睛通红，上前拉住舒冬的手：“所以冬冬，姨想跟你借点钱，等以后有了就还你。”

一时间，客厅安静了，舒健周始终没怎么说话，而舒正宇，再也说不出来让舒冬留着钱买衣服的话了。

每个人都沉默着。

“卡里的钱没多少，还是原来的密码，您看需要多少就去取吧。”舒冬尽量让嘴角弯一点，抽出了被她一直握着的手。

“谢谢你冬冬，姨谢谢你！”张月玲笑着擦干净眼泪。

舒冬很不理解，有些人的眼泪怎么可以说停就停呢？

“冬冬……”舒健周叫了声舒冬，只是后面却没说其他的，被叹气声取代了。

所以这个名字后面跟着的话是什么？愧疚？心疼？于心不忍？亏欠？

舒正宇注视着桌角，心里噎着一口气，有对家庭拮据的无奈，还有对自己沉默的看不起。但如果再来一次，可能还是这样的结果。

这顿饭到这里其实已经结束了，没过多久，舒冬就骑着自行车回了自己住的地方。

因为，那个所谓的家并没有她的房间。

舒冬回家洗了个澡，躺在床上没有开灯，也没有看手机，就那么呆滞地望着窗外。

林哥不会告诉别人她涨了工资，但今天她刚发了钱，张阿姨就知道了。

黑暗中，只有舒冬的呼吸声，时而平稳、时而绵长，以前的事情就像电影片段在眼前浮现。

初三毕业那年，她以为能顺利再去高中，虽然她的成绩不算太好，但也不差。然而张阿姨说，家里很困难，两个孩子上学供不起，也是像今天一样拉住她的手，哭着跟她说的。

那时候，她挺想上学的。

后来，看见文身店招学徒舒冬就去了，说不上喜欢还是不喜欢，当时，她只是想有个事情做。

第一年没有工资，只跟着林哥学习，还时不时地给他添麻烦；第二年也就每月几百块，张阿姨说舒冬年龄太小，她帮舒冬把钱存起来；第三年，每月两千多点，舒冬每个月给张阿姨五百块；现在已经四年多了，上个月林哥给她涨了几百块。

只是这么长时间过去了，舒冬再也没见过那些钱。

健周叔是卖保险的，具体收入舒冬不清楚，但张阿姨没有工作，在家

照顾丈夫和孩子，把家里打理得井井有条，所以家庭所有的开支重担都压在了健周叔一个人身上。

他们家的房子很小，两室一厅的布局，是张阿姨和健周叔结婚时买的房子。当时老城区发展还很好，买个这样的房子也不容易，只不过新区建好之后，就越来越落寞了。

舒冬和舒正宇相差五岁，小时候舒正宇可以跟叔叔阿姨住在一个房间，舒冬一个房间，只是随着年龄越来越大，那样很不方便。

上初中的时候，健周叔在客厅放了张单人的折叠床，之后舒冬就睡在那里，正宇在她原来的房间睡。

再后来，初中毕业舒冬就不上学了，林哥对她很好，在文身店的前两年一直让她住在店里。

但后来她慢慢长大，林哥也有女朋友了。虽然林哥不在店里住，但总归不方便，于是舒冬就在外面租了个房子，三十平方米的一室一厅，一个月七八百。

虽然舒冬一个月赚得不多，还得给张阿姨一点，但舒冬不怎么买衣服和其他东西，一个月几乎没有其他开支。

当初办完银行卡，张阿姨就问了她密码，说让她把卡放在家里，比较安全。

所以两年了，舒冬几乎没见过那张卡，除了每个月取出五百块当面交给张阿姨，剩下的钱也全在她那里保管着。

想到这里，舒冬愣了愣慌忙拿出手机，屏幕在黑暗中突然亮起，她眯了眯眼睛，打开手机银行——

余额：87.3 元。

舒冬脑子有点乱，如果没有记错的话，不算今天的工资这里应该有四千块钱，是早已经取了钱才来告诉她？还是她同意后立刻就取了钱？

舒冬注视着手机屏幕，直到它自动熄灭，都还保持着举手机的动作，夏天没有开空调的房间，竟然有点凉。

幸好上周刚交过这个月的房租。

幸好林哥那里会管她饭。

只是没有办法去网吧消磨时间了。

朦胧间，舒冬梦见很多零碎的画面，十五年前冬天的绿皮火车，还有晚上吃饭时张阿姨拉住自己的手……

沉寂的夜色里，放在枕边的手机忽然亮起，紧接着响起熟悉的手机铃声。脑海中的画面突然中断，舒冬皱眉摸索着手机。

“喂？”没看清是谁，舒冬直接摁了接听键。

“睡着了？”俞知逸听着她略带慵懒的声音，愣了一下。

听到熟悉的声音，舒冬在昏暗中睁开了眼，头有点昏昏沉沉的：“嗯。今天有点累，你报告写完了？”

俞知逸走在学校的操场上，周围三三两两的人结伴而行，但都隔得比较远。他走在跑道的最外围：“今天偷个懒，连着明天的一起写。”

舒冬笑了笑，顺着窗户看到星空挂着的月亮，睡意已经完全消失了，她看了眼时间，才十点钟。

“今天比较忙吗？”那边有几个人过来，俞知逸走上看台。

“还好，不是很忙。”舒冬一只手拿着手机，另一只手臂放在眼睛上。

“那怎么会这么累？”俞知逸坐在椅子上，看着操场上零零星星的几个人影。

听到电话里他温柔的声音，舒冬忽然觉得很委屈，嗓子里好像卡着棉花似的不舒服。她沉默了片刻，说：“今天晚上回家了。”

闻言，俞知逸皱了皱眉，对于她家里，两个人刚在一起的时候他好奇了解了一些。他说：“如果回去不开心，以后就尽量不要回去了。”

舒冬笑了笑，有些事情并不是不喜欢就可以避免的：“嗯，知道了。”

“别想这些不开心的了，这周五我就回去，带你去看电影。”俞知逸往看台东边走了走。

看电影吗？舒冬已经很久没去过了，但想想和他一起去，忽然觉得生活也不是那么糟糕，只想周末快点到。

“好，我等你回来。”女孩脸上的笑在月光下显得朦胧美好。

“以后有不开心的事情要告诉我，你不在我身边，你不说我也不知道，藏在心里会生病的。”灯光在镜片上折射出一道冷光，俞知逸在说这些的时候，脸上没有温柔，也没有冷漠，只是没有起伏地说些漂亮话。

然而这些像纸一样苍白的漂亮话，却在舒冬荒芜的心里扎了根，她抬手摸了摸自己的眼睛，有点湿润。

“知逸，谢谢你。”

“我们之间不用说这些。”听出来了她的哽咽，以及不太均匀的呼吸，俞知逸笑了笑，等待着自己想要的答案。

“那周末你早点回来，我去车站接你。”黑暗里，舒冬坐起来，把下巴放在膝盖上。

俞知逸皱了皱眉，想听的答案始终没有听到，停了片刻他说："好，我提前打电话给你。"

"嗯，那你快休息吧，晚安。"舒冬说。

"冬冬，等一下。"路灯下，男生的表情远没有他说出来的话温情。

"嗯？"舒冬疑惑。

"下周我会跟同学搬出去住，跟他们一起租的……可能得先借用你的钱，等我发了工资就还给你。"自命清高的优等生，可能生平第一次跟人借钱，还是向自己的女朋友，多少有点不好意思。

但他处心积虑了这么久，不就是为了这个吗？所以，也没有想象中那么难以开口。

一时间，舒冬呆呆地愣在那里，不知道怎么回答他，为什么事情会突然撞在一起？而她很早已经答应俞知逸了。

过了几秒没听她说话，俞知逸试探地问："怎么了，是不是不方便？"

"没有。"舒冬连忙否认，喉咙有点干涩，她舔了舔嘴唇，"周末的时候给你。"

"谢谢宝贝。"俞知逸脸上露出笑来，"那你接着睡，有事打电话给我。"

"好，晚安。"

"晚安。"

这个世界上那么多形形色色的人，有些人往往表面看着风光霁月，干净得很，但越是这样，为了维持他们那张虚假的皮囊，为了达到目的不择手段，在其他看不见的角落，就越是会做尽那些肮脏卑鄙的事。

舒冬还不知道自己落入了怎样温柔又诛心的陷阱，只一个人躺在床上辗转难眠。

而俞知逸刚挂断电话，就看到三米远的地方站着个人，他的室友张超。

俞知逸的心猛跳了下，不知道张超有没有听见。

"跟谁打电话呢？"张超大大咧咧地朝俞知逸走过来。

"亲戚家的妹妹。"俞知逸面不改色地笑了笑。

八月的下午，还是很热，宋风依旧是被噼里啪啦的键盘鼠标声吵醒的，他摘了眼罩，眯着眼睛往屋子里看了看。

陈辉坐在第一排，看表情玩的是 QQ 炫舞，而后面，不知道什么时候又多了两个学生，很眼熟，听陈辉说成绩还不错。

宋风闭上眼睛又眯了一会儿，半个小时后起来去洗手间洗了把脸，从冰箱里拿出一瓶冰镇的矿泉水，一口气喝完了。

从他的嘴角溢出来点水渍，阳光下有点诱人，他抬手蹭掉，朝房间最后面走过去，“咣”的一声，一个优美的抛物线，空瓶掉进垃圾桶里。

“最后一局。”宋风站在那两个人旁边。

正玩着游戏的男生，白白胖胖的，看到宋风毫无表情的脸有点不敢搭话，只小声说：“我们刷卡了，刚才看你睡觉就没叫醒你。”

宋风笑了：“什么玩意儿就刷卡了，成年了吗？”

很少看见他笑，小胖看得有点愣神，但也不敢反抗：“好的，风哥，那就最后一局。”

态度不错，宋风满意地摸了摸小胖的脸，转身回到柜台。只是他刚转身，就发现陈辉坐在那里，手里还拿着他的宝贝游戏机。

都是“儿子”，就纵容一次吧。

宋风坐回椅子里，往外扫了一眼就继续瘫着，还很有仪式感地戴上了眼罩。

“如果不是俞知逸，你现在应该在读大学吧。”陈辉忽然没头没尾地说了一句。其实他没玩宋老板的游戏机，只是无聊地看看那些无脑游戏的存档，越看越不是滋味。

每次宋风往外赶人的时候，陈辉都很不是滋味。

一直以来陈辉都刻意地不去提那件事，但今天不知道怎么了就没忍住。

宋风戴着眼罩，看不出来什么表情，但嘴角懒散的笑消失了，手臂斜在椅子上，手腕处的脉搏在阳光下静静跳动。

“谁知道呢，打架被开除了也说不定。”还是那副懒懒的语调，宋风摘了眼罩扔在桌子上，从陈辉手里夺回游戏机，“我下去动动。”

“去吧，去跟对面理发店的李大爷比比五十米。”陈辉斜眼看着他。

“有点难度。”宋风笑着下楼了。

陈辉看着他的背影，久久才收回视线，也瘫在椅子里……谁知道呢？但不管怎么样都比现在强。

宋老板的名字在几所学校里远近闻名，靠的不只是打架厉害，和打架一样厉害的，还有成绩。

成绩很好，特别好，比俞知逸好。

但是折了，是俞知逸搞的。

陈辉虽然大大咧咧的，整天就知道傻乐，但他经常忍不住想，如果当初没有俞知逸从中作梗，宋老板现在该是什么样子？

是穿着白大褂在实验室解剖小白鼠？还是穿着白大褂在实验室拿着烧杯和酒精灯？

“小风来理发呀？”宋风刚下楼，李大爷就看见他了。

“今天不剪，还没长出来呢。”宋风摸着自己的板寸笑了。

“好，下次给你剪个不一样的。”李大爷笑呵呵的。

宋风也笑了笑。网吧那边现在太阳正晒着，脚挨着地都觉得烫，宋风坐在李大爷店门前。

李大爷的理发店面积特别小，而且他只会理平头寸头，只要五块钱，这么多年了从来没涨过价，宋风也就是仗着自己长得好看，可劲儿“作”。

但比宋风来这里时间更长的，是舒冬。舒冬的那头黑发，要么自己拦腰剪，要么来李大爷这里剪。

除了上岁数的人过来理发，李大爷这里几乎看不见年轻人，没有宋风和舒冬这般颜值的年轻人还真不敢过来。

宋风拿出游戏机，今天换了个游戏，玩《俄罗斯方块》玩得上瘾。

文身店。

舒冬在一楼客厅画手稿，今天下午有两个客人都是林哥接待的，舒冬没什么事。

但一个下午了，舒冬也没画出来像样的东西。今天是周四，周六俞知逸就要回来了，但她还没想到解决办法。

她打开手机，在手机银行里查了另一张卡的余额。

一万四。

但只看了一眼，舒冬就退出去了。

这个钱不能动。从小到大，她攒着零花钱，每月给了张阿姨剩下的工资也偷偷攒着，一点都舍不得乱花才有了这笔钱。

这是比她命还重要的东西。

舒冬心里有点乱，拿着烟出去了，出了门靠在墙边，没往老柳树那边走，这几天，她都很刻意地避开他。

林峰和客人从楼上下来没看见舒冬，余光顺着窗户看见她在外面抽烟，他愣了一下，没说什么。等把客人送走之后，林峰来到舒冬旁边，从窗台的烟盒里取出一根烟点上。

“今天怎么了？心不在焉的。”林峰穿着黑色背心大裤衩，低头看了眼舒冬。

舒冬竟然不知道林哥什么时候站在了旁边，一瞬间的愣怔后，她笑了："可能是天热吧。"

熟悉的声音让宋风手指一顿，然而就因为这一瞬间的失神，高速下降的方块很快堆满了整个屏幕。

GAME OVER!

舒冬不说，林峰也不打算继续问，毕竟姑娘大了，有点心事很正常。

舒冬心里犹豫不决，如果还能有人帮她的话，除了林哥她找不到第二个人，但就是因为林哥对她太好了，她不想总麻烦他。

一根烟很快就抽完了，林峰将烟蒂掐灭扔在垃圾桶上，准备回去。

"林哥。"

然而他刚转身，舒冬就叫住了他。

林峰扭头，就看到舒冬欲言又止的样子，很少见。

可能天太干了，舒冬嘴唇有点脱皮："林哥，能跟你借点钱吗？"

街的拐角，宋风眉毛微不可察地皱了下，各种形状的方块下降得很慢，条形下来正好可以补缝隙，但宋老板不知道是脑子不在线还是手抽筋了，就给滑到了旁边，接着就是乱七八糟的堆叠。

又一局，GAME OVER!

"需要多少？"林峰低头看了舒冬两秒，然后又点了一根烟。

"两千。"舒冬倚墙看着前面那棵老柳树。

舒冬知道两千块钱肯定不够，省城的房租不知道是宋城的几倍，但舒冬不好意思跟林哥要那么多，这家店一个月能赚多少钱，舒冬很清楚，况且林哥现在结婚了，用钱的地方会很多，剩下的她会再想办法。

林峰拿出手机，二话没说给舒冬转了两千块钱过去，也不问她用来干什么。

"谢谢林哥，下个月还你。""谢谢"这两个字其实挺单薄的，这四年来她欠林哥的太多了，但除了谢谢，她不知道还能说什么。

"前几天不是刚发工资吗，是不是遇到事了？"在给了她钱之后再问，就只是纯粹的担心了。

她不是喜欢乱花钱的人，也不是爱惹事的人，所以今天借钱，林峰还挺意外的。

舒冬目视前方，具体在看什么她自己也不知道，林哥应该是最了解她的人了，所以没什么好隐瞒的。

“前几天，我姨说正宇的外公动手术，从我卡里取了点钱。”舒冬说。

她刚说完，林峰的火气就噌噌往上涨，却还是耐着性子问：“取了点还是取完了？”

不得不说，林峰对张月玲和舒健周还是很了解的。

舒冬没说话，但看到林哥那么生气，觉得心里暖暖的。她笑了笑：“没事，可能真的着急用钱，老人家的身体重要。”

这些话，舒冬已经说了好多遍，说给自己听。虽然不是她的外公，但事关老人的身体，她不会那么冷漠，或许只要张阿姨换一种做法，不要让她那么寒心，可能她会很高兴地把钱借给他们。

另一侧墙角的阴凉里，宋老板以每局不超过二十秒的速度结束游戏。

宋风随意地按着游戏机，旁边的对话，好像听懂了，也好像没听懂，对人物关系不清楚，但她好像受欺负了。

“多着急用钱？着急来跟你一个孩子要？多少亲戚朋友不能借，说到底是觉得你的钱不用还是不是？”林峰一口气憋在胸口，语速很快，主要是这对夫妻的吃相太难看了。

“林哥……”舒冬有点哽咽。

宋风一愣，把游戏机关了扔进怀里。他从来没听过她用这种语调说话，听着声音似乎可以想象到表情，快哭了吧。

舒冬眼角泛红，因为林哥对她的好，也因为这么多年没能融入那个家庭。

林峰也意识到自己太暴躁了，缓了片刻，他又点了一根烟：“小冬，其实你可以狠心一点，不管是彻底搬出来，还是去其他城市，跟他们划清界限吧。”

几乎没有犹豫地，舒冬摇了摇头。因为考虑过这个问题，所以答案早已经在心里了。

他们的确对她很一般，但他们也确实养了她十几年，如果没有他们，她不知道自己现在能在哪里。

林峰注视着舒冬，这姑娘平常看着安安静静的，但心里很倔，又单纯得很，所以就很容易受欺负。没有继续劝她，林峰让她在外面缓一会儿，自己先回店里了。

虽然在阴凉处，但外面也很热，空气很闷，舒冬不想去室内，她靠着墙，凉凉的触感能让心里静一点。

“风哥！”

突来的声音吓了舒冬一跳，她抬头，发现陈辉在网吧最后排的窗户在叫人。舒冬视线在三楼扫了一眼，没看见宋风的影子。

“怎么了？”

忽然出现的声音，让舒冬错愕地抬眼，声音没有从三楼传过来，而是从很近的拐角。他声音懒懒的，很小，陈辉不可能听见，但舒冬可以。

陈辉看楼下两个人的站位，搞不清楚什么状况，只管隔空喊话：“你俩躲猫猫呢？”

躲猫猫？

宋风嘴角扯了一个笑，重新拿起游戏机开始新一轮的游戏，而转角的另一只“小老鼠”，把烟掐灭回了店里。

两个人谁都没有扭头看看的意思。

第二章 / 残缺的心

周五下午，舒冬从楼梯下来，但看到楼下的人，正下台阶脚步忽然停住了。

俞知逸坐在沙发上。

“刚刚我要去叫你，知逸说怕耽误你忙就不让我去。”林峰坐在沙发上跟俞知逸面对面闲聊。

“好久没见了，想跟林哥多聊几句。”俞知逸笑了笑，体贴好男友的样子很完美，他望着舒冬，“忙完了？”

看到他的那一刻，舒冬不知道怎么了，心里忽然有很多想法，最初的惊讶，然后是开心，再然后竟然是不想他这么早出现在这里，因为她还没准备好钱。

“嗯，什么时候来的？”舒冬从楼梯上慢慢下来。

“刚来不久。”俞知逸说。

林峰从桌子上拿起手机、烟和打火机，看着面前的两个人：“你们聊，我有点事要出去一趟，有事打电话给我。”

“一会儿好像还有预约。”舒冬怕林峰忘了。

“我知道，你来就行。”林峰话还没说完人就已经走出门外了，对舒冬显然是很信任。

店里只剩他们两个人，舒冬给俞知逸倒了一杯水。

“今天不上班吗？”舒冬坐在林哥刚刚坐的位置，没记错的话今天是周五。

“学校今天上午有事，就请了一天假。”俞知逸起身坐到舒冬旁边，两个人的距离瞬间缩短，他伏在舒冬耳边，“怎么，不想看到我吗？”

突然接近的气息，让舒冬的心脏跳得有点快，她笑着往旁边移了点，说：“想……不过公司那里可以吗？”

“没关系，请假了。”俞知逸将她浅浅的羞涩看在眼里，嘴角忍不住上扬。

就在两个人说话的时候，预约的客人到了。

“你先去忙，我自己坐会儿或者出去走走。”俞知逸说。

“好，有事叫我。”舒冬带着客人去二楼了。

俞知逸坐在沙发上，看着楼梯上舒冬的背影，不禁想到第一次见她的时候。

四月份他回家，忽然很想文身，也不是忽然，其实脑子里一直都有这个想法，只不过是那天终于想付诸行动了。

他以为文身师都会在身上文得很夸张，但直到她问自己想要文什么的时候，他才确信，眼前这个有点冷淡不屑，却很干净的女生是今天的文身师。

他见多了学校里那些乖乖的，打扮得很漂亮想在人前出风头的女生，也见多了不自信躲在人群后的女生。

然而那一刻的舒冬，是冷漠安静的，漂亮却不招摇，沉默却也自信，如果非要用什么来形容她的话，就是冰凉的水，很合适。

俞知逸依稀记得那天，他抬头那一瞬间看到的画面，她左耳的耳钉，黑色的吊带，腰上隐隐约约的刺青……房间的光线正好，那一刻，俞知逸承认自己是心动的。

但后来越接触越发现，在那层淡漠对什么都无所谓的脸之下，有一颗……

该怎么形容那颗心呢？

她好像在一个笼子里，似和现实世界隔着一层屏障，对接收别人的信息和表达自己的情绪，有些迟钝和障碍。

总之，在极其短暂的时间里，俞知逸就已经觉得索然无味了。

然而俞知逸不知道，她的淡漠是真的，喜欢上一个人时的羞涩怯懦也是真的，俞知逸发现了她在笼子里，却从来没想拉她一把。

他不负责任地说出那个“爱”字，让生活一潭死水的舒冬心动了，但他只是发现真实的舒冬和想象的不一样，就毫不犹豫地将她丢弃了。

喜欢上她，只是一时的新鲜感，就像俞知逸背后的文身一样，他想尝试点不一样的，却又不敢让它见光。

俞知逸在沙发上坐着发了会儿呆，不经意间想到上次吃饭的时候，宋风说他的网吧在这附近。

强烈的阳光透过窗户照射进来，连空气中飘浮的灰尘都清晰可见。俞知逸笑了，温文尔雅的脸上竟然有丝阴鸷。

如他所愿，宋风烂在了泥里，烂在了这个苟延残喘的破败城市里。

下午四五点，阳光还很毒，俞知逸从文身店出来往四周望了望，一眼就看见了对面三楼的霓虹灯广告牌，虽然现在灯没亮，但也很好找。

风速网吧。

俞知逸这辈子都没去过几次网吧，他顺着楼梯慢慢上去，站在门外还没进去，就听见里面嘈杂的声音，不知道宋风看见自己，会是什么表情?

想到这里，俞知逸笑着推开了门，入眼便是一群年龄不大的孩子，戴着耳机，眼神专注地看着电脑屏幕。

陈辉听见门被打开了，不过懒得抬头，但过了片刻，这人还不来刷脸陈辉才往门那边看，然后刚扭头就愣住了。

俞知逸?

“你怎么在这里？”太过惊讶和突然，“最佳男演员”陈辉平常的演技摔在地上烂得稀碎。

“过来找冬冬，顺便来看看你们，宋风不在吗？”俞知逸笑着走到柜台前。

经过几秒的反应，陈辉将碎在地上的演技又捡了捡，他轻咳了一声：“宋老板整天忙得神龙见首不见尾……”

陈辉话没说完，宋风推门进来了。

门正对着柜台，宋风手里提着几盒药，装在透明的塑料袋子里，开门看见俞知逸的时候也是一愣。

“哟，今天让你见着了。”陈辉脸不红心不跳，跟俞知逸打哈哈，把编辑了一半的短信删掉了。

宋风只愣了一秒，脚步没停地走到柜台前，路过俞知逸的时候也没开口，随意地把药放在桌子上。

倒是俞知逸，仔细打量了室内笑着说：“你这店不大不小挺好的，就是位置有点偏，巷子里可能不太好找。”

大热天忙了一下午，宋风进门就瘫在了椅子里：“清净，租金便宜。”

俞知逸微愣，想象是一回事，亲眼看到又是另一番情景。曾经那么高傲张扬的人，现在却为了生计，被包围在柴米油盐的世俗琐事里，任谁看了都会忍不住一阵唏嘘。

“怎么，来玩游戏吗？”宋风起身从后面的冰箱拿出一罐可乐扔给俞知逸，人家都上门了，不管安的什么心，还是要“好好招待”的。

不过，俞知逸的时间怎么会浪费在这种没有意义的事情上，所以宋老板的言下之意其实是赶紧消失。

“来找冬冬。”俞知逸笑着接过可乐，“想起来你在这附近就来看看。”

看到俞知逸顺着窗户往文身店的方向望过去，宋风才反应过来原来他说的是舒冬。他偏头往楼下看了一眼，感觉所有亲昵的称谓都不适合她，尤其从俞知逸口中说出来。

她，就应该叫舒冬。

“你看上她什么了？”宋风问得随意，只不过那双无精打采的眼睛却仔细注视着俞知逸的每个细微表情。

“感情里的事哪能说得清楚。”俞知逸脸上始终挂着属于他的浅笑，很从容。

“学校的乖乖女吃腻了，想换个口味是吗？”宋风玩笑着说道。

“什么时候对我的事这么上心了？”俞知逸笑了笑。

“一直。”宋风扯了扯嘴角，不假思索。

俞知逸愣了。他知道宋风很聪明，整天懒懒散散的样子只是因为没有太多的事情能让宋风放在心上，而同样不在宋风注意范围之内的，还有他俞知逸。

宋风从来没把他俞知逸看在眼里。

陈辉在旁边替宋老板照顾他的宝贝游戏机，耳朵却听着旁边的动静，准备随时动手。

“不是实习，怎么回来了？”宋风从椅子上起来。

“学校有点事，请了一天假。”俞知逸靠着第一排的桌子。

你问我答，气氛很融洽，任谁也看不出来两个人曾经是打架往死里砸的关系。

“电视台好像离你们学校有点远。”宋风问。

“嗯，准备搬出来住。”俞知逸说。

宋风倚在窗边，夏天强烈的阳光从背后照射过来，整张脸隐匿在光里，他缓缓地，挑了个意味不明的笑。

如果没记错的话，她昨天在借钱?

宋风做什么事都懒洋洋的，连打架都带着懒散，所以，他也擅长漫不经心地编织陷阱，看着猎物乖乖地跳进去。

俞知逸莫名地不想再进行这个话题，他的目光在桌面的药上停了几秒:“孟爷爷身体还好吗？”

陈辉心里一惊猛地抬头，看了看俞知逸，又连忙去看宋老板的反应。

宋风整张脸背着光，看不清表情。

一时间很沉默，然后陈辉忽然听到一声轻笑，窗边传来的。

“很好。”

俞知逸笑着点了点头：“改天有时间去看看孟爷爷，好久没……”

他的话没说完，宋风一个箭步上去，揪起他的衣服。俞知逸没料到宋风忽然动手，或者说他在想宋风究竟能忍到什么时候动手。

俞知逸后背摔在桌子上，巨大的声响让整个网吧都安静了，有几个人看形势不对立即摘下耳机站了起来，都一副跃跃欲试的样子。

“都坐着。”陈辉放下游戏机，这种事宋老板一个人就够了。

宋风揪着俞知逸的衣服，笑了：“对你今天看到的还满意吗？”

俞知逸握着宋风的手腕，强硬地将他的手从衣服上拿开，然后，一拳砸在宋风的肩胛骨。

“很满意。”俞知逸拍了拍衣服的褶皱，笑容比刚才更盛，“宋风，这才最适合你，跟这些不三不四食物链底端的人，一起烂在泥里。”

宋风笑了笑：“这么未卜先知吗？那来猜猜，你今天是竖着出去，还是横着出去？”

说完，宋风一拳挥了出去。

陈辉在旁边看着，这个画面跟三年前几乎重合，一样的动作，一样的人。

只不过当年陈辉拼了命上去拦着，但今天，他不打算拦了，因为三年前他不拦着，俞知逸会死，而现在，很多事情已经变了。

俞知逸抬手摸了摸嘴角，他看着手上的鲜红，忽然笑了，被宋风逼出来自己最真实的样子，他竟然觉得有些久违的畅快。而且能看到宋风像只奄奄一息的困兽，更畅快。

俞知逸不想宋风好过，他内心争强好斗，但从来没在人前表现出来，永远都那副人畜无害的样子，然而此时此刻，他自己撕开了那层皮。

“宋风，你不用挣扎，很久之前我们就不是一路人了。”俞知逸身体虚晃了一下，他扶着墙依旧在笑，“我越走越远，而你，只能活在这条破巷子里。”

痛觉慢慢恢复，俞知逸说完就走了，身形有点不稳，而宋风也没有拦，闷在心里的东西似乎突然间就散了。

网吧所有的小兄弟都在暗暗观察宋风的反应，陈辉也是，但宋风却像什么都没发生过一样，提着桌子上那袋药出门了。

他骑着自行车，迎面的风也是热的，累了一天，刚刚休息那几分钟好像不太够。

二十分钟后，宋风把车停在小区楼下。他推开门，爷爷靠在椅子上睡着了，腿上还摊开一本书。这么热的天也没开空调，宋风拿起沙发上的遥控器把空调打开。

细微的动静，还是把孟爷爷吵醒了。

“小风回来了。”孟爷爷眼睛里还带着几分迷糊，动了动，腿上的书便掉在了地上。

他正要弯腰去捡，宋风把书捡起来放在了旁边的茶几上：“今天咳得厉害吗？”

“没怎么咳，好多了。”孟爷爷笑着从椅子上起来，走了两步。

宋风没接话，拿了个杯子走进厨房。其实他就不应该问这种问题，就像问他们不开空调热不热一样，答案永远都是“不热”“好多了”“很好”。

宋风接了杯热水，从袋子里拿了包药冲开，放到孟爷爷的面前：“趁热喝了。”

孟爷爷看着那杯药，又看了看包装袋子：“这是我前段时间吃的那种药？”

“还知道呢。”宋风语气不太好，颇有种教训小孩子的感觉。

而孟爷爷也自知理亏，心虚地笑了笑。

“我说多少遍了，以后药吃完了跟我说，看你前段时间吃的效果挺好，这倒好，药没了也不知道说一声，停这段时间又咳起来了。”宋风难得这么絮叨严肃。

这几天半夜宋风经常听到隔壁的咳嗽声，要不是昨天看了药箱，他还不知道药已经没了。

“听你奶奶说这是人家的偏方，药店里没有，去买一次挺远的。”药有点烫，孟爷爷抿了一下。

宋风扫了一眼爷爷，然后低下了头。他怎么会不知道呢，爷爷这辈子最怕给别人添麻烦了，有什么事也都藏在心里。

“就在隔壁市，坐火车一天也就回来了。”宋风语气缓和了一点，把那堆药拿过来，“这里面还有抓的中药，晚上让我奶奶给你熬了，苦也得喝。”

说到最后，宋风忍不住乐了，你说这六七十岁的人了，怎么还跟小孩子似的，怕苦。

孟爷爷看着那杯药，眼睛里除了笑忽然多出许多其他东西。忽然，他长长地叹了一口气：“小风，是爷爷拖累了你。”

宋风正准备把那些药归归类，听到这句话，心里像是有蚂蚁在啃噬，手上的动作也顿住了。

但很快，他又开始若无其事地整理那些药，连语气都变成了平常的懒散：“又乱想什么呢？”

孟爷爷没说话。

“是不是在家太闲了？”宋风把整理好的药箱放在茶几下，然后坐在孟爷爷对面，“跟我奶奶一起去公园里和那些老头儿老太太唠呗，整天在家抱着书有什么意思，而且这本书都已经看五六遍了。”

孟爷爷看了眼那本书：“经典是需要反复研读的。”

宋风乐了，桌子上是本非常旧的《红楼梦》，本来正说伤心事呢，提到书，老头子可是寸步不让。

“好，你反复读。不过我今天去拿药的时候，看佳市周边挺不错的，看哪天不热一起去溜达？”宋风问。

孟爷爷还在喝药：“好，晚上回来问问你奶奶。”

“那我回店里了，有事打电话。”宋风准备走。

“路上小心点，晚上记得吃饭。”孟爷爷看着孙子的背影，有点恍惚，一转眼就这么大了，跟他爸爸长得也越来越像。

宋风走到玄关，但心里始终被那句话坠着，压得他喘不过气……

在玄关停了几秒，宋风又折了回来，坐在孟爷爷身边。

“今天看见俞知逸了。我没觉得自己过得不好，每个人的追求不一样，我就喜欢现在这种没什么压力的清闲日子，虽然挣不了大钱，但也不缺。再说了，高中那会儿是我自己不好好学习，最后那成绩是真没眼看，你少给自己脸上贴金，也别自己在家瞎琢磨，有空多和我奶奶出去转转。”

宋风从家出来，天忽然阴了，他望着灰蒙蒙的天空长出了一口气。

爷爷虽然不爱凑热闹，也不怎么爱说话，但心思很缜密、很细腻，宋风不知道他怎么察觉到的，突然说出那句话。

拖累。

这两个字像座山似的压在宋风心头，爷爷这辈子最怕麻烦拖累别人。

宋风骑着自行车出了小区，空气里弥漫着灰尘和雨水的味道，不怎么有风，像是暴雨前的平静。

那些话，是说给爷爷听的，更是说给自己听的。如果之前他还有过不甘心，但经过这几年，他再也没有后悔，因为他知道自己想要什么。

舒冬送走最后一位客人，下楼后却没看见俞知逸，她打电话过去，他说他已经回家了，舒冬说去找他一起吃晚饭，他也拒绝了。

电话已经挂断，舒冬看着屏幕上的名字，知逸。

静静地看了好一会儿，她才收起手机。

下午六点多，后面也没有顾客了，舒冬准备关店回家，但她刚收拾好东西，窗外忽然下起了雨。

宋风才骑了一半的路，雨毫无征兆地就下来了，并且越来越大，他加快了速度，但衣服还是湿得彻底。宋风顺着另一条路过来，经过文身店的时候，正好看见她出来，他当即停住了。

把自行车扔在雨里，宋风朝她径直走过去。

舒冬正要锁门，忽然被人抓着手臂狠狠转过去，她不耐烦地皱眉，就看到浑身湿透的他。

“放开。”一瞬间的愣怔后，舒冬的目光又变得冷漠。

宋风没有松手，低头面无表情地看着她，身上滴的水已经沾湿了她的衣服。

肩膀被他狠狠握着，舒冬不知道他用了多大力气，疼得她牙齿打战，但她还是面不改色地又说了一遍：“放开。”

宋风还是没有松开，手上的力度反而又加重了一分。此时此刻，他真的很想把她捏碎，让她清醒。

“你看上他什么了？”跟他手上的力度不一样，宋风问得很轻。

因为疼痛，舒冬呼吸有点乱，全被淹没在滂沱的雨里了。她看着宋风，眼里全是倔强：“他很好。”

宋风忽然笑了：“嗯，他很好，那你呢？”

本来都快要疼得麻木了，但听到他的话，舒冬忽然恢复知觉，更疼了，眼睛里的淡漠冷意退去，只剩下一些茫然。

“他很好，那你呢？一个没读过书的小文身师，你觉得你有什么地方能配得上他？”宋风步步紧逼，说出的话更像凌厉的刀子，往舒冬心上捅。

雨大得起了雾，往他们身上弥漫，宋风又捏重了一分。

“疼。”舒冬眼睛很红。

仿佛一直就在等她说这个字，她话音刚落，宋风沉沉地看了她两秒，随即拉着她进店，把她抵在门上，距离太近了，她被他浓重的压迫感层层笼罩。

“出去！”舒冬屈膝顶在他腿上。

宋风没有起身，反而低头摩挲着她的鼻子：“他吻过你吗？”

舒冬还在挣扎，但被他禁锢着力气似乎已经用尽了。听着自己紊乱的呼吸，她抬头死死地看着他，一个字也没说。

宋风被她的愤怒取悦了，他笑了笑，低头吻在她唇上，越来越深。

舒冬眼睛不可思议地失去了焦距。

每次遇见他，事情总会无法控制。

“宋风！”舒冬狠狠推他，却推不动。

“嗯？”宋风抬头，不疼不痒地任由她闹，印象里这好像是第一次听到她叫自己的名字。

舒冬冷笑一声：“放开我。”

宋风并不在这个问题上纠结，又撩开了她的衣服：“他碰过你吗？”

舒冬脸色立刻变了，震惊、害怕、心悸、愤怒……她想骂他，喉咙却发不出声音，想推开他，却没有力气。

然而因为舒冬的沉默，宋风又变本加厉，还带着笑：“碰过吗？”

过了片刻，舒冬挣扎不过，反倒平静了：“没有。”

宋风有一瞬间的呆滞，随着她说出的两个字，没再乱来。本以为她会哭，没想到竟然这么稳，或者说他很少看到她惊慌失措的样子。

真想看看她的心是什么做的。

舒冬的脸有些苍白，跟她的心一样，虽然他没再乱来，但两个人之间的距离还是很近。

“为什么这么对我？”舒冬安静地望着他。

宋风一愣，为什么这么对她？他捏着她的下巴，仿佛是在思考答案。

“有些人天生就不可能在一起，比如你和俞知逸，而有些人，”宋风凝视着她的脸，竟然看出几分漂亮，“天生就该在一起。”

“比如你和我。”

周六傍晚，舒冬把俞知逸约出来，没有之前说好的电影院，只是简单的一顿饭。和往常一样，又是舒冬先到的。

舒冬看看菜单，再看看手机。聊天对话框里最后一句是“大概还有十分钟”，然而舒冬在这里已经等了将近三十分钟。就在舒冬犹豫要不要打电话给他的时候，对面的椅子被拉开了。

“头怎么了？”舒冬抬头，看见他额头上的纱布时皱了皱眉。

“不小心撞的。”俞知逸兴致不高，不知道是因为昨天的事还是对面吃饭的人，总之如果不是清楚今天吃饭的目的，他或许就不会来。

看他不愿意多说的样子，舒冬也没再继续问：“那就点些清淡的。”

俞知逸点了菜。

“这些你先拿着。”舒冬从包里拿出来一个信封，慢慢滑到俞知逸面前。

“怎么还取出来了？”俞知逸看着信封一愣。他已经很久没见过纸质的钱了，以为她会直接转账过来，所以先前觉得这顿饭有点多余。

如果不取出来，恐怕第二天林阿姨就取走了，舒冬没回答俞知逸这个问题，只道：“这里面是两千块，剩下的我尽快给你。”

“两千块？”俞知逸扫了一眼薄薄的信封，“我以为你都准备好了。”

舒冬忽然愣住，她呆滞地望着他略带责备的神情，不知道是哪里出了问题，她突然觉得心里很堵……

她知道没准备够他或许会不高兴，但在她的印象里，他是个很温柔体贴的人。

从她迟钝的反应中，俞知逸察觉到自己的话说得不妥，他连忙笑了笑，仿佛刚才的事情没有发生过。他温柔地拉住舒冬的手：“抱歉，最近烦心的事太多了，对不起。”

没等舒冬说话，俞知逸就拿起桌子上的信封：“如果没有不要为难自己，我再想办法，这些我尽快还给你。”

很多时候，并不是男生的谎言多精巧，而在于女生愿不愿意相信。

这一刻，舒冬信了。

“我这里不着急。”舒冬说。

一顿饭就这么吃完了，平淡中掺杂着虚情假意，付出真心的，自始至终都只有舒冬一个。

“今天不太舒服，等下次回来我们再去看电影，好吗？”从饭店出来，俞知逸拉着舒冬的手走在路边。

“你回去好好休息，今天我也有点累了。”舒冬说。

俞知逸忽然顿住了脚步，他看着舒冬，一把将她抱在怀里：“怎么这么乖呢？”

耳边的气息很热，舒冬的心瞬间提起，然而这一刻，她脑海里突然闪现过另一个湿漉漉的拥抱。

浑身都不自然地紧绷着，舒冬闭眼将那些画面散去，她抿了抿嘴唇：“其实，我很想和你去看电影。”

下巴放在她的肩头，俞知逸有一瞬间的呆滞，跟她在一起，她从来没有提过任何要求，永远都听话得像个木偶。

“下次陪你去。”俞知逸起身，揉了揉她的脑袋。

昏黄的路灯下，十字路口车流不息，舒冬微微低下头，失望被她藏在这片嘈杂的夜色里：“好。”

当一个乖小孩伸手要糖却被拒绝，那么，这辈子她可能再也不会伸手了，她会把自己的心思藏起来，继续做那个乖小孩。

因为说与不说，结果都一样，糖不属于她。

“没什么事就先回家吧，到了打电话给我。”攥着口袋里的信封，俞知逸笑着说。

“嗯，知道了。”舒冬笑着抬头。

又一个十字路口，两个人背道而驰。

舒冬沿着路上铺的方形砖往前走，不知道在想什么，但走了几步她忽然转身，斑马线上人影攒动，他的身影有些模糊，只看到他匆匆离开的背影。

望着远处斑驳的光影，舒冬脑海里再次浮现出那张湿漉漉却带着狠戾的脸，她想到那天晚上，那个骑着自行车在她身后跟了一路的人，在街角的路灯下，看着她进小区后才离开的人。

或许，他是对的吗？

对面的绿灯已经变成了红灯，路边也没有了俞知逸的影子，舒冬视线低垂了片刻，转身消失在了老街的尽头。

风和日丽的下午，宋风瘫在椅子里，视线穿过无数显示屏的缝隙，停在最后的角落，空的。

已经好几天没见到舒冬了，不仅是没在网吧见到，巷子里也没见到，窗户边也没偷瞄到。宋老板站在窗边，望眼欲穿。

倒没别的意思，他只是有点愧疚。

那天下午，可能是昏了头，怎么能那样呢？

宋风抬起手看着自己的五指，似乎还残留着滑腻的触感……

宋风一个激灵，猛地从椅子里站起来，更贴切地说应该是弹起来。

他在想什么？

“风哥怎么了？”小弟关切地问。

“没事。”宋风冷着脸无情地答。

狐朋狗友们看了几眼，看着好像真没事，也就不问了。

宋风来到空调前，调整了下扇叶，对着吹了几分钟后冷静下来，以后谁还相信他是个纯情大男孩呢？

虽然原来也没人相信，但宋老板的初恋确确实实都还在。

冷静了几分钟，宋风站在窗边往下看，依旧没有人影。既然她不上来，那他就下去，大不了就让她亲回来摸回来？

刚走到门外，宋风忽然觉得空手去是不是不太好？他又折回来，打开乱七八糟的抽屉，看着里面乱七八糟的东西。

烟？宋风看着拆了半盒的烟，她平常好像挺喜欢抽的，算了吧，小孩子还长身体呢，那其他更没有能拿出手的了。

最后，宋风拿了两支棒棒糖下去了。

前几天下了一场雨，天气已经没那么热了，宋风从楼上下来，走到对面李大爷的理发店前，他沿着墙角转过去，走了几步又往后退了两步，退到窗边，他往里悄悄瞄了两眼，没看见。

宋风叹了口气往前走，一只脚迈进店里，他打量着入眼可见的地方，上次来只顾着欺负她了，还真没注意里面长什么样。

“你好。”林峰从沙发上起来。

可能是因为心虚，听到有人说话，宋风吓了一跳，他往右扭头笑着说：“我还以为没人呢。”

“一直都有人。”林峰坐在靠墙的沙发上，比较隐蔽，他笑着放下T恤，盖上自己的啤酒肚，“今天想文什么？”

“我今天来串门儿，隔壁网吧的，宋风。”宋风往斜上方指了指，并且摸着口袋里的棒棒糖有些不知所措。

往常这个时候该递根烟过去，表达一下作为邻居的友好，那现在呢？递支棒棒糖？

“是你啊！”倒是林峰递了根烟过去，“大半年了头一次见。”

“比较懒，有时候一天都不怎么下楼。”宋风没接烟，笑道，“最近戒了。”

林峰也没勉强，他这个人心里没那多弯弯绕绕，跟陈辉倒是很像，只不过有时候比陈辉多了几分狠，又跟宋风有点像。

“你网吧开了之后，巷子里都比之前热闹了。”听说宋风不抽烟，林峰把自己的烟也掐了。

“都是些认识的朋友，整天把这儿当家了。”宋风笑着说。

林峰往楼上瞅了一眼，忽然想到什么，说：“小冬也挺爱去你那里玩。以前她总一个人闷着，今年倒是找到一个解闷的方法。”

宋风知道，他说的是舒冬。

“嗯，在店里见过几次。她今天在店里吗？”宋风装作不经意地问。

只不过林峰还没开口，楼梯上就响起了脚步声，舒冬从楼上下来了，然后就看见了宋风。

“忙完了？”林峰看着舒冬，又指了指宋风，“隔壁网吧的，你们应该认识吧？”

舒冬不知道他们说了什么，虽然很不想承认跟宋风认识，但还是淡淡地应了声。

宋风看她从楼梯上一级一级地走下来，意料之中地看到她瞬间的愣怔，随即又变得冷冷清清。

“那行，你们先聊，我去准备下个顾客的手稿。”要不怎么说林峰跟陈辉有点像呢，神经线条粗得跟电线杆一样，一点也没察觉到两个人之间的暗流涌动。

林峰上楼了，一楼只剩下舒冬和宋风。舒冬走到柜台前完善今天客人的档案，完全把宋风当作空气。

从她下楼那刻开始，宋风的眼睛就没从舒冬身上移开过，但她就是不看他。

过了几分钟，宋风从沙发上起来，走到门正对着的柜台旁，还非常自觉地从旁边捞了把椅子，他坐在舒冬的左手边：“抱歉。”

舒冬的手指微不可察地顿了下，然后置若罔闻，继续写档案。

“对不起。”宋风脸皮厚厚，语气软软。

舒冬不说话。

“我错了。”宋风再接再厉。

舒冬无动于衷。

“为了表达歉意，哥哥请你上网。”宋风诱哄。

舒冬眼皮都没抬一下。

“请你上一年网。”宋风霸气道。

舒冬依旧没说话。

“一辈子。”宋风忽然温柔了。

笔尖在距离纸页三毫米的位置停下，舒冬看着档案册，忽然想不起来下一句要写什么。

宋风以为她还在生气，从口袋里拿出棒棒糖递到舒冬的面前：“请你吃糖。”

舒冬动了，她慢慢扭头，看着宋风。他的眼睛黑亮，他在笑，但不是之前让人讨厌的那种笑。

舒冬缓缓接过糖，拆了糖纸，张嘴含住糖。

真是个傻丫头，就这么简单地被一个糖收买了，但总之宋风松了口气，他把口袋里另一支棒棒糖拆开自己吃了。

从此，两个人变成了一起吃糖的好朋友。

然而宋风不知道，舒冬原谅他并不是因为他说请她上网。或许在第二次、第三次他道歉的时候，舒冬就没那么生气了，和外表相反，她从来不是个心冷的人。

才几分钟而已，宋风又变得懒洋洋的。他单手撑着头，饶有兴味地看着舒冬吃糖的样子，真可爱。

宋风：“吃了我的糖，就不准再生气了。”

舒冬顿了下，接着眼睛冷冷地扫过去：“别再做蠢事。”

宋风：“……”

真可爱。

两个人就这么一个写东西，一个看着另一个写东西，也不说话，画面竟然祥和得出奇，然而宋老板的手机忽然振动了，是陈辉打来了电话。

“在哪儿呢？这么久都不回来？”

宋风接了，还没来得及说话就听见陈辉在那边喊。他看了一眼舒冬，掩饰性地移开了视线：“咳咳……”

“咳什么咳，打暗号呢？”陈辉难得这么理直气壮地训斥宋老板，语气像极了正室逼问在外面鬼混的丈夫。

但宋老板正蠢蠢欲动呢，完全没听出来陈辉的浓浓兄弟情。

“现在回去。”宋风说完把电话挂了，隔着屏幕都嫌陈辉聒噪。

电话挂断之后，宋风又扭过头看着舒冬：“我走了。”

舒冬头都没抬：“嗯。”

宋风难得碰到个比他话还少的人，所以在她面前，自己倒显得像个“陈辉”？

“今天晚上请你玩游戏。”宋风可能有被虐倾向，越挫越勇。他说完不等舒冬回答，就走了，可能怕被舒冬冻出心肌梗死。

他走了之后舒冬才抬头，出神地望着门外的巷子，牙齿间充斥着浓郁的甜腻，很甜。

当然，她是不会去的，对于宋风，她刻意地想躲开。

回到店里，宋风万年不变的姿势——椅子瘫，眼睛在阳光下半睁着，很慵懒，视线正好落在街角的文身店。

最初，戏弄她是因为俞知逸。

现在，戏弄她还是因为俞知逸。

不过，多了点愧疚。

宋风扯了扯嘴角，但他也不完全是个坏人，让她离开俞知逸那种“豆腐渣工程”，顺便还能让俞知逸吐口血，两全其美。

又快到周末了，舒冬不知道这周俞知逸会不会回来，但是钱她还没准备好，因为她不知道跟谁借了。

上次借林哥的钱还没还，她不想再跟他开口，健周叔和张阿姨他们说会还她钱，但她从来没有太大的期望。

跟谁借呢？没有人了。

舒冬拿出手机，又看了眼另一张卡里偷偷存的一万四千块钱，要用这个钱吗？

看着余额数字，舒冬不自觉地想起来从小到大省吃俭用的画面，张阿姨给的零花钱多了，哪怕一周只多出来十块钱，舒冬都偷偷存起来。

眼睛渐渐地有点红，舒冬连忙把手机关掉，断了用这些钱的念头。

下午六七点钟，陈辉从家里带了点“饲料”过来，喂了喂宋老板。但两个人吃完饭，宋风都没见舒冬来，然后他扭头看向窗外，看见她正靠着墙抽烟。

从文身店出来宋风就想到了，她不会来。

“手机拿来。”宋风手伸到陈辉面前。

“干什么？”陈辉象征性地问，身体已经很诚实地把手机递出去了。

宋风按了四个零，手机解锁，又打开微信找舒冬的名字。

为什么陈辉会有舒冬的微信呢？因为营销鬼才陈辉经常搞些“陈家菜

馆＆风速网吧”联名打折券，来上网的人不管人家吃不吃饭，都要加下微信。

很巧，舒冬也在。

宋风点进去，消息框一片空白。不知道她为什么会答应陈辉，不过以宋风这么长时间对她的了解，虽然她平常冷冰冰的，却不怎么会拒绝人，当然，拒绝他倒是很干脆利落。

头像是个绿皮火车头，从远方过来……绿皮火车？

好歹是个漂亮姑娘，文身店每天去文身的人有多少是冲她去的，怎么就不知道经营下自己那张脸？

搞个绿皮火车头，难道想出轨吗？

舒冬刚忙完，手机突然振动一声，她拿起来看了看，陈辉？

“听说你最近缺钱？”

几乎是看见这行字的时候，舒冬就紧紧地皱了皱眉。她抬头往三楼看，窗户没打开，还折射着太阳光，里面的情形看不清。

但她知道宋风在窗后。

舒冬猜对了，宋风站在窗边懒懒地看着她，他不仅要让她来，还要她乖乖地主动过来。

无声地对视，过了片刻舒冬移开了眼，她把店门锁上，然后去了网吧。

可能是周四的缘故，舒冬推开门只有零星几个人，陈辉也不在，宋风在柜台前坐着。她慢慢走过去，该说什么呢？

“今天哥哥请你玩。”宋风把跷在桌子上的长腿放下，从抽屉里拿出来张身份证在机器上刷了，还拿了一瓶水给她，但只字不提把她骗来的那句话。

矿泉水还带着冰箱里的冷气，舒冬不是很想接：“今天不玩游戏。”

“哦？”宋风疑惑地皱眉，“那来干什么，难不成想我了？”

舒冬清晰地感觉到自己心里着了火，他是故意的。

“不，玩游戏。”舒冬冷笑了声，转身走向她常去的那个角落。

哟，生气了。宋风看着她的背影笑了，竟然有丝诡异的满足和成就感。

舒冬刚进入游戏，宋风就坐在了她旁边。

“告诉我用钱干什么，我就给你。”宋风饶有兴致地看她玩游戏。

舒冬冷着脸迟疑了一秒，接着键盘被她敲得噼里啪啦响，不知道是把游戏里的人当成了宋风，还是把键盘当成了宋风，总之看这架势，是往死里蹂躏。

宋风笑了：“那我来猜好不好？是家里人生病了需要钱是吗？”

舒冬没看他：“不是。”

舒冬很矛盾，她知道宋风跟俞知逸之间有过节，所以不想告诉宋风，但不告诉他的话，她真的没人可以借了。

而除了这个角落外，其余的“小不良”正拿着手机疯狂偷拍，不停地戳陈辉，还在群里奔走相告——“大家有嫂子了！”

“看上喜欢的衣服鞋子了？”宋风继续瞎猜。

他很清楚她借钱用来干什么，但那个正确答案，他不会碰。

舒冬心里有点乱，又摇了摇头，然后退出了游戏。她打开旁边的窗户点了一根烟，但是她刚点着，宋风就给她掐灭了。

宋风脸上的懒散渐渐消失，倾身凝视着舒冬，右手把玩着半根烟，一点一点地撕碎：“我只借钱给朋友。”

舒冬有点听不懂，疑惑地看着他。

“朋友，女性朋友，女朋友，你想要哪个？”宋风漫不经心地开口。

思忖着他的话，舒冬从桌子上拆了片口香糖。她扭头看着宋风：“你想哪个？”

“女朋友。”

宋风不假思索，但也有点错愕。原本以为她会和往常一样像个木头似的呆在那儿，但他怎么感觉她嚼着口香糖的小嘴巴有点撩人呢？

“我有男朋友。”

“会分手的。”

舒冬皱眉，她偏头望着宋风，一秒，两秒，三秒：“钱呢？”

宋风拆开另一个口香糖嚼着，不紧不慢地从口袋里拿出信封：“女朋友吗？”

“不可能。”舒冬说。

“那以后呢？”宋风笑着问。

舒冬没说话，从宋风手里拿出信封走出了网吧。

真是个冷酷无情的丫头。宋风仰躺在椅子上，他望着舒冬的背影，黑色紧身T恤和灰绿色的工装裤之间，露出一截若隐若现的小腰，再配上她那张毫无表情却偶尔撩人的脸……

宋老板蠢蠢欲动了。

舒冬沿着楼梯到一楼，低头看着手里的信封，虽然很轻却觉得沉甸甸的，她抬头往楼上看了看，然后消失在了巷子里。

连舒冬自己都察觉不到，和宋风在一起的时候，她和人交流的那种障碍和别扭会消失，她可以正常地表达自己的情绪、表情，还有言语动作。

就像是木头里注入了灵魂。

回到家后，舒冬煮了碗面，边吃边拆开信封。她数了数，数到后面心里有点不是滋味，里面竟然有五千块钱，太多了。

舒冬放下筷子，从里面抽出来两千准备还给林哥。不知道为什么，欠着宋风，她好像更心安理得。

打开俞知逸的消息对话框，舒冬想告诉他钱准备好了。只不过打字打到一半，舒冬愣了下，明天是周六。

要不然给他个惊喜吧，她还没去过他的学校。

想到这里，舒冬把编辑了一半的消息删掉，嘴角露出若隐若现的笑，继续吃那半碗面。

周六，宋风店里的人挺多，很多"小不良"憋了一周就等着这一天。

宋奶奶往店里买了个饮水机，说孩子们整天喝饮料对身体不好，以后多喝热水，但这帮小崽子依旧每天一瓶"快乐肥宅水"，倒是便宜了宋风。

宋老板从家里拿出来去年教师节别人送给孟爷爷的保温杯，还从家里带了点枸杞，整天窝在椅子里，颐养天年。而今天他离养老生活更近一步，游戏也不玩了，拿出来初中没描完的字帖，练字。

"再过几天是不是得换毛笔？"陈辉推开门就看到宋老板一副老僧入定的样子，关键是还沐浴在阳光下，显得很是岁月静好。

但陈辉却忍不住一阵心慌，这是快要看破红尘出家了吧。

"风哥，晚上一起去酒吧吗？新来一个打碟的女孩很漂亮，是你喜欢的型。"陈辉努力拉扯着宋老板对人间的热爱。

"不去。"宋风笔没停，头没抬。

"理由。"陈辉问。

"吵。"宋风说。

陈辉有点肝疼："哥，你今年二十一岁不是八十一岁，快动动你的腰吧！"

笔尖顿在纸上洇出墨水，宋风抬头看着陈辉，撂了笔。

要不改天去办个健身卡？

"我在家待这半年胖了二十斤，风哥你的肚子上长肉没？"陈辉去掀

宋风的T恤，紧接着就看见了若隐若现的腹肌和身体侧边的肋骨，真是漂亮。

陈辉顿时气不打一处来："凭什么？我整天风里来雨里去的，还在家跑来跑去，你整天在这儿一躺就不动了。"

又开始了……宋风揉了揉耳朵："你靠说话减肥比较合适，嘴一天瘦一厘米。"

又被嫌弃了的陈辉哑口无言，他接了一杯热水泡了点枸杞，捞了个椅子安静坐着，忽然想到昨天晚上被戳了无数次的图片。

陈辉咳了一声，眼睛看向别处，问："最近怎么没看见咱们唯一的女上帝？"

听着砸键盘声练字已经很有难度了，再加上陈辉在旁边叨叨叨，宋风这回直接把钢笔扣上，字帖也合上。

"风哥，"陈辉就是那种一个人都不会冷场的人，他往宋风身边靠了靠，压低了声音，"现在跟俞知逸一个学校的同学说，他在学校有女朋友，这怎么回事？"

宋风顿时愣住了，有点惊讶，接着眉头紧锁。

他的视线落在显示器的右下角，眼睛却没有焦距。宋风忽然想到了昨天晚上她借钱，他又往楼下街角看了看，今天一次都没看见她。

"我下去一趟。"宋风朝门走过去。

陈辉很有自知之明地没问他去哪儿，但很想跟着去。

宋风的腿今天显得格外长，走路带风，往日里的懒散都消失了。他知道俞知逸那层皮下很脏，但没想到，能脏到这种地步。

宋风推开玻璃门，文身店一楼没人，他就坐着等了会儿，刚刚出来着急忘了带手机，只是等了将近半个小时，才看到林峰从楼上下来。

林峰看到宋风有点惊讶："什么时候来的？"

"刚到一会儿。"宋风笑了笑，没心思跟林峰寒暄，他直接问，"舒冬在店里吗？"

"小冬今天请假了，说是要去看男朋友。怎么了，找她有事？"林峰笑着，只不过笑里有点意味深长。毕竟是过来人，有些事多少能看出来点苗头。

宋风睫毛低垂，忽然没有刚刚过来时那么着急了，有些事情必须她自己看清楚，让她疼，让她哭，然后再慢慢好。

"那行，你先忙吧，我有空再过来。"宋风缓过神后跟林峰说。

"好，不送了。"林峰看着宋风出门，摇头笑了笑回二楼了。

一个小时的高铁，舒冬很快就到了。

但看到月台上乌泱泱的人群，还有停靠的列车……舒冬忽然有点心悸，连呼吸都变得不太顺畅，她连忙稳住身体，顺着人流出站。

通过导航找到俞知逸的学校，舒冬先在校园里转了会儿，想了解他每天都在看什么风景。直到走累了，她才往他寝室楼下走，没记错的话，他之前说过他住在第七公寓。

可能是因为周六，天气还不错，公寓楼下人来人往，有三三两两的同学，也有成双入对的情侣在寝室楼下说话。

想到马上就能见到俞知逸，舒冬笑着拿出手机，准备打电话给他。其实他们之间很少打电话，看着那个熟悉又陌生的电话号码，舒冬拨了出去，电话里响起等待音。

但电话刚拨出去，舒冬抬头就看见那个熟悉的身影从寝室楼里出来，只三四米的距离。

太巧了。

舒冬看着俞知逸，有点意外的高兴，她正要挂断电话走到他身边，忽然……

一个女孩子跑过去了，拉住了他的手。

舒冬的脚步停在那里，腿还保持着往前迈的姿势，这是……怎么了？

手机还没来得及挂断，耳边始终响着单调的等待音，舒冬忽然觉得世界空荡荡的，全是无声的空白。

手机在振动，俞知逸拿出来看了一眼，连眼神都没有变，直接挂断了。

“谁呀？”

“电话广告。今天想吃什么？”

声音随着两个人的离开越来越小，舒冬站在原地，浑身麻木，动弹不得。

电话广告？

她忽然觉得自己仿佛置身于一场荒诞的舞台剧，她只是角落里一个不起眼的小角色，却总是觊觎聚光灯下的人，总是渴望他身上的那束光。

但就算不喜欢，为什么要骗她？

舒冬的呼吸渐渐紊乱，有点发抖。

在她苍白没什么起伏的情绪里，舒冬灵魂深处最厌恶的就是欺骗，因为她这一生，都在被欺骗。

四岁那年，那个人说请她吃糖。

健周叔说，会把她当亲生女儿看待。

俞知逸说……

舒冬忽然晃神，俞知逸从来没说过爱她。

所以一直是她自己蠢，是吗?

眼角有点湿润，接着完全不受控制，明明她脸上还是那么淡漠，但眼泪却哗哗往下淌。

舒冬抬头看了看天，她今年十九岁，没喜欢过人，没交过男朋友，她不知道两个人在一起是什么状态，但她是真心想对他好。

原来读书的人也能那么脏。

舒冬低头看了看身上的白色裙子，是今年夏天第一次陪他去吃饭的时候穿的那条，也是她为数不多的白色衣服，更是仅有的裙子。

当时吃饭的时候她一直小心翼翼的，生怕弄脏了。

这条裙子对于舒冬来说，是负担。白色是不属于她的，裙子她穿上别扭，或许所有俞知逸喜欢的，她都无法习惯，只不过当初被美好的表象迷住了眼。

那个干净的男孩子走进文身店，温柔地对她说，喜欢她。

他真的喜欢过吗?

为什么他的喜欢这么短暂?

为什么要骗她?

舒冬的指甲深深陷进肉里，留下鲜红的血印，其实一切在冥冥之中都已经注定好了，他们从来都不是一路人。

白色，是舒冬向往的颜色，因为她的世界里从来没有光，然而后来她发现，黑色也不全是黑暗。

同样处在舞台剧黑暗角落里的，还有宋风。

舒冬喜欢俞知逸没有错，就像穷人渴望富有，就像生活一团糟的人总想着哪一天会有所改变，因为在生活里挣扎的人总是向往美好。

对俞知逸的喜欢，让舒冬对自己灰败的生活生出唯一的希冀，让她觉得自己的人生也可以慢慢变好。

然而，现在这点希冀破灭了，俞知逸的欺骗还在上面浇上了一盆冷水。

所以，俞知逸欺骗的不只是舒冬的钱、感情，更重要的是摧垮了她对这个世界好不容易生起的念想。

舒冬行尸走肉似的走出去，手冰凉，她抬头看看灰暗的天空……

一条烂命还奢望什么，活着就好。

今天，无疑是宋风往楼下看得次数最多的一天，现在，仍旧是这个姿势。

那棵大柳树旁边没有人，宋风靠着椅子微微失神，桌子上的字帖被风吹得掀了一页，键盘鼠标的声音明明就在耳边却又很远。

是不是该早点告诉她？

过了几秒，宋风烦躁地拿起桌子上的黑色棒球帽扣在脸上，想什么乱七八糟的，脑袋疼。

“风哥，风哥，舒冬回来了！”

宋风刚合上眼，陈辉小主播就开始“营业”了。宋风立即摘掉帽子，第一次觉得陈辉的声音有点悦耳，只不过刚摘掉帽子宋风就呆住了，怎么感觉哪里不对劲？

“跟我说干什么？”宋风看着陈辉。

“你不是看一下午了？”陈辉脱口而出。

宋老板愣了两秒，拿起帽子朝陈辉扔过去。

陈辉灵活一躲，跑到网吧最后面：“大老爷们儿的，害羞什么？”

顿时，整个网吧的崽子们都朝宋风看过去，只不过看到宋老板那张冻死人的脸，又都慌忙低下了头。

宋风面无表情地坐着，倔强地没有往窗外看。倔强了一分钟后，他再次走到窗边。

现在已经七点多了，外面天渐渐黑了，巷子里的路灯也都自动亮起来，她靠在老柳树旁边的墙上，半边身影隐匿在黑暗里，另一半，被昏暗的灯光模糊了。

她很瘦。

光线模糊，比较好认是因为她穿了条白色裙子，好像没见过。她没在抽烟，甚至连表情都看不清楚，唯一可以确认的是她的脸正对着文身店，已经关了门的文身店。

宋风几乎能感觉到她灰败枯萎的气息，那种想堕落在泥里的了无生气。

很熟悉，他也有过。

宋风又坐回了椅子里，望向窗外，她还在视线范围之内，像是融在了黑暗里，但忽然间她动了。

她缓缓走向文身店，打开了门，接着，店里的灯亮了。

宋风收回了视线，也不知道在看什么，更不知道看完是安心了，还是更愧疚了。他去饮水机那里接了杯开水，丢进去一个枸杞茶包，开始练字。

宋老板的字很好看，跟他脸有得一拼，小时候跟着爷爷，钢笔字练完练毛笔，家里春联都是爷孙俩写的，隔壁邻居有时候也来要一副。

“风哥，风哥，舒冬出来了！”

宋老板刚写了五个字，陈辉小主播又上线了。宋风深吸了一口气，钢笔尖抵在纸上，洇出了墨水。

他抄起手边的游戏机准备朝陈辉砸，只不过抬起手发现“捣蛋儿子”在最后面，他扯了扯嘴角，脑袋倒是挺好用的。

宋老板没再倔强，他偏了偏头往窗外看，但第一眼竟然没看见人，换衣服了？

店里有舒冬的衣服，从某种意义上说，这里相当于她的第二个家。她换回平常的黑 T 和牛仔裤，手里拿着那条只穿了两次的白色连衣裙，慢慢走到街角，扔进了垃圾桶。

站在垃圾桶前，舒冬看着那条熟悉又陌生的连衣裙，之前熨平挂在柜子里舍不得穿，此刻却在垃圾桶里，衣角挂着烂菜叶。

明天早上就会有人把这些垃圾收走，在世界某个角落腐烂。

看了最后一眼，舒冬毫不留恋地转身，这次不是木讷，而是别人眼中真正的冷漠。

她走在巷子里，从这个路灯走到下个路灯，光亮和昏暗交替，她的身影斜斜地映在路上和墙上，莫名地，连往常充斥着市井烟火气的巷子都少了几分温度。

她渐渐融进了巷子尽头的夜色里，不见了。

宋风的视线落在舒冬身上，直到看不见，他失神地望着窗外，半分钟后拿起帽子从椅子上站起来。

然而宋老板刚站起来，陈辉就过去坐了他的椅子。宋风没明白“捣蛋儿子”这是什么意思，只面无表情地看着他“犯上作乱”。

“干什么？”过了两秒，宋风问。

“你不是要走了吗？”陈辉仰头，疑惑地问。

宋老板拿起旁边的抱枕砸向“狗儿子”的脑袋，砸完再走也不迟。

舒冬走在街道上，感受着这个住了十五年的城市。

记忆的开始是一列绿皮火车，然后就是这里。这座北方的小城市其实挺美的，春天微风徐徐，夏天柳树低垂，秋天梧桐叶铺满路面，冬天还会下雪……

冷静了一下午，想起俞知逸，舒冬不会再气得发抖，但现在脑子里在想什么，她自己也不知道。

总之，她很乱，乱糟糟的同时，心里又是一潭死水。

宋风尤其喜欢黑色，今天又是黑T黑裤黑色帆布鞋，还戴了个黑色棒球帽，在光线暗的地方，还真看不见有这个人。

一二十米的距离，宋风静静跟在舒冬后面……不，他没有跟着舒冬，也没有担心她，更没想送她回家，只不过今天心情好想溜达，他在散步。

舒冬今天走得格外慢，往常二十分钟的路，今天似乎走了一个小时，但她什么都感觉不到，感觉不到时间流逝，感觉不到身边人来人往。

来到小区门外，她习惯性地走向那个电线杆，上面的寻人启事又多了一个，舒冬把这张纸从头到尾一个字一个字在心里默念了一遍，这次是只小猫咪，余光扫过之前已经被雨淋得破烂不堪的纸，不知道那些小猫小狗找到了没有。

看完之后，舒冬进了小区。

宋风站在舒冬刚刚站的位置，看着她的背影，并没有立即跟上去。他在小区外的超市买了点零食，然后进了小区，但是已经看不到她的身影了。

宋风拿出手机，看了看林哥刚刚发来的地址，她住在二单元九楼。

但宋风走到跟前，发现单元楼下竟然有门禁锁，他抬头向上扫了两眼，就在犹豫是不是要回去的时候，有个大爷从他身边经过，打开了门。

“忘带钥匙了吧，小伙子。”大爷打开门，自己进去后扶着等宋风进来。

宋风愣了两秒，鬼使神差地跟着进去了，他不动声色地把帽檐拉低，说：“下午出来得着急忘带了，谢谢您。”

“前几天总看见你拿着球出去，这是刚回来？”大爷看上去有七八十岁，看样子是刚从外面溜达回来，但就是不知道把宋风当成了谁。

“嗯，刚回来。”宋风面不改色。

“好，快点回家吧，我也回去了。”

大爷家住一楼，说完他就走了。

宋风嗓子里还卡着“谢谢”两个字没说出口，他往前走到电梯前。

电梯停在数字“9”，没动。

宋风打开电梯，按下数字“9”，电梯缓缓上行。数字不断攀升，很快停下了，宋风在电梯里停了两秒才走出去。

只不过宋风刚出来就愣住了，竟然有四户！

他家的房子也就东西两户，宋风怎么也没想到这鬼地方能有四户，这是西天取经吗？这么多考验，再说他也不“娶”谁。

宋风拿出手机继续给林哥发消息，但过了好久都没人回，他索性打了电话过去，但也没人接，他狠狠地叹了声气。

走廊里的灯亮着，宋风站在原地没动，只不过视线从这户扫到另一户，再从另一户扫到这一户……

无解。

但都走到这里了，就这么回去？不吓吓她，宋风有点不甘心。

要叫她吗？不然宋风实在想不到用什么方法能把她引出来，但是，她看到是他还会开门吗？

答案显而易见，宋风打消了这个念头，并且渐渐暴躁。

不就四扇门吗？他一扇一扇地敲总可以吧。

来，第一扇门。

宋风凭感觉走到最左边，站在门前停了几秒，然后耳朵贴近门想听听里面的动静，但什么也没听见。

宋风轻轻地敲了两下，接着就是安静地等待。

怎么有点紧张呢？

宋风真想一巴掌拍在自己脑袋上，今天是被陈辉附体了吗？怎么做什么事都这么蠢？

但等了有一分钟，里面都没动静。难道是他敲门的声音太小了？

宋风又敲了两下门，气势很足。但一分钟又过去了，门里面还是没动静。

这次宋风确认了，里面确实没人。

来，第二扇门。

有了之前的经验，宋风这次敲门很果断，而里面也很快传来了动静。

“谁在外面呀？”

门还没开，里面传来了一个中年女人的声音。记得舒冬说过是一个人住，宋风当即觉得不对，但门已经打开了。

“请问找谁？”中年女人笑着问。

宋老板镇定自若：“我来找同学，可能敲错门了。”

“那你可能弄错了，我们家孩子还在上小学，正在里面写作业呢。”女人笑着说。

“不好意思阿姨，那我再问问。”

随后，门关上了。宋风也快要被自己气笑了，平复了下现在一点就燃的心情，他缓缓走到右边，来到第三扇门……

他到底在做什么？为什么要做这么蠢的事？一会儿看到她之后得好好收拾一顿。

第三扇门，宋风敲了两下。

等了一会儿没有回应，不过里面好像隐隐约约有声音，宋风缓缓把耳朵贴近门，然后瞬间愣了，接着脑袋上缓缓打出个问号，有点蒙，给他听这个真的好吗？

一个连初恋都还在的纯情男孩，并且纯情男孩现在要去找总让他蠢蠢欲动的女孩……

宋风沉沉地吸了口气，他在想什么鬼东西？

宋风不耐烦地抬头，看着最后这扇门，忽然想到上学做题的场景，当不确定答案，一个一个试的时候，答案永远都在最后一个。

宋风抬手，停顿了两秒，敲响了最后一个答案。

此时他还不知道这扇门意味着什么，当他打开第四扇门，属于他们的故事，正式开始。

几秒后，房门开了，两个人同时愣住。

宋风没想到舒冬这么快开门，而舒冬也没想到门外的人是他。

等反应过来，舒冬立刻关上门，却被宋风眼疾手快地拦住，他一只手撑住门框，另一只手推开门，看着她略带惊慌的表情露出得逞又浪荡的笑。

宋风侧着身进去，合上门，把舒冬拽过来："别叫。"

舒冬皱眉，她叫了吗？

今天所有情绪都是错位的，除了第一眼看见他的惊讶和本能不想让他进来，经过这短暂的几秒，舒冬已经接受了现实，在他怀里毫不挣扎，再坏的情况还能坏到什么程度？

宋风注视着她渐渐平静的脸，怎么跟他想的不太一样？

宋老板又捂得更紧："有没有常识？随便就给人开门？"

闯入家门的坏人还教你安全常识？

舒冬忽然笑了，她用力地想挣脱，然而她一动正好合了宋风的意，宋风禁锢着她的身体更紧了，这才符合故事走向。

不得不说，宋老板还很有变态的潜质。

由于宋老板的手按住舒冬挣扎的手臂，于是顾此失彼，舒冬的嘴巴被放开了。

"宋风。"舒冬忽然出声。

宋风愣了愣，很少听见她叫他名字："嗯？"

"跟了我一路吧。"舒冬嘴角忽然扬了个弧度。

"……"宋风所有的动作都顿住了。

意料之中身后的人没有反应，舒冬毫不费力地推开他，转身看了看他的表情，然后满意地回到沙发。

舒冬知道他一直在后面跟着，心里甚至很感动。但她以为他会像上次一样，看到她进小区之后就离开了。

他是个很矛盾的人，明明有时候很好，但过分起来却让人一点都想不起来他的好。

宋风在那里愣够了，试着适应她忽然表现出来的腹黑？或者撩人？

绝口不提到底是跟了一路还是两路，宋风坐在沙发上她身边的位置，把刚买的零食放在了茶几上，开始耍流氓："饿了。"

舒冬的视线落在那一大包零食上，慢慢地垂下眼皮："嗯。"

宋风扭头，有点不敢置信，这丫头今天尝到了爱情的苦果，连性子都变了吗？

"嗯什么嗯，做饭去。"宋老板很凶。

舒冬扭头看了看宋风，过了一会儿还真起身走向了厨房。

这么听话？宋风忽然有点底气不足，他没想让她真去做饭，只是想逗逗她，或者更准确地说是想欺负她。

宋风有点不安，她会不会在饭里下毒？

算了，一会儿让她先吃。

宋风暗暗打量着这个房子，一室一厅的格局，面积不大，厨房是开放式的，他向右扭头就能看见她在做饭。

很干净，处处都是生活气息，处处也没有生活气息，或者说，是孤独的气息。

茶几上只有一个玻璃杯，宋风望着微微失神，三个空的啤酒罐东倒西歪，旁边垃圾桶里还有两个空瓶。

不知道她喝了多少，但室内的酒气很足。

宋风偏头看着她的背影，黑色的吊带，黑色的睡裤，很短，堪堪只遮住大腿根，修长的双腿露在外面，可能是因为长期晒不到阳光，显得很白……

宋风忽然停住游移的视线，他舔了舔嘴唇继续看电视，掩饰性地咳了两声："有拖鞋吗？"

舒冬正在拿碗接水：“没有。”

宋风：“地踩脏了。”

舒冬：“嗯。”

往常的话题终结者终于遇到了真正的终结者。

过了几分钟，舒冬端着一碗面放到茶几上，正要再去盛，门忽然被敲响了。宋风看了眼舒冬，不知道要不要去开门。

“我姨来了，你进去。”舒冬指了指自己的卧室。

“我们又没做什么，藏什么？”宋风忍不住逗她。

而舒冬没理宋风，直接去开门了，宋风赶紧从沙发上起来，在门打开的前一秒闪进了隔壁的卧室，不禁感叹这丫头胆子真大。

“怎么才吃饭？都快九点了。”张月玲进门坐在沙发上，看到了茶几上正冒着热气的面。

“回来有点累。”舒冬声音淡淡的，今天没心情招待张阿姨。

宋风说舒冬没有常识随便开门，因为平常没有人会敲门，而就在宋风来之前，张阿姨说自己一会儿过来，舒冬以为是张阿姨。

“是不是小林又让你加班了？这样可不行，怎么能总加班呢？姨改天跟他说得给你涨工资。”张月玲几句话绕不开一个“钱”字。

舒冬忽然有点头疼，她靠在沙发上揉了揉眉心：“姨，您刚刚电话里说有什么事？”

听到舒冬的话，张月玲正生气的脸立即就笑了。像往常每次一样，她拉起舒冬的手：“冬冬，姨也不跟你绕弯子了。是这样，正宇姥爷做完手术后一直恢复得不错，但正准备出院呢，忽然就恶化了，医生说得再留院观察一段时间……”

后面的话，舒冬听不清了，只觉得头很沉，不知道是喝了太多酒，还是心真的累了。

张月玲那张脸好像是个精准的仪器，她很清楚自己该什么时候生气，什么时候笑，什么时候哭。

现在，该哭了。

“冬冬，姨能不能再跟你借点钱？”张月玲开始抹泪。

隔壁的卧室没开灯，房间一片漆黑，只有月光借着窗户洒进来，照亮了宋风侧脸模糊的轮廓。宋风一身黑融进黑暗里，连呼吸都微不可察，他坐在床边，鼻间充斥着她淡淡的香味，但房间外，却那么脏。

舒冬撑着头，面无表情地看着电视，说：“上次卡里的钱您不是取完

了吗？”

张月玲一愣，舒冬从来没有这么跟她说过话。她不动声色地打量着：“姨也知道你手里没钱，你看看能不能让小林先付你后几个月的工资，以后咱们再慢慢还给……”

“姨。”

舒冬忽然打断了张月玲的话，这辈子，应该是她第一次打断别人说话。

舒冬深深吸了口气，扭头看着张月玲：“您跟我叔以后会给我准备嫁妆吗？”

张月玲从刚才就一直处于愣怔的状态，因为舒冬的反常，更因为突然就转换的话题，面前这个神色冷冷的女孩，她忽然不认识了。

“小城市的女孩子结婚都挺早，您跟我叔准备什么时候把我嫁出去？”舒冬接着问。

“这……”张月玲吞吞吐吐，有些话卡在嗓子里说不出来，“冬冬，这件事我跟你叔不逼你，等你找到喜欢的男孩子，我跟你叔也就放心了。”

没想到舒冬会主动提起这件事，张月玲想起刚才舒冬问的嫁妆，在她的意识里，只有男方的彩礼，却从来没有想过舒冬说的嫁妆，她还得留着那笔彩礼钱以后给正宇结婚买房子用。

舒冬的目光依旧落在电视上，没开口说话。

两个人结婚，没有人规定女方嫁妆要多少，但如果太少，嫁过去会被男方家人看不起的。这些约定俗成的规矩，连她都懂，张月玲怎么会不清楚，只不过她的幸福不在张月玲的考虑范围之内罢了。

想到舒冬今天的反常，张月玲试探地问：“冬冬，你是不是觉得姨前段时间用你的钱不高兴了？你放心，这些我都会还给你的。”

“不用了。”舒冬忽然笑了，她长长呼出一口气，眼角发红，“那些钱您不用还了，不过从现在开始，我想给自己攒点嫁妆。”

给自己攒嫁妆？宋风的心忽然疼了一下。

张月玲愣在那儿一句话都说不出来，如果不是亲眼看见，她怎么都不会相信这是舒冬说出来的话。

“冬冬，那些我跟你叔都会准备的，你心里别多想，钱的事我再想想办法。”张月玲知道今天拿不到钱了。

“好。”舒冬多说一个字的力气都没有。

“那我就先走了，你赶紧吃饭吧，都凉了。”张月玲现在一秒钟也不想多待，她得回去把刚才的事捋清楚。

舒冬把张月玲送到门外，然后关门躺到沙发上，像脱水似的浑身失力。

那些钱，不是她不想要，而是她知道要不回来。至于嫁妆，她不知道自己什么时候会结婚，但她曾经很想有个家。

不过经过今天的事情，舒冬忽然明白了，那些所谓的“亲人”“爱人”，都只是想方设法来吸她身上的血，她的沉默，只会让他们变本加厉。

所以，没有谁可以靠得住，人这一辈子，只是活自己。

第三章 / 黑色火车

宋风坐在床上，听见外面的门打开又关了，之后就再也没动静。

她哭了吗?

从床上起来，宋风打开了卧室的门，在门边停下，但她藏在沙发里，他什么也看不见。

“起来吃饭。”宋风缓步走到沙发边。

舒冬完全忘了房间里还有一个人，她揉了揉眉心从沙发上起来，但刚站起来，身体就摇摇晃晃差点摔在茶几上，宋风眼疾手快一把将她扶稳。

只有两个人的房间很安静，灯是暖黄的，宋风的手放在她腰上，两人之间的距离突然变得很近很近……和上次在店里的失控不一样，舒冬感受着腰上的温度，竟然忘记了挣扎。

她的眼睛有点红，宋风低头看着她，忽然张开了手臂：“要抱抱吗？”

舒冬心里某个角落突然被拨动了一下，然后整个房子开始摇摇欲坠渐渐坍塌。她望着宋风的脸，想看清楚他是不是在戏弄她，但视线早已模糊了。

鼻子好酸，眼睛好酸，舒冬将头埋进宋风怀里，泣不成声。

一时间宋风身体有点僵硬，没想到她真的会抱上来，但今天的事一件接着一件，以她往常什么都不说的性子，真的是委屈极了吧。

宋风缓缓收拢手臂，动作不太熟练地揉了揉她的脑袋。

舒冬紧紧抱着，想把心里堆积的所有难过都哭出来，为什么读书的人也会那么脏？为什么他们永远都不满足？

可能哭了太久渐渐累了，她没有眼泪只剩下抽泣，一声接着一声，停不下来。

她抱得太紧，宋风觉得自己的腰要断了，感叹她那么瘦的身板为什么会有这么大力气。

暖黄的灯光洒在两个人身上，房间很静谧，除了她细小的哭声只剩下两个人的呼吸声……但是，怎么好像忽然混入了其他声音？

隔壁少儿不宜的动静越来越大。

宋风很暴躁，他知道是隔壁，但不知道声音到底是顺着哪个方向传过来的。

突然乱入的声音拉回了舒冬的思绪，她忽然发觉，好像抱了他很长时间，再加上耳边的声音，他们现在的姿势有点尴尬，舒冬松了手。

所以，房间连舒冬微弱的哭声都没有了，只剩下隔壁的声音，越来越清晰，两个人面对面站着，不知所措。

“那个，”刚哭过的嗓子很沙哑，舒冬清了清嗓子，“还有饭，你去热一下。”

纯情大男孩宋风脑子也处于发蒙状态，很听话地去热饭了。几分钟后，他盛好饭放在茶几上：“吃吧。”

“你吃吧，我不饿。”舒冬摇了摇头。

晚上喝了很多酒，舒冬没胃口，而宋风说饿只是随口说说，他在店里和陈辉已经吃过了。最后，宋风也不勉强她，自己开始吃，这丫头厨艺还不错。

舒冬从沙发里翻到遥控器，打开电视，随便换了个频道，隔壁的声音被压下去了。

但也只是暂时的，依旧在无脑偶像剧的缝隙中顽强生存，并且愈演愈烈，丝毫没有结束的意思，最过分的竟然还时不时地拍墙？

这次宋风终于知道声音从哪里传来的，耐心渐渐消失，他从沙发上起来，准备去墙边回应一下为他们助助兴。

“别去。”他刚站起来，舒冬就知道他要做什么，她笑着拉住了他的衣角，以前怎么不觉得他这么暴脾气，还幼稚。

宋风扭头，她的手拉着他的衣角还没放开。沉默了两秒，宋风坐下了：“房间隔音挺不好。”

“嗯，跟隔壁是连着的。”舒冬说。

“之前也总这样？”宋风继续吃面。

“嗯。”舒冬看着电视，眼神微动。

宋风放下碗筷，坐到舒冬旁边忽然笑了：“那下次可以打电话给我。”

舒冬愣了两秒，抬腿踢在宋风身上，但下一秒，宋风顺势抓住了她的腿。

舒冬穿着家居服式的短裤，修长的双腿露在外面，黑色吊带露出精致的锁骨……不知道他会闯进来，所以在家穿得过于随性了些。

但此时此刻，他的手忽然抓住她的腿，干燥温热的指腹渐渐发烫，舒冬用力挣扎却挣不脱。

两个人的姿势暧昧极了。

“想出去吗？”舒冬声音沙哑，不知道是因为刚才哭得太凶，还是此时此刻的意乱情迷。

她半躺在沙发上，腿光洁笔直，被他握着的地方红了。

宋风笑着松开她的腿：“不想。”

“去刷碗。”舒冬冷冷地瞪着他。

“好的，宝贝儿。”宋风一脸满足地起来了。

舒冬拿起手边的抱枕想朝他砸过去，但抬起手的瞬间理智就回来了，他真的很有能耐，让她时常有动手的冲动。

那个拥抱，明明刚才还很感动，但舒冬现在只想把他赶出去。

宋风在刷碗，也在反思自己，最近好像喜欢玩火，最后还都烧到自己身上。

收拾干净之后，宋风用厨房纸将水渍擦干净，突然听到身后“咔哒”一声，他转身，就发现迷离的灯光下烟雾缭绕，她在抽烟，面前的玻璃杯里还倒满了酒。

“好抽吗？”宋风把手擦干净，几步就回到了沙发上，顺便把她的烟掐灭。

“还好。”被他夺走舒冬也没有不高兴，只懒懒地看着电视。

“为什么抽烟？”烟是细长的女士香烟，味道并不大，宋风将其扔进了烟灰缸里。

“闲着不知道做什么。”舒冬喝了口酒。

宋风还以为会听到什么了不得的答案：“那想不想做点什么？”

随着宋风话落，隔壁又开始了，舒冬的视线从电视屏幕移到宋风脸上，忽然笑了：“宋风。”

“哥哥在。”

“你很讨厌。”

宋风把棒球帽摘掉，露出整张脸。他怀疑这丫头是不是有双重人格，有时候的确像个木头，而有时候，像是木头成精知道阴人了。

“你很漂亮。”宋风这张嘴，可能是被陈辉整天耳濡目染给浸透了，张口就来。

没被别人这么夸过，舒冬有点不自然，但她相信很快就会对他的鬼话免疫：“什么时候走？”

“还不到十点，困了？”宋风看了眼时间。

窗外忽然吹进来一阵风，有点凉，舒冬望着窗外没说话。

电视里依旧是无脑偶像剧，一晚上了宋风也没看进去，如果他现在走了，他相信她会一个人喝得酩酊大醉。

但这跟他又有什么关系？

然而今天晚上有太多为什么是没有答案的，比如他为什么会来她家。

“陪我喝酒吧。”舒冬从沙发上起来，打开冰箱，拿了几罐啤酒放在茶几上。

宋风笑了，小木头今天有点主动：“少喝一点？”

舒冬：“好。”

两个人全都穿着黑色，舒冬穿得轻薄，宋风从头到脚都包裹着，规矩严实。

舒冬没跟朋友出去喝过酒，因为她没有朋友，如果不是因为宋风平常主动招惹她，他们也不可能坐在一起喝酒，她只在家自己喝点，没喝过太多，所以不知道酒量。

而宋老板，经常跟狐朋狗友出去喝，没喝醉过，所以也不知道酒量。

“有骰子吗？干喝是不是有点没意思。”宋老板一看就经验丰富。

“没有。”舒冬说。

在舒冬看不见的角度，宋风扯了扯嘴角，就等着她这句话呢。

“微信有骰子，加一下。”宋风拿出来手机，翻出来二维码。

舒冬也没起疑，从茶几上拿来手机扫了扫，信息很快出来，看见他的头像，舒冬笑了。竟然是他自己的照片，穿着黑色卫衣戴着帽子的侧脸。

舒冬没存备注，直接显示原来的昵称，宋老板。

“笑什么，不比你的小火车好看吗？”照片是陈辉趁他不注意拍的，宋风觉得还挺好看，就换上去了。

“嗯，好看。”舒冬敷衍地应了一声。

舒冬没穿鞋，盘腿窝在沙发里。原来觉得他嚣张、过分、很坏，但接触下来却发现很幼稚，也没那么坏。

“点数小的喝。”

“好。”

宋风说完，在她的消息框里扔了个骰子，2点。

“哈？”宋风不敢相信这鬼运气。

舒冬笑了，也发出去一个，慢慢停了，6点。

“运气不错。”宋风单手打开一罐冰镇啤酒，喝了一口，“再来。”

宋风继续，还是扔了个2点。

舒冬扔了个1点。

“这都能赢！”宋风笑出了声。

舒冬正要去拿酒杯，宋风却拦住了她：“这局不喝酒。”

舒冬：“干什么？”

宋风：“换头像。”

舒冬疑惑地抬眼：“不是喝酒吗？”

“不，赢的人让你做什么就得做什么。”宋风面不改色地信口胡来。

“……”舒冬清楚记得刚才他说“点小的喝”，不过舒冬也不打算跟他争，恰好有些事她也想问问他。

只听“咔嚓”一声，紧接着舒冬就收到一张照片。

“把你的小火车换了。”宋风说。

舒冬点开照片，看着照片里熟悉又陌生的女孩。

宋风也在欣赏自己的作品，漂亮的人随手一拍都很好看，她像只猫儿一样蜷缩在沙发上，微微偏着头，长发披在身上盖住了锁骨，手里还端着酒杯，有点忧郁，也有点慵懒。

“可以不换吗？”照片里的人很好看，舒冬几乎快认不出来自己了。

“不可以。”宋风冷酷无情。

舒冬眼睫毛低低垂着，注视着照片不知道在想什么。过了片刻，她换上了：“好了。”

“嗯。”余光扫过她，宋风反思自己是不是又欺负她了。

又一轮，宋风扔了个3点，舒冬扔了个6点。

“你和俞知逸发生了什么？”舒冬看着宋风的眼睛，她清楚地看到，在她问完之后，他神色微不可察地变了。

入秋的天气渐渐凉了，宋风握着罐装的啤酒，还带着冰箱里的冰冷：“打过架。”

“为什么？”

“这是第二个问题了。”宋风又笑得浪荡。

舒冬心里的好奇渐渐蔓延，看着他的笑容，刚才的阴沉好像只是她的错觉。

舒冬扔出去一个，5点；宋风跟着扔了一个，6点。

宋风不怀好意地笑了笑：“学猫叫。”

舒冬愣了，她抬眼看着宋风，没开口。

宋风：“快点。”

舒冬很不情愿，敷衍地叫了声：“喵。”

宋风：“声音太小了，听不见。”

舒冬心里开始窝火，想把他踢下去，又敷衍了一声：“喵喵。”

宋风忍笑：“软一点。”

舒冬长长舒了一口气，拿起身边的抱枕朝他砸过去。

宋风腰往后一仰，接住：“怎么还动手了？”

舒冬不想理他，只想从他嘴里套话，很快又扔出去个骰子，6点。

宋风笑了笑，扔了一个，1点。

“为什么打架？”

跟宋风那些不疼不痒逗弄她的问题不同，舒冬直截了当，就是想弄清楚那些她想了很久都没有答案的问题，而她也很少有这种急不可耐的样子。

“他欺负我。”宋风委屈巴巴。

舒冬看着他不说话，然后无力地靠在沙发上，他根本就没打算说。

“生气了？以后告诉你。”

宋老板也意识到了自己有点过分，欺负完了就开始哄，但舒冬不理他。

房间内很安静，然而茶几上的手机突然振动，手机屏幕亮了，是俞知逸。

舒冬失神地望着那个名字，一瞬间，白天发生的所有事全部冲击在脑海里，激烈又无声地碰撞，很疼。

那个总是看起来干净温柔的男孩子，却卑劣地践踏着她的感情和生活。

直到自动挂断，舒冬都没有接。

“现在看清他了吗？”看着她失魂落魄的样子，宋风又打开一罐啤酒。

舒冬眼里包着泪，只要她轻轻眨眼，眼泪就会掉下来。

舒冬没说话，沉默地看着已经熄灭的手机屏幕。

“想让他不好过吗？”

宋风修长的双腿交叠，懒懒地倚着沙发，气定神闲又隐藏着危险，从他说这句话开始，就为猎物想好了无数种退场谢幕的方法。

舒冬微微愣神，她看着宋风，从来没有过这种想法。

“和我在一起，他会回来找你。”宋风继续诱惑。

白天的画面和过去俞知逸的温柔在舒冬脑海里鲜明地撕扯，很讽刺。

舒冬看着宋风，她没想过让俞知逸回来找她，也没想过报复他，但心里不好受的滋味，确实也很想让他尝尝。

跟宋风在一起吗？

“为什么？”俞知逸那么自私的人，而自己对他毫无利用价值，舒冬不觉得他会再回头看她一眼。

“因为，只要是我的东西，他都会抢。”宋风笑得很淡。

时间随着室内的沉默似乎静止了，舒冬五指控制不住地握在一起。她的生活就这样，没什么希望，一眼似乎就能看到尽头，她不想再去报复谁，很累。

但是，心底被欺骗的难过又一阵一阵翻涌，快要把她淹没了。

“好。”舒冬眼里是挣扎过后的平静。

宋风正拿起零食，然后一愣，他抬眼：“知道答应了什么吗？”

“知道。”

宋风注视着她的脸，看了很久，神色从没有过的认真：“但记住了，我不喜欢你。”

他之前是爱玩了点，但最初是因为俞知逸，他故意戏弄她，到后来，有点怜惜……但无论如何，跟喜欢还差了很远，他很清楚，也不想让她误会。

舒冬扭头冷冷地看着他：“嗯，我也不喜欢你。”

如果是别人在这种情况下说不喜欢他，宋风觉得对方肯定在赌气，或者欲擒故纵，但如果那个人是舒冬，他相信，她确实不喜欢他。

宋风笑了笑，对她的态度很满意。

就在两个人互相表明心意谁也不喜欢谁的时候，电话突然又响了，还是俞知逸，这次是视频电话。

沙发上，两个人的距离很近，虽然没有紧靠在一起，但只要偏头，就能碰到彼此的肩膀。

舒冬的视线从手机屏幕上移开，她看了眼宋风。

宋风笑了笑，揽着舒冬的肩膀将她抱在怀里，接通了。

关系可以一句话确定，但感觉却不是一句话就可以解决的，对于突然的亲密舒冬很不习惯，但下一刻又觉得他有点幼稚，忍不住笑起来。

而这看起来温馨又甜蜜的画面，全部落在了刚接通视频的俞知逸眼里。

震惊，不可思议，到目光渐渐凶狠攥紧了手机，俞知逸眼神阴鸷："你们在做什么？"

舒冬这才反应过来视频已经接通了，笑容渐渐消失，她不自觉地想从宋风身上起来，但刚刚起来一点，却又被他揽得更紧。

"不是看到了吗？"宋风笑得人畜无害，一只手拿着手机，另一手温柔得揉了揉舒冬的头。

俞知逸心里酝酿着一团火，马上就要炸裂了，是从未有过的愤怒。

晚上想问问舒冬钱准备得怎么样了，但打语音电话她竟然没接，他有点诧异，因为两个人在一起这么久，他每次打电话发消息她都回得很快，带着小心翼翼。

然而，半个小时后，俞知逸看见她换了微信头像，他知道她漂亮，但照片里那种勾人的风情是他从未见过的。

她没有接电话，却换了头像，等他再打过去，就看到了眼前这幅画面，她笑得明艳动人靠在宋风怀里……

连俞知逸自己都不知道，到底是宋风的笑激怒了他，还是舒冬的背叛更让他无法接受，就算他不喜欢舒冬，那也只能是他不要她。

更何况，那个人还是宋风，他做梦都想踩在脚下的人。

"冬冬，看着我。"俞知逸用仅剩的耐心叫舒冬的名字，他不想让宋风那么得意，他也相信舒冬对自己的迷恋。

他不想输，也不会输。

但是舒冬没有扭头，从视频接通到现在，她没有看视频里的人一眼，只要想到他，那些背叛就浮现在眼前，随之而来的就是生活的灰暗。

"宝贝儿，想看他吗？"宋风声音很轻，像呵护小动物似的，亲昵地吻了吻舒冬的发丝。

舒冬摇了摇头，像只受伤的猫咪，安静地窝在宋风怀里。

宋风满是宠溺的眼神望着舒冬，对她的反应满意极了，没想到她这么快进入状态，全然不顾视频另一头的人。

但舒冬并不是在演戏，她只是感觉浑身都没有力气，宋风不让她起来，她就不起来，但不想看到俞知逸，也是真的。

视频另一头，俞知逸将手机都要捏碎了，他不敢相信舒冬会摇头，宋

风不想让他好过他知道，但是舒冬明明那么喜欢自己！

为什么？

两个人如胶似漆的画面，俞知逸胸膛里的火快要炸裂了，他深吸一口气："冬冬，发生了什么事你告诉我，是不是他强迫……"

俞知逸的话还没说完，宋风就把电话挂了，顺便关机。

无声的沉默才最引人遐想，对于极度愤怒的人，最好的处理方式就是让他自焚。

宋风把手机放在沙发旁，低头看着依旧靠在自己怀里的人。电话挂断了她也没有起来，只是从他这个角度，恰好可以看见她眼角流下的泪。

"那么喜欢他吗？"宋风看着茶几上的烟和打火机，忽然很想抽一根，但还是拿起了啤酒，喝完了剩下的半罐。

"不喜欢了。"舒冬从他身上起来。

宋风也不拆穿舒冬。如果感情真的有一个开关就好了，喜欢的时候打开，不想喜欢了就可以选择关上。

之后，没有摇骰子，也没有游戏，两个人之间沉默着，谁也没再开口。

宋风见过的文身师身上都很夸张，林哥也是两条大花臂，但眼前的人，宋风视线从她锁骨手臂游移到双腿，没看见有文身。

舒冬弯腰去拿桌子上的果脯，她一弯腰，吊带往上收，露出一截纤细的腰。

宋风还没看清楚，她已经坐回了沙发，衣服遮了回去，他只看见一个模模糊糊的影。

舒冬没喝多少，连一瓶酒都没喝完，但今天发生的事让她头痛得厉害，她昏昏沉沉地闭上了眼睛。

宋风放下手中的杯子，缓缓靠近她，只有十厘米的距离，他望着她迷离的眼神和纤长的睫毛："睡了吗？"

舒冬动了动："没有……"

宋风笑了，不由得又起了逗弄的心思："知道我是谁吗？"

舒冬的声音含混不清："宋风。"

宋风刮了刮她的鼻尖："我能欺负你吗？"

"不能……"舒冬闭着眼睛，尾音有点长。

"我不走了。"宋风笑着说。

舒冬却再也没有出声，头歪歪地靠着沙发，呼吸均匀，好像睡着了。忽略她脸上浅浅的泪痕，似乎睡得还很恬静。

宋风笑了，如果不是清楚她的木头本性，他都以为她在趁机装傻诱惑他。

十几分钟过去，舒冬还是没有动静，只有她均匀的呼吸声，后半夜的天很凉，宋风拿起手边的毯子随意给她盖上。

喝完剩下的那半杯酒，宋风抱着她走进了卧室，她很轻，仿佛没有重量。

借着客厅的灯光，宋风把她放在床上，打开床边柜子上的台灯，帮她盖好被子。

一切都处理好之后，宋风坐在床边，依旧很清醒。

所以，走吗？

看了一眼正在睡着的人，宋风开口："我走了？"

舒冬闭着眼睛没有反应。

宋风又说："我不走了。"

舒冬依旧沉睡。

宋风被自己逗乐了，有点理解不了最近的行为，怎么越来越蠢？

困意突然就上来了，宋风看了眼时间，凌晨两点，该回家了，但他刚走两步，突然想起一件事。

宋风又返回去，放轻了动作坐在床边，他掀开被子的一角，犹豫了片刻后，撩开了舒冬的吊带上衣……

昏暗的灯光下，宋风看清了，然后不由得皱了皱眉。

她的左侧腰上，从后背蜿蜒过来一列黑色的小火车，由浅入深，很逼真，宋风似乎可以听到站台的风声和鸣笛。

它呼啸着，不知道从哪里来，也不知道要到哪里去。

宋风的眉头越皱越紧，她的头像也是这个，仿佛要时时刻刻提醒自己什么。看了很久，宋风把她的衣服放下，为她重新盖好被子。

床边柜子上的台灯，他没关，把客厅收拾干净之后，便走了。

清晨，俞知逸醒得很早，或者说一晚上都没怎么睡。

他以为自己早已经把宋风甩在了身后，宋风只能烂在那座破城市，再也追不上他。但现在，宋风又用这种肮脏的手段反咬他一口。

再加上舒冬的电话一晚上都没打通，俞知逸不知道他们在做什么，孤男寡女，他从来没有见过舒冬那么迷人的样子。越想心里的火就越旺，愤怒交织着不甘以及背叛，他怎么能睡得着？

简单地洗漱过后，俞知逸开始收拾东西，却把还在睡觉的张超吵醒了。

张超睡在上铺，迷迷糊糊地翻了个身往下看，问：“大哥，这么早就去约会？”

“我有事回家一趟，这几天可能不回来。”俞知逸脸色不太好，背对着张超继续收拾东西。

“怎么了？家里出事了？”张超顿时不困了，从床上坐起来看了眼时间，才六点。

“没什么，一点小事，你继续睡吧。”俞知逸拉上书包。

“哦。”张超倒在床上，困意又渐渐上来了，“你今天不是要和雨霏去吃饭吗？跟她说过了吗？”

俞知逸一愣，眼里阴沉无光：“嗯，我待会儿跟她说。”

舒冬意识渐渐清醒，做了一晚上的噩梦，她觉得脑袋像是要炸开了，疼得难受。

眼睛依旧闭着，她伸手在枕头边迷迷糊糊地摸着手机，但摸了好久都没找到，她渐渐睁开了眼睛，缓了一会儿，昨天晚上的事情片段似的回放。

两个人喝了一点酒，玩游戏，最后还接了俞知逸的视频电话，舒冬拍了拍脑袋，这是在做什么？

懊恼的同时，她余光无意间扫到墙上挂的表，接着心里一惊，十点，上班要迟到了！

舒冬从床上下来去沙发上找手机，但刚下床，她腿有点软，一个踉跄差点摔在地上。手机确实在沙发上，舒冬准备先跟林哥发个信息，但打开微信，首先映入眼帘的却是宋风。

“帮你请假了，好好睡。”

看着这行字，舒冬愣了愣。她都忘了两个人昨天加过微信，这条消息上面满屏的骰子，提醒着她昨天晚上发生了什么，而自己的头像，确实很漂亮，但她还是不习惯。

过了片刻，舒冬将头像换回来了，还是那列小火车。

按照往常，舒冬一定会急匆匆地赶到店里，但是现在，她不想了。

窗帘遮住了阳光，室内光线昏暗，舒冬重新躺在床上，手臂随意地放在额头。

之前那么努力地生活，挣扎地活着，生活也没有更好，所以她不想那么累了，随波逐流得过且过也挺好。

已经没有了困意，只剩下宿醉之后的头痛，舒冬闭上眼睛让自己放空，想要把所有的事情都抛在脑后。

此时此刻，神清气爽的宋老板正在练字，虽然睡得很晚，但醒得比平常还要早。

今天宋风没有往楼下看，而是时不时地看看手机，不知道到底是在等舒冬，还是在等俞知逸，想到俞知逸昨晚那张脸，宋风就愉快极了。

他不觉得用舒冬来做两个人之间的刀有什么不妥，没有合理不合理，没有道德不道德，只有他愿不愿意，以及他想不想玩。

而现在，他很想玩。

如果俞知逸安安分分地过他引以为傲的大学生活，大家老死不相往来，宋风完全不会理他，但他偏偏隔三岔五地出来露个面，再以一副胜利者的姿态在自己面前晃一晃，这宋风就忍不了了。

反正也是闲着，教训一下猫猫狗狗，宋风很有兴趣。

宋风已经很久没有对一件事表现得这么跃跃欲试过，让俞知逸抓狂崩溃，想想都有点迫不及待。

宋老板眼睛里的笑有些残暴的玩味和慵懒，他摆弄着手机，心不在焉地点着屏幕，忽然，好像有个熟悉的东西翻过去了。

他往上一翻，一列熟悉的小火车映入视线。

宋风皱了皱眉。

她醒了？醒来第一件事竟然是把小火车换回去？不知道跟他说个谢谢吗？再怎么说他也是她名义上的男朋友。

以前，舒冬好几天也接不到个电话，而今天，电话却一个接着一个，从她醒来就没停过，俞知逸和张阿姨的。

舒冬索性关了机。

再也没有睡着，舒冬简单吃了点东西，就去文身店了。

“怎么过来了？”林峰刚从楼上下来，就看到舒冬走进店里。

“在家待着也没什么事。”舒冬笑了笑。

心里堆着事，舒冬的笑容不达眼底，嘴角只是象征性地往上扯了扯，再加上睡得太晚又宿醉，脸色有点苍白。

林峰虽然是粗线条，但毕竟是过来人，又拿舒冬当妹妹照顾，从宋风昨天下午来店里到今天早上帮她请假，林峰多少能猜出来点。

“今天没什么人，你不用过来，放你一天假就好好玩。”林峰从冰箱

里拿了瓶可乐，给舒冬拿了瓶矿泉水。

舒冬接住水。本来她没打算来店里，但又怕林哥一个人忙不过来，但如果真的让她工作，恐怕她也做不了。

文身需要十足的耐心和专注，很适合舒冬之前的性子，但最近几天，她很难让自己平静下来。

从文身店出来，舒冬往周围看了看，竟然不知道要往哪里走。她的生活就是这样，她的世界就这两条街。

没有交心的朋友，没有至亲至爱的家人，除了那间租来的房子就是这家文身店了。舒冬忽然觉得空荡荡的世界乌云密布，压得让人喘不过气，也压得让人不想呼吸。

还真是活得了无生趣。

舒冬冷笑了声，转过街角，沿着楼梯走进了风速网吧。

宋老板正保温杯里泡枸杞，看着突然推门进来的人，不由得眯了眯眼："睡好了？"

几步的距离，舒冬缓缓走到柜台前，把身份证递给他，低低地应了声："嗯。"

看了眼她递过来的身份证，宋风没接，嘴角始终挂着笑，他抬眼："男朋友请你玩。"

舒冬皱了皱眉，对这个新称呼一时间没反应过来，紧接着，就想到昨天晚上，她那时候是喝醉了吧，要不然怎么会答应他这种蠢事？

"不用了，谢谢。"舒冬还是把自己的身份证放在了桌子上。

"怎么，睡醒就不认人了？"宋风笑了，把她的疏离冷漠看在眼里。

一时间，网吧的小崽子们头摇得跟拨浪鼓似的，你看看我、我看看你，但都只是摇，不敢作响。

而西街另一头，陈辉正在餐馆收账，手机振动个不停。他拿起手机，看到小弟们发的消息后，骑着电动车就往网吧去了。

舒冬没有精力跟宋风纠缠，也不再做无谓的坚持，拿着他的账号密码走向平常去的那个角落。

舒冬脑袋沉沉的，今天不想玩游戏，也不想一个人回家待着，就随便打开了一部电影。

宋风并没有刻意地观察她，但一个小时里他为数不多的几次抬头，发现她全是一个表情，连动作姿势似乎都没有变过。

像一个雕塑，像一个木偶，像一具没有灵魂的行尸走肉。

宋风放下了笔，想去看看她到底在干什么。她旁边的位置没有人，宋风拉开椅子坐下，然而这么大的动静，她都没有偏头看一眼。

宋老板有点挫败，自己就这么没有吸引力吗？

“去电影院吗？”宋风发现她在看电影，强行摘掉了她的耳机，自己主动找些存在感。

电影院？

其实舒冬知道宋风在旁边，但脑袋就像生了锈，不愿意动，然而这三个字却像针一样，扎在舒冬心上，让她的麻木有了知觉。

那个说和她一起去看电影的男生，再也不会来了。他的完美只是谎言和虚伪堆积出来的泡沫，但是现在泡沫已经碎了，或许她喜欢的那个俞知逸这个世界上根本就不存在。

她的迟钝、沉默和冷淡，宋风当然知道她在想什么，这让宋风很恼火，他扭过她的肩膀，视线微冷：“去电影院吗？”

肩膀被他捏痛了，舒冬面无表情地抬眼：“不去。”

“冬冬，我陪你去。”

忽然一个气喘吁吁的声音从身边传来，舒冬和宋风同时扭头，就看到俞知逸站在一旁，不知道他什么时候进来的。

而俞知逸，看见两个人靠在一起的身影，已经渐渐地握紧了拳头。

打她的电话，没有人接，来到文身店，林哥说她不在，俞知逸想去她家里看看，但忽然想到不知道她家在哪儿，接着，他的目光就死死地锁定了网吧。

两个人靠在一起的画面太过刺眼，俞知逸去拉宋风，却被宋风抬手挣脱。

宋风拉开椅子，看着俞知逸强撑的镇定很是满意，他随意地揽着舒冬的肩笑了：“该叫嫂子了。不用介绍吧。”

“是吗？”俞知逸冷冷地笑了，视线放在舒冬身上，“怎么看冬冬不太情愿的样子，又是你一个人的独角戏吗？”

宋风扯了扯嘴角，放在舒冬肩膀上的手随意地敲了敲：“宝贝儿，他说你不太情愿。”

落在巨大显示屏上的视线没有焦距，从俞知逸进来，除了最初那一眼，舒冬就没再看他们，但此时此刻，宋风手指随意敲在她的肩膀上，敲得她心猿意马，也敲得俞知逸握紧了拳头。

“冬冬，我想单独和你谈谈。”在舒冬还没来得及说话时，俞知逸率

先开了口。

从她一直不接电话到现在，俞知逸对她的答案已经有了猜测，他不想在宋风面前这么难堪，也不想看见宋风得逞的笑容。

“有什么我不能听的，就在这里。”宋风笑着摸了摸舒冬的头，没有给俞知逸商量的余地。

宋风摸不清楚俞知逸如今在舒冬心里有多重要，但女人都是心软的，她玩不过俞知逸那些花花肠子，万一俞知逸随便道个歉她就原谅了，到时候难看的可就是他自己了。

宋风怎么会让这种事情发生。

“你走吧。”舒冬看着俞知逸，无比平静。

原以为再见到俞知逸，舒冬会忍不住哭，忍不住质问，但当他真的站在眼前，她却一个字也问不出来。

尘埃落定后的平静，她可以确确实实地感受到，他们从来不是一路人。

俞知逸的下颌线紧紧绷着，眼睛通红，谁也不知道他是因为舒冬的背叛愤怒，还是因为在宋风面前他又输得一败涂地。

就算心里清楚她变了，但是亲耳听到，又是另一种难以置信，到现在他都不知道问题出在了哪里。

明明她一直喜欢他的。

“冬冬，为什么？”此时此刻，俞知逸通红的眼睛竟然显得无比深情，“难道连个说话的机会都不给我吗？”

人的骨子里都存在下贱的成分，当一个人属于你的时候，你不会珍惜，然而当她属上别人的名字时，你会从她身上领略到之前从未发现的美。当然，他的挽留只是不甘心而已，与爱情无关。

现在的俞知逸就是如此。

看着俞知逸的表情，舒冬忽然觉得哪里不对，她好像卷入了他们两人之间的旋涡。眼前这个男孩子，是她真正喜欢过的，他给她带来希望，虽然最后又毁灭得彻底，但是，不应该是现在这样的。

“我跟你下去。”舒冬缓缓从椅子里站起来，就算结局不完美，但至少需要一个体面的收场。

“不准。”宋风皱眉。他看着俞知逸，把舒冬按回了椅子里。

他的力气很大，每一次都让她疼得战栗。

疼痛间，舒冬忽然有点恍惚，她看不懂俞知逸，但更看不懂宋风。

他的温柔、他的好是真的，但现在毫不留情地给她的疼痛也是真的，他可以在你喝醉的时候把你抱回床上，帮你盖好被子，也可以在你遍体鳞伤的心上再插两刀。

一个人真的可以拥有这么极端的两面吗？

可以，是的，宋风可以。

舒冬忽然意识到，她只是宋风的一个工具，那宋风和俞知逸又有什么区别？

舒冬望着宋风的背影，但他的目光始终也没有落在她身上，他在看俞知逸，没错，他的目的从来就不是她。

舒冬忽然就想明白了，宋风和俞知逸还是有区别的，宋风不骗她，他明明白白地告诉自己，他们只是相互利用的关系。

“你先下去等我吧。”舒冬看着俞知逸。

没有想到事情还有转机，也没想到她当面拒绝宋风，俞知逸心里忽然很畅快：“好，我先下去。”

网吧里玩游戏的人只是背景板，角落里只剩下他们两个，一时间，宋风的脸阴沉极了。

女人果然没有脑子，他捅了你一刀，再给你一个糖，她就忘了之前的疼。

“爱得情真意切，真让我感动。”宋风坐回椅子里，他扯了扯嘴角，嘲讽的意味很明显。

舒冬明白宋风的意思，但她不是想原谅俞知逸，只是单纯地想让这件事好好收场。

当发现真相时，舒冬无法接受，她也想让俞知逸尝尝被背叛的滋味，但现在她做到了，并没有半分高兴的滋味。她忽然觉得，现在的自己和俞知逸又有什么区别？

她变成了自己讨厌的样子。

“我能反悔吗？”舒冬望着宋风。

“好啊。”宋风抬眼，嘴角上扬，眼睛平静得像午夜时分的夜幕，嘴上说着好，眼神却在说，你反悔一个试试。

陈辉骑着他的电动车风风火火地过来，但刚把车停好就愣了，怎么看着十几米开外的老柳树下，舒冬旁边站着的人怎么不像宋老板呢？

他得到的消息明明是宋老板昨天跟舒冬睡了！

陈辉想不明白，就往楼上走了，推门进去就看见宋老板在椅子里躺着，脸色不是很好看。

“偷别人的女朋友被发现了？”陈辉像安慰地摸了摸宋老板的头，而

正玩游戏的小崽子们，都在心里给陈辉上了炷香。

宋风没心思跟陈辉闹，把他的手拍开："他们呢？"

"在楼下。"陈辉往窗外看了一眼，两个人还在，"不下去看看吗？"

"不了。"

时隔一周，宋风又拿起了他的游戏机。他没往楼下看，也没有下去的打算，他就是想知道，舒冬到底有多蠢，以及她到底有多喜欢俞知逸。

"什么时候跟他在一起的？"单独两个人的时候，俞知逸冷漠了很多，眼睛里溢出的有不屑，还有隐隐约约的不甘。

他有点想不通，前几天还好好的，怎么突然就变成了这个局面。

舒冬没有说话，她想知道事到如今，面前这个干净的男孩子到底会不会跟她摊牌，她会不会等到他的道歉。

"你没有什么想跟我说的吗？"舒冬看着他。

"难道不是应该你跟我解释吗？"俞知逸冷笑了声。

他依旧穿着白色T恤，阳光从他背后照过来，舒冬眯着眼睛看不清楚他的脸，看不懂为什么人可以这么脏。

或许应该听宋风的不要下来，此时此刻舒冬一秒都不想多待，她转身想回文身店，却被俞知逸一把抓住。

"别跟他在一起。"俞知逸不是在挽回，而是在挣扎，因为他不想输给宋风。

"为什么？"舒冬的眼睛里结了一层霜。

"因为他在利用你，利用你让我难堪。"俞知逸很诧异，面前这个冷漠的女孩和几天前为他准备钱的女孩是一个人吗？他莫名地温柔了几分，语调里也多了些诱哄，他觉得只要他对她好一些，她就会和之前一样被他迷得神魂颠倒。

"那你跟我在一起，又是为了什么？"烈日骄阳下，舒冬身边竟然有些清冷的味道。

俞知逸一惊，想到她这两天的反常，她是不是知道了什么？

"因为喜欢。"俞知逸面不改色。她不可能知道，她没有途径知道——想到这里，俞知逸的心又逐渐安稳了下来。

舒冬心中最后微弱的火苗也随之熄灭，你永远不可能叫醒一个装睡的人，还能期望一个无耻到骨子里的人会认错吗？

"你为什么要来文身？"舒冬一直很疑惑。

不明白话题为什么突然转变，俞知逸忽然想到了四月份遇见她的那个下午，他看着舒冬，两个人之间的氛围忽然没有那么剑拔弩张了。

“想试试。”俞知逸。

“现在还想试吗？”舒冬问。

俞知逸突然沉默了。舒冬笑了笑，笑容里有淡淡的讽刺。

她上前一步掀起俞知逸的白色T恤。

“干什么？”俞知逸被她的动作惊到。

舒冬看着他背后干干净净的皮肤，明明在预料之中，但心为什么那么疼呢？

他对她的喜欢就像这背后的文身一样，只是想尝试一下，等到厌倦了，文身可以洗掉，人也可以丢掉，他只是浅浅路过，却给舒冬带来了枯木逢春又彻底死去的春天。

后知后觉地意识到舒冬在看什么，俞知逸缓缓拉住舒冬的手，声音温柔：“事业单位不允许身上有文身，然后我就去洗了，别多想。”

嗯，原来他所在的世界是接受不了她这种存在的，但为什么这个世界判断人的好坏会这么畸形呢？

舒冬看着俞知逸戴着眼镜文质彬彬的脸，她总是羡慕仰望读书的人，但现在终于切身体会到了，成绩好的人不一定会把书里的仁义道德放在心里，街头混混不见得都是无赖流氓；文身的人不一定是坏人，西装革履的人也不见得会是好人。

“风哥风哥，他们怎么开始扒衣服了？”

“小主播”陈辉再次上线，宋风捏着游戏机的边缘手指渐渐泛出青白，他抬手把游戏机扔在桌子上，发出很大的响声。

陈辉站在窗边吓了一跳，玩着游戏的小崽子们也都偷偷瞄着宋风。

“怎么了？”陈辉有点心虚。

宋风没理陈辉，从舒冬和俞知逸下去他就没再往外看一眼，但现在他倒要下去看看，她能有多蠢。

看了眼窗外，她撩开俞知逸的衣服不知道在看什么，宋风脸色阴沉，直接下楼了。

“俞知逸，我很后悔跟你在一起。”放下俞知逸的衣服，舒冬面色平静，呼吸却在发抖，已经没有什么可说的了，她抽出被他握着的那只手。

还沉醉在舒冬能重新对他言听计从的幻想里，俞知逸脸上的温柔瞬间凝固了，接着又变得阴鸷。他冷冷地看着舒冬：“所以你就跟了宋风？”

“是又怎样？”舒冬笑了。

本来不想闹得太难看，但宴无好宴，结束也不可能体面。

“看上他什么了？”俞知逸不明白。

“比你好。”舒冬说。

“跟他睡了吗？”俞知逸嗤笑。

“睡了。”舒冬淡淡地开口。

先是一愣，但下一刻俞知逸就笑了：“你在气我是吗？”

“有必要吗？”舒冬轻笑。

心里的天平渐渐倾斜，以舒冬木讷的性格，俞知逸不相信她会跟宋风发生什么，但面前这个样子的舒冬，有些犀利，有点淡漠，最重要的是对他不屑一顾，这是俞知逸从来没有预料到的。

“说完了吗？”宋风上前一步，把舒冬拉到了自己身边。刚才离得太远他不知道他们说了什么，但看俞知逸的表情，似乎也不是很得意。看来舒冬还不是太蠢，他奖励似的揉了揉她的脑袋。

舒冬这次没躲开，反而往宋风怀里靠了靠：“走吧。”

原以为她下来会被俞知逸的花言巧语迷住，没想到没被骗反而又换了个性子。宋风很满意，看着舒冬忍不住笑了，他揽着舒冬的肩转身。

然而宋风的笑落在俞知逸眼里，就成了挑衅。望着两个人的背影，俞知逸只觉得后脑突突地疼：“宋风，这么喜欢我玩剩下的吗？”

意料之中，宋风顿住了脚步。他低头看了眼舒冬，却只能看见她低垂的睫毛。

舒冬的眼底早已经被灰暗和失望布满了，再增添一抹，也不是很明显。

这一次，宋风的确是单纯地在意舒冬，没有利用和阴谋。宋风揽着她肩膀的手微微用力，无声地安抚。接着，他转身，拳头已经跃跃欲试了。

看着两个人停在了那里，俞知逸的目的达到了，他上前一步，笑着继续开口：“这么看来你们确实挺般配的。”

“宋风没了爸妈。”俞知逸的目光在他们身上打量，最后落在舒冬身上，“而舒冬你，也不知道自己的亲生父母，甚至连拐自己的人贩子也不知道在哪儿。”

“很配。”

宋风知道俞知逸不会说什么好话，拳头早已硬得像铁，但越往后听……一时间他有点听不懂俞知逸在说什么，只是感觉身边的女孩在微微发抖。

宋风目光呆滞，他低头，看着舒冬苍白失魂落魄的样子，胸腔内渐渐起了火。来不及思考俞知逸在说什么鬼话，他上前两步，抬腿朝俞知逸踢了过去。

而俞知逸早有准备，往旁边躲开了。

以宋风现在极度愤怒的状态，如果俞知逸没躲开，他可能需要在医院躺上半个月。

“怎么又打起来了？！”

如果宋风现在抬头，就会发现三楼网吧窗户以陈辉为首露出一排脑袋，陈辉连忙冲了下来。

“俞知逸，你还是个人吗？”

宋风揪着俞知逸的衣服，把他狠狠摔在墙上。

想到刚刚身边女孩发抖的样子，宋风所有的血液都在往头顶冲，盛怒下的宋风，三个俞知逸也不是对手。

五脏六腑都要错位了，但俞知逸却还在笑：“真相往往让人难以接受。”

几米外的舒冬，听着身后两个人说话打架的声音，觉得很遥远，她的世界里现在只有一句话在不停回荡：不知道你的亲生父母是谁，甚至连拐你的人贩子也不知道在哪儿。

舒冬抬头望着天空，天旋地转，仿佛下一秒天就要塌下来把她压垮，她稳住身形，行尸走肉般地回了文身店……

一切的一切，都和她没有关系。

宋风看着她瘦弱的背影，心忽然疼了一下，然而俞知逸趁着宋风分神的一瞬，迅速挣开宋风的桎梏，一拳砸在宋风的脸上。

“宋风，你是想拿她来恶心我吗？那还真不好意思，让你的如意算盘打错了，我不在乎她，也不喜欢她，所以随便你怎么玩。”

俞知逸的这一拳也用了十分的力气，宋风觉得下颚好像错了位，瞬间就麻木了，但极度愤怒中，人是感觉不到疼的，极速分泌的肾上腺素使整个人都处在兴奋的状态。

宋风毫不手软地补上两拳：“俞知逸，不是要去过你高贵的大学生活吗？怎么现在还跟我纠缠不休？

“记住了，你的东西只要我想要，我随时都可以拿走，而我的东西，你拿走的那些都是我自己扔的。”

两拳下去，俞知逸已经完全蒙了，腮帮酸痛得提不起半分力气，嘴角还溢出了血，黑框眼镜早已经不知道丢在了哪里，但看着宋风嚣张的脸——

借着位置的优势，俞知逸摁住宋风的头，狠狠砸在墙上……

宋风的目光还落在舒冬的背影上，疼痛袭来的时候有些错愕，但他再也说不出来一个字，血顺着头顶流下来模糊了视线，接着，摇摇欲坠地倒在了地上。

陈辉刚下楼拐过来，就看到宋风倒在了地上，他停住脚步，眼睛里全是不敢置信。

“风哥！”陈辉反应过来后奋力往这边跑，“风哥！”

刚才俞知逸趁着宋风失神看舒冬的时候，阴险地得逞了，但他自己也没有好到哪儿去，宋风的拳头向来又狠又准。

俞知逸虚脱地坐在地上，嘴角溢出了血，很是狼狈。但他看着旁边奄奄一息的宋风，还是满意地笑了。

“风哥，风哥。”陈辉小心翼翼地抱起宋风的头，看着他满脸是血，心里越来越慌，“别给我装，吱个声！”

宋风依旧没有反应。

“俞知逸，你等着。”已经很久了，陈辉脸上没有出现过这股狠劲，但他现在没有心情去跟俞知逸打架。

陈辉拿出手机拨了120，手有点发抖。

“放心，死不了。”俞知逸笑了笑。

楼上的孩子们看状况不对，把陈辉刚刚嘱咐他们的不许下来抛在了脑后，有三四个男生冲了下来。

俞知逸惨了。

医院离得很近，在救护车上宋风渐渐恢复了点意识，眼睛微微睁开一条缝，朦胧的视线中，他看到了舒冬的脸。

“丑吗？”

一直悬在半空的心缓缓落下，舒冬舒了一口气：“丑。”

宋风扯了扯嘴角，舒冬也笑了。

之前在学校，宋老板打架也经常挂彩，有些女同学你争我抢地要在病床前照顾，全被宋老板赶出去了，因为他觉得鼻青脸肿的，毁形象。

“怎么还叫了救护车？”宋风的声音虚弱。

“这不是害怕嘛。”陈辉说。

“害怕什么……”宋风吐出几个字。

“害怕我年纪轻轻就守寡！”陈辉说完很想踹他两下。

宋风忍不住笑了，但幅度小得几乎看不见，他只觉得眼皮很重，脑袋疼得似乎要裂开，很快，他又失去了意识。

舒冬全部注意力都在宋风身上，她观察着他所有细小的反应，看他又闭上了眼睛，刚刚落下的心又悬了起来。

“宋风。”她试探地出声，他没有反应。

“风哥？”陈辉抓住了宋风的手，还是没有反应，陈辉慌了，“医生医生，他这是怎么了？”

护士戴着口罩正在为宋风处理伤口：“现在只能看出来外部的伤口，其他的得回医院做个检查。”

很快就到医院了，舒冬坐在外面的椅子上，脸色苍白，手心不断地冒冷汗。

原本她躲在店里，浑浑噩噩地想着这几年的境遇和生活，但窗外却越来越吵，她顺着窗户往外看，就看到了宋风倒在地上，然后听到了救护车的声音。

舒冬不知道该怎么形容那一刻的心情。

医院的走廊上，陈辉和舒冬坐在一起，但这一路陈辉没跟舒冬说一句话，今天的局面，陈辉莫名把责任归在了舒冬身上。

但他心里也很清楚，是宋老板先去招惹她的。看在最后她上了救护车没理俞知逸的分上，陈辉决定原谅她。

不知过了多久，宋风终于被医护人员推出来进了病房。

“医生，他还有多久能醒过来？”陈辉看着宋风这么躺在床上，很不习惯。

“刚刚缝合伤口打了麻醉针，等检查结果出来了我再来看看。”

“那检查结果什么时候出来？”陈辉又问。

“两个小时后去前面一楼取检查报告，到时候拿着片子去办公室找我就好。”医生说。

“好，谢谢医生。”陈辉点了点头。

陈辉对医院不了解，摸不清那些烦琐的流程，但这样的人无疑是幸福的，爷爷奶奶生病了，有爸妈去奔波，在所有人眼里，他还是个孩子，出事了会有家人顶着。

然而宋风对医院的那套流程早已经烂熟于心了，挂号，缴费，办理住院，检查，拿药……随着爷爷奶奶年龄的增长，宋风对医院越来越熟悉，尤其是这几年，太熟了。

没有人永远会是孩子，也没有人一开始就是大人。

凌晨三点医院空荡荡的走廊里，电子显示器上的时间一秒一秒地溜走，数字的变化会让人心慌，从急诊室到住院部这段路，他能清楚地感觉到自己瞬间就长大了。

但这种长大让人想逃避，想拒绝，但也无法逃避，无法拒绝。从第一次的害怕慌乱，到逐渐地麻木习惯，他会试着接受生离死别，到最后学会告别。

宋风的长大，很多经历都是发生在医院里的。

病房门关上，陈辉和舒冬看着宋风没有血色的脸，心里那条弦一直绷着，突然，陈辉的手机响了。

他连忙关掉声音，看了眼宋老板，去门外接了："怎么了妈？"

"就知道在外面玩，家里多忙知不知道？一个小时内给我回来！"

"不行，我今天有事回不去。"陈辉着急了。

"有什么事？你整天能有什么正经事？"

顺着小窗往病房里看了一眼，陈辉左右为难。他知道今天家里餐馆忙，但宋老板这里他又走不开，还得瞒着老妈和爷爷奶奶他们。

陈辉脑子要炸了："我叫几个朋友过去帮你行不行？"

"你那些狐朋狗友吗？自己家的事都不上心还让别人来帮忙，那你说我是给他们工资呢还是不给？"

在吴阿姨心里，陈辉那些狐朋狗友只有宋风是正经的，吴阿姨判断人主要看脸。

"那我晚一点再回去，你跟我爸再坚持两个小时。"

就算他现在走了也不放心。这段时间里陈辉去办了办手续，两个小时后取了检查结果去找医生。

医生是位上了年纪的老先生，他拿着片子扶了扶眼镜："从片子来看，颅内没有明显的伤，但外部的伤口要好好养着，注意不要感染，另外头部被撞击得太严重，有轻微的脑震荡，让患者注意好好休息。"

"好的，好的，谢谢医生。"陈辉听见宋老板脑袋没问题的时候，长长舒了一口气。

"以后千万不要打架了。年纪轻轻的打出个毛病怎么办，以后连女朋友都找不到。"医生可能看宋风跟他孙子差不多年纪，就开始碎碎念了。

"您放心，以后肯定不打了。"其实陈辉更想说，您放心，就算他少条腿也会有女生往上扑的。

“走吧，去另一个病房看看，也是个打架的。”医生把电脑屏幕中患者的记录关掉，站了起来，“你们这些孩子怎么总打架？”

也是打架的？

陈辉愣了愣，他走到医生身边：“隔壁的人是不是叫俞知逸？”

“嗯？”医生抬头想了两秒，“好像是这个名字。”

“医生，您别治他！就是他把我朋友打残的！他太坏了，或者您给他缝伤口的时候别打麻醉，疼死他！给他用最贵的药！”陈辉开始胡言乱语。

医生倒也没生气，只是觉得这孩子有点傻气。

“在我们眼里他们都是病人，都一视同仁的，那个孩子没有你朋友伤得重，不需要缝针。”医生笑着说。

没有坑到俞知逸，陈辉很不爽。

陈辉回到病房跟舒冬传达了下宋老板的病情：“大致就是这样，晚上可能得麻烦你了，我晚点再过来。”

“好。”舒冬说。

“那个，俞知逸也在这一层，不过你别害怕，他也动手了，而且风哥比他伤得重，他不敢报警。”陈辉看着舒冬，“你们注意点，有事打电话给我。”

舒冬点了点头。

陈辉刚说完，吴阿姨的夺命连环电话就又打过来了，他连忙走出病房，开始往家冲。

折腾了一下午，舒冬的神经一直绷着，到现在忽然放松下来，感觉异常疲惫，她闭着眼睛揉了揉太阳穴。

天色渐渐暗淡，病房内也变得昏暗，舒冬打开一盏壁灯，微弱的灯光照亮了方寸的地方，显得很静谧。

舒冬低头注视着宋风，现在的他不会戏弄她，也不会嚣张霸道地欺负她，但看他这么安安静静地躺在这里，她很不习惯。

宋风的嘴唇因为太干起了一层皮，舒冬去走廊里接了杯温水，但拿着水杯她忽然想到，现在的他也没有办法喝。

舒冬轻轻抿了一口，又喝一口，最后自己喝完了。

晚上七八点，天完全黑了，病房内没有一点声音，舒冬坐在病床前，手撑着脑袋渐渐睡着了。

宋风睁开眼睛就看到这幅画面。

意识还不是很清醒，视线也从朦胧逐渐清晰，他缓了一会儿，嘴角忍

不住上扬，以前怎么没有感觉醒来看见身边有人守着这么好?

宋风想坐起来，但刚一动好像碰到了伤口，疼得他倒吸一口凉气，现在麻醉药逐渐失效，所有的感觉都很直接，他又安安分分地躺下了。

宋风的动作并不大，所以舒冬也没有醒。

她手撑着下巴，睡着了也都一副心事重重的样子。忽然间，宋风就想到了俞知逸下午说的话，她被……

宋风的手又控制不住地握成了拳头，对舒冬，那两个字他说不出来，连在心里想想都不忍心。想到俞知逸那张脸，宋风的呼吸逐渐加重，下午是他没发挥好，但以后，看见那个狗东西一次，他就打一次。

舒冬睡得不是很沉，下一秒就毫无征兆地睁开了眼睛，然后就看到宋风正直勾勾地盯着她。

舒冬吓了一跳，身体控制不住地往后倒，被宋风伸手拉住。

“有这么吓人吗?”宋风咬着牙，撑起半边身体去抓住舒冬，不让她摔在地上。

“你快躺下。”舒冬站稳后连忙去扶他，害怕他再出什么差错。

“不躺了，想坐着。”傲娇宋老板上线。

“医生说你需要休息。”舒冬面无表情。

“坐着也能休息。”宋风就不躺。

舒冬说不过他，索性让他坐着了。

宋老板坐了一会儿后，又开始作妖：“我想回去了。”

“不行。”舒冬抬头冷冷地看了他一眼。

“回家也能躺着。”宋风不喜欢医院，之前陪爷爷奶奶来没有办法，但现在，他一秒钟都不想多待，况且这伤也没有那么严重，之前比这更严重的也有过，但他第二天就去学校了。

只不过现在迷上了被人担心的滋味。

“不行，得在医院。”想起来今天下午他流那么多血，舒冬声音虽然很轻，但寸步不让。

宋风作势从床上起来，但腿刚着地，身体有点不稳。眼看他就要摔在旁边，舒冬连忙抱住了他。

宋风坐在床上，也抱住了舒冬。

时间一分一秒地过去，宋风却抱得越来越紧。

舒冬站着，宋风坐着，由于姿势和身高的差距，宋风头埋在舒冬胸前，听着她的心跳。他问：“家在哪儿?”

舒冬小心翼翼地不敢动，但听到“家”这个字，眼睛瞬间变得黯淡：“不知道。”

“什么时候来的宋城？”她身上有淡淡的香味，宋风眼睛里却是一片墨色。

“四岁。”舒冬的下巴恰好放在他的肩头。

病房内很安静，时间仿佛静止了，只有她平缓的心跳，一声一声地传到宋风耳边。

“我能抱你吗？”宋风笑了。

“不能。”

舒冬条件反射地拒绝，但说完后才反应过来，两个人现在是抱在一起的，宋风得逞地笑了。

“那能吻你吗？”宋风浪荡的笑里多了几分温柔。

“不能。”舒冬面无表情地拒绝。

宋风坐直了身体，手放在舒冬的脑后让她贴近自己，吻了上去，而意外的是，舒冬没有挣扎，也没有拒绝。

窗外星河灿烂，晴朗得没有一片乌云，月亮的清辉静谧地洒进房间内，两颗沉重的心在舔舐伤口。

过了很久，宋风才放开舒冬，看着她闪躲的眼睛笑了：“能去你家借宿一晚吗？”

舒冬：“不能。”

第四章 / 她的过往

一个小时后，舒冬在做饭，她扭头看了眼沙发上的人，不知道怎么就让他进来了。

“我帮你洗菜吧。”电视里不知道播的什么，宋风也看不进去，还有点吵，索性把电视给关了。

“不用，你坐着好好休息。”舒冬从冰箱里拿出青菜。

“我是撞到了头，又不是腿残了。”宋风来到舒冬身边，一片一片地择着菜叶，很体贴。

舒冬正在择菜，他说得有道理，从今天下午看到他倒在地上到现在，她的同情心似乎太多了。

“那你洗吧，顺便把菜炒了。”舒冬坐在沙发上，把电视打开了。

宋风愣了，有这么对待病人的吗？他只是想展现一下绅士风度，不让她自己做，但也不是他做，他想要的是两个人一起做。

“能不能心疼下病人？”宋风手上还拿着菜叶子。

“你只是伤到了头。”舒冬看着电视，头也没回。

宋风戴着黑色的棒球帽看不清楚表情，但可以看出来脸拉得很长。

电视里播的是一个古装剧，舒冬之前看过两集，但现在却看不进去。她和宋风现在的关系变得很奇怪，不是恋人，好像也不是朋友，比起俞知逸，她直觉宋风会更不好对付。

宋风长得确实好看，整天这样一个人围在身边对你好，太容易心动。

他是个不按常理出牌的人，他想对你好就对你好，他想捏碎你就捏碎你。所以舒冬分不清他是什么时候真的对她好，跟他相处，她需要很谨慎，还得把心守好。

对他来说，俘获一个女孩子的心很简单。

舒冬害怕如果有一天她真的失守，他下一秒就会残忍地把她推开，因为他们之间一开始就是从互相利用开始的。而宋风也说过，他不喜欢她，她不能刚从一个荆棘丛里逃出来，就跳进另外一个。

舒冬眼睛里的光渐渐熄灭了，随之紧闭的，还有那扇心门。

她摸了摸腰上的文身。以前的她只有一个念想，但渐渐地多了些不自量力的奢望，以后，她再也不去期待什么了，只守着这一个念想就好。

身后响起切菜的声音，接着抽油烟机打开了，青菜不需要炒太久，宋风端着盘子放到茶几上，发现她在发呆。

“想什么呢？”宋风坐在沙发上，压了压帽子。

即使受伤了，宋老板在室内依旧倔强地戴着帽子，将帽子调大了一圈也要戴着，因为脸上青紫瘀血再加上纱布，实在太难看了。

“在想人生为什么这么苦。”舒冬点了一根烟。

宋风动作顿了下，然后余光扫过她。这不该是一个十九岁女生说出来的话，十九岁，应该在读大学，和朋友无忧无虑地逛街，不用考虑生活的心酸，是被爸妈捧在手心的小公主……

看着她吞云吐雾，烟雾缭绕中有些醉生梦死的意味，宋风没有犹豫，和以往每次一样，夺过她的烟掐灭了。

“那要不要吃糖？”宋风跟变魔术似的，从口袋里拿出一支棒棒糖，拆了糖纸，将糖放在舒冬面前。

宋风在戒烟，就像舒冬说的，只是闲着不知道干什么所以忍不住抽，所以他身上总会带着糖。

粉色的糖果看上去就很甜，跟上次他去文身店找她的时候一样，草莓味的，舒冬笑了。

你看，他又开始了。

“可是我想抽烟。”舒冬又去拿打火机。

“不准抽。”宋风抓住她的手，把糖放在她唇边。

“你凭什么管我？”舒冬没有张嘴，她平静地看着宋风。

宋风眉毛微不可察地皱了下，突然被她问住了，然而转瞬间又变得无赖："我想管就管，没有为什么，总之就是不准抽。"

锅里煮着粥，蒸腾着白色的水汽往上飘，米的清香逐渐弥漫了整个客厅，沙发上两个人离得很近，电视机也开着，吵吵闹闹的，显得很有趣，充满了生活的烟火气。

这是舒冬一直向往又得不到的，但她不会迷失自己。

"粥好了。"舒冬接了他的糖，舔了一下，很甜。吃个糖不代表什么，任他随心所欲好了，她也可以。

宋风也不知道他在执拗什么，看她乖乖把糖吃掉才满意。

他笑着摸了摸舒冬的头："我去盛饭。"

舒冬噙着棒棒糖，在宋风揉过的地方又拂了两下，想要把他的手印给擦掉。

白粥里放了冰糖，有淡淡的甜味，舒冬喜欢这么煮，宋风第一次喝也觉得还不错。

已经晚上九点多了，从中午到现在两个人都没有吃饭，在医院的时候舒冬很饿，但是又不敢离开病房，现在想想还真是蠢，他在那里躺着又不会出事。

"能吃饱吗？"宋风没有胃口，只吃了一小碗。

"嗯，好了。"舒冬饭量也很小。

"好了去洗碗。"宋风又开始欺负人了。

舒冬愣了愣，收拾好茶几上的碗筷，走向几步远的开放式厨房。就算宋风不说，她也会洗的，但是被他命令她就很不愿意。

舒冬平常话就不多，而且宋老板今天脑子坏了，并没有察觉到舒冬的异常。

一切都收拾好之后，舒冬坐在沙发上："什么时候走？"

宋风正看着电视，抬眼："不走，住下。"

舒冬："不行。"

宋风："我回家会挨骂的。"

宋老板开始打感情牌。其实他不是害怕挨骂，而是怕爷爷奶奶担心。舒冬正在擦茶几，动作停了一下，但只心软了一秒。

"谁让你打架。"舒冬的声音有种魔力，从她嘴里说出来的话永远都一个调，无论是拒绝还是疑问或是责备，她的声音永远都平平淡淡没有起伏。

“你。”宋风看着她。

一个字很短，也很轻，就这么落在了舒冬心上，泛起了涟漪，一层一层地往外堆叠，余波不止。

舒冬目光落在茶几上的方寸地方，呆滞地看着，不知道在想什么，片刻之后就像什么都没有发生过似的，继续擦桌子。

对待宋风的浪荡，舒冬的方法就是不予回应。

然而这次宋风没有说谎，他的确是听到俞知逸那些话，忍不住动了手。

“坐过来。”宋风让开自己身边的地方，想和她聊聊天。

“还没擦干净。”舒冬总有理由拒绝他。

“都擦好几遍了。”电视开着，但宋风的注意力却没在屏幕上。

舒冬把桌布收起来：“你总打断我。”

“我打断你了吗？”宋风饶有兴味地看着她，小东西都会诬陷人了。

“嗯。”舒冬式冷漠。

宋风也不再逗她，趁她路过沙发旁边的时候，伸手把她拽到身边，两个人距离很近，然而他的身体还在往前倾：“为什么躲我？”

脑子坏掉的宋老板终于察觉到了。

舒冬挣扎着想要起来，却挣不脱。她索性也不动了，只平静地看着宋风：“因为你总对我动手动脚。”

宋风愣了愣，原来把自己当成大灰狼了？

“我……”他想为自己辩解，但刚开口，发现有点底气不足。

回忆了两个人认识以来他的所作所为，好像确实挺像大灰狼的。宋风百口莫辩，但他以前真不这样，不知道为什么看见舒冬就想欺负，还把初吻给欺负进去了。

挣扎间，舒冬的T恤往上缩了缩，露出一截细白的腰，黑色的文身对比得很明显。宋风余光被她腰上的小火车吸引，他低头，手下意识地就放上去了，轻轻摩挲。

在他指尖碰到的一刹那，有点凉，有点痒，舒冬一个激灵收紧了小腹，声音冷冷地说：“放开我。”

宋风的手顿住，他抬头看着舒冬，也不解释了，因为他也很想知道自己为什么会流氓得这么自然。

宋风放开舒冬，为了表示自己真的不那么坏，还自觉地往沙发另一边坐了坐，两个人之间留出了距离。

“为什么文这个？”茶几收拾得很干净，宋风扫过桌面的烟和打火机，

舔了舔嘴唇，从口袋里又拿出糖。

“你和俞知逸发生过什么？”舒冬不答反问。

宋风折着糖纸，抬头扫了一眼舒冬，然后微不可察地扯了扯嘴角，都学会谈条件了。

试着回忆三年前的事，宋风咬着棒棒糖不咸不淡地开口：“高考第二天下午，他说看见我爷爷被救护车拉走了，我回去一看，爷爷奶奶在下棋。”

平静得没有起伏的语调，仿佛在说别人的事。

舒冬看着他，忽然想到什么：“你没有考试？”

“没有。”宋风笑了笑。

舒冬的手慢慢收紧了。

宋风的成绩一直很好，但是那个年龄的叛逆调皮也是有的，高二有一次比较重要的联考，他考了第一名，但刚考完就打了架，老师说要叫家长。

那时候俞知逸是学习委员，他打电话到宋家，那时恰好孟爷爷生病咳嗽，一着急就住院了。

俞知逸看着不争不抢，心里却很嫉妒宋风，总爱暗暗和宋风比较，这次打架终于让他找到了宋风的把柄，他就打电话给宋风的家长，但没想到把孟爷爷气到了医院。

宋风不怪俞知逸，不管他有没有私心，宋风都很痛恨自己。

孟爷爷那次病得很严重，宋风迷茫了很久，成绩好真的是件好事吗？对很多人来说是，但对宋风来说，这是个痛苦的累赘和选择。

他学习好，然后呢？要去最好的大学离开宋城吗？要让爷爷奶奶自己在家吗？

他明明有能力飞，却要亲手折断自己的翅膀。那之后的一个月里，他不再迷茫了，成绩也没那么好了，一点点从天上坠到泥里，就这么清醒地堕落。

最了解你的人可能不是家人，而是你的对手，俞知逸知道宋风在隐藏。

高考最后一场进考场前，俞知逸告诉宋风看见有救护车停在他家楼下，宋风看着几步之遥的考场，看了很久，最后转身去了医院。

虽然高三一年他不学无术，想要烂在泥里不去挣扎，但当真的坐在高考考场上，他不甘心。

而当俞知逸告诉他的时候，他连最后一丝挣扎也放弃了。

高考成绩出来，宋风前三场接近满分，最后理综0分。

“为什么不复读一年？”舒冬声音很轻。

“没有区别。”宋风看着前面。

复读又怎样呢？考得很好去读大学把两个老人扔在家里吗？宋风做不到。

爷爷奶奶他们吃过很多苦，儿子年纪轻轻就没了，白发人送黑发人，他妈妈又改嫁，如果宋风再走，这个家就散了。

或许可以读完大学再回宋城？到时候也是不甘心，倒不如从开始就断了这个念头。

所以宋风时常想，这个世界很大，人这一生看似有很多路，但属于你的那条早已经铺好了，你站在分岔路口犹豫不决，遗憾不甘，但最后，你还是会按照那条路往下走。

你只有那条路能走，很多地方你说等等再去，其实再等也没用，已经注定了，这辈子你无法走到那里。

越长大越不相信人定胜天，人的一辈子，能选择的太少了。

而他的那条路，就是留在宋城。

这些年，那些执念不执念的，宋风看得越来越淡，他知道什么对自己来说最重要，他觉得自己现在很好，也不后悔当初的选择，尽管不甘心和遗憾永远都会在，但如果重来一次，他还会这样选择。

高考那天下午宋风从考点出来先去了医院，他知道爷爷该去哪个科室、在哪层楼，甚至跟护士都很熟了。

但他在护士站问过护士之后，护士说他爷爷不在。

当时他很蒙，感觉血液都凝固了，他恨不得立刻回考场把俞知逸撕碎！

但他没有，他行尸走肉般地走在路上，在马路边的长椅上失神地坐着，直到考试结束，他才回了家，看到爷爷奶奶在下棋。

所以爷爷奶奶现在都不知道那天发生了什么，而他也永远不会让他们知道。

宋风浑浑噩噩地在家睡了十几天，谁来找也不出去，直到成绩出来那天看见分数后，天不怕地不怕对什么都无所谓的宋风眼红了。

他和俞知逸狠狠地打了一架。

随着那场架，宋风的气也消了，以后他只好好过自己选择的生活，但是，俞知逸总在他面前晃，他不动手似乎都对不起俞知逸。

“你很幸福，有自己要守护的人。”舒冬觉得心里很堵，好像塞着一团浸了醋的棉花。

尽管宋风说得云淡风轻，但那是一个人的一辈子，所以她之前到底喜

欢了一个怎样的恶鬼？

宋风笑了笑，似乎是第一次有人跟他说“幸福”这两个字，不过比起她……宋风眸光变得黯淡，余光看着她腰间隐隐约约露出来的图案。

“所以，‘小火车’呢？”宋风问。

“不告诉你。”舒冬嘴角上扬，从沙发上起来。

“欺负我。”小木头学会戏弄人了，宋风一把抓住她的手腕。

“嗯。”舒冬嘴角隐隐带着笑，准备回卧室。

“回来！”宋风从沙发上起来，站在卧室门前挡住了舒冬的去路，“我要洗澡。”

“浴室在那边。”舒冬指了指进门的方向。

“我受伤了。”

“嗯。”

“不方便。”

“嗯。”

“你帮我洗。”

舒冬从上到下打量着宋风，大半张脸被帽子遮住，帽檐扣得很低，虽然什么都看不见，但只从笑里就能看出不正经，他的T恤胸前有一个烧焦的小洞，好像是被她烫的。

“陈辉应该很愿意帮你洗。”舒冬拿出手机，在找陈辉的联系方式。

宋风从她手里夺过来手机扔在沙发上，弹了下她的额头：“调皮。”

舒冬斜了他一眼，回卧室了，之前给正宇买过一套睡衣，但是太大了正宇没要，她从柜子里翻出那套睡衣放在浴室门外，但她刚准备转身，浴室的门就打开了。

“你干什么？”舒冬连忙捂住了眼睛。

“我看你在门外晃，还以为你要进来。”浴室是磨砂玻璃门，宋风看着她慌忙捂眼睛的动作乐了，他低头看了看自己，不就是光了个膀子，裤子都还穿着呢。

“不进，这是睡衣。”舒冬捂着眼睛走了。

“看路，别摔着。”宋风笑得伤口有点疼，小木头真可爱。

重新把门关上，宋风对着镜子看了看头上的伤，明明没怎么动纱布上已经渗出了血，他伸手碰了碰，疼得又赶紧缩了回去。

宋风叹了口气，打架从来没有这么栽过，还是跟俞知逸那个看着就肾虚的蠢货。

刚刚欺负舒冬说他一个人洗不了，宋风脱了上衣脱了裤子之后，发现一个人真的洗不了。

这还没动呢，脑袋就晕晕沉沉的，花洒开着不断往外冒热气，瞬间就弥漫了整个浴室，宋风靠着墙，借着瓷砖的凉意让意识清醒，他伸手，把花洒调成了冷水。

有点眩晕和恶心，脑子坏了好像全身都不听话了，宋风没敢洗，只用毛巾随便擦了擦。如果真倒在里面，小木头不仅要担心他的脑子，还要害怕他裸着的身体，错过了最佳抢救时间，他可能真的要挂在浴室了。

舒冬听着浴室哗哗的水声，打开了电视。往常都是她一个人，但最近宋风却像强盗一样闯了进来。

入秋的天渐渐变凉，风顺着窗户吹进来还有点冷，舒冬从旁边拿了条毯子盖住了腿，碰到腰的时候她停住了。她缓缓撩开自己的T恤，鲜活的图案仿佛要从皮肤上跃出来。

每个文身都是有意义的，人们想把那段痛苦的或者快乐的经历记录下来，而她，只有这一个文身。

刚刚宋风问她“小火车”，她认为他们还没熟到这个地步可以讲这些。

除了健周叔一家还有林哥，其他人都不知道，但当初某个夜里很难受，她告诉了俞知逸。那时候她觉得俞知逸是可以依靠的，但没想到最后变成了捅在自己身上的刀。

所以，她不会再告诉别人了，只要自己牢牢记着就好。

四岁那年，舒冬跟父母走散了，具体在商场还是餐厅，她完全没有印象，后来有个人说要带她去找爸爸妈妈，她就跟他走了。

那个人带着她去了火车站。

那时候虽然年龄小，但心智已经懵懵懂懂地成熟了，舒冬看着窗外黑漆漆的夜色，还有不停行驶的火车，越来越害怕。

夜深人静，舒冬看着人贩子睡着了，她想跟身边的叔叔阿姨求救，但是不敢开口，只是小心翼翼地看着对面的叔叔。

而对面坐着的，就是舒健周。

舒健周在火车上察觉出不对劲，想帮忙却又怕惹是非，索性闭上了眼睛。看着他闭上眼睛，四岁的舒冬当然不明白他是见死不救，只以为他睡着了。

舒冬很害怕，火车又停了一站，她看着人贩子睡得很熟，终于在下一站的时候，战战兢兢地从他身上悄悄跳了下来……

临下车的时候，舒健周看到舒冬从那人身上跳下来，连忙抱着她下车混入了人流。

舒健周夫妇，对舒冬不算好也不算坏。本来回家后想帮她找父母，但已知的信息太少了，更重要的是，很浪费钱。

当时很巧，张月玲很久都怀不上孩子，他们索性就把舒冬留了下来，刚开始对她确实很好，像对待亲生女儿一样，不过几年后，他们自己的孩子出生了，一切都变了。

人的性格不是一天养成的，这么多年，舒冬努力让自己很懂事，什么也不去计较，听叔叔阿姨的话，但是，他们之间好像越来越疏离。

舒冬渐渐变得安静，变得木讷，渐渐地不再去表达自己。

她感情是残缺有障碍的，很多正常人的喜怒哀乐，她都很迟钝，因为身边没有一个真正爱她的人，去呵护她，去听她讲心里话。

人都是有私心的，所以舒冬不怪他们。

如果当时舒健周没有把她抱下来，她不敢想自己现在在哪里，是死是活都不一定，所以无论他们做得有多过分，她都不会跟他们计较太多。

舒冬，“舒”这个姓不是她的，“冬”这个名字只是因为她走丢的时候是冬天，也不是她的，她连自己是谁都不知道。

但舒冬不想活得不明不白，她想知道那列火车是从哪里驶来的。

然而这么多年，健周叔和张阿姨早就放弃帮她找家人了，毕竟真的很消耗钱，但是她不想放弃，如果连这个都放弃了，她不知道自己活着还为了什么。

从小到大，零花钱和工资舒冬处处节省，背着张阿姨偷偷存了不到两万块钱，她知道不多，但是她不想放弃，万一她的爸爸妈妈也在很辛苦地找她呢?

生活很苦，但舒冬还在挣扎，因为这是她努力生活的唯一动力。

当初俞知逸跟舒冬借钱的时候，某个瞬间舒冬有过用这些钱的念头，但很快被她压下去了，事实证明她是对的。从今往后，她更要把这笔钱守得牢牢的，因为这不单纯是一笔钱，对她来说，这是希望。

没有人值得她把生活唯一的希望搭进去。

可能想得太投入，舒冬的眼睛不知不觉红了，她抬头深吸了一口气，揉了揉眼睛，忽然，手机响了。

舒冬拿纸巾擦了擦眼睛，从茶几上拿起手机，是陈辉。

“喂。”舒冬揉了揉眉心，嗓子有点哑。

“你们这是私奔了吗？”陈辉站在病床前，看着床上的被子叠得整整齐齐，病房内空荡荡的，“风哥在哪儿？”

“我家。”舒冬拿着遥控器，没有目的地切换频道。

“让他接电话。”

“他在洗澡。”

“什……什么？”走在医院的走廊上，陈辉腿有点软，是他理解的那个意思吗？

舒冬也反应过来这话好像有歧义，她刚要解释，浴室的门打开了，舒冬看着宋风缓缓从浴室出来，立刻移开了视线。

“不是给你睡衣了吗？”舒冬看见他又没有穿上衣。

“太小了。”宋风说话有气无力，刚来到沙发边，就瘫了进去。

舒冬当初给舒正宇买的睡衣太大了，宋风穿上衣的话有点小，但睡裤比较宽松，恰好宋老板比较瘦，穿上像条五分裤。

舒冬不看宋风，直接把手机递到他面前。

宋风疑惑：“是谁？”

舒冬：“陈辉。”

宋风接了电话，说话时还有点缺氧地喘：“怎么了？”

陈辉觉得宋老板这声音有点不对，再结合刚刚他们的对话，陈辉已经有了画面感：“风哥你很猛啊，都摔脑震荡了还这么玩！”

宋风头确实很沉，但听见陈辉乱七八糟的话忍不住乐了，不过现在也没时间跟他闹：“说正事。”

“正事就是小弟已经帮您善后了。爷爷奶奶那里，我打电话说您在我家，希望宋老板闲暇之余最好跟二老打个电话。”陈辉阴阳怪气地边说边走进电梯，整个电梯的人都像看神经病似的对他行注目礼。

“好，挂了。”本来头就很疼，又被陈辉念念叨叨这么久，宋风的头更疼了，最后终于忍不住挂了电话，反正陈辉不会跟他计较。

“这么冷酷无情！”陈辉受到了暴击。

宋风准备按照陈辉说的那样，跟爷爷奶奶打个电话，但他摸口袋的时候忽然想起来，从店里出来得着急，没带手机。

算了，不打了。宋风向后无力地靠在沙发上，揉着太阳穴。

“怎么了？”舒冬看他从浴室出来脸色就不太好。

“有点头痛。”宋风依旧闭着眼。

“别装。”舒冬观察了他两秒。

“真的。”宋风忍不住笑了。

纱布上确实渗出了很多血，舒冬想靠近点看看，但看到他光裸的上身，不想看了。她倒了杯热水放到宋风面前：“喝点热水。”

原本昏昏沉沉很难受，但小木头今天晚上总是木得可爱，宋风一笑伤口更疼了，但又忍不住。

宋风伸手想把舒冬拉到自己身边，声音竟然还带着点撒娇的意思：“热水没有用。”

“睡吧。”舒冬往后退了一步，本来不想让他住下的，但看他这么不舒服，舒冬就心软了。

“睡哪儿？”宋风。

舒冬看了眼沙发，又扫了一眼宋风修长的身体和受伤的头：“你睡床吧，我睡沙发。”

“不好。”宋老板竟然微微嘟了嘟嘴。

“那你睡沙发。”舒冬今晚很有耐心，本来担心他睡沙发伸展不开。

“不好。”宋老板撒娇玩得越来越上手。

舒冬不说话了，面无表情地看着宋风，颇有种他再说一句就把他赶出去的意思。

宋老板闹够了，他笑着抬头，趁舒冬不注意伸手把她拉到身边：“一起睡床。”

最后，舒冬睡了床，宋风睡沙发。

因为宋风意识到，如果他再不消停舒冬可能会把他赶出去，但他肯定不会让小木头睡沙发的。

宋风能撑到现在很不容易，连思考都很困难，头几乎是刚挨着枕头就睡着了。

舒冬的床是两米的双人床，尽管很宽敞，但她总喜欢贴着靠墙的那一侧睡，另一边几乎留出来一半的空间，听说这样的人很缺乏安全感。

此时此刻，舒冬还是像往常一样，规规矩矩地平躺着，沉默地望着对面的窗户，尽管拉上了窗帘，但还是有微弱的光顺着缝隙透进来。

这几天发生的事太多了，仿佛有一个世纪那么漫长，很累，不只是身体，而是从内心深处散发出来的疲惫和无力。

寂静的夜里，这份疲惫渐渐把她淹没。

但第二天早上舒冬刚睁开眼睛，就看到一张放大的脸，这是在做梦吗？

但做梦为什么会梦见宋风？

舒冬瞬间清醒，猛地坐起来躲进角落，还下意识地把被子抱在胸前，她低头看了看，幸好睡衣都还穿得好好的。

舒冬松了口气，但她看着依旧熟睡的人，呼吸控制不住地越来越重，拿起手边的枕头砸在了宋风身上！

不知道宋老板在想什么，即使睡着了嘴角也是往上扬的，虽然脑子坏了睡得很沉，但枕头砸在身上还是有知觉的。

宋风睁开惺忪的眼睛，只睁开一条微小的缝，看着面前模糊不清的轮廓，嘴角扬的弧度更大了："刚睡醒就闹。"

声音带着含混不清的沙哑，配合着脸上的浪笑竟然还有几分宠溺，说完宋风又闭上了眼睛，抱着刚刚砸他的枕头又睡了。

"谁让你进来的？"舒冬冷着脸，尽管宋风睡着了看不见。

昨天晚上舒冬关门的时候还在想，他在沙发上，如果反锁门他肯定能听见声音，好像有点不太礼貌。

所以对他为什么要讲礼貌？

"我看床空了一半，还以为你给我留的。"宋风闭着眼睛，说话慢慢悠悠，暂时还没清醒。

给他留？

舒冬看着他裸着的肩膀，闭着眼睛深深吸了一口气，没再跟他说话，沿着墙下了床，深怕不小心碰到他就脏了。

只不过在舒冬刚出去，宋风就睁开了眼睛，眉眼间全是餍足的神情，然后很贪心地把两条薄被全抱在怀里，继续睡。

舒冬睁开眼就看到那张脸，整个早上都变得不美好了，她对着镜子刷牙，越想越气，很想把他从床上踢下去，再把床单被子全换了。

舒冬看着镜子里的自己，呼吸控制不住地紊乱，忽然牙膏沫呛到了喉咙，她赶紧低头把宋风抛在脑后。

她没有吃早饭的习惯，经常一个人，就觉得做饭没什么必要，随便吃点饼干面包就过去了。

一眼都不想再看见宋风，舒冬以最快的速度收拾好出门了。

宋风听见关门的声音后，大脑清醒了，她没等自己先走了？他条件反射地从床上坐起来，缓了两秒，然后迅速地套上T恤，拿上帽子穿好鞋也出了门。

宋风搭电梯下来，正好看见舒冬也刚从单元楼走出去。

"等等我。"宋风跑了两步，但刚一动，头就开始疼了。

听见后面的声音舒冬不但没停下来等他，反而加快了脚步。

"你别欺负我，我脑袋疼。"宋风放缓了脚步，开始打苦情牌。

果然，舒冬缓缓停了下来。她转身往后看，面无表情，眼神也很冷，不管宋风再喊疼也不往回走一步，就这么站在原地等宋风自己过去。

停下来已经是舒冬最大的忍让了，她就应该醒来的时候把他从床上掀下去。

宋风看舒冬在等，走得越来越慢，越来越慢。而舒冬的耐心已经消耗殆尽，明明只有五米远，他非得走得像是没有尽头，舒冬不管他了，转身加快了脚步。

"喂，等等我，我真的疼。"宋老板也不作了，忍着疼往前跑了两步，到舒冬跟前的时候一把扶住她的肩。

舒冬突然觉得一座山压在了肩膀上，她的腿一软，重心不稳地就往地上倒。

宋风察觉到不对就赶紧起身去拉她："抱歉抱歉，忘了你这么小的身板。"

往常站在身边的都是陈辉，陈辉皮糙肉厚任他怎么玩都可以，但一时间忘了小木头还很小。

"不要靠这么近。"舒冬站稳后就往后退了一步，和宋风隔出来安全距离，继续往前走。

"对待病人不能耐心点吗？"宋风很自觉地把距离缩短。

"上班要迟到了。"自行车在店里，舒冬准备搭公交车过去。

宋风也没再闹，等公交车的时候在旁边的早餐店买了两杯豆浆，从上车到下车一共四五站，十几分钟就到了。

两个人下车后顺着柳巷走过来，无论宋风说什么舒冬都不理，直到舒冬拐过去走进文身店，宋老板死心地上楼了。

陈辉知道宋老板昨晚累着了，所以今天早上很懂事地过来开了门。他坐在椅子上，左翻翻右翻翻没什么意思，闲得发慌，很想知道宋老板是怎么修炼的，在椅子上一躺就是一天。

翻到字帖，陈辉从第一页往后翻，像老师检查小学生作业似的，但忽然字帖上投下一片阴影，陈辉抬头就看到宋老板站在自己面前。

"你怎么来了？"像做了亏心事似的，陈辉连忙合上放得远远的。

"看见什么了？"宋风抬眼，不紧不慢地把被"捣蛋儿子"差点扔出去的字帖摆好。

“没看见舒冬。”陈辉摇头。

宋风愣了愣，拿起刚摆好的字帖就往陈辉身上摔：“《唐诗三百首》怎么会有舒冬！”

陈辉似乎已经练出来了，他灵活地从椅子上跳起来：“给你个台阶你还不下，昨天晚上玩傻了吧！谁知道你怎么练着练着就情不自禁地把人家的名字写出来了！”

网吧的小崽子们看着陈辉上蹿下跳，都忍着笑。

宋风现在不适合剧烈运动，也懒得去追陈辉，但看他那么笃定的样子不像在说谎，宋风心里有点奇怪，脸上忽然就没了玩闹的意思。

难道他在不知不觉中已经喜欢她了吗？

宋风瘫在椅子里，黑色棒球帽遮住了大半张脸，脸上的表情让人看不懂，露出的颧骨下方有点青紫，他开始一页一页地翻。

“在后面几页，往后翻。”陈辉看自己安全了，就回来指导，“下一页，再下一页。”

宋风沉默着，一行一行地看过去。

“第三行！这不是嘛，这不是……”陈辉很激动，但声音又慢慢地弱下来。

宋风看着那行字，卷起来字帖又往陈辉身上摔：“说了《唐诗三百首》，去哪儿有舒冬！”

“我再看一眼！”陈辉还是不愿意相信，受着挨打的风险把字帖拿过来，翻到刚才那一页——

《和翁灵舒冬日书事三首》。

陈辉拿着字帖想自戳双眼：“是我看太快了？”

宋风余光在字帖上扫过，再次压低了帽子，脸上没什么表情，不知道是松了口气，还是有点遗憾。

耳边全是鼠标键盘的声音，虽然平常也都这样，但今天好像格外吵，宋风头疼得心烦意乱。

回家睡？会被爷爷奶奶看出来；去陈辉家睡？会被吴阿姨看出来；去舒冬家？

宋风扫了一眼字帖，打消了这个念头。

“俞知逸还在医院躺着。”陈辉好像在说什么喜事，眉开眼笑的。

陈辉越说越来劲，还搬了个椅子过来：“你那天是不是看舒冬看得入

迷了？”

宋风揉了揉太阳穴，拿起字帖就往陈辉身上砸。

陈辉一愣，他刚刚就是随口胡诌的，但当事人这么大反应明明就是心虚！

“原来真是因为舒冬！”陈辉猛地站起来。

窗户是开着的，宋风往窗外看了一眼。他怀疑陈辉这么大嗓门舒冬在店里都能听见，而且一上午反反复复好几次。

鼠标声、键盘声再加上陈辉声，简直是人间灾难。

“我走了，你看着。”宋风挎着腰包起来。

“去哪儿？”陈辉抬头看了看，才刚来不到半个小时，看了两眼字帖就要走了？

“回家。”宋风说。

“不怕爷爷奶奶看见？”陈辉问。

“也不能一直不回去。”宋风拿着东西往外走，“有事打电话。”

“知道了，您安心养‘胎’。”陈辉玩笑道。

宋风回到家已经中午十一点多了，他小心翼翼地推开门，准备悄悄溜回自己房间。

“小风回来了！”宋奶奶围着围裙，拿着碗边搅鸡蛋边往玄关走。

宋风在客厅顿住了脚步，下意识地往下压了压帽子：“嗯，准备做什么好吃的？”

“奶奶哪会做好吃的，翻来覆去就那几个菜，但会做的人他就是懒得做！”宋奶奶走到宋风跟前。

“别暗讽了，人都不在。”宋风往客厅和房间看了看，“去哪儿了？”

爷爷做饭好吃但不经常做，奶奶总说爷爷懒，其实就是被她给惯的，担心爷爷身体不好累着，什么事都自己做好了。

“没在楼下吗？说下去转转，刚下去没多久。”宋奶奶看着宋风，“昨天晚上在小辉那里睡的？”

“嗯。”宋风面不改色。

“我还寻思如果你中午不回来，我就去给你送饭。”宋奶奶笑着，两道法令纹显得很亲切，“别总吃外卖，对身体不好，要不我买个锅放店里？”

“再往店里买东西，改天他们能开自助餐厅了。”宋风很服气奶奶的这张嘴，说起来就没完没了，跟陈辉一模一样，“锅里煮的什么？是不是好了？”

宋风得说点什么转移她的注意力。

“哟！刚刚倒的油忘了！”宋奶奶一拍脑袋，一溜小跑回到厨房。

宋风叹了一口气，奶奶身体是挺不错的，但神经线条粗得跟陈辉有一拼，就这样，他能放心把他们两个人留在家吗？

回房间换了件宽松的衣服，宋风准备去厨房帮奶奶做饭，刚从卧室出来，就看到爷爷回来了。

“今天怎么想起来下去溜达了？”宋风笑着说。

孟爷爷看见孙子，脸上挂着笑：“今天天气好，在家有点闷。你的脸怎么了？”

“没怎么，南街修路不小心摔了一跤。”宋风把帽子又往下压了压，爷爷心思缜密，比奶奶心细，一不小心就露出了马脚。

“我看看。”孟爷爷伸手去摘宋风的帽子。

孟爷爷挺高的，属于纤细型，可能随着年龄的增长有点驼背，但是在宋风面前也没差多少。

宋风虽然不愿意让他们看见，但还是把头往下低了低：“没什么事儿，昨天去医院缝了几针。”

这时候宋奶奶恰好端着菜从厨房出来，看见宋风头上渗着血的纱布，顿时慌了：“这是怎么了？是不是又打架了？伤得严不严重？”

“没打架，南街修路晚上没路灯，我骑自行车不小心摔下去了。”宋风在心里暗暗叹了口气，有点过意不去。

“没有路灯也不知道拦着吗？奶奶明天就去投诉他们！”宋奶奶心疼孙子，眼泪都快掉出来了。

孟爷爷不动声色地看着纱布：“医生怎么说？”

“没什么事儿，休息几天就好了。”宋风搂着爷爷的肩膀，有点讨好的意思，他知道瞒不过爷爷。

“小风你以后注意点，别再磕磕碰碰的，把脑子摔坏了人家女孩子可看不上你，马上都二十二岁该结婚的人了。”

宋奶奶小心翼翼地碰宋风脸上的伤，不过踮着脚也有点费劲，宋风只好弯下来腰，但他不明白怎么就扯到结婚了？

宋风：“我还小。”

宋奶奶：“不小了，奶奶整天都在给你物色合适的姑娘。”

孟爷爷在旁边站着，只微微笑着不说话。

“好，有漂亮的你给我留着。”宋风有点无奈。

两三天了，那天早上两个人一起从家里出来后，宋风也没去招惹舒冬，舒冬也没来网吧，都非常默契地不联系了。

其实也不是默契，如果不是纯靠宋风“浪”，两个人确实没什么交集。

所以，还得靠宋风“浪”。

上午宋风只看见她一次，在外面抽烟，中午吃过饭，他沐浴着阳光睡了会儿，才下楼走进了文身店。

“来了。”林峰看见宋风已经见怪不怪了，笑着往楼上喊了声：“冬冬，有人找。”

“万一找你呢？”宋风笑了。

“找我干什么，喝酒吗？”林峰明显不相信。

“改天喝。”宋风坐在沙发上。

“冬冬都跟我说了。”林峰看了眼宋风的帽子，纱布隐隐约约露出来。

“这都跟你说？”宋风愣了愣，以小木头的性格，好像不会跟人说这些。

“嗯，冬冬什么都跟我说，怎么，嫉妒了？”两个男人幼稚得可怕。

“那能问点事吗？”宋风笑了笑。

“这都不是问题，”林峰把烟插在烟灰缸里，掐灭了，“不过见到俞知逸，把我的那份算上，或者打电话叫我也行。”

“用不上林哥动手，我自己就够了。”宋风往后悠闲地靠在沙发背上。

舒冬顺着楼梯慢慢下来，看见宋风略过去了。

所以两个人的关系，还得靠宋风“浪”。

“跟我去趟医院吧，复查还有换药。”宋风脸不红心不跳，就这么堂而皇之地说出来了。

“我还要上班。”舒冬觉得他很奇怪，换药为什么要她跟着去。

“你们去吧，我今天下午没事，在店里待着。”林峰神经线条很粗，但是能粗对地方。

宋风简直想给他竖个大拇指。

林峰很快就上楼了，一楼就剩他们两个人。

“陪我去。”

“不去。”

“去吃火锅。”

“你会发炎。”

“那看电影。”

“不去。”

最后，宋风把舒冬掳走了。

医生办公室，宋风坐在医生旁边，还是那位老医生在为他检查伤势，舒冬双臂交叠靠着墙，静静地看着他们。

任老医生拿了几十年的手术刀，看见舒冬那张毫无表情的脸也有点发怵，是害怕他医术不精治不好？还是害怕弄疼男朋友心疼？

“打架惹女朋友不高兴了吧。你们这些孩子就是不听话，万一打出点什么毛病，女朋友可就跟别人跑了。”医生开始亲切地唠叨宋风。

女朋友？

不知道是不是今天太敏感了，几句话里宋风唯一记住的词就是“女朋友”。他微微偏头看了一眼舒冬，控制着嘴角的弧度没敢笑得太明显，但是，眼睛里的浪荡是藏不住的。

而舒冬，目光更冷了。

“恢复得不错。”医生对着宋风的头仔细研究，又看了一眼舒冬，“这几天在家做点好吃的补补，不要做太剧烈的运动，别太累着了……”

“她不是我女朋友。”宋风感觉背后凉飕飕的，如果医生再说下去可能会发生危险。

“不是女朋友？”医生愣了愣，显然是没想到，但转瞬间又笑着说，“那更不能打架了，万一出点意外，这么好看的姑娘就更追不上了。”

“好，不打了。”宋风朝舒冬眨了眨眼，可能冷到一定程度就无所顾忌了。

舒冬穿着黑色的T恤，双臂交叉着靠墙，进来后姿势就没有换过。

“没什么问题，待会儿让护士换了药两三天后再过来。”医生放下了手里的器具。

舒冬听见“没什么问题”这几个字，终于动了，转身就往门外走，一秒钟也没有多待。

“谢谢您，那我两天后再过来。我先走了！”看见舒冬离开，宋风连忙拉开椅子，一边跟医生道谢一边往门外走。

“刚说了不要激动。”医生无奈地摇了摇头。

“知道了！”声音在屋子里飘，但宋风人已经不在办公室了，他一把抓住舒冬的胳膊，“慌什么，还没换药呢。”

“我在能帮你换吗？”被强行带到医院，舒冬心里很窝火。

“不能，但是可以给我精神上的鼓励。”宋风笑得像朵向日葵。

舒冬抬脚，狠狠踢在宋风腿上，抱歉，她真的忍不住了。

“哎哟，疼……”宋风浮夸地喊了一声，然后拉着舒冬就往护士站走。

他力气太大，舒冬完全挣扎不开，只觉得头有点疼，无疑是被气的，每个毛孔好像都在往外散发怒火。

总之，从那天后，舒冬再也没理过宋风。

夏天已经完全过去了，下了几场秋雨，老柳树开始往下掉叶子，在地上铺了满满一层。

雨后的空气很清新，窗户全开着，丝丝凉意透进来，似乎把网吧陈年积累的烟味全冲散了。

宋风望着老柳树发呆。

“风哥，生日想要什么？”上午下雨，陈辉不用被爸妈压榨，拿了袋瓜子就来找宋老板。两个人坐在柜台前说好的一起看电影，但陈辉扭头就发现宋老板又思春了。

“看什么看什么！人家不来就是不来，谁让你一天天‘浪’的，把人‘浪’没了吧！”陈辉把视频暂停住，也往窗外看了看，什么也没看见。

陈辉的声音太大，宋风回过了神，对“捣蛋儿子”没打也没骂，因为他刚刚确实没看舒冬，只不过是日常发呆而已，但被陈辉这么一说，他心里就痒了。

下雨天来网吧打局游戏抽根烟多好，顺便再看看帅气的老板，怎么就不来呢？

离那次去医院已经过去七八天了，舒冬没上来过，宋风也没去她面前晃悠，怕真把小木头给气病，这两次换药都是陈辉陪着去的。

“陈辉。”宋风依旧看着窗外。

“嗯？”陈辉扭头。

“想文身吗？”宋风问。

“不想，疼。”陈辉毫不犹豫地拒绝，“告诉你别想这种阴招，有能耐自己去文！”

宋风乐了，他表现得有这么明显吗？

后天是10月16日，宋老板的生日，陈辉本来想着送块表，以彰显下这么多年的兄弟情，但今天一看这德行，为了女人都开始阴自己兄弟了，还送什么表。

普天同庆，皆大欢喜，宋老板的生日到了，网吧里陈辉和那群狐朋狗友恨不得张灯结彩大赦天下。

早上陈辉比宋风先到店里，进去之后就喊了一嗓子：“今天是宋老板二十二岁大寿，结婚已经不违法了，今天大家随便玩！我请！”

“那就合法快乐！谢谢辉哥！谢谢婚姻法！”

大家正乱糟糟地闹着，声音突然低了下去，然后瞬间安静，接着陈辉就感觉到头上一栗暴击。

“败家玩意儿。”宋风弹在陈辉后脑，刚刚在楼下看见他匆匆忙忙地往楼上跑，连叫他都没听见。

“还以为你今天不过来。”陈辉揉了揉脑袋，似乎已经习惯了宋老板的蹂躏，“中午去哪儿吃？”

一个生日而已，哪有那么多仪式感，宋风把腰包往桌子上一扔，外套脱了挂在椅子上，开始今天的躺瘫：“回家。”

“爷爷做还是奶奶做？”陈辉有点馋。

“一起做。”宋风说。

“那中午我们一起回家吃，晚上再出来。”陈辉本来想中午叫上朋友一起去外面吃，但难得孟爷爷做顿饭，他怎么会错过。

“谁跟你我们？礼物呢？”宋风睁开了眼睛。

“睡觉没醒呢，晚上给你抱过来。”陈辉神神秘秘。

宋风愣了：“你这是送了一条命？”

竟然还会睡觉？那能不能充电？

“嗯，让你尝试下玩命的感觉。”陈辉说完打开一台机子，空留宋老板满脑袋的问号。

辉总很恋旧，总和大家差半个时代，十年前大家一起非主流火星文，现在他还“妹妹说紫色很有韵味”。

打开电脑，挂上第一个游戏，QQ 炫舞。

虽然当初一起玩游戏的人，走的走，散的散，但依旧阻挡不了陈辉充紫钻的热情，时不时地买件衣服买双翅膀。

伴随着华丽的特效动作，紫钻贵族——“傳説↑Wǒ↘囿嶉ˇ”进入了房间。

“风哥，你有时间登录一下，有回归大礼包！”陈辉翻开好友列表，

宋老板的名字几年来就没亮过。

“换个游戏玩吧，让舒冬教教你跳伞玩枪。”宋风正练着字，往楼下看了一眼。

上上下下左左右右，陈辉正跳着难度八级的《动情》，忽然愣了：“为什么是舒冬教我？”

“因为舒冬玩得好。”宋风看过几次舒冬玩游戏，虽然小木头人比较木，但玩游戏干脆利落又狠又准，也不骂人也不说话，只酷酷地“杀人”。

想到这里宋风笑了，忽然很想跟她打局游戏。

“现在你脑子里除了舒冬还有其他东西吗？”整天左一句舒冬右一句舒冬，陈辉觉得宋风把脑子摔傻了。

“有。”宋风透过显示器缝隙看着陈辉，“去把那条命给我弄醒，都要被我玩了还摆什么架子？”

一个小时后，陈辉抱着命来了，一把塞进宋风怀里。

宋风正玩游戏，忽然一个毛茸茸带着温度的东西掉进怀里，他顿时愣了——一只三四个月大的小柯基。

“怎么样，好玩吗？”陈辉计划了很久，疫苗打完拖拖拉拉弄了将近四个月。

宋风双手还横拿着游戏机，他低头愣怔地看着怀里的小东西，一人一狗相互对视。过了几秒，宋老板把游戏机放在桌子上，小心地抓住小柯基的两条腿，举高高。

“宝贝儿，叫爸爸。”宋风满脸慈父般的笑容。

“不用这么‘浪’，公的。”陈辉乐了。

宋风低头看了看小东西的两腿之间，柯基好像有感应似的，在半空中不停地挣扎踢腿。

“害羞了？好，不看了，合上。”宋风把它放在腿上，然后还很贴心地合上它的腿。

“要不你再跟俞知逸打一架吧，把脑子摔回来。”陈辉一上午翻了无数白眼。

“我乐意。”宋风温柔地抚摩着柯基背，“有名字吗？”

“没有，你给取一个。”陈辉说。

宋风嘴角带笑地看着柯基，还不停地抚摩，浑身散发着母爱泛滥的光芒，画面太过诡异。

“小乖？小宝？小甜心？小喵……”

“你闭嘴！”

宋风的浪荡在陈辉的呵斥中结束了，他忍不住大笑，习惯性地往楼下扫了一眼，余光忽然捕捉到一个身影。

短暂地愣了两秒，宋风脸上就露出意味不明的笑。他抱着柯基来到窗边，顺着窗户往下看：“宝贝儿，你以后就叫‘冬冬’了，看楼下那个，那是姐姐，以后可以去找她玩知道吗？”

陈辉皱着眉，不，五官都皱在了一起，这现在是个什么智障玩意儿？

中午陈辉跟着宋老板回家吃饭，爷爷奶奶看见“冬冬”后，喜欢得不得了，整个中午一直“冬冬”“冬冬”地叫。

宋风坐在沙发上笑得前仰后合，陈辉白眼一个接着一个。

晚上陈辉叫了几个朋友，一起吃个饭，喝点酒，唱个歌。

七点钟左右，天黑了，宋风关了店和陈辉往吃饭的地方去，没多远，两个人准备慢慢悠悠晃过去。

宋城就那几条街，抬头不见低头见，说不定一个转角就会遇到看不顺眼的人，突然就多了一场架，当然，也可能会遇到想见的人。

转过街角，就是舒冬家的那条路，很意外，宋风抬头就看见了走在前面的舒冬，大约二十几米的距离。

本来慢慢悠悠晃着的宋风，忽然就加快了步伐。

“矜持点，你整天像恶鬼扑食一样……等等，前面那是谁？”陈辉忽然拉住宋风。

宋风半眯着眼睛，看清楚前面的人后，脸色渐渐冷了。

舒冬正走着忽然停了，她看见了路灯下的俞知逸，而且正向她走过来，她往后退了一步。

“冬冬。”俞知逸伸手抓住了舒冬。

“放开我。”舒冬目光很冷，把眼底的伤痛掩盖住了。

俞知逸没有放开，他望着舒冬，眼睛里竟然有一丝愧疚：“对不起，前几天是我不好。”

在医院的这些天里，俞知逸愤怒过后平静下来，他和宋风之间的事很复杂，他也确实不想宋风好过，当然他也恨舒冬的背叛，但把她的身世说出来，现在他后悔了。

俞知逸的愧疚是真的，然而舒冬已经不相信了。

舒冬抬头：“放开，离我远一点。”

"你和宋风搞在一起，难道你就没有错吗？"俞知逸被舒冬的态度惹得有些恼，但话刚说出来就后悔了，他手扶着额头深吸了一口气，从口袋里拿出一个信封，"联系不到你，这是之前借你的两千块钱。"

舒冬刚接过信封，突然被身后一股力量扯住，她慌忙扭头，看到了戴着黑色棒球帽的宋风。

宋风把舒冬挡在身后，看着俞知逸冷笑了声："急着残废？"

"我们正在说话，这就是你的教养吗？"俞知逸看到宋风就变得格外阴鸷。

而宋风这次不打算跟俞知逸废话，他上前一步准备动手，但是舒冬在后面拉住了他："还你钱。"

舒冬把信封递到宋风面前。当初她借了宋风五千块，先把借林哥的两千块还了，剩下的三千块准备给俞知逸，但是发生了后来的事情，她又原封不动地还给了宋风。

俞知逸狠狠地皱着眉头，这是什么意思？

宋风低头看着信封，忽然笑了，小木头是故意的吗？

但无论是有意还是无意，宋风都接了。他望着俞知逸轻飘飘地开口："以后需要多少尽管说，哥借给你，别为难女孩子。"

俞知逸狠狠地握起拳头，仿佛听见了牙齿咬碎的声音，心中的火一团一团往外冒，所以，这是舒冬向宋风借的钱？

他用的钱，是宋风的？那个自己拼命想踩烂的人？

俞知逸心里有什么坍塌了，连带着对舒冬的愧疚也烧成了灰烬，留下的只有面目全非的嫉妒和愤恨。

"舒冬，这是你张开腿要的吗？"俞知逸像一条吐着蛇芯子的毒蛇，此刻，又锁定了舒冬。

没有期待就不会难过，舒冬脸上没什么表情，但宋风刚刚没打出去的拳头现在已经落在了俞知逸脸上，随即就溅出了血。

"俞知逸，以前的事我不在乎，但现在，我就是要搞你。"宋风抓住俞知逸的衣服。和以往打架懒散的样子不同，此时此刻，宋风眼睛里全是狠戾，"跟她道歉。"

"道歉？"俞知逸冷笑着抬腿顶开宋风，两个人隔出来距离，"因为什么道歉？因为她出轨？"

舒冬冷冷地看着面前打得不可开交的两个人，陈辉忽然把她拉到旁边，他害怕宋老板再打架分神，被打得脑子彻底坏掉。

宋风觉得跟俞知逸说话完全就是浪费口舌，不如直接动手来得痛快，但这种人不揭穿他，他永远都觉得自己不可一世，其实就是个蠢蛋。

“跟局长千金一起住得开心吗？拿冬冬的钱出去同居，不知道那女孩儿知道了会是什么反应？”宋风笑得人畜无害，“你知道吗？”

俞知逸的表情瞬间凝固了：“你怎么知道？”

“我们都知道。”宋风往后看了眼舒冬和陈辉，然后毫无预兆地抬腿踢在俞知逸的腿弯，“道歉。”

俞知逸腿一弯，险些跪在地上，他连忙撑住地面站起来：“我又没碰过她。”

随着俞知逸的话说出来，宋风脸上连仅存的冷笑都消失了，阴沉得可怕。

宋风：“牵过手吗？”

俞知逸愣住，成年人在一起几个月怎么可能没有牵手？

宋风不再跟俞知逸废话，将俞知逸的双手反剪在身后，扭头笑着对舒冬说：“要踢几下吗？”

舒冬望着坐在地上狼狈不堪的男生，不悲不喜。白衬衫已经脏了，就像他的人一样，舒冬没有再多看一眼，也没有再多说一句话，转身进了小区。

望着她清冷的背影，宋风也摇摇晃晃地坐在了地上。

“怎么了？”陈辉惊了，慌忙地走过来。他一直没敢掉以轻心，但是刚刚也没看见宋老板哪里受伤。

“没事。”宋风声音很低。

他只觉得头一阵阵眩晕，但脸上丝毫看不出来，依旧是阴沉沉的。他像看只狗似的看着俞知逸：“以后别出现在她面前。”

“宋风，你看上她什么了？”俞知逸用仅剩的力气笑出了声，满满的都是嘲弄。

“我没有看上她，只是看不上你。”宋风伸直了双腿，关节处咔咔作响。

可能是宋风平常没个正形，这种话说出来没有人信，俞知逸也是，他还没见过宋风为哪个女生这样。

“宋风，你跟我不一样，谁要是挡了我的路，我会把他们通通清除干净，就算是我爸妈也一样。”俞知逸青紫的脸配上他此刻的表情，很是狰狞，“但是你，那么在乎你爷爷奶奶，他们那么传统的人会接受她这种来路不明的人吗？”

来路不明？

宋风看着俞知逸，不带任何情绪，突然觉得和他这种人纠缠在一起，很没意思。

“你走吧，以后别出现在我面前，也别出现在舒冬面前。”头昏昏沉沉有些缺氧，宋风扶着电线杆起来。

“要不要去医院？”陈辉连忙扶住他，看了看他的伤口。

“不用。”宋风缓了片刻，感觉脑子里晃荡的东西渐渐归位，“今天的饭你们先去吃，改天再请你们一次。”

“你呢？”陈辉知道宋风现在这个状态也去不了，但那帮兄弟已经到了，所以他得去。

“我去歇会儿。”宋风拿起扔在地上的外套，转身走进了小区。

陈辉愣了，歇会儿？

第二次过来，宋风已经熟门熟路了，他在门外站了片刻才敲门。

没等多久，舒冬就打开了门。好像知道门外的人是宋风一样，她没有惊讶，也没有把他关在门外，一切都跟上次不一样。

门打开又关上，宋风疲惫地靠着沙发，舒冬倒了两杯水。

“要去医院吗？”室内很安静，从开门进来到现在两个人没说一句话，平常的他不会这样，额头上有细密的汗，舒冬看见了他闭着眼睛揉眉心的动作，也看见了后脑纱布上渗出的血。

“不用，你帮我揉揉就不疼了。”宋风笑了笑。

舒冬看着他，想收回刚才的话。

缓了片刻，宋风脑袋渐渐没那么眩晕了，他看着舒冬：“饿了。”

“想吃什么？”舒冬本来想回家简单做点饭，但刚刚发生的那些事，她突然没了胃口。

“面。”宋风说。

舒冬拿起手机，准备叫外卖。

“不吃外卖。”宋风余光看到了她手机屏幕里那些缩略图。

“我有点累。”舒冬提不起来精神。

“那我做。”宋风说。

舒冬把手机放下，缓缓吸了一口气。她看了眼头上缠着纱布的男生，虽然说话没什么异样，但苍白的脸色一时间却恢复不过来。

让他做？舒冬怕他再出问题，她一个人没办法把他送到医院。

宋风打开冰箱，里面几乎已经空了，他沉默了两秒又把冰箱关上。

“你坐着休息吧。”舒冬走到厨房，从柜子里拿出两颗鸡蛋，还有面。

宋风缓缓走到她身后，看着她接水，打开燃气灶，两个人就这么安静地站在那里，看着水慢慢沸腾。

“今天，我生日。”宋风勾了勾嘴角，“有礼物吗？”

舒冬愣了愣，在她的印象里，有很多美好又温暖的词语，比如“生日”，回过神后，舒冬又从柜子里拿出来一颗鸡蛋。

“生日快乐。”舒冬没抬头，把面放进沸腾的锅里。

“就这？”宋风不满意。

“那要怎样？”舒冬扭头，眼睛里的疲惫已经不见了，有些淡淡的柔和。

刚刚那些不顺心的事似乎已经想不起来了，现在，她只想认真地做两碗面。

“我记得前段时间你答应过我一件事。”宋风扯了扯嘴角，隐藏几分不怀好意。

“什么？”舒冬皱眉。最近事情太多，很多都是她想遗忘的，所以她不知道宋风说的是哪件事。

“和我在一起。”

舒冬手上的动作忽然顿住：“我反悔了。”

“我同意你反悔了吗？”宋风开始耍无赖。

“你喜欢我吗？”舒冬拿佐料往面里放，仿佛只是随口问了一个无关紧要的问题。

然而宋风却突然愣住，没想到她会问。脑海里浮现着这些天发生的事，宋风抿了抿嘴唇：“不讨厌。”

蒸腾的水汽在两个人之间萦绕，舒冬低垂着视线，说：“那就等喜欢了再说。”

冲动的时候人会做很多不理智的选择，但舒冬心里很清楚，她不会刚被一个人欺骗就转身和另一个人在一起。

她不想再相信任何人，她只想过好自己的生活。

对于宋风，虽然他常常捉弄她，但她知道，他不坏，就像他刚刚说的“不讨厌”，这就是他们之间现在的状态。

不知道从刚刚的哪一刻开始，宋风神情不知不觉变得认真，他看着舒冬的侧脸，沉默着……

“好了。”

舒冬的声音打断了宋风的思绪，他低头，两碗阳春面冒着热气，最上

面有一个荷包蛋，在白色的瓷碗里显得很素却很诱人。

宋风把两碗面放到茶几上，舒冬挑走比较小的那一碗。

“好吃。”宋风吃了一口。

再简单不过的两碗面，没有太多佐料，呈现出食物最原始的样子，莫名觉得很舒服。

“没了。”舒冬抬头看了宋风一眼，记得上次做的两碗面，几乎都剩下了，所以想到两个人的饭量，舒冬就没做太多。

是怕他吃太多吗？宋风乐了：“那下次多做点。”

为什么还有下一次？舒冬没抬头，沉默吃饭。

电视里又播放着不知道什么剧，虽然平常舒冬不怎么看，但声音响着不会显得房间里太安静，她和宋风两个人的时候，也不会很尴尬。

“你什么时候生日？”宋风看了眼安静吃饭的小木头。

“不知道。”最后一口面吃完，舒冬放下筷子。

宋风的动作顿住，他抬头看了眼对面瘦瘦的女孩，突然觉得这碗面索然无味，以及嗓子好像被棉花堵住了，不知道说些什么。

“他们不帮你过生日吗？”宋风说的是舒健周夫妇。

“没有。”这么多年，舒冬已经习惯了，所以没有宋风那么强烈的情绪。

“那他当初为什么要把你抱回家？”宋风的脸色很冷。

抱回去又不好好养，想起来上次来这里的情形，一件一件事，宋风大概可以想到这么多年她是怎么过来的，小孩子的心思很敏感，也难怪她变成现在这个性子。

“你怎么知道？”舒冬直视着宋风，眼睛里有微不可察的防备。

如果没记错的话，她没有跟宋风说过自己的事。

经过俞知逸，舒冬不想再告诉任何人，她不想向任何人寻求安慰，更不会把自己的痛处暴露出来，谁知道他们会不会变张脸拿刀戳在她心上。

“我问了林哥。”宋风说。

男人之间，没有什么是两顿饭解决不了的。

林峰以为宋风是因为舒冬才和俞知逸打架的，看着他头上的伤，愧疚的同时联想到平日里宋风的言行举止，莫名地觉得宋风还不错。

所以林峰就告诉了宋风一些事。

听到是林哥，舒冬渐渐垂下了视线，如果这个世界上有一个人不会伤害她，目前除了林哥，她想不到第二个人。

“他们当时没有孩子，就把我留下了。”舒冬在回答宋风上一个问题。

简单的两句话，宋风就能把事情猜出了个大概，莫名地觉得室内有点压抑。宋风继续低头吃饭，但吃到最后，发现碗里还有一个荷包蛋。

宋风乐了，向后靠在沙发上："下个月我奶奶生日，你来吧。"

舒冬一时间没有听懂他的话，但反应过来后她摇了摇头："不了。"

这种场合，她很少经历。

以前过年的时候，舒冬会跟健周叔和张阿姨去亲戚家，人很多，她不知道说什么，就只想躲在没人看见的地方，而且她很清楚，她不是长辈们喜欢的那种女孩子。

"没有别人，就我的爷爷奶奶，还有陈辉。"宋风大概能猜出来她在担心什么。

"不了。"舒冬过不了心里那道坎儿，也很抵触和别人接触。

她不答应，宋风也没再勉强，等到时候直接把她拽过去就好了。

茶几下面有很多报纸，放得整整齐齐很厚的一摞。现在已经很少人买报纸了，连爷爷都看电视上的新闻频道。小木头竟然还有这种癖好。宋风觉得新鲜，从下面拿出几份报纸来。

应该是买来之后就没怎么看过，手感都很新，宋风对报纸里的内容没有兴趣，随意看了眼版块标题，就去看下一张。

忽然，报纸中间的版块吸引了宋风的注意，只见里面圈圈画画，和周围的干净形成鲜明对比，这是整张报纸最不起眼的版块，也是舒冬唯一注意的地方。

中间的版块是寻人启事和寻物启事，宋风又翻了几张，全都是这样。

"去公安局备案了吗？"宋风看着那厚厚的一摞，心里不是滋味。

舒冬正在洗碗，听见他的话后扭头看了一眼，又若无其事地继续洗："七八岁那年去备案了。"

七岁那年，是舒冬来到舒家的第三年，是舒健周和张月玲有了自己孩子的第一年，也是舒冬上学吃穿开支渐渐增长的一年。

所以那一年，健周叔和张姨带着她到公安局备案了。

"这么多年都没有消息吗？"存放的这些报纸，每一张都是希望和失望的堆积，宋风一张一张地翻过去，突然觉得头很疼。他把刚才的报纸整理好，继续瘫在沙发上。

"有过几次，但最后都不对。"两个碗刷得很快，舒冬洗完之后开始扫地擦桌子。

看着电视机屏幕中不断切换的画面，宋风扫了眼面前忙碌的舒冬，发

现她脸上没有异样，但她总是把心事藏得那么深，他看不透她到底在不在意提起这些事情，总之他没再继续这个话题。

“我走了。”宋风看了眼墙上的表，已经十点了。

舒冬正拖着地，抬头看了看他，有点意外，还以为他又要赖着不走。她说：“嗯，帮我把垃圾扔下去。”

宋风皱眉，不留他也就算了，连送他下去都不肯吗？

“送我下去。”宋风瘫在沙发上，像只章鱼似的伸展开四肢。

“我明天自己扔。”他又开始无理取闹，舒冬没有理。

“……”跟扔垃圾有什么关系，她以为在谈条件吗？

最后宋老板还是一个人下了楼，手里还提着垃圾。

也就是初秋的天气不冷，昨天晚上俞知逸在小区门外缓了很久，等他朋友过来一起去了医院。这次伤得不轻，连带着上次的新伤旧伤一起爆发，医生说要在医院住很长时间。

俞知逸住院的消息他爸妈很快就知道了，他爸妈想来找宋风理论，但也知道理亏。

还有电视台那边的工作，项目负责人觉得俞知逸总请假，工作态度不端正，在工作上也没有特别大的价值，所以将他辞退了。

这次，俞知逸能在医院安心养伤了。

第五章 / 遥远的她

一场秋雨一场寒，下了好几场雨，冷得都要穿秋裤了。

文身店里，当初林哥说的是一个月有四天假，有事跟他说就行。但是这么长时间以来，只要店里不是太忙，林哥就放舒冬回去了。他们之间不会计较那么多，像兄妹一样。

今天是周五，外面下着雨，店里没有客人，和往常一样，林哥让舒冬先走。

舒冬出神地望着窗外淅淅沥沥的小雨，其实她不知道去哪里，她的生活几乎就是两点一线，从家到文身店。

出神的瞬间，舒冬余光扫到三楼的窗户打开，陈辉正在打电话。

这段时间以来，宋风没有来招惹她，生活还算平静。

舒冬拿着手机，准备去网吧消磨时间。

宋风吃过饭就困，他戴上眼罩准备就寝，陈辉还贴心地为他盖上一条毯子。但是，小兄弟们周五上两节课后都很激动，一个个的又是摔鼠标又是拍键盘。

宋老板把眼罩摘下来扔在桌子上，只裹紧了身上的毯子，望着窗外的雨幕发呆。

虽然很多人来这里是看在他和陈辉的面子上，但网吧里就这样，他总

不能因为睡觉不让人家发出声音，吃这口饭，就得受这个罪。

宋风还睡眼惺忪地望着楼下那棵大柳树，忽然，眼前投下一片阴影，他抬头就看到舒冬站在面前。

“哟，好久不见。”能明显看到，宋老板的眼睛由迷离变得神采奕奕，声音从慵懒变得中气十足，总之，整个人就荡漾起来了。

“嗯，刷卡。”依旧是冷酷少女舒冬。

宋风乖乖地刷了卡。之前几次都是请她玩，但他能看出来，小木头不是一个爱占便宜的人。或者说，她把自己和别人划分得很清楚，她希望大家都安分守己地分别活在那条线之内，不想走出自己的圈子，也不想别人走进她的圈子。

望着她的背影，宋风这才发现她的外套后面湿了一大片，宋风拿着毛巾走到最后排的角落。

舒冬正在开机，忽然感觉头上有动静，她扭头就发现宋风站在身后。

“怎么不打伞？”宋风拿毛巾为舒冬擦头发。

虽然很久了还是不习惯他的亲近，但心里暖暖的，舒冬从他手上拿过毛巾，自己慢慢擦：“太近了。”

“小心感冒。”宋风说。

“嗯。”舒冬低低应了一声。雨水已经渗入衣服，舒冬拿着毛巾机械地擦，已经擦不干了，但好像也能擦出来什么。

“风哥，我们也怕感冒！”

“风哥，我们也没带伞淋湿了！”

有人推门进来，宋风已经走到了柜台前，但下面的小崽子们造反了。

“都回家喝点药再过来。”陈辉无情地堵上他们的嘴。

他们的起哄，舒冬仿佛没有听见，若无其事地把外套脱了搭在椅背上，将毛巾也整齐地挂在一旁。

过了半个小时，门又被推开了，直到人走到柜台前宋风才抬眼，只不过看见面前的人，宋风皱了皱眉。

“找谁？”宋风不动声色地打量着来者。

面前的女孩长得干干净净，戴着黑色的眼镜框显得脸很小，最重要的是，她姜黄色的外套里，校服领子都露出来了。

一副好学生的做派，明显不是来上网的。

“我是……来上网的。”看着宋风，许茵茵眼神闪躲，是属于少女的淡淡羞涩，还有对陌生环境的不知所措，“扫码吗？还是现金？”

宋风沉默地打量了她片刻，开口道：“身份证。”

“嗯？还要身份证吗？”在他的打量中，许茵茵不自觉地垂下视线，但又疑惑地抬头。

“嗯。”宋风淡淡应了一声，丝毫没有顾客就是上帝的职业操守。

许茵茵清秀的眉毛不自觉地皱起，她忽然不知道怎么办。她没来过网吧，以为只要付钱就可以了，但都已经走到了这里，她又不想就这么回去。

许茵茵往前靠近了一些：“能不能下次再带？”

“不能。”宋风一副公事公办的样子，眼神都没多给一个。

两个人好像僵持住了，安静了很久谁也没说话。

“那我能在这里写作业吗？”不知道是因为没带身份证有点失落，还是宋风冷冰冰的态度让许茵茵伤了心，她的手下意识地攥着衣角。

她声音柔软中带伤，现在这个样子，任哪个男生看了都不忍心再说一个“不”字，但宋风可以。

“回家写。”宋风还是拒绝。

明眼人都能看出来她不是来上网的，估计连游戏怎么玩都不会，整个人怎么看都跟网吧格格不入，宋风不知道她来干什么，但直觉不想麻烦。

“那不是许茵茵吗？”舒冬前面的小甲从游戏里退出来，余光忽然扫到前台，看到女孩的背影有点惊讶。

舒冬抬头看了一眼，刚才也注意到了门口的女孩子。

一个，看着很美好的女孩子。

一个，好像不该出现在这里的女孩子。

小乙：“她来干什么？”

小甲：“她班主任看见会发疯的吧！”

小乙：“上周联考好像是年级第六？”

小甲：“她这种乖乖女，不该回家写作业吗？”

小乙：“她会不会跟老师告状我们来网吧？”

小甲：“想多了，人家这种好学生怎么会记得我们。”

小乙：“也就隔壁班吧……”

游戏屏幕里，舒冬开车不小心撞到了树上，圈子不断缩小，血也一直掉，但她却没再继续往前跑。

故事她大致摸清楚了。她透过显示屏的缝隙，看了眼宋风。

他头上的纱布已经拆了，黑色卫衣和红色运动裤，低调又张扬，高高瘦瘦的，是女孩子见了都会低头又忍不住回头看的那种男孩子。

不知道自己在乱想什么，舒冬又开了一局游戏。

“家里没人我害怕,我不玩游戏用个位置就好,嗯……我会付你钱的。”怕宋风再不同意，许茵茵连忙扫了二维码。虽然不知道他们怎么收费，但她盲付了五十块钱，应该够了，然后拿着书包就朝最后排的空位置走。

小甲说对了，许茵茵确实不记得他们，她直接走到舒冬旁边的空位置，拿出卷子，是高三数学模拟试题。

坐到位置上后，许茵茵拿出手机和朋友发了几句消息，有点暗暗的兴奋。过了片刻，她又打开手机相册，偷偷瞄柜台前的人。

照片里，是一张以学校教学楼为背景的照片，三个学生拿着奥赛获奖证书。

最中间的人，是宋风。

这张照片是许茵茵在老师办公室发现的，然后偷偷拍了下来，她把照片上的其他人剪裁掉，只剩下宋风。几年过去，照片上的人和真人并没有太大的变化。

许茵茵又偷偷看了几眼，才按捺住内心的兴奋开始做第一道题。

舒冬余光扫过旁边女孩子的试卷，玩游戏的动作顿了下，敲在键盘上的声音也不自觉地放轻了。

陈辉一直戴着耳机没注意到刚刚发生的事。游戏结束后，他去屋子后面扔垃圾，这才注意到有个漂亮妹子在写作业，这难道就是网吧传说中的“泥石流”？

“哈喽同学，这里是网吧，等朋友呢？”这应该是网吧营业后出现的第二个女顾客，陈辉蠢蠢欲动地想留住这位女上帝。

“不是。”许茵茵笑了笑。

“哟，是一高的吧，看来是小学妹。”陈辉也看见了她里面的校服。

“我忘记带身份证，所以先写作业。”许茵茵有点腼腆，说完还往柜台看了一眼。

“身份证？都是自己人还用什么身份证？再说，就算带了你也不满十八岁。”陈辉的脑子完全坏掉，“风哥，给开一台机子！”

风哥没开机子。

风哥直接走过来了。

风哥砸了陈辉的脑子。

“疼！疼！”陈辉抱头。

“写完快点走。”宋风把五十块钱放在许茵茵的卷子上，他还没黑心到去赚这种钱。

这是答应让她留下了？

嘴角的弧度以控制不住的势头往两边拉扯，许茵茵连忙抬头朝宋风笑了笑：“好，谢谢。”

青春期的少女，心思总是脆弱敏感又无畏凶猛，宋风明明说的是“快点走”，许茵茵也可以理解成允许她留下，连眼睛里的笑意都干净美好得像星河般灿烂。

“还不快走？”宋风这句话是对陈辉说的。

“知道了。”陈辉不情不愿，斜了宋风一眼。

或许是因为下雨，大家都懒得买菜做饭，今天餐馆又忙得团团转，陈辉的妈妈已经打了好几个电话催他过去帮忙，陈辉好不容易坚持到最后一局游戏结束。

再说宋老板，年龄越来越大，还是那么暴躁，今天非得跟漂亮妹妹过不去，活该他单身二十二年！陈辉骑着电动车愤愤不平地走了。

许茵茵和舒冬之间，还有个空位置，宋风自然而然地坐下了。

当喜欢的人在感知范围之内，你的磁场就会乱掉，更别提这么近的距离。许茵茵拿着笔在草稿纸上写写画画地计算，但如果仔细看，连公式都是错的。

不过很可惜，在这间网吧没有人能看出来。

为什么他忽然坐到旁边来？许茵茵低着头，柔顺的长发挡住了半边脸，嘴角暗暗的笑容也没有人能看见。她缓缓抬起头往旁边看了看，却发现他看着窗外的方向。

“怎么没玩游戏？”宋风问。

“不想玩了。”舒冬下意识地把左手伸向窗外。

她在看电视剧，宋风把椅子往她身边移了移，视线往旁边一扫，发现她伸向窗外的左手点着烟。宋风稍微起身，整个身体压过去把她手里的烟夺过来，掐灭了，然后从口袋里拿出一支棒棒糖。

舒冬似乎已经习惯了这套流程，也没有不开心。她慢慢拆开糖纸，将糖放到嘴里，果味的甘甜在舌苔上蔓延。

许茵茵嘴角的笑容不见了，有种莫名的委屈不断堆积，她的笔尖依旧停在那道题上，无法往下进行，不自觉地在草稿纸上扎了一个又一个洞。

少女的小心思，把好感当作喜欢，尽管对这个人的了解仅限于一个名

字，或者是从别人口中得知的故事，但就控制不住地因为他变得欢喜，又变得暗自伤神。

这种感情是最为单纯美好的，是天真烂漫的女孩子独有的特权。

像舒冬，她就从来没有。

“不上班？”宋风往楼下看了一眼。小雨还在下，林峰站在店门前抽烟。

“不忙。”舒冬把耳机摘了。

跟舒冬聊天，需要很大的勇气，百分之九十九的可能性会把天聊死，不过，宋风这种脸皮极厚的人就很合适。

关键是经过这么长时间的接触，宋风了解舒冬，她没有冷漠高傲，也没有不想说话。

你看，她只是默默把耳机摘了。

“晚上吃什么？”外面天阴沉沉的，看不出来时间，实际上已经下午五点多了，宋风扭头问舒冬。

“不是很饿。”今天有点懒，舒冬不想吃饭。

“那去我家吃吧。”宋风看着舒冬笑了，总控制不住捉弄她的心思。

舒冬看着他的眼睛，很奇怪他每天都在想什么，然后毫不犹豫地拒绝：“不了。”

“家里就我爷爷奶奶，人多老人家高兴，都很好相处，你不用担心。”宋老板开始诱哄。

“你爸妈呢？”舒冬看着电视剧，只有画面，没有声音。

“我爸去世了，我妈改嫁了。”

舒冬望着电脑显示屏的目光忽然失去焦距，她愣了愣，偏头看着宋风：“抱歉。”

“抱歉什么？”宋风对这些毫不在意，这本来就是事实，“下周六我奶奶生日，来吗？”

世上每个人都不像表面那么快乐，都会有自己的伤口和痛楚，舒冬好久回不过神，那些拒绝的话再也说不出口。

宋风不着急舒冬的答案，他知道她会答应的。

“你好，宋风学长……”

宋风正看着舒冬，忽然感觉自己的衣服被人拽了一下，他扭头后才反应过来这个称呼——学长？

刚刚确实看到了女孩的校服，是一高的，但他这种毕业八百年的混子，觉得这个称呼怪怪的，便说：“我叫宋风。”

“好的，宋风哥，你能教我道题吗？”许茵茵把另外一张卷子拿出来放到宋风面前，是最后一道大题。

“不能。”宋风毫不犹豫地拒绝。

“为什么？”许茵茵有点错愕。像她这种女孩子应该很少遭到别人拒绝，但今天在宋风这里一下就受了个够。

“我不会。”宋风很直接。

“可是你都还没有看。”许茵茵嘴角耷拉着，刚进来的元气满满在宋风的冷酷无情下很快消失，“你看看嘛。”

撒娇，也是女孩的特权。

宋风有点头疼，他是开网吧的，不是开辅导班的。但看着她好像快哭了，宋风意识到了自己态度有点硬，他深深吸了一口气，但平常跟这帮小崽子说话习惯了。

女生真是麻烦，看小木头多好。

宋风拿过来卷子，把题从头到尾通读了一遍，甚至还把下面三个问题都读了：“不会。”

“怎么可能？老师说他教了这么多学生，这几年里就你一个人解出来了。”许茵茵觉得宋风在敷衍她，嘴巴不知不觉地翘起。

“你也知道是几年前。”宋风的脸色忽然冷了。

许茵茵看着宋风沉下来的脸，突然被吓到了。虽然他一直都是冷冰冰的态度，但现在，她察觉到他好像生气了。

宋风没再看那张可笑的试卷，向后躺在了椅子里。

这几年，他最讨厌别人跟他说以前怎样，道理谁都懂，他也想放手跟这条命搏一搏，但是，很快他就会在医院里清醒。

而现在，随着思想渐渐成熟，他接受了现在的状态。

这得谢谢俞知逸，让他想明白很多道理，人这一辈子不一定非得事业有成才算成功，就算有那么高的学历又怎样，心是坏的到哪儿都没得治。

宋风对现在很满意，他知道对自己而言什么是最重要的，守好自己的家人，虽然赚不了大钱，但也活得美满。

旁边的女孩没什么坏心思，但他们总想逼着他想起以前，这都几年过去了，有多少人出了高考考场sin30度都忘得一干二净，更别说一道压轴题。

时间是最难以抗拒的东西，潜移默化中把一切都改变了。

“凶什么凶嘛！”许茵茵终于忍不住哭了，把东西胡乱塞进书包里，跑出去了。

望着女孩的背影，宋风有点不知所措。缓了几秒，他从舒冬桌子上拿了根烟，舒冬愣了愣，下一秒把打火机攥在手里。

“给我。”宋风乐了，小木头今天有点可爱。

“不让我抽，你自己抽？”刚才的事情舒冬听懂了，也察觉到了他现在很烦躁。

“你不能抽，我可以。”宋风开始耍无赖，“就一根，快点。”

舒冬摇了摇头，宋风笑了，抓住她的手腕，掰开她的手指，轻而易举地将烟抢了过来。

青烟缭绕，细细的烟丝往上飘，舒冬也从烟盒里抽了一根，正要拿打火机，却被宋风抢了过去。

“说过了，你不能抽。”宋风把那根烟放在了桌子上。

“凭什么管我？”他又变得不讲理，舒冬面无表情地看着他。

“凭我高兴。”宋风无赖道。

舒冬不说话了，戴上耳机继续看剧。

太久不抽，就会有点醉烟，宋风感觉轻飘飘的，很怀念这种滋味。

烟顺着风向往前飘了，前面的小甲、小乙扭头，看见宋风手里拿的烟有点惊讶：“风哥，第一百七十九次，戒烟失败。”

“嗯，最后一次。”宋风把烟掐灭了。

“不信。”小甲无情地拆穿。

“风哥，刚刚的女孩是我们年级的学霸，下次你对人家温柔点。”小乙害怕许茵茵留下什么阴影，好好的一个苗子被宋老板给毁了。

宋风皱了皱眉，回想着刚刚的情形，他扭头摘掉舒冬的耳机，问：“凶吗？”

“凶。”舒冬点了点头。

“对你凶吗？”宋风把刚刚舒冬拿出来的那根烟也点着了，顺便摘了她的耳机。

“凶。”舒冬看着电脑屏幕，没理他。

“还有更凶的想不想试试？”宋风上身缓缓往舒冬身边倾斜，在她耳边吹了口热气。

皮肤上细密的汗毛瞬间竖起，舒冬的心颤了一下，伴着沉沉的呼吸声条件反射地往旁边躲。她冷冷地注视着宋风，不耐烦地把他从身边推开，然后戴上了耳机。

不论舒冬对他再冷，宋老板都觉得有趣，好像在逗小动物似的。宋风笑得停不下来，无形之中好像就有了受虐倾向。

窗外的雨好像停了，但风还是挺凉的，天色也渐渐暗下来，路面的水洼映着路灯昏黄的倒影，秋天的清冷中又带着几分小巷的静谧。

晚上七八点钟，网吧的人陆陆续续地离开，大部分都是像小甲、小乙这样的高三学生，宋风最近没赶他们，但好像都在不知不觉中懂事了，虽然不知道未来怎么样，但在老师同学眼里不学无术的他们，也想在最后一段时间试着努力，试着拼一把。

又过了段时间，最后一批人也离开了，好像每个人都在往前走，店里只剩下最后一排窗边的宋风和舒冬。

“吃什么？”宋风窝在椅子里，把身上的毯子扔到舒冬身上。

“不吃了。”腿被毯子盖上，舒冬本来想还给他，但手背触及一片温热，她迟疑了几秒，把毯子叠好盖住了腿。

难道胃也是木头做的？宋风拿出手机给陈辉发了条消息。

不到一个小时，陈辉骑着电动车到了，手里还提着一个大袋子，里面用锡纸裹着，刚在网吧后排站了几秒香味就嚣张地弥漫四溢。

“还挺快。”宋风伸出手。

看他要来拿，陈辉把袋子往身后藏了藏：“听说你抽烟了？”

虽然陈辉人不在店里，但店里的消息没有他不知道的，那些小崽子很像陈辉在宋风身边安插的眼线，一有什么风吹草动辉总手机绝对振个不停。

“嗯，抽了。”宋风一点都不挣扎。

“你……”陈辉被噎住，顿时不知道说什么，有这么理直气壮的吗？

“我快饿死了。”宋风非常暴力地将袋子抢了过来。

网吧最后面摆着很多绿植，很大一部分都是宋奶奶从家里移植过来的，还有一张圆桌，陈辉从旁边搬过来三个椅子。

“来，冬哥，吃饭了。”他很有自知之明地搬了三张。

“叫我？”舒冬愣了愣，把耳机摘掉。

“嗯，叫你。”宋风从冰箱里拿出几罐冰镇啤酒，放在桌子上，然后把舒冬从她的窝里半拖半拽地拉出来。

“我不饿。”舒冬挣扎着，不想让宋风动她。

“我饿了。”宋风抓着舒冬，像抓一只小鸡崽，轻而易举地将她固定在椅子里，他拿了一串不知道什么肉，先吃了一口，又递给舒冬，“这个好吃，尝尝。”

舒冬斜了他一眼没接，自己在桌子上拿了一串。

还让不让人吃饭？陈辉五官都皱在了一起，这狗男人真的越来越“浪”，之前在学校怎么就没发现，难道是二十二年终于发育成熟了？

“冬哥，我看宋老板挺喜欢你的，怎么就不答应呢？如果看不上他，可以经常去他家里逛逛，宋奶奶专业跟人牵红线的，你长得好看，人也好，肯定会有……”有陈辉在的地方不会冷场，但是在宋风“美丽冻人”的目光中，陈辉闭嘴了。

“那你怎么还单身？”舒冬看着陈辉笑了。

“我……咳咳……”陈辉一口啤酒呛住了，连忙拿纸巾擦了擦衣服。

他满怀怨气地望着对面两个人，舒冬平常看着挺乖的，虽然有点冷但安安静静，怎么也这么会噎人？

“冬哥你跟着宋老板学坏了，以后离他远点。”陈辉边说，边小心翼翼地往后移。但耐不住宋风腿长，轻而易举地一钩，就踢在了陈辉的腿上。

“本来就坏。”宋风拿着啤酒，自顾自地往舒冬的酒杯上碰了碰。

舒冬把酒杯往旁边移了移，拒绝和他的一切互动。

“下周六宋奶奶生日，冬哥没事一起去吧，恰好是晚上不耽误你工作。”陈辉这一晚上终于说了句让宋风满意的话。

这件事已经是第三次提到了，舒冬偏头看了眼宋风，发现他也在看她。

舒冬垂下了视线，气氛忽然就安静了，彼此间沉默了好久，久到陈辉准备换下个话题的时候，舒冬似乎终于迈过去了心里那道坎。

“我应该买点什么？”舒冬看着宋风。

就知道是这样的结果，宋风笑了，忍不住揉了揉舒冬的脑袋：“什么都不用买，人到了就行。”

舒冬下意识地躲开，陈辉连忙用铁钎挡住眼睛。

“奶奶，一会儿除了陈辉还有个朋友过来。”

宋风今天没去网吧，在家和爷爷下了会儿棋，还一起听了会儿戏，现在在厨房和奶奶一起备菜，待会儿爷爷下厨。

“怎么不早说？买的菜够吗？”宋奶奶看着塑料袋里的青菜，觉得好像不太丰盛，“那待会儿米饭多蒸点。”

“够了，她饭量小。”宋风乐了。

“那不一定，你们这个年龄的孩子都正长身体呢，你看小辉吃得白白胖胖。”宋奶奶准备淘米，又多盛了一点。

天逐渐变冷，孟爷爷最近又感冒了，整天咳个不停，宋奶奶怕他身体受不了不让他做饭，但是孟爷爷觉得一年就这一次，况且两个人都这么大岁数了，也都是半条腿迈进土里的人，谁知道以后还有几次生日，非得要起来做顿饭。

宋风不放心，就留在厨房帮着一起做，客厅的电视开着，奶奶在看戏。

没过多久，门铃响了。

宋奶奶过去开门，还没看见外面的人就开始喊："小辉来了！哟……两个人一起来的，快进来！"

看到舒冬，宋奶奶有一瞬间的惊讶，没想到是个女孩子。这么多年了他们家从来没有来过女孩子，就是不知道是小辉的朋友，还是她家宝贝孙子的。

"刚刚耽搁了一会儿，饭好了吗？"刚打开门陈辉就闻到了饭菜的香味，每天吃餐馆的饭，味道都太重了，此时此刻陈辉想流哈喇子。

"还得等一会儿。不用换鞋了，快进来。"宋奶奶笑着说。

舒冬站在陈辉身后有点不知所措，想说什么，但是嗓子好像被堵住了。

陈辉察觉到了舒冬的异样，拉着她往前走了两步："奶奶，这是舒冬，在我们网吧隔壁工作，您孙子整天欺负人家。"

出门前宋老板千叮咛万嘱咐，要把舒冬带过来，并且照顾好，陈辉生怕她在路上走丢了。

"奶奶好。"舒冬笑得有点僵硬。

"是小冬呀，以后他再欺负你，你就告诉我……"宋奶奶正笑着，忽然看到舒冬手上提着一箱牛奶，"人来就好，以后千万不要买东西了，我和你爷爷两个人在家吃不完都坏了。"

宋风在厨房听到了动静，有点不放心就出来了，腰上还围着围裙："先坐会儿，饿了桌子上有零食。"

宋风话刚说完，陈辉和宋奶奶就不怀好意地相视一笑，这种话肯定不是跟他们说的，现在宋奶奶知道舒冬是谁的朋友了。

"嗯，知道了。"舒冬点了点头。

宋风微微勾着唇角，不动声色地打量着舒冬。她今天穿了件白色的羊羔绒外套，虽然里面还是黑色的T恤，但整个人显得很温柔安静，和舒冬想的相反，她这个样子很招长辈们喜欢。

宋风也不知道自己在自作多情些什么，总之，心里好像被浸了果酒，有点甜，然后满意地回了厨房。

"来，小冬，坐这里，我去给你们切点水果。"刚刚那一幕，宋奶奶

可看清楚了，自己这浑蛋孙子什么时候这么看过一个姑娘。

弄清楚身份后，宋奶奶就闲不住了。

“不用麻烦了，我不饿，您快坐吧。”对于这种场面，舒冬应付不来，但她能真心感觉到宋奶奶是个热心肠的人。

“奶奶您坐着，我带冬冬看看宋老板房间。”陈辉朝宋奶奶眨了眨眼。

不得不说，一老一小很有心灵感应，宋奶奶准确收到了信号：“那个房间是小风的，去玩吧，一会儿记得出来吃饭。”

舒冬还在疑惑为什么要去看宋风的房间，便已经被陈辉拽起来了。舒冬看着陈辉，用眼神问：能不去吗？

很可惜陈辉和舒冬之间没有心灵感应，陈辉拽着舒冬的胳膊往宋风的房间走。

“冬冬睡醒了？来奶奶这里。”

听到宋奶奶叫自己，舒冬停住脚步往后扭头，一只小狗在宋奶奶腿边蹭来蹭去，紧接着宋奶奶把它抱进了怀里。

宋奶奶正逗着小柯基，忽然看到舒冬扭头看着她，还以为舒冬也很喜欢小狗，便说：“喜欢吗？这是前两天小风抱回来的，叫冬冬……”

正说着，宋奶奶愣住了，嘴角的笑也停滞住，回过神后朝着厨房大喊：“宋风你给我过来！整天就知道欺负人家姑娘！”

厨房开着抽油烟机，宋老板还沉浸在舒冬的温柔中，脸上挂着笑，没听见。

“冬冬你别生气，待会儿吃饭的时候不让他吃米饭，只吃菜，咸得他口渴不许他喝水！”这是宋奶奶想出来的绝佳的惩罚方式，“待会儿我们一起再给狗狗取个名字。”

“没关系。”舒冬笑了笑，本来还在气宋风，但宋奶奶太可爱了。这才十几分钟而已，舒冬就觉得这个家很温馨，是她从小向往的那种温暖。

“嗯，我们一会儿重新取个名叫风风。”陈辉拉着舒冬走进宋风房间，“让你看个好东西。”

不知道陈辉着急让她看什么，但对宋风的东西，舒冬没有兴趣。

“这里有个宝贝相册，宋老板从小到大的照片全在这里，想看吗？”陈辉拿在手里晃了晃。

舒冬本来一副事不关己的样子，但也不知道忽然哪根神经不对，她看着那本相册，缓缓伸出了手。

“来来来！一起看！”陈辉看过很多遍了，还是很激动。

翻开第一页，是一张宋风的满月照，有点胖胖的，看着很可爱。舒冬手不由自主地戳在照片上的小孩的脸上，忍不住笑了，还是小时候可爱。

第二页，是两三岁的时候，宋风在学走路，被拍到的这张恰好摔到了地上。

第三爷，是张全家福，好像是很多年前，宋家爷爷奶奶坐在前面，很年轻，后面两个人，应该是宋风的爸爸妈妈。

男人星眉剑目、气宇轩昂，怀里抱着宋风，女人温婉娴静，眉眼间全是温柔的气质……不知道为什么，舒冬看着心里很不是滋味。

“这是宋老板的爸爸妈妈，不知道他跟你说过没，具体的你可以自己问他。”陈辉往后翻了一页。

尽管那页已经翻过去了，但舒冬的思绪还停在那上面，多么美满幸福的画面，但美的事物破碎起来，往往更让人心痛得无法接受。

相册翻了很多页，好像一个小男孩在纸页翻飞间飞快长大，但不知道从哪一张开始，男孩眼里的童真不见了，笑容不见了，只剩下黑色的叛逆。

两个人正看着，忽然传来脚步声，舒冬和陈辉扭头，就看到宋风走了过来。

陈辉笑了笑，很有自知之明地出去了，顺便把门关上。

宋风没看其他地方，眼睛里也没有其他东西，在客厅就锁定了她的位置，直直地朝她走过来。

不知道为什么，舒冬的心跳随着他的脚步逐渐加快。

门关上的一刹那，宋风也来到了舒冬身边，他伸手把她抱在怀里，将她抵在墙边，一时间，她竟然忘记了挣扎。

两个人之间的距离忽然缩短，连呼吸也变得清晰可见，宋风温柔地抚摩着舒冬的脸，将她柔顺的黑发撩在耳后，眼睛里的炽热越来越浓。

“舒冬，答应我。”

宋风伏在舒冬耳边，呼出的热气细细密密全部洒在她的耳郭。舒冬情不自禁地往旁边躲，却被宋风箍得越来越紧。

“答应我。”

宋风好像是着了魔，从来没有过这么强烈的感觉，她在外面和奶奶一起看电视，他和爷爷在厨房做饭，自从老爸去世后再也没有出现过的温暖，属于家的温暖。

“外面有人，你放开……”

舒冬的话还没说完，就被宋风吻住了。

舒冬睁大眼睛，望着他深黑的眼，发现里面并没有往常的捉弄和不正经，深邃得看不到底。

舒冬不得不承认，来到这个家才半个小时而已，她便发自内心地喜欢，面对初次见面的人没有想逃开，这份亲切让她莫名地想接近……

一墙之隔的客厅，陈辉和宋奶奶的笑声突然传过来，舒冬忽然清醒了：“你放开我……”

舒冬扭动着想要挣脱，但宋风一只手抱住她的腰，一只手控制住她乱动的双手：“我承认，刚开始接触你确实目的不纯。”

两个人挣扎间，呼吸都有点喘，听见他说话，舒冬渐渐不动了。

“但现在，你感觉到了吗？”宋风抓住舒冬的手按在胸口，眼睛里全是深情。

强烈有力的心跳声一下接着一下，敲击在舒冬的手心，她莫名觉得有点烫，想把手移开，但刚挪开一点，就被宋风又固定在了原位。

他的眼睛，舒冬扫了一眼又移开了，那么幽深的目光让她无法承受，她不知道怎么回应。

“我现在不想谈感情。”被他禁锢着手，舒冬不再挣扎了，只静静平视着他的喉结。

“嗯。”宋风低低应了一声，他明白俞知逸对她造成的阴影，短时间内很难走出来，他不再抓着她的手腕，而是把她的手轻轻握在手心，宋风低头离她的嘴唇近了些，“我只是要告诉你，我要开始追求你了。”

心里好像有什么打碎了，舒冬抬头看着他，他在笑，很浅，很好看。

“咚咚咚——”

敲门声忽然响起，四处弥漫的暧昧忽然散去，不知道是因为心虚还是什么，舒冬连忙把宋风推开了，引得宋风暗暗发笑。

“能进去吗？”陈辉很懂事地在外面站着，没有得到指示坚决不往前迈一步。

宋风把小木头害羞的样子尽收眼底，又看了两眼，才过去开门。

门打开了，陈辉、宋风四目相对。

“吃饭了。”陈辉从上到下仔细地打量着宋风，衣服整齐，没有褶皱，也没其他异常。检查完毕，陈辉的眼睛又偷偷往房间里面瞄。

宋风笑了笑，在陈辉脑袋上狠狠弹了一下，然后把门完全打开，扭头对舒冬说：“吃饭了。”

明明没有做什么，但舒冬却很心虚，好像做了亏心事一样，连脚步好像都有点僵硬。路过他们的时候，舒冬冷冷地看了宋风一眼，他总不按常理出牌，还喜欢胡作非为。

舒冬出去的时候，宋奶奶正把切好的水果放在餐桌上："快来吃饭了！"

"刚刚说不让宋老板吃米饭，那能把他那碗给我吗？"桌子上的菜很丰盛，陈辉忍不住流哈喇子。

"凭什么？"宋风不知道自己错过了什么。

"你还好意思问？"宋奶奶一巴掌拍在宋风的后背，指着在地上撒欢儿的柯基说，"名字怎么回事？"

被发现了，宋风不由得笑了，他看了眼舒冬："冬冬，很好听。"

宋奶奶又一巴掌拍在宋风背上，但心里却乐开了花，以前怎么没发现宝贝孙子还有这一面？每天她都在担心他找不到合适的姑娘，趁着现在她还能多走几步，每天都在帮他物色合适的女孩。

"总之只许吃菜。"宋奶奶说。

几个人玩闹间，孟爷爷拉开厨房的门，把最后一道汤放在桌子上，宋奶奶习惯性地拿着手绢帮孟爷爷把头上的汗擦掉。

以前家里就宋风和爷爷奶奶三个人，他们都去客厅，边看电视边吃显得热闹点，今天是在餐厅。

餐桌是一个长方形的桌子，右侧的墙上挂着一幅很大的百福图十字绣，孟爷爷坐在最前面，宋奶奶和陈辉坐在一侧，宋风和舒冬坐在一侧。

"老头子，这是冬冬，小风和小辉的朋友。"看着舒冬，宋奶奶笑得很是亲切。

"冬哥你今天多吃点，爷爷几百年不做一次饭，特别好吃！"舒冬还没说话，陈辉就忍不住夸了。

"以后常来家里玩，给你们做好吃的。"可能是今天人多，又是老伴儿的生日，孟爷爷看着舒冬笑得很开心，摘下来眼镜擦了擦又戴上。

"谢谢爷爷。"舒冬莫名地感动。

她从来没有经历过今天的场面。不知道为什么，张阿姨和健周叔家的亲戚每个都是表面和气，暗地里却都在算计，因为一千块钱可能就把对方记恨上了。刚开始他们还带着她去走亲戚，但后来渐渐地就不带她了，不过舒冬也不在意，反而觉得是一种解脱。

对于宋家爷爷奶奶，舒冬是很喜欢的，甚至连宋风都觉得没那么讨厌了，但除了谢谢，她也不知道该说些什么。

她很怕在这里待上两三个小时，再回到自己租的那个房子，会不习惯，人就是这么贪婪，又软弱。

“奶奶快点想想许什么愿！”桌子正中间摆了一个水果蛋糕，陈辉拿出来蜡烛插上。

“想好了，现在说吗？”宋奶奶乐呵呵的。

“等一下，等我点着。”陈辉找了个打火机，点燃了生日蜡烛。

“奶奶许愿吧。”陈辉说。

跳动的烛火还有数字“69”映在镜片上，孟爷爷似乎永远都在笑，淡淡的，让人很舒服。宋风把买蛋糕送的王冠戴在奶奶头上，不用想都知道她接下来要许什么愿望。

“我开始了。”宋奶奶有模有样地闭上眼睛，双手合十，“希望大家都健健康康的，平平安安，还有我们小风快点成家，这样我明天闭上眼也安心……”

“又乱说什么？”宋风脸瞬间就冷了，打断了她的话。

“奶奶就随便说说，快吃饭吧快吃饭！”宋奶奶意识到宝贝孙子生气了，讪笑了声把蜡烛吹灭，招呼大家吃饭。

宋风站着没动，依旧注视着对面的人。

老人家尤其喜欢说这种话，大多情况下也是他们的真实想法，有时候可能就是随口一说，但是年轻人，总会心里一痛，不想听见这些话，拒绝以及逃避。因为他们知道这是现实，这一天总会到来，但他们无力改变。

画面有些僵持，宋奶奶在帮大家盛米饭，宋风依旧站着没动，舒冬抬头看了一眼，扯了扯宋风的袖子。

“快吃饭吧，都饿了。”孟爷爷笑着打圆场，知道老伴儿这个毛病。

“爷爷奶奶你们快吃，要不然我不好意思动筷子。”陈辉给宋风使了个眼色。

因为这件事，已经不愉快很多次了，但宋风也不想在今天让奶奶不高兴，缓缓坐在了位置上。

“都是自己人，计较这些干什么？”宋奶奶盛好了米饭，一个人一碗，最后递到宋风面前。

“不是不让吃吗？”宋风脸上依旧没有笑意。

“把我宝贝孙子饿瘦了我可是要心疼的。”宋奶奶知道自己说错话了，有点讨好的意思。

宋风接过碗，夹了一筷子菜放到奶奶的盘子里，然后又夹了菜放在爷爷碗里，最后，又夹了菜放在舒冬的碗里，舒冬愣了愣，没抬头看他。

“我呢？”陈辉很不满。

“自己动手。”宋风冷酷无情。

当然，陈辉也不会委屈自己，夹了这个夹那个，吃了还不忘评价：“爷爷，您做的这道红烧肉越来越好吃了。”

“那就多吃点。”孟爷爷很高兴。

“您是不是自己在家偷偷练厨艺来着？我看奶奶最近好像胖了，是您给偷偷喂胖的吧？”有陈辉的地方就不会冷场，他一个顶一百个舒冬。

“平常哪敢让他做，今天晚上就累得够呛。”宋奶奶看了眼老伴儿，责备里的担忧藏不住。

孟爷爷也不反驳，他看着宋风旁边安静的女孩：“冬冬能吃习惯吗？不知道你爱吃什么？”

突然被提到，舒冬连忙放下筷子，看着孟爷爷笑了笑：“我不挑食，都挺好吃的。”

“那就好，下次来提前说，做些你喜欢吃的。”孟爷爷说。

“谢谢爷爷。”虽然是第一次见，但舒冬和陌生人相处的焦虑和抵触很快就消失了，因为她能感觉到他们从心底散发的善意。

孟爷爷身体的确很虚弱，可能是厨房油烟呛到了，也有可能厨房温度太高，总之一顿饭结束了，额头上还不停冒着细汗，饭菜也没吃几口。

宋风轻车熟路地从药箱里拿出来药，倒了一杯温水，放在爷爷面前。

满桌子的菜竟然一点不剩，陈辉扫荡了剩下的所有。吃过饭，大家一起坐在沙发上看电视，宋奶奶把舒冬拉到身边，有时候聊开心了就情不自禁地拉住她的手。

舒冬看着抓住自己的那双手，不同于年轻人的白嫩，已经被岁月留下了深深的痕迹，张阿姨也经常拉住她的手，但只会让她感到压抑，而宋奶奶的手，虽然粗糙，但手心却是温暖的。

墙上的挂钟悄无声息地走，每个人好像都忘了时间，舒冬再抬头的时候，发现已经晚上十点了。

“爷爷奶奶，时间不早了，我改天再来看你们。”舒冬难得地说出下次再见这种话。

“都这么晚了。”宋奶奶戴上老花镜看了眼时间，“让小风去送你，这么晚了女孩子在外面不安全。”

舒冬条件反射性地拒绝：“谢谢奶奶，不用这么麻烦了，我自己回去

就可以，没多远。”

宋风笑了，在别人看不见的角落捏了捏舒冬的手：“不麻烦。”

陈辉、舒冬和宋风三个人一起走出小区。

“那我就先走了。”陈辉扣上了卫衣帽子。

“一起。”宋风说。

“不顺路。”陈辉说完就走了，往相同的方向。

宋风乐了，陈辉今天有点懂事，但没必要。

“回来。”宋风朝前喊。

路灯下，陈辉走得很快，背对着他们往后招了招手，转眼间就消失在了拐角。

“你回去吧。”舒冬不傻，知道陈辉这么做的用意，她眼睫低垂，看着地上的盲道。

“走吧。”目光从陈辉消失不见的拐角收回，宋风上前一步，把她的衣服拉链拉好，然后牵住她的手。

“放开我。”舒冬想甩开宋风的手，但她的力气对宋风来说太过微不足道，宋风一副若无其事的样子，嘴角带着满意的笑，继续往前走。

片刻后，舒冬接受了现实，但眼睛冷得能结一层冰。

现在已经进入了冬天，树上叶子都掉光了，呼吸间空气中也都冒着白色的水汽，两个人牵着手走在昏黄路灯下的身影，又冷又温暖。

走了一条街，彼此都没有说话。宋风很享受这种沉默，什么都不用说却很安心，但小木头就不一样了，宋风感觉自己好像牵着一个移动的冰块。

又来到一个街角，光线有点昏暗，宋风双手放在舒冬肩膀两侧，让她看着自己：“不高兴？”

舒冬没说话，只举起刚刚被他放开的手腕，虽然离路灯有点远，但昏暗中还是能看出来，那片皮肤变得很红。

“疼吗？”宋风执起她的手。

舒冬目光短暂地停滞了两秒，虽然比较红，是因为刚开始他力气有点大，后来，她不动后好像就不疼了。

“疼。”舒冬冷着脸。

“那来吹吹，吹吹就不疼了。”宋风笑得很“浪”，低着头嘴唇往她手背靠近。

在舒冬的角度，恰好可以看见他脸上的笑。她连忙把手抽开，不再理会他，一个人往前走。但她刚往前走了一步，宋风就又拉住她的手：“天黑，别走那么快，容易摔倒。”

舒冬停住脚步，深深呼出一口气，心里闷着一团火，但又不知道怎么疏解出来，因为他也是出于好意……

舒冬迟疑了一秒，是好意吗？为什么有人在表达善意的时候也能让人这么生气？

“你不要总欺负我。”从别的女孩子口中说出来可能是一句撒娇的话，舒冬说出来，有点一本正经的呆滞和可爱。

“我这是在爱护你。”宋风被她木木的样子逗乐了，心里很柔软，更想欺负她了。

“你的爱护就是不顾我的意愿强迫我吗？”他很高，舒冬不顾脖子的酸涩执着地抬着头。

“不强迫你，你会跟我走吗？”宋风低着头。以他的角度可以看清她脸上每一个细微的表情，甚至连纤长的睫毛都能数清，但小木头是个隐藏情绪的高手，除了平静，他在她眼睛里什么都看不出来。

“不会。”舒冬毫不犹豫。

“嗯，所以还是要强迫你。”宋风刮了刮她的鼻子，拉着她继续往前走。

舒冬又挣扎了两分钟，放弃了。

沿着人行道，两个人的背影越来越远，被路灯拉长了身影投在行人寥寥的路上，消失在了道路的尽头。

走了将近四十分钟，终于到了。舒冬腿有点累，她很想知道为什么不骑自行车。

单元楼下，两个人停下了。

“敢上去吗？”宋风低头。

舒冬眉头微皱，没听懂他在说什么，但往前看了眼紧闭的门禁，她明白了。

声控灯现在是熄灭的状态，里面黑漆漆的，或许每个女孩子单独上楼或者乘电梯的时候，都是害怕的，但这么多年，她习惯了。

“走吧。”宋风拉着舒冬的手走了进去。

舒冬迟疑的时间很短，宋风也没有看出来她的害怕，但不知道为什么，那一瞬间想到这些年她的生活，他就想对她好，让她感受所有的温暖。

电梯密闭的环境里，舒冬还想不明白他为什么会上来，电梯已经到了，两个人缓缓走出电梯。舒冬走到家门前，动作缓慢地拿出钥匙，他要进去吗？

门开了，舒冬进门打开手边的灯，准备换鞋的时候，发现他还在门外。

“好好休息，我先回去了。”宋风倚在门边，玩味地看着她那双带着兔耳朵的灰色棉拖鞋。

察觉到他的目光，舒冬左脚不自然地往后藏了藏：“嗯，路上小心。”

不知道为什么，舒冬好像也没那么生气了，还以为他上来又要赖着不走。

“我爷爷奶奶很喜欢你，有空去家里玩。”想到晚上吃饭时的情景，宋风心里很暖。

“好。”舒冬也很喜欢两位老人，但主动去别人家里，她心里过不去那道坎。

“我走了。”宋风说。

“好。”舒冬应了一声。

宋风走到电梯旁，舒冬没关门，等电梯到了，宋风笑着朝她眨了眨眼，走进了电梯，然后，舒冬关上了门。

宋风是骑小黄车回去的，从找自行车到回家关上门，一共用了八分钟。宋风看着手机上的时间笑了，好像是有那么点坏，他们也就隔了两条街。

“怎么还不睡，都十一点多了。”客厅的灯还开着，宋风换了拖鞋走过去。

“坐这里，奶奶有事问你。”虽然已经很晚了，但宋奶奶兴致依旧很高。

“你问就问，让老头儿陪你熬着干什么？”宋风坐在孟爷爷身边，手背贴在他的额头，“好点了没有？”

“好多了，不困。”孟爷爷戴着眼镜，温吞吞地还在为老伴儿开脱。

宋风笑着靠在沙发上，人家俩是一伙的，他也不问了，不过对于奶奶要问什么，不用想也知道。

“小风，你长这么大可从来没有邀请过女孩子来家里，以前奶奶也给你留意了一些不错的女孩，但你玩心大，总说没有兴趣，那现在冬冬，你给奶奶讲讲是怎么回事？”宋奶奶往宋风身边靠了靠，摆出一副听故事的样子。

“就是普通朋友。”宋风看着电视。

“你欺负奶奶老花眼看不清吗？”宋奶奶抬手在宋风后背上拍了一巴掌，“快说！”

电视里播放着老版的《三国演义》，孟爷爷看着电视也不说话，听他们吵闹也只是笑笑。

“真的，人家现在不答应我。”宋风搓了搓被打的地方，将近七十的人了，打起人来一点也不手软。

“我孙子长得也不丑，怎么会不答应呢？”对于这个结果，宋奶奶有些出乎意料，总觉得自己孙子天下第一好。

“是不是你总欺负人家？”宋奶奶喃喃自语，“冬冬长得也挺好，追她的人肯定也特别多，她是不是觉得……我们家条件不好？”

说到这里，宋奶奶的神采奕奕不见了，老花镜片下，布满皱纹的眼角溢出满满的愧疚，连看电视的孟爷爷，温润的笑也不见了。

“没有，你们别乱想，她也不是这样的人。”宋风坐在爷爷奶奶中间，伸手把他们搂在自己肩膀上，左拥右抱，“今天把人给你们带来了，喜欢吗？喜欢的话我就努力追回来。”

“说得好像要去买菜似的，人家能看上你吗？”宋奶奶毫不留情地拆穿他。

“不行就抢回来，好不好？”宋风露出强盗土匪本质。

以前奶奶跟他介绍女孩的时候说，不一定非得在一起，先相处看看合不合适，但宋风不想，总以年龄小为借口推掉。

但对于舒冬，宋风不仅仅是想相处着看看，他想的是以后，因为舒冬给他的是家的感觉，是想要相互厮守、相互陪伴度过这漫长一生的感觉。

不知道从哪一刻开始，这个念头就很强烈。

“就知道欺负女孩子。”宋奶奶又一巴掌拍在宋风腿上，“那冬冬家是干什么的，家也在宋城吗？”

正看着电视，宋风眼睛微动，然后若无其事地开口：“没有，她是被拐到宋城的，亲生父母一直没找到。”

平静的语气，单调的字眼，仿佛一杯白开水，陈述着那列火车的来路。

宋风这次是认真的，所以这些迟早都要告诉爷爷奶奶，而且他觉得，这并没有什么。爷爷奶奶瞬间都愣住了，不知道是没听清宋风的话，还是不敢相信这个出人意料的事实。

“这……怎么这样？”宋奶奶扭头看着宋风，皱着眉扶了扶老花镜。

“养父母对她好吗？”孟爷爷也看着宋风。

“不好。”宋风说。

“那她的养父母……是做什么的？”宋奶奶问得小心翼翼，好像是怕伤害到舒冬一样，尽管她不在这里。

“她的养父在保险公司上班，养母家庭妇女，还有个弟弟，家里也挺拮据的，所以对她没那么上心。”此时此刻，宋风像一台没有感情的机器，他们输入什么问题，他就输出相应的答案。

再次想起来那对夫妇做的事，宋风还是很愤怒。

“真是个苦命的孩子，今天吃饭的时候我还在想，冬冬这个姑娘挺好的，就是太安静了点，没想到……”宋奶奶眯着眼想看清字幕，其实心根本就没在电视上，“那她知道我们家的情况吗？”

“知道。”宋风说。

“小风，爷爷奶奶是两个废人，给不了你太多东西，就想着以后如果人家姑娘不嫌弃我们家，你也喜欢，这就够了，但是……”宋奶奶拉住宋风的手，“奶奶接下来说的话你别生气。奶奶不是嫌冬冬不好，只是有些问题你得看得远一点，如果以后她找到了亲生父母，她还会留在宋城吗？如果冬冬的亲生父母家庭很好，以后看不上我们家，反悔了不愿意跟你在一起怎么办？奶奶不求对方的条件有多好，只要安安稳稳的……”

“奶奶。”宋风无奈地打断奶奶的话，像哄小孩子似的捏了捏奶奶的脸，“现在人家还没答应我呢，咱们先看当下，一起先把人骗到家再想以后好不好？”

“整天就想着欺负人，不跟你说了，睡觉去了。”宋奶奶看宋风不把她的话当回事，转身回了卧室。

老太太的身子很硬朗，但背还是被岁月给压弯了，宋风静静地注视着奶奶的背影。

“你奶奶也是为你好，不是不喜欢冬冬。”孟爷爷喝了口温水，把电视关了，“这姑娘挺好的，有空的话可以让她来家里陪我下棋。”

“想下棋就去公园里找那些老头老太太，我们年轻人不喜欢下棋。”宋风说。

“爷爷看人很准，冬冬这姑娘肯定喜欢。”孟爷爷正说着咳嗽了两声。

“您从哪儿看出来的？”宋风笑着问。

“不聒噪，也不娇气，总之爷爷很喜欢，就看你能不能追到手了。”孟爷爷笑着从沙发上起来，“快去休息吧，十二点了。”

“知道了，这杯水拿着。”爷爷总是咳嗽，还不爱喝水，宋风每天睡觉前都会往他床头放一杯温水。

孟爷爷不是很想接，但迫于孙子的压力，还是不情愿地将水端着回了卧室。

这么大的人了，整天吃药像个小孩子，宋风无奈地揉了揉眉心，刚刚说什么来着，让舒冬陪他下棋？如果他们两个人下棋，一下午都不一定说句话，两个木头。想到这里，宋风嘴角的弧度越扯越大。

临近年末，学生放寒假了，文身店和网吧都很忙。这天，网吧来了一个熟悉又陌生的面孔。

“学长，我今天带身份证了。”许茵茵把身份证递到宋风面前。

宋风正在玩游戏，听见这个称呼皱了皱眉。他抬头，虽然很久没见，但对面前的人还是有印象的。

依稀记得有人说她成绩很好，平日里那些废话宋风也懒得对她说了，相信她有分寸。身份证有信息那面朝下，宋风直接在读卡器上刷了下，他抬头看了她一眼，有点诧异，竟然成年了。

“谁的身份证？”上次小木头说他太凶了，宋风还记得，所以今天表情和语气都很正常。

“当然是我自己的，是不是看着比较年轻？”许茵茵今天穿了件米白色的羽绒服，虽然有点臃肿，但少女的青春活力是从骨子里散发出来的。

宋风嘴角微扯，年轻的人从来不说自己年轻，当然他不会说出来，否则再投诉他凶就不好了。

“充多少？”宋风问。

“两百吧。”许茵茵扫了下二维码，很爽快地付过去两百块钱。

宋风抬头看了她一眼，没说话，充上二百块钱，把身份证还给了她。

“谢谢学长。”许茵茵笑着伸手。

如果说上次有点憧憬的悸动，被他吓得调整了很长时间，还发誓说一定不理他了，那这次，许茵茵就完全放开了自己。

“我叫宋风。”一听见“学长”这两个字，他就头疼。

“那……谢谢宋风学长。”许茵茵吐了吐舌头，笑着往后排走了。

现在的女生都是这样的性格吗？古灵精怪，看见人也不知道害羞。虽然并不让人讨厌，但他还是喜欢小木头，欺负起来比较好玩。

宋风看着面前的显示器发呆，再抬头的时候忽然愣住了，他起身往后面走。

对方坐在了，最后一排靠窗户的位置。

“不好意思，这里有人了，你可以坐在那里。”宋风指着对面靠墙的那一列。

“这不是还空着吗？”许茵茵疑惑地抬头。

“一个长期在这里玩的朋友。”宋风并不清楚舒冬今天会不会来。

但是他不想习惯性往这里看的时候，看见的是别人，也不想舒冬来的时候，看见这个位置被别人占了。

“好吧。”许茵茵不情愿地嘟了嘟嘴，“那我坐在这里了，这里应该没人吧？”

许茵茵重新选择的位置，是舒冬的旁边。宋风沉默地看着这个座位，还是不想。如果是那帮小崽子，宋风提着他们随便挑个位置都可以，但对于女生，他不知道怎么打交道。

“好。”宋风说完回了柜台。

一下午，宋风几乎没有往那个位置看，倒是往楼下看得更加频繁。

从昨天晚上就开始下雪，纷纷扬扬地直到中午才停，在地上铺了厚厚一层，已经很久没有下过这么大的雪了，老柳树的枝干都变得雪白，风一吹，就往地上飘雪。

巷子里的雪一般不会扫，大家只留出来一条人走的路，其他的就等天气回暖了自己融化。

还有几天就过年了，巷子里挂起了红灯笼，傍晚时分，红色的灯笼映着洁白的雪，还有昏黄的路灯，显得很有年味。

外面天色已经暗了，但房间里暖气很足，窗户上凝结着水珠，有的已经流了下来，有点闷，宋风拿着烟和打火机下楼了。

空气很冷，迎面扑来的时候带着凛冽的清爽，宋风踩着积雪，走了几步就到了老柳树旁边。

戒烟停留在一百七十九次，再也没重新开始，也不知道为什么要抽，可能就像舒冬说的，闲。暗红的火星，烟灰悄无声息地落在雪面上，又被树上飘落的雪覆盖，呼出的不知道是烟还是哈气，总之在空气中连绵不断。

宋风注视着对面的文身店，玻璃门是关着的，只能看见里面开着灯，但看不见人。

最近宋风很少欺负她，就像奶奶说的，他怕自己稍不留神做得过分了让她讨厌。

宋风抽了最后一口，深深呼出一口气。

喜欢一个人的样子一点都不酷，但也很好。

出来的时候宋风没穿外套，现在抽完了感觉有点冷。没想去打扰她，宋风准备回店里，但刚抬头，就发现有人朝他走过来。

“我回家啦，过两天再来玩。”外面太冷，许茵茵扣上了帽子，只露出来巴掌大的脸。

“好，注意安全。”确切地说，宋风不知道回应她什么，通常那帮人走的时候也会跟他打招呼，但那是在他们比较熟的情况下。

“不用担心，都这么大的人了。”许茵茵笑弯了眉眼，他的关心让她觉得比糖还甜，“你穿这么少不冷吗？会感冒的。”

宋风又点燃一根烟：“不冷。”

“抽烟对身体不好，别抽了。”许茵茵想去夺他手里的烟，但是身高差太多她够不着。

舒冬忙了一天终于结束了，她站在窗边捏了捏酸痛的肩膀，玻璃窗上凝结着水汽有点模糊，但还是可以看见外面的，她的目光忽然停了。

柳树旁，宋风在抽烟，面前站着一个女生，不知道是谁，只能看见背影，很娇小，舒冬莫名地站在原地不动了。

“抽烟肺会变成黑色的，还会……”

“天黑了，快回家吧。”许茵茵刚才说什么宋风没有听见，只看到文身店的玻璃窗后面，有一个模糊的人影。

“哦……好，那过两天再见，拜拜！”许茵茵跟宋风招了招手，转身走了。

在她转身的那一刻，舒冬看清了那个女孩子。

宋风把烟掐灭，朝文身店走过去。打开门进去的时候，她坐在沙发上喝水，宋风笑着坐在她旁边，把在外面冻了十分钟冰冷的手，伸进她脖子里。

“你！”舒冬一惊，条件反射性地往旁边躲，玻璃杯里的水洒在了膝盖上。

宋风不慌不忙地拿来纸巾，帮她擦干，还委屈地开口：“手冷，暖暖。”

舒冬深深地吸了一口气，此时此刻，她想把他的手放进烤箱里，烤熟就不冷了。

“下班了吗？”宋风规规矩矩地坐好，不敢再闹了。

“嗯。”舒冬不想理他。

“那一起去吃饭，穿上衣服。”宋风把旁边挂着的羽绒服摘下，披在她身上。

“我自己穿。”舒冬脸上还是没有笑意，但不知道为什么，就没那么生气了，她抬头扫了宋风一眼，“你不穿？”

“我不冷。”宋风揉了揉她的脑袋。

舒冬偏头躲开，看着他冻红的耳朵没说话。

两人出来，舒冬把店门锁上。这时忽然刮起了一阵风，卷起地面细细的雪，她穿着羽绒服都觉得冷，她扫了一眼宋风：“你去穿衣服，我在店里等你。”

宋风嘴角上扬，忽然感觉也不是那么冷了，但还是很听话地去店里拿了件衣服。来回很迅速，他下来的时候舒冬还没走到旁边的餐馆。

不过点完饭之后，舒冬才忽然意识到，为什么要和他一起吃饭？

“林哥什么时候给你放假？”宋风从保温柜里拿了一瓶热牛奶给舒冬。

“年二十四。”舒冬没动那瓶牛奶，宋风直接将它塞到她手里。

“这不就剩三天了？你姨家里有需要你帮忙的吗？”宋风想的是，如果有也不让她去，平常不关心只知道要钱，现在用到人了谁知道你哪位。

“应该不需要。”这半年，张阿姨很少来找她，她也很少回家，只是每两周回去吃一次晚饭，平日里，好像真的变成了陌生人。

“还跟你要钱吗？”宋风很少问她这些，但马上过年了，他怕她又被欺负。

“没有。”从那次以后，张阿姨虽然又来借过一两次，但舒冬都没给。

“这就好，那你假期有空去我家吧，我爷爷想让你陪他下棋。”宋风终于说出了真实想法。

舒冬愣了愣，那次以后没再去过他家里，现在提起来竟然还有点想念：“可我不会下棋。”

“没事，老头儿整天在家闲，他教你。”宋风没想到这么轻松。

“让我想想。”想去和去，对于舒冬来说还是有很长一段距离的。

两人吃完饭从餐馆出来，舒冬想回家好好休息，今天很疲惫，但又被宋风骗进了网吧。

两个人在最后排一起玩游戏，双排，基本是王炸。只有在玩游戏的时候，舒冬才觉得宋风有点用，不那么讨厌。

有时候他们和陈辉一起四排，但辉总的参与感比较弱，和QQ炫舞轮着玩，有时候他都跳完两首歌了，宋老板和舒冬一局才刚结束。

晚上，依旧是宋风送舒冬回去的，还很贴心地送到楼上，舒冬打开门换了鞋，正想跟他说再见，却发现他进来了，并且还关上了门。

“做什么？”舒冬以为他会和上次一样，把她送上来就走，她还记得那天他说的话，他说要开始追求她了。

“孤男寡女，能做什么？”宋风非常应景地往前倾了倾身体。

舒冬不知道他又要做什么，本能地往后退，直到后背贴住了墙，无路可退。宋风笑了笑，黑亮的眼睛里带着几分玩世不恭，手撑在墙上，往舒冬脸上轻轻吹了一口气。

舒冬连忙往旁边扭头，侧脸却贴在了他手上，脸还带着外面的寒气，但是他的手却很暖，舒冬的耳朵悄无声息地红了。

“别闹了。”舒冬抬头，竟然没有往常的生气和不耐烦。

最近一段时间，他还是不停地戏弄她，但好像又有哪里不一样，她说不清楚，但她能感觉到他没有恶意，甚至有时候会觉得很温暖，就比如下午他冻红的耳朵。

“没闹。”宋风抬起手，在她脸上滑过。

室内很安静，仿佛能听见彼此的心跳声，舒冬下意识地屏住了呼吸。

“舒冬，有一件事你好像没发现。”宋风注视着她略带紧张的脸，眼睛里全是笑意。

“什么？”舒冬抬头。

“你不再抵触我碰你了，或者说……”宋风顿了顿，嘴角勾起，“你在期待什么？”

和他对视的目光渐渐停滞，舒冬眉毛微不可察地皱了皱，在思考他的话。停了片刻，舒冬有点心惊，然后猛地把他推开，大步走到沙发那里。

“你快走吧。”舒冬面无表情地把毯子叠整齐，用手上的忙碌来代替心里的慌乱。

刚才短暂的沉默，她忽然意识到他说的是对的，有些东西，在潜移默化中已经改变了，在她毫无察觉中已经不是原来的样子了。

这个事实，让舒冬害怕。

宋风还站在原地，看着她又变得冷漠，他能感觉到她又回到了自己的壳里，他们之间的距离，瞬间又变得遥远。

宋风视线低垂着，黑亮的眼睛有点黯淡。他缓缓走了几步到沙发旁，在离舒冬比较远的那一侧坐下，没碰她，也没说话，只静静地看着熄灭的电视屏幕，映着两个人的影子，像一场默片电影。

“明天做什么？”宋风问。

“不知道。”舒冬说。

“去我家吗？”宋风微微偏头看她。

“不去了。”舒冬毫不犹豫。

“好，那我走了。”宋风说。

“嗯。”舒冬没抬头。

舒冬话音刚落，宋风已经走到了门边，然后打开门出去了，连“再见”或“晚安”都没有说。

随着门被关上，舒冬收拾东西的动作也停住了，无力地靠着沙发上。舒冬知道，他不高兴了，但没有办法，她不想再往前迈一步。

从单元楼出来，冬天刺骨的寒风钻进衣服里，宋风瞬间变得清醒，才一分钟而已，他就后悔了，明知道她的性格，为什么还要跟她生气？

宋风抬头，一扇扇亮着灯的窗户，有一扇是属于她的。现在已经年末了，每家每户都是团团圆圆的，但是她的那个小房子，只有她自己。

宋风抬头看了很久，无奈地叹了口气，开始往回走，只是刚走了两步他就停住了。

他们之间，不能总是现在这样。说实话，宋风对自己很没信心，他不知道她是把他当朋友慢慢熟了才这样，还是也渐渐喜欢他了但没有意识到。

但无论哪一种，不能总是他主动。他们之间的问题从来都不是他，而是她。不管他做再多，最重要的还是让她自己走出来。

想到这里，宋风抬头看了一眼九楼那个暖黄色的小格子，然后离开了。

第六章 / 无法拒绝

临近放假的最后三四天，舒冬店里很忙，她没有去网吧，甚至连抽烟都是在房间里。宋风也一样，没下去找她，也没下去抽烟，但不自觉地看着那棵柳树发呆了一下午。

“怎么，吵架了？”陈辉坐在第一排，看宋老板一副心不在焉的样子，好像丢了魂。

宋风收回了视线，下意识地去摸打火机，却发现烟盒空了，便问：“有烟吗？”

陈辉犹豫了两秒，从口袋里掏出来，向他扔了过去。

宋风动作娴熟地点上烟。

依旧是第一百七十九次。

“风哥，晚上去吃烧烤？”陈辉对烧烤有执念，不知道的人以为他家餐馆是卖烧烤的。

“不去了。”宋风没什么心情。

“这是怎么了？又不是第一次不理你，用得着跟烧烤过不去吗？”在陈辉看来，舒冬对宋风的态度比当初简直不要好太多，起初可以用“眼不见为净”和“相看生厌”来形容。

陈辉的话有道理，但宋风也不知道自己怎么了，不满足现状，贪心地

想快点得到她。

他这是逼舒冬往外走的同时，也在惩罚自己，但从现在的情况来看，小木头活得怡然自得，没有他的骚扰可能更高兴了，难受的只有他自己。

宋风被这个想法气笑了。

“风哥，她不答应你就去抢，这不是你的一贯作风吗？”陈辉看着宋老板无精打采的样子只想抽他。

“你去帮我抢过来？”宋风点了第二根，喜欢一个人的样子一点都不酷，认真了，就不会像以前那么无所顾忌。

“去就去，谁怕谁！”

陈辉站起来，正准备出门，迎面走过来一个人，但她却没看他，直接走到柜台前。

“怎么又抽烟？”许茵茵皱眉看着宋风。

“嗯。”宋风懒懒地应着。

陈辉搞不明白眼前这幅场景是什么意思，但他的任务是把舒冬掳过来，头脑简单的辉总下楼了。

“对身体不好。”许茵茵还在劝。

“嗯，去玩游戏吧。”宋风没什么心情应付她，又开始往楼下看。

“发现你总往楼下看，楼下有什么？”许茵茵站在柜台前，好奇地顺着宋风的目光往下看，“什么也没有……”

“你是来跟我聊天的吗？”宋风无奈地看着面前的聒噪少女。

“可以吗？”许茵茵受宠若惊。

“不可以。”宋风直截了当。

许茵茵嘟了嘟嘴，又回到刚才的话题：“楼下有什么，你为什么总往下看？”

“那你为什么总往前看？”宋风抱着小冬冬直视着她。

许茵茵一惊，眼睛控制不住地睁大，竟然被发现了。看着宋风，她深吸了一口气，十八岁的喜欢是藏不住的，十八岁的喜欢应该告诉全世界……

“当然是因为你在前面。”许茵茵笑得灿烂，脸还有点红。

宋风脸上的神情没有变化，过了两秒，他笑了：“你们这个年龄的女生都不知道害羞吗？”

“害羞不害羞不知道，不过我们小女生都喜欢看好看的男孩子。”发现他没有生气，许茵茵悬在半空的心落下了。

“谢谢。”宋风含蓄地“浪”了一下。

许茵茵是一个古灵精怪的少女，一个活泼可爱青春洋溢的少女，连刚才说那些真心话的时候，都是开玩笑的语调，这样的女孩子，确实很难让人讨厌。

以至于宋风也以为她在开玩笑，只是觉得又出现一个贪图他这张脸的女色狼，毕竟之前遇到很多。

“你到底在看什么？你……”

“停。”宋风捂住了耳朵，皱眉说，“吵。”

“什么叫吵？”许茵茵不敢相信他竟然说自己吵，“分明是活泼可爱元气满满，人家才十八岁，难不成像你一样老态龙钟？”

十八岁……

宋风抱着小冬冬微不可察地愣了愣，舒冬也才二十岁，一比较，宋风垂下了视线，失神地顺着小柯基背上的毛。

她的沉稳，总让宋风忘记她也是一个小女孩，这个年龄本来应该很活泼，很可爱，随心所欲地撒娇。

宋风抱着小柯基往楼下看了看。

“有没有在听我讲话嘛。”许茵茵又顺着他的视线看过去，“在看什么？难不成你……”

宋风拿起桌子上的头挂式耳机戴上了。

许茵茵不敢相信他会这样，委屈地嘟了嘟嘴往后排走了：“哼。”

文身店，陈辉坐在沙发上等了半个小时，左看看右看看，舒冬终于从楼上下来了。

“冬哥后面还有顾客吗？”陈辉迎了上去。

“没有了，你要文吗？”已经快到下班时间了，又忙了一下午。

“那快跟我走！网吧今天有活动，充一百赠两百！快走，错过今天可就没了！”陈辉不由分说地拽着舒冬的肩膀往外拖。

“等等，等等！”舒冬被陈辉突如其来的动作吓到了，“等我把店里收拾一下。”

即使在面对宋风的时候，舒冬也很少这么不淡定，但陈辉的耳朵选择性失聪，不管不顾地只往外拖人。

舒冬被陈辉从文身店一直拖到网吧柜台前，两个人站在柜台前气喘吁吁，一时间谁都说不出来话。

宋风没想到陈辉真把舒冬带来了，虽然看眼前的样子……方法可能很

粗暴，她的脸有点红。宋风手摸着小冬冬，眼睛看着大冬冬。

舒冬看了宋风一眼，又移开了视线，短时间内呼吸平静不下来。

“那个……充一百赠两百……扫码就行……”陈辉像是跑了八百公里，比舒冬喘得还厉害，但都这种状态了还牢记使命，悄悄跟宋风眨眼，“风哥……你操作一下……”

充一百赠两百，后面的小崽子听见后眼睛都亮了，一个个都蠢蠢欲动。陈辉听见身后的动静，转身环视一周，严肃地瞪了他们一眼。

辉总的震慑还是很有用的，小崽子们瞬间安静下来了，一个个摆着一张苦瓜脸，继续玩游戏。

舒冬拿出手机扫码付了一百块，之前遇到的活动，优惠力度最大也就充一百赠一百，不知道他是不是傻了。

宋风把她的身份证放在读卡器上，看了她一眼，但她却低着头，对视失败。

宋风在系统里输入三百，然后把身份证还给了她。

拿到身份证后，舒冬转身准备回店里。

“冬哥现在不玩吗？出新地图了，一起玩啊！不管，你今天得带我玩！”陈辉耍起无赖。

“店门还没锁。”舒冬绕过陈辉。

就在这时，陈辉余光忽然看到楼下林峰的身影，他连忙走到窗前大喊：“林哥，冬冬在这里和我玩游戏，店里就先不回去了！”

林峰正准备回店里，听到楼上的声音，抬头：“没问题，玩吧，我现在关了门也回家。”

“谢谢林哥！”陈辉笑着大喊。

舒冬来到窗边，但林哥已经回店里了。陈辉转身朝宋风得意地眨了眨眼，这时候宋风怀里的小冬冬忽然叫了两声，舒冬下意识地回头。

“他说想让你抱抱。”宋风松开刚刚紧握着它咽喉的手，把小柯基放在桌子上。

时隔三四天，这是两个人第一次见面，第一次说话。

舒冬转过身，看着桌子上不断往她身边走的小柯基，腿很短但动得很快，很可爱。舒冬忍不住笑了，手无意识地就往前伸，小柯基精准地跳到舒冬怀里。

她笑得很好看，这一刻，宋风觉得陈辉和他送的礼物都很有用。

舒冬没看它的主人，抱着小柯基直接往后排走了，快走到她常去的那个位置时，余光忽然扫到旁边的位置有个人，是之前在网吧写作业的那个女生，也是前几天在柳树下和宋风说话的那个女生。

舒冬愣了愣，缓缓坐到她常坐的位置上。

许茵茵一直观察着前面，知道舒冬过来了，她笑着扭头："小狗狗真可爱，它有名字吗？"

舒冬正在开机，没想到她会和自己说话。正准备回答，舒冬又停住了："不太清楚。"

"好可爱哟，我能抱抱它吗？"女孩子见到小动物都会爱心泛滥，许茵茵笑着朝小柯基伸出了手，但没等舒冬说话，小柯基就往舒冬怀里钻。

"抱歉，它胆子有点小。"舒冬不好意思地笑了笑。

"没事，没事。小家伙胆子真小。"许茵茵略带娇嗔地吐了吐舌头，然后看着舒冬，"姐姐是不是经常来玩游戏？我第一次来的时候好像看见你了。"

舒冬是一个慢热的人，对于太热情的人有点招架不住。她扭头微笑道："平常没什么事，就来打发时间。"

"真好，我每天有好多作业，太难了。"许茵茵揉了揉脑袋，"姐姐你叫什么名字呀？我叫许茵茵。"

"舒冬。"由于许茵茵在说话，舒冬没好意思戴耳机。

"哇，名字好好听。"许茵茵笑得眼睛都眯成了一条线。

对自己流露出善意的人很少，舒冬不好意思地笑了笑，感觉她很可爱："谢谢，你也是。"

"冬哥！怎么还不准备？"陈辉在前排扭头喊了一声，然后向后面走了过来，"要不我坐这里吧？"

陈辉打开了许茵茵旁边的机器，舒冬和陈辉中间，隔着个许茵茵。

开电脑的工夫，陈辉看了看旁边的女生："天已经黑了，你还不走？"

"我妈妈说今天可以晚上九点回家。"许茵茵笑着说。

"还有三个小时。"陈辉看了一眼电脑上的时间。

"今天早起了两个小时提前把作业写完了！"许茵茵往柜台前看了一眼。

三个小时确实很长，陈辉内心有点淡淡的忧伤，虽然这个妹妹很可爱，他也很喜欢，但她坐的这个位置让他很是头痛！

以前宋老板就是坐在这里调戏舒冬的，现在怎么办？远程观赏？

陈辉往前看了一眼，从他这个角度看不见宋老板，显示器把整张脸都

挡住了。陈辉进入游戏："冬哥我邀你了。"

舒冬点了确认键，本来以为是双排，但缓冲进入房间之后，发现宋风也在。她往柜台看了一眼，但刚抬头就发现他也在往这边看，两个人的目光在半空交会，她又连忙收回视线，好像做了亏心事被发现一样。

看着她若无其事地低头，宋风勾了勾嘴角。

游戏开始了。

陈辉在游戏中撑了五分钟便"死"了，和往常一样，最后只剩下舒冬和宋风。

腿上的小柯基不停地动着，弄得舒冬有点痒，还以为它不舒服了，舒冬控制鼠标让游戏人物蹲在房子的一个角落。

"怎么了？"舒冬抱起小柯基，轻轻地抚摩着它的脑袋。

似乎很喜欢舒冬的触摸，小柯基舒服地哼唧了两声，趴在舒冬怀里不动了。舒冬笑了笑，又在它背上顺了几下。

"它好喜欢你呀！"许茵茵在旁边看着很羡慕。

"可能相处的时间长了。"舒冬说。

"冬哥你旁边有人！"

随着陈辉的话刚落，舒冬听见了枪声，游戏里有个人在窗外正瞄准她。

舒冬连忙动鼠标，但已经晚了，她控制的游戏人物已负伤倒在了地上。

舒冬以为这局就这样了，但下一秒窗外的人被枪击倒在地，然后宋风跳窗进来，开始救她。

舒冬没往柜台看。

十秒结束后，宋风还在地上扔了些药和饮料，开始缩圈了，两个人一起跳窗出去。外面有辆四轮的轿车，还有一辆摩托车。

宋风浪荡地选择了摩托车，开到舒冬面前。舒冬犹豫了两秒，坐上去了。

海岛荒无人烟的野外，公路上空无一人，宋风骑着摩托车高调地在公路肆意驰骋。

"风哥车技真棒！"陈辉今天没在游戏结束的间隙玩炫舞。

"哪个是宋风哥？"许茵茵很敏感地捕捉到了宋风的名字。

"嗯……前面开车那个。"陈辉扫了一眼她的屏幕，"姑娘你家有矿吗？在网吧不是写作业就是看电影，为什么不在家看？"

"刚刚玩了一局游戏，我不会嘛。"许茵茵之前的世界里只有学习，"不然你教我？"

陈辉愣了两秒，说："没问题，等这局游戏结束。"

“谢谢！明天请你喝奶茶！”许茵茵眉开眼笑。

而那边，宋风和舒冬很稳，又吃了“鸡”。

“我邀你了。”陈辉说。

“好的，稍等一下。”许茵茵点了确认键，进入房间，然后准备，只是她刚准备游戏就开了，她扭头看着陈辉，“就我们两个吗？”

“嗯，双排。”陈辉说。

“舒冬姐姐和宋风学长呢？”许茵茵往前面看了一眼，不知道为什么跟她想的有点不一样。

“他们不会教你的，只会打击你。”陈辉笑了笑。

“那你不要骂我！”许茵茵笑着说。

“当然不会，我就比你厉害一点点。”陈辉掐着食指比了比。

那边，只剩下舒冬和宋风，舒冬没有退出游戏，否则太刻意了，但是等了很久都没有人来，宋风把四排改成了双排。

时间不知不觉地过去，转眼到了晚上八点半。

“茵茵，你是不是得回家了？”两个小时里，陈辉得到了很多情报。

“时间过得好快。”许茵茵看了眼时间，不想回去。

“快回去吧，太晚了不安全，明天早点写完作业再来。”陈辉说。

“没问题，我家离得挺近。”许茵茵收拾了下东西，“那我先走了，改天见！”

“拜拜，回家了发个消息。”陈辉还是习惯性地掌握了所有顾客的信息，不太放心一个小姑娘独自回去。

“不用担心，拜拜！”许茵茵笑着跟陈辉挥手，又来到柜台前，“学长我走了，改天见！”

忽略那个纠正了八百遍的称呼，宋风抬头：“注意安全。”

“知道啦，拜拜！”许茵茵走了。

过了片刻，宋风来到后面，看到狗狗在她腿上乖乖趴着。狗狗在看见他的那一瞬间就从舒冬腿上跳了下来，小短腿跑了几步来到他脚边，围着他的腿转。

察觉到狗狗从腿上下去，舒冬连忙低头，发现身后站着一个人，宋风弯腰把它抱了起来，坐在中间的位置。

两个人虽然一晚上没说话，游戏里却在一起待了三个小时，所以，此时此刻的氛围有点暗流涌动的暧昧。

“冬冬，爸爸知道错了，昨天晚上不该把你一个人丢在客厅的，今天晚上和爸爸一起睡好不好？”宋风刻意压低了声音，语调温柔却又充满磁性。

陈辉浑身起了一层鸡皮疙瘩，有种想捂耳朵的冲动。

“好不好？”宋风还在散发该死的魅力，手一下一下地抚摩着柯基的小脑袋，“说话，好不好？”

不知道旁边的冬冬怎么样，但怀里的冬冬舒服地半眯着双眼直哼唧。

终于，舒冬摘了耳机，冷冷地看着他。刚刚耳机里没声音，也不降噪，所以她什么都可以听见。

察觉到舒冬的注视，宋风粗暴地把狗狗扔给了陈辉，扭头看着她。

“失宠了吧宝贝儿，小可怜。”陈辉摸了摸狗头，但小柯基没有察觉到，还兴奋地在陈辉怀里上蹿下跳。

旁边的两个人僵持着，只不过一个冷漠，一个懒散。

“换个名字。”最终，还是舒冬先开了口。

“换什么？”宋老板得逞地笑了，摆出一副很有耐心的样子。

“小风。”说出这个名字的时候，舒冬嘴角微不可察地扬了扬。

“不行，你接着想，我抽根烟。”宋风笑得很温柔，他拍了拍陈辉的肩膀，“抽烟吗？”

“不了，我要和冬哥玩游戏。”陈辉现在有点同情舒冬，她怎么会是宋老板的对手，他突然很后悔今天做的事，好像把小白兔扔进了大灰狼嘴里。

舒冬眼睛里没有太多情绪，只平静地看着宋风，垂在身侧的手慢慢握紧了。

宋风拿出烟，笑着递到舒冬面前，舒冬扫了一眼没有反应，又将目光移到他脸上，两个人不知道在僵持什么。过了片刻，舒冬穿好衣服从位置上站起来，没再看宋风一眼。

“冬哥这么早就走？”陈辉看到舒冬离开，宋老板却没动。

“嗯，改天再玩。”舒冬很快走到柜台，然后推开门出去了。

烟她没动，宋风自己抽了一根点着，站在原地看着她的背影，直到门关上后，他才缓缓坐在了她刚刚离开的位置。

“不去送？”陈辉突然觉得氛围有点不正常，刚刚不是挺好的，怎么忽然冷下来了？

“嗯。”她走得匆忙，连电脑都没来得及关，游戏也没有退，宋风向窗外弹了弹烟灰，只看见她顺着柳巷离开的背影，路灯下，她纤细的身影被拉得很长。

烟抽完了，人看不见了，宋风收回视线，看着电脑屏幕里她的游戏人物发呆。

回到家，舒冬洗了个澡把家里收拾了一遍，坐在客厅里看电视。

还有几天就过年了，往常这个时候张阿姨都会打电话让她回去帮忙，打扫屋子或者买年货，今年却一直没有接到电话。

之前或许还会做做表面功夫，但自从前几次都没有从她这儿借到钱之后，连那些表面功夫也不愿意维持了。

张阿姨是个圆滑又很现实的人，她知道在舒冬这里得不到她想要的东西，所以也不再像以前那么殷勤，但她又不会做得太绝，凡事都给自己留了退路，万一以后还用得着呢。

这种吃人不吐骨头的人，舒冬之前年龄小拿她没有办法，即使知道她是什么样的人，但舒冬始终觉得自己寄人篱下，从小就没有说过一个“不”字。

直到遇见俞知逸。

现在想起来，舒冬心里还是一阵一阵地疼，不是还喜欢他，而是对自己的可怜。

但张阿姨这种各方面都处事圆滑的人，有一个明显的弱点，那就是要面子。没有工作，家庭就是她的战场，她很在意街坊邻居和亲戚对她的看法，她觉得自己凡事都可以做得滴水不漏。

所以，上次舒冬拒绝她之后，她也有所收敛，自此她或许明白，舒冬再也不是小时候任她拿捏的小女孩了。

小的时候，虽然零花钱不多，但舒冬也会省钱偶尔给正宇买零食，工作拿到工资后更是如此，给他零花钱，给他买衣服，给他买吃的。

他们姐弟之间关系一直都很好，舒冬一直觉得在那个家，唯一让她感到温暖的就是这个没有血缘关系的弟弟，但直到那次张阿姨说，正宇外公生病了需要钱。

明明上一秒还心疼她工作不容易，让她留着钱自己买衣服，但张阿姨的话说出来后，正宇也沉默了。

从那以后，舒冬就明白了，凡事涉及他们家的利益，她永远都是个外人。

之前他们还经常打电话，而自从舒冬拒绝了张阿姨借钱，正宇的电话也打得少了，到现在几乎没有。十五六岁的年纪，辨别是非好坏的能力并

不强，家里人多念叨几句可能渐渐就信了。

房间里有暖气，刚洗过澡全身都舒缓下来，舒冬看着电视有点困，没过多久就盖着毯子睡着了。不知道过了多久，舒冬忽然听到一阵急促的敲门声，她立刻睁开眼睛坐了起来。

这么晚了会是谁?

女孩独居有许多方面需要注意，舒冬甚至从来不敢点外卖。

会是他吗?

脑海里浮现出宋风的脸，但马上又被舒冬否决了，最近他们之前的关系很尴尬。

还不是很熟悉的时候，他会骑自行车在她身后跟着，而今天……舒冬知道，现在的局面是她自己造成的。

她也承认，对于宋风，她不讨厌，但仅此而已了，他说的那些让她很有压迫感。

门铃还在不间断地响，舒冬缓慢地往门的方向走去，心跳不自觉地加快。她随手拿了个玻璃杯，缓缓靠近猫眼。

看到门外的人，舒冬长长舒了一口气，打开门。

“怎么才开门?”宋风身上散发着从室外带来的寒气，耳朵有点红。

“谁知道是不是坏人。”

“那你看我像坏人吗?”看到她手上紧握的玻璃杯，宋风笑了。

“不像好人。”舒冬说。

“那我先走了。”宋风扯了扯嘴角，忽然低下头，认真地注视着舒冬的眼睛。

舒冬忽然没了笑意，她抬头看着他。

他的目光太盛，舒冬移开了眼。

他忽然过来敲门是做什么?不进来吗?

空气中只剩下沉默，宋风的视线没有变过方向，是无声的灼热。

“好，路上小心。”过了片刻，舒冬抬头，眼睛微动。

“嗯，晚安。”宋风又笑了，只不过眼睛里的光芒变得黯淡。

“晚安。”舒冬也想和他一样笑，僵硬地扯了扯嘴角。

电梯到了，宋风笑着跟舒冬挥了挥手，然后走了进去。

过了很久，舒冬都没有关门，好像一场梦，刚才他真的来过吗?为什么没有问他这么晚了他来做什么?

舒冬缓缓关上门，但在门合上的那一刻，不知道为什么有点不舒服。

思绪有点恍惚。她回到沙发上，电视里的声音叽叽喳喳，她却不知道在讲什么。她的余光扫过墙上的挂钟，忽然发现已经凌晨十二点了，她刚才睡了这么久吗？

舒冬从茶几上拿起来手机，屏幕亮起的那一刻她愣住了，微信上多条未读消息，还有两个未接来电，皆来自宋风。

舒冬输入密码解锁手机，首先翻到宋风的对话框。

“到家了吗？”

“嗯？”

陈辉也发了信息，问她有没有到家。

舒冬看着那两通未接来电，想起刚刚急促的敲门声，还有他冻红的耳朵，忽然觉得心里很不是滋味。

舒冬深吸了一口气，走到窗边打开玻璃窗，寒气瞬间涌进来。

楼下没有一个身影。

舒冬舔了舔泛白起皮的嘴唇，手放在未接来电上，回拨了过去。

手机里传来一阵等待音，她还没想好要说什么。

“怎么了？”宋风接起电话。

凌晨时分的居民楼黑漆漆的，只有几户亮着灯，宋风搭电梯下来后坐在一张长椅上。

“回去了吗？”舒冬没有关窗户，房间内的暖气很快就被冲散了，她想让自己清醒点。

“怎么，想我了？”宋风往后靠在冰冷又很硬的椅子上，他很佩服自己，在这种情况下还能自娱自乐。

听见他隐隐的笑声，舒冬靠着墙脸上也挂着浅笑：“刚刚睡着了，手机静音没听到你的电话。”

宋风的心猛然一跳，她这是在向他解释吗？

室外很冷，宋风的脸冻得有点疼，空气中还能看见面前自己呼出的哈气。

今天晚上她自己回去，宋风估算着时间她可能到家了，然后跟她发消息，没人回，又打了两个电话依旧是无人接听。

宋风以为她不愿意接自己电话，就让陈辉问她，但还是没人回。

内心渐渐变得不安，宋风骑着自行车直接来到她家里，按门铃等着门开的那一分钟，宋风很自责，万一出了什么事怎么办？

但是门开了，她好好地出现在门内。

那一刻，宋风悬在半空的心终于落回了原位，但转瞬间心又往下沉了沉，她是真的不想接他的电话吗？

从电梯里下来，宋风想冷静一下，然后就接到了她的电话。

“喂？”舒冬看了眼手机又放在耳边，他很久没有说话，她以为信号断了。

“舒冬。”宋风眼睛黑亮。

“嗯？”

“我在楼下，两分钟后给我开门。”

还没反应过来他说了什么，电话已经挂断了，舒冬看着手机屏幕愣了愣，他说他在楼下？

窗户还没关，舒冬迟钝地往楼下看了看，但刚才分明没有看见人影。

然而就在舒冬往楼下看的下一刻，门铃响了。

两分钟？

舒冬把手机扔到沙发上，走过去打开门。

门刚裂开一条缝，他就闯了进来。

“啊！”

还不知道发生了什么，舒冬已经被他按到墙上，瞬间被他身上的寒气笼罩，耳边全是他粗喘的呼吸声。

和上次一样的姿势，宋风把她逼在墙角，他勾了勾嘴，看着她。

感情确实会让人变得优柔寡断，变得势弱不像自己，容易胡思乱想，但有些人骨子里的霸道和嚣张是无法改变的，只要稍微给他点风，他就可以星火燎原。

比如宋风。

“两个问题。”等呼吸稍微平静下来，宋风开口，“还喜欢俞知逸吗？”

望着他红红的耳朵和发白的脸，舒冬没有动，只说：“不喜欢。”

“第二个。”宋风笑着将手扶在她瘦弱的肩头，“不想交男朋友？还是不想交我这个男朋友？”

“不想交男朋友。”舒冬说。

宋风笑了。这几天他想了很多，坦白地讲，他们的认识方式并不怎么样。

当初因为俞知逸利用她，宋风以为她会因此讨厌他，既然不是，那他就不需要顾虑太多了。

“那你认为……”宋风低头离她近了些，“我多久可以把你抢到手？”

他进，舒冬就退，肩膀又往后缩了缩，然而这只是舒冬身体的本能反应，实际上，他们之间的距离并没有增加分毫。

“你的家人不会接受我的。”舒冬语调没有起伏，然后把宋风推开了。

“我爷爷奶奶很好相处，也很喜欢你，上次去我家里没感觉到吗？”宋风觉得她的担心很多余，跟在她身后往里走。

沙发上，舒冬坐在右边看着电视，宋风坐在左边，两个人中间隔了些距离，宋风决定从今天开始重新做人。

“不是你想的这么简单。”舒冬的眼睛像是蒙了层铅灰，沉重得没有神采。

“那我听听有多难。”宋风像是在自己家，拿着遥控器换了个频道。

北方的冬天室内暖气很足，也很干燥，舒冬白天工作很忙，忙得甚至没有时间喝水，嘴唇因为脱水起了层皮。

他们之间很容易陷入沉默，还好有电视机的声音显得热闹，舒冬在想，该怎么跟他讲清楚。

“快说，再晚我就直接睡你这里了。”宋风往舒冬身边移了移，只重新做了一分钟的人。

“我这辈子没有太多想要的东西，唯一想要实现的愿望就是找到家人。”舒冬低头看着自己的手，余光扫过那沓厚厚堆积的报纸。

“我和你一起找。”说到她的家人，宋风脸上的散漫消失了，很认真地看着她。

然而舒冬却笑了，她笑他有点天真：“这条路很难，需要很多线索，然而我唯一记得的就是那列火车，但谁知道中途转过多少次车，那么久了，只会越来越难。”

“那我们就慢慢找，这辈子总能找到。”宋风的拳头不自觉握紧了。

“最难的不是这个。”舒冬苦笑了声，扭头看着宋风，“最难的是钱。你知道有多少家庭因为寻亲花光了所有的积蓄吗？每天都在放弃的边缘痛苦挣扎，我存了那么久的钱，还不到三万块，但这够干什么？”舒冬眼睛红了。

宋风喉结微动，抬手轻轻擦掉她眼角的泪，他想过会很难，但不知道最难的坎竟然这么现实，现实得让人心酸。

看见他拿纸巾，舒冬才知道自己哭了，她没有心疼自己，只是心疼陌生的家人。

她看过很多寻亲的案例，有些父母一夜间头发全白了；有些妈妈每年都会为儿子买双鞋，成了执念也成了心病，还有家庭因此夫妻不和，听见

一个不知道真假的消息，就风尘仆仆地踏上了旅途，满怀希望又攒满失望，渐渐地，人就垮了。

每当看到这些，舒冬就在想她的爸爸妈妈是不是也在不停地找她，然后她就忍不住阵阵心痛，她痛恨人贩子，好恨。

“别哭了，再哭变丑了。”平常话那么多，但此时此刻宋风挑不出一句来安慰她，因为沉重的现实无法撼动，他没有办法用一句轻飘飘的话来安慰她。

舒冬的眼泪抑制不住，她抽了几张纸巾不停地擦，眼泪却在不停地淌。

“钱可以想办法赚，不管花多少钱我们都找。”宋风现在忽然很想做点什么，想起来这三年荒废的时间，他知道在将来会后悔，但没想到是现在。

他很认真，以至于舒冬在某个瞬间竟然有点相信他。但经过俞知逸，舒冬很明白这个世界上最经不起考验的就是感情，她相信宋风不会骗她，但涉及钱，亲人都会反目。

“宋风，其实你应该找一个家庭幸福的女孩子，乖巧可爱会讨老人家开心，这样爷爷奶奶会放心很多。”不知道为什么说到这里舒冬眼前浮现出了许茵茵的脸，她眼睛通红，“而我，只是一个累赘。”

“不准这么说。”宋风的心钝钝地疼，他语调很硬，就像他棱角分明的轮廓。

“但事实就是这样，假如我们在一起，爷爷奶奶不仅要担心你，还要……”

宋风把她拽到怀里，狠狠地吻在她的唇上。舒冬的话被封在喉间，再也说不出一个字。宋风发了狠，把她紧紧箍在怀里，但又渐渐变得温柔，他只是不知道该怎么宣泄这股情绪。

原本以为他们之间今天会有所好转，但没想到变得更棘手、更沉重。

如果宋风只是想跟她谈恋爱，那完全没必要考虑这么多，但是，他想跟她走到最后。他不会跟她说太多虚无缥缈的话，因为连他自己都不知道荒废了这么多年，他还能用什么来赚钱。

过了很久，宋风放开她，轻轻擦掉她脸上的泪痕：“一个人很难，但两个人说不定就可以坚持下去。”

被他吻过之后又抱着，但舒冬眼睛却一片清明，她摇了摇头：“我不想成为任何人的负担，也承受不了再一次被抛弃。”

舒冬内心很复杂，有时候她会觉得爸爸妈妈为了找她艰难度日，但有时候她也会想，为什么这么久了他们还找不到她，他们是不是已经放弃了？

是不是又重新生了个孩子把她抛弃了？

每当这些想法浮现在脑海，舒冬都会窒息一般地难受，她会立刻把这些念头压在最深最深的心底，否则，她不知道还有什么可以支撑着她度过以后的生活。

这一刻，宋风感觉到了从未有过的无力，一直以来他都认为舒冬只是表面看着比较冷，因为经历了太多，所以比同龄人成熟，但是她很善良，心很软，所以他有信心让她很快答应自己。

但没想到在这件事上，她刀枪不入。宋风终于意识到，这才是她真正的壳，她竖起坚硬的堡垒，谁都不相信。

“我不走了。”宋风揉了揉她的头发，“去洗把脸睡觉。”

舒冬擦掉眼角的泪，缓缓从沙发上起来，去了洗手间。宋风靠在沙发上长长地叹了一口气，他按着眉心，不想在这件事上继续说下去，不会有结果，只会让她更伤心而已，但是现在回去，他又不放心。

过了几分钟，舒冬从洗手间出来，看了宋风一眼便直接回了房间。

这一晚上，宋风的头很疼，他躺在沙发上不由自主地想起今晚这些苍白无力的事实——

钱很重要，以及她从来没有往外走出一步。

一切都是他自以为是，甚至相比之前，俞知逸让她又往自己的壳后退了一步。

正闭着眼睛想这些事，宋风忽然感觉身上压了些重量，他睁开眼睛，发现舒冬往他身上盖了一条被子。

“不冷。”宋风坐了起来。

“会感冒。”舒冬帮他把被子铺好。

“快去睡吧。”宋风把她拉过来，吻了吻她的额头。

舒冬视线低垂，注视着宋风想说什么，但最终还是回了房间。

宋风关了客厅的灯，重新躺回沙发上，但头昏昏沉沉的，睡不着。

她还会关心他，怕他冷，怕他感冒，甚至今天还主动打电话跟他解释，在一个小时之前，这所有的迹象都会让他相信她对自己有好感。

但现在宋风明白，这些在她的心结面前微不足道，就算她真的喜欢他了，她也能面无表情地把他推开。

她的心，守得太死了。

第二天早上，宋风很早就离开了，他担心舒冬不自在。

又过了两三天，舒冬买了些过年需要的东西，张阿姨打电话说让舒冬去家里看看，舒冬过去了一次。

这几天，宋风没有再出现。

舒冬不上班，他们见到的机会就更少，但宋风不是放弃了，他只是想顺其自然，不让她那么有压力，而且他也可以趁机想想做点什么。

年二十八的时候，舒冬去菜市场买蔬菜，忽然听到背后有人叫自己，她扭头。

“冬冬？是冬冬吗？”

忽然看到宋奶奶，舒冬笑着走过去，看她身边没有其他人，问：“怎么就您自己，爷爷呢？”

“我看着就像你，但今天出来没戴眼镜也不敢认。”偶然遇到舒冬，宋奶奶很高兴，“老头子最近身体不舒服，在家待着呢，我自己出来买点东西。”

“爷爷怎么了？”上次去家里，孟爷爷的身体确实不太好，舒冬脸上的笑收了收。

“还是老毛病，没事。一会儿跟奶奶回家吃午饭好不好？”宋奶奶亲切地拉着舒冬的手。

“不用了奶奶，我一会儿就回去。”舒冬不好意思地笑了笑。

“上次来家里是老头子做的饭，奶奶的手艺你还没尝过，跟奶奶回家去。”宋奶奶好像生怕舒冬跑了似的，正准备拉着她走，忽然想到什么，“你要买什么东西，奶奶帮你挑挑。”

“就买点菜，都买完了。”舒冬看了眼手里的塑料袋。

“有什么忘了一会儿从家里拿，那咱们现在就回去。”宋奶奶抓住舒冬的手不放。

“那我帮您拿着东西。”舒冬笑了笑，去拿宋奶奶手里的食材。

“不用，不用，没多重。”宋奶奶笑着说。

宋奶奶的手有点粗糙，舒冬被拉着也没有想挣脱，刚刚听到孟爷爷身体不舒服，舒冬想去看看。

舒冬家和宋风家挺近的，就隔了两条街，而这个菜市场就在他们两家的中间。再一次站在宋家门外，舒冬没有第一次那么害怕，不知道他在不在家。

宋奶奶刚把门打开，舒冬就听见一阵咳嗽声。

“老头子，你看谁来了！”宋奶奶从鞋柜里拿了一双棉拖鞋给舒冬。

舒冬换上拖鞋后跟着宋奶奶来到客厅，在看见孟爷爷的一刹那，舒冬心里一紧。

“冬冬来了……”孟爷爷躺在沙发上，身上盖了条被子，听见声音后慢慢睁开眼睛。

“冷不冷？”舒冬坐在孟爷爷旁边，刚来到客厅就感觉很冷，她帮孟爷爷掖了掖被子。

孟爷爷又闭上眼睛，微微摇了摇头。

眼前他这个样子，让舒冬很错愕，她不知道该做些什么，明明才一个月不见，他怎么就成了这副样子。舒冬能清楚地感受到孟爷爷的虚弱，虚弱得连句话都没有力气开口，明明人很瘦，但眼睛肉眼可见地肿了起来。

“我去把窗户关了好不好？”舒冬眼睛有点酸，但是她不敢乱动，生怕一碰眼前的人就碎了。

“不冷，太闷了……”孟爷爷又睁开眼睛，朝舒冬笑了笑。

舒冬能感觉到他笑得很吃力。

“怎么开了这么多窗户，不嫌冷吗？”宋奶奶把菜放到厨房后也来了客厅，看见那么多窗户开着全给关上了，只留了一扇，然后也来到沙发前，“太冷感冒又该加重了。”

“闷，喘不上气……”孟爷爷慢慢地坐了起来。

“现在还闷吗？”宋奶奶问。

孟爷爷摇了摇头。

“那等一会儿再开。我先去做饭了，你陪冬冬聊聊天。”宋奶奶拿了点饼干放在茶几上，“冬冬饿了就先吃点零食。”

“我帮您一起做饭吧。”舒冬从沙发上站起来。

“不用，不用，三个人的饭一会儿就好了，无聊了看会儿电视。”宋奶奶回厨房了。

舒冬愣了愣，三个人？他不回家吃饭吗？

“吃块苹果。”看到茶几上有个果盘，上面都插着牙签，舒冬端过来拿了一块给孟爷爷。

不知道是不是因为家里来了人，孟爷爷精神状态比刚开始好点，但从舒冬手里拿东西的时候，手是抖的。

“要喝水吗？”舒冬拿了个抱枕放在爷爷背后，让他靠得舒服些。

“不喝了，下来走走吧，”孟爷爷缓缓掀开被子，“在床上躺两天了……”

“等一下，我扶着您。”舒冬连忙把手里的杯子放在茶几上，“等中

午吃过饭咱们下楼看看，今天天气挺好的。”

在舒冬的搀扶下，孟爷爷吃力地从沙发上起来，刚一动呼吸就变得紊乱：“爷爷是个废人了，刚一动就累……”

舒冬眼睛很酸，像是剥橘子时干涩的汁液溅到了眼膜，她用力搀着孟爷爷的手臂：“中午多吃点饭就有力气了，累了我们就歇会儿。”

他们就在客厅走走，虽然面积很小，但是他们往前移一步就需要很久，虽然孟爷爷走得很吃力，但比刚刚躺着的时候脸色好点。

“你奶奶做饭不好吃，不想吃……”孟爷爷慢慢走到餐桌，又折回去。

“那您快点把身体养好，想吃什么自己做点。”可能人年龄大了，或者在生病的时候都特别像个小孩子，舒冬忍不住想笑。

孟爷爷越走越顺，舒冬用的力气也越来越小，到最后，基本是孟爷爷自己在走，尽管很慢。

“老婆子不愿意照顾我，今天把你叫来当苦力了？”孟爷爷笑了笑。

“起来了？”宋奶奶往客厅看了看，很惊讶，她连忙把菜扔下跑出来，“昨天让你下来走走怎么都不答应，冬冬刚来就下来了？”又转头跟舒冬说话，“冬冬你在家多待会儿，帮我治治这个老头子，整天能把我气死！”

然后她又忍不住关心老伴儿：“行不行？不行别硬撑着，稍微走几步就歇会儿！”

宋奶奶一边埋怨一边忧心，手虚扶着老伴儿生怕他摔倒，舒冬在旁边看着，嘴角不自觉地弯了弯，慢慢地放开了手，看着他们往前走。

“少说两句，整天叽叽喳喳的……”孟爷爷又开始嫌弃老伴儿了。

“嫌我烦你就听话去医院！”宋奶奶搀着他慢慢往前走。

“怎么有股煳味……是不是又忘关火了？”孟爷爷走到沙发前坐下。

“一说到这个你就转移话……哎哟，真忘关了！”宋奶奶连忙跑到厨房，把火关了。

虽然家里就这三口人，舒冬却一点都不觉得空，宋奶奶快七十岁的人了整天还风风火火，宋奶奶和孟爷爷两个人表面都互相嫌弃却又相互支撑起这个家。

舒冬倒了杯温水放在孟爷爷面前：“累了吧，喝点水。”

短时间内孟爷爷还缓不过来，坐在那里喘着气，呼吸很乱：“不喝……”

舒冬端着水杯正准备喂孟爷爷喝，但看他现在的样子应该是没有力气喝水，舒冬垂下了视线，然后把杯子放在了茶几上。

“不舒服咱们下午去医院好不好？”眼前这幅画面让舒冬很慌又不知所措，刚看到第一眼的时候她就在想他为什么不去医院。

刚刚听到宋奶奶提到了，好像是孟爷爷不愿意。

“大过年的，不去医院……”

简单几个字，舒冬就明白了孟爷爷的意思。她笑了笑：“病找到身上的时候才不会管是不是过年，生病了咱们就得治，早点好了也能轻松点。”

舒冬很少这样跟一个人说话，说这些话，还是对一个长辈，一个像小孩子的长辈，当然，她也很少对一个人这么真心实意。

“不去，不去……”孟爷爷皱了皱眉往后靠着。

孟爷爷好像不高兴了，舒冬叹了一口气也没继续说，怕把他气到，但无力感和担忧却越来越重。

孟爷爷教了一辈子书，懂很多道理，但骨子里还是很传统，虽然平日里不爱说话，性子淡得像水，但在有些事上却执拗得可怕。

孟爷爷不爱喝水，宋风和宋奶奶念叨了无数遍，但不喝还是不喝。病成这个样子，让他去医院就是不去，觉得自己是个累赘，让大家过不好这个年，还觉得在医院里过年不吉利，还怕花钱……

孟爷爷不去，宋风和宋奶奶也不敢逼他，生怕再把他气过去。

中午吃饭的时候，孟爷爷因为生病胃口不太好，又嫌弃宋奶奶做的饭不好吃，只吃了小半碗。

“整天吃个饭也不让人省心。”宋奶奶说完孟爷爷又对舒冬说，“冬冬，要是不合胃口就剩着，不用勉强，把这里当自己家。”

“挺好吃的。”舒冬笑了笑。

她不是故意安慰宋奶奶，因为她的味觉不是特别敏感，从小到大她的生活也没有太精致，所以只要不是特别难吃的东西，她都可以。

“是吗？那奶奶再给你盛一碗。”听到有人认可自己的厨艺，宋奶奶就忍不住了，她站起来去拿舒冬的碗。

“不好意思奶奶，我差不多吃饱了。”舒冬略带为难地笑了笑。

“你们这些孩子怎么都吃这点，你看看这胳膊瘦的。小风也是，整天还没猫吃得多。”宋奶奶又去给自己盛了一碗。

舒冬视线低垂着，失神地望着桌布的花纹。孟爷爷生病了，宋风也不在家，去哪儿了？

“不吃就不吃，每次都喜欢强迫人……”孟爷爷可能是因为生病了情

绪不太好，哪件事上都要插一句，平常哪会这么幼稚。

“你又来当好人了？”宋奶奶也不跟他计较。

舒冬笑了笑，孟爷爷可能是被宋奶奶压迫太久了，才借着生病的机会说出来，好像是吵了几句又没力气了，孟爷爷没再说话，靠在椅子上又闭上了眼睛。

“累了去沙发上躺着，或者回房间。”宋奶奶说。

宋家爷爷奶奶坐在一侧，舒冬坐在他们对面，舒冬放下筷子说：“要不我扶您回房间？”

孟爷爷微微坐了起来，动作缓慢又吃力：“不用了，去沙发上吧。”

冬冬在，他不想回房间，小风喜欢冬冬，他也很喜欢，她不骄不躁还很善良，虽然他帮不上小风什么忙。

宋奶奶正要放下碗筷去扶老头子，舒冬就转过去了：“奶奶您先吃饭吧，一会儿凉了。”

舒冬把孟爷爷扶到沙发上，盖上被子。现在正好是中午，她把客厅和阳台的推拉门拉开，阳光正好洒在孟爷爷身上。她说：“先休息下，过会儿我们再下楼溜达。”

孟爷爷闭着眼睛，缓缓“嗯”了一声。

过了一会儿，孟爷爷似乎睡着了，舒冬去阳台偷偷关了一扇窗户，她怕风太多睡觉会冷，阳光照在被子上很暖和，室内也显得很明亮。

宋奶奶还在吃饭，舒冬放轻脚步走到餐桌。

“人老了牙不好，奶奶吃得还多，每次吃饭我都是最后一个。”宋奶奶笑着说。

“也没有太要紧的事，吃快了对胃不好。”舒冬坐在宋奶奶旁边。

宋奶奶笑了两声，看着舒冬的目光慈祥又充满怜爱：“冬冬呀，你是个好女孩。”

舒冬眼神微顿，低头微微笑了笑，没有说话，从来没人跟她说过“好女孩”这三个字。她一直是别人眼中的坏女孩、怪人、异类。

“爷爷身体不舒服，宋风不在家吗？”舒冬终于还是问了。

“嗯？他去佳市给老头子拿药了，没跟你说吗？”宋奶奶放下碗筷。

“没有。”舒冬眼睛微动，摇了摇头。

宋奶奶忽然凑近舒冬，一副神秘兮兮又八卦的样子：“吵架了？”

舒冬看到宋奶奶这副老顽童的样子忍不住笑了：“没有，我这几天没上班，没见过他。”

“这样呀？”宋奶奶不知道该庆幸还是遗憾。

“是这样。”舒冬乖巧地点了点头。

宋奶奶靠在椅子上回想这几天发生的事：“前几天老头子就生病了，但昨天忽然开始加重，家里的药也吃完了，小风昨天晚上回家一看是这个样子，租了辆车连夜就去佳市了，但医生晚上肯定不上班，到现在我也不敢跟他打电话，怕他开车分散注意力……”

老人家的心思总是很缜密，舒冬目光掠过宋奶奶后脑的头发，黑中掺杂着白，也分不清到底哪个颜色更多。

其实宋奶奶才是最操心的那个吧，要照顾孟爷爷，又要把家里所有都打理得井井有条，还要担心宋风。

“您别担心，再过一个小时他还不回来的话，我们就打电话给他。”舒冬让自己的声音尽量显得温柔，让人安心。

“好，这小崽子也不知道往家里打个电话，回来就好好收拾他！”宋奶奶开始收拾餐桌上的碗筷。

“我来洗吧。”舒冬伸手去接盘子。

“不用，不用，你去看电视吧，这些家务奶奶都做一辈子了，你们还是小孩子，快去玩吧。”宋奶奶把碗和盘子放进洗碗池里。

餐桌挨着厨房，厨房有个推拉门，现在也是敞开的，舒冬站在餐桌边注视宋奶奶的背影，宋奶奶的脊背已经很弯了。她不习惯跟别人推辞或抢着做什么事，很多时候大家的客套，或者寒暄，在她看来都很虚伪。

舒冬走到洗碗池旁边，戴上洗碗用的橡胶手套：“奶奶，我不是什么娇生惯养的人，这些在家也都做习惯了。”

正在收拾案板的宋奶奶忽然愣了愣，她笑着说：“不管在家做什么，但在奶奶眼里你就是个孩子。”

舒冬的眼睛忽然有点红，尽管嘴角还是上扬的。她把水流开大，想以此来掩盖住绵长紊乱的呼吸。

“您出去看着爷爷吧，怕他醒了要什么东西，这里我来就好。”舒冬说。

“不用担心他，他醒了就会很自觉地使唤人，我去外面把桌子擦擦。”宋奶奶拿着抹布出去了。

宋奶奶说着不担心孟爷爷，但出去后还是先去看了孟爷爷，帮他压了压被子，然后开始擦茶几。

宋奶奶是个闲不住的人，一大早起来做了早饭，洗完碗之后陪着孟爷爷说了会儿话，然后又去了菜市场，又开始做午饭……

很多年轻人的体力可能都跟不上，但就像宋奶奶说的，她习惯了。

孟爷爷身体不好，家里很多事都需要宋奶奶担着，但宋奶奶很乐观，要不然这个家真的会垮。

收拾完之后，孟爷爷在睡觉，舒冬和宋奶奶坐在沙发上看电视，但是宋奶奶按了静音键，两个人好像在看哑剧。

舒冬打开手机，没有消息。一个小时快到了，她翻到宋风的电话，正准备打出去的时候，孟爷爷醒了。

“怎么没声音……”孟爷爷睁开惺忪的双眼。

“醒了？”宋奶奶看电视时睡着了，她揉了揉眼睛拿过遥控器把声音打开，“要看什么？”

“都行。”孟爷爷说。

舒冬扭头看了看，感觉孟爷爷比上午好一点，至少说话的时候呼吸没有那么抖。

“在家看电视还是出去走走？”宋奶奶坐在孟爷爷身边。

“看电视吧，出去的话怕着凉了。”孟爷爷撑着手想坐起来。

“今天还挺懂事，怕着凉了？”宋奶奶笑了，扶着他往背后塞了个靠枕。

“就你话多……”尽管说话都很费劲，但孟爷爷还是忍不住斜了宋奶奶一眼。

舒冬在一旁看他们斗嘴笑了笑，没往跟前去。宋风还不回来，她现在走了也不放心。

“中午的药还没吃呢……”孟爷爷眼睛的肿胀还没消下去，睁眼闭眼都觉得眼皮很重。

“你看我这记性，小风不在家我完全给忘了。”宋奶奶从茶几下面拿出医药箱，把今天的药选出来，手刚碰到玻璃杯觉得凉，“这水是凉的，等我去给你接杯热水。”

“我去吧。”宋奶奶刚要起身，舒冬拿过她手里的杯子，这杯水还是上午给爷爷倒的，他一口没喝，直到现在放冷了。

“小心烫。”宋奶奶嘱咐道。

饮水机在餐桌后面，等舒冬走远了，宋奶奶才趴在孟爷爷耳边悄悄说：“你看冬冬好吗？”

两个人拌了一天嘴，终于在说到舒冬的时候意见一致了，孟爷爷看着舒冬的背影笑着点了点头。

舒冬端着杯子刚离开餐厅，突然听见门锁转动的声音，她下意识地停住了脚步，由于停下得太突然，杯子里的水差点洒出来。

门被打开，宋风刚迈进来一条腿，看见舒冬，他愣住了。

“是小风回来了吗？”宋奶奶听见声音连忙走到玄关，看见是宋风终于松了一口气，“你这个小浑蛋，出去这么久也不知道给奶奶打个电话！”

宋奶奶狠狠拍在宋风的背上，但很快又被他手里的药吸引了视线：“这次开了这么多吗？来，老头子，咱们吃这个药。”

宋奶奶拿着药回到茶几前，舒冬端着杯子还在原地。

宋风目光又落在舒冬身上，她穿着奶奶上次去商场买的拖鞋，还有黑色毛衣。过了两秒，宋风弯腰换了鞋，然后缓缓走到舒冬面前，取了她手里的杯子，低头注视着她的眼睛，很认真。

“先吃刚拿的药。”看着舒冬，宋风端着杯子转身，来到孟爷爷身前。

舒冬站在原地，手指刚刚被他不小心碰到，很凉，他身上也是，离近了全是扑面而来的寒气。

很多时候，不用说话，一个对视就够了。

“来，先把这些药吃了，吃了休息会儿，我再去熬服中药。”水是温的，宋奶奶小心翼翼地喂老伴儿吃下去。

孟爷爷边吃边皱着眉，低低地哀叹道：“整天吃不完的药，唉……”

“马上就好了，好了咱们就把这些药扔得远远的。”宋奶奶像哄小孩子似的将满满一把药给孟爷爷喂完，然后扭头对宋风说：“茶几下面还有糖吗？拿一块过来。”

在奶奶给爷爷喂药的时候，宋风就从茶几下面拿出来冰糖罐子，再用镊子夹出来一块放到爷爷嘴里。在他们家，很多事情都已经成了习惯。

“小风吃饭了吗？”孟爷爷嘴里含着糖，本来说话就没有力气，现在更含混不清，但无论病得多严重，都还记着宋风。

“不饿，一会儿再吃，”宋风坐在沙发边，碰了下爷爷的额头，“中午好好吃饭了吗？”

“吃了，你奶奶做饭不好吃……”孟爷爷又开始告状了。

宋风乐了，这种画面在他们家很常见，爷爷生病的时候就像个小孩子。宋风说：“那怎么着？一会儿我做你再吃点？”

孟爷爷摇了摇头：“不吃了……”

“我怎么觉得比我昨天走的时候脸色好点？”宋风挨着孟爷爷坐，手臂绕过他的肩膀说说笑笑，像两个好哥们儿。

“今天你奶奶把冬冬叫来了，”孟爷爷喘着气，往前看了一眼笑着说，“冬冬坐……”

宋风顺着自家爷爷的视线看过去。

舒冬不小心和他对视，连忙移开了视线，低着头走到宋奶奶身边：“要熬药吗？我去吧。”

“不急，先坐下来歇会儿，”宋奶奶大笑，把舒冬拉到自己身边让她坐下，然后又对宋风说，“今天去菜市场买菜正好碰见冬冬，我就把她拉过来了，冬冬上午还扶着你爷爷下来走了走，脸色就好了点，又帮我洗碗擦桌子，一上午没歇着。”

“奶奶，没有……”舒冬不好意思地笑了笑，打断了宋奶奶的话，哪有她说得那么夸张，一直没有停下来的是她。

但这些事情，宋家爷爷奶奶清楚，舒冬也清楚，宋奶奶现在说这些，仅仅是想让宋风听而已。沙发正对着影视墙，她坐在宋奶奶身边，几个人处在一条线上，宋风就看不见她了。

“什么没有，就有。小风想吃什么，奶奶给你做点。”光顾着老头子把孙子忘了，宋奶奶正说着就站了起来，“累坏了吧，一会儿吃了饭去睡一觉。”

虽然他不说，但是宋奶奶知道孩子今天肯定还没吃上东西，昨天晚上十一点刚进家门连夜就又走了，又开了这么长时间的车。

“我自己随便煮点，你也去睡会儿。”宋风绕过茶几把奶奶按回去，看了眼舒冬，然后自己进了厨房。

舒冬低下头，没跟他说话。

“冬冬，你帮奶奶把这些药放到厨房，不然放在这里一不小心就弄撒了，待会儿奶奶就去熬。”宋奶奶把茶几上的药全部装进了袋子里，递给舒冬。

“放在柜子里吗？”舒冬问。

“小风知道，你问问他。”宋奶奶把电视声音调大，换了个频道。

舒冬看了眼那包药，缓缓说：“好。”

厨房的门被拉开。

“药放到哪里？”舒冬问。

宋风正在切菜，听见她的声音差点切到手。他把刀放下，扭头看了眼她手里的药，忍不住勾了勾嘴角：“奶奶让你放的？”

“嗯。”舒冬下意识地往后退了一步。

宋风探头往客厅看了看，奶奶正兴致勃勃地往这边看，宋风笑了笑，无情地关上了厨房的门。

舒冬疑惑地抬头，又往后退了一步。宋风把那些中药随意放进柜子里，背对着她扶住柜门，深深吸了口气……

这一刻，想抱她，想吻她。

“谢谢。”宋风的声音沙哑。

昨天深夜走的时候，爷爷的情况已经很差了，所以他一刻也等不了，但把他们自己留在家他也不放心，万一爷爷再严重点，奶奶一个人照顾不了……然而没办法，陈辉昨天晚上忙，交给其他人，他也不放心，出去一整天，连通电话他都不敢往家里打，有时候没有消息就是好消息。

拿了药宋风一刻也不敢耽搁，马不停蹄地赶回来，生怕家里出事，然而在他焦虑不安地打开门，看到舒冬的那一刻，所有的不安忧虑和害怕都被抚平了。

“没事，在家也是闲着。”

“舒冬，你才是最坏的那一个。”宋风往前迈了一步。

不明白他在说什么，舒冬下意识地往后退：“我欺负你了吗？”

“欺负了。”宋风下巴轻轻放在她的肩头，这一刻，他卸下了所有强撑着的力气，疲惫极了。

每次他的靠近都让舒冬很紧张，本能地想躲开，舒冬正要推开他，但听到他的声音后放下了手。

“拒绝我，还让我陷得越来越深。”推开门看到她的那个瞬间，宋风再次感受到了家的温暖，他贪婪地想拥有。

他在外奔波的时候，有人帮他照顾亲人。

两颗心脏离得很近，在同一频率下跳动，他只是轻轻抵在她的肩膀，没有乱动。舒冬感受到了他的心意，但是她没办法回应。

过了很久，直到锅里的水沸腾，直到蒸腾的水汽让厨房渐渐升温，舒冬才缓缓推开了他。

“去歇会儿吧，我来做。”舒冬注视着他淡淡的黑眼圈和布满红血丝的眼睛。

宋风笑了，她又在逃避。

“小尽包。”宋风刮了刮她小巧的鼻子，也不再硬撑着，从厨房出去了。

舒冬把厨房的门关上，她摸了摸自己的鼻子，然后开始做饭。

宋风吃过饭，舒冬又坐了会儿，发生了这么多事，总感觉和他共处一个屋檐下很不自在。

“奶奶，我先回去了，改天再来看你们。”舒冬看孟爷爷又睡着了，把声音压得很低。

“吃过晚饭让小风送你回去，再待会儿，现在还早！”一听舒冬要走，宋奶奶恨不得拉住她的手。

现在才三点多，离吃晚饭还有很久，舒冬笑了笑：“不用了，待会儿还得去我叔那里。”

这不是舒冬的借口，本来上午买了菜就要去，但看到孟爷爷这个情况她不放心，才跟健周叔打了个电话说下午再去。

“这样呀，那一会儿让小风送你过去。”宋奶奶也不再留舒冬，生怕她的养父母再为难她。

“大白天的，我自己去就可以。”舒冬笑着对宋奶奶说，然后扫了宋风一眼，“让他在家好好休息吧。”

宋奶奶不是不心疼宋风，但又想给两个人创造机会，左右为难。

“我送你到楼下。”宋风穿上衣服。

“不……”

舒冬还要推辞，但宋风已经推着她到了玄关，两个人换好鞋出去了。

本来家就在一楼，出来后，舒冬抬头看着他：“回去吧。”

宋风没有说话，揽着舒冬的肩膀继续往前走，舒冬往旁边躲了躲，为两个人留出安全距离。

“去他们家干什么？”宋风很排斥舒冬去她养父母家，怕她受欺负。

“张阿姨说家里忙，让我回去帮她做点事。”舒冬心里倒还好，最近他们也没有来找过她，大家都安安分分地扮演着熟悉又陌生的角色。

“忙完早点回去，有事打电话给我。”下午三四点的阳光还很温暖，宋风低头能看见她翘起的睫毛。

“嗯。”舒冬看着地面，缓缓向前走，“你也是，家里忙不过来了就告诉我。”

不知不觉已经走到了小区门口，宋风笑了，他拉着舒冬的手臂把她转过来：“你看，又使坏了。”

“没有。”两个人面对面站着，舒冬躲开他的手臂，不知道是不是阳光太过明媚，她眼睛里有了微弱的光，“走了。”

“好。”宋风说。

舒冬又看了宋风一眼，转身戴上了黑色棉服上的帽子，离开了。

望着她的背影，宋风心里很复杂，现在，他确实没有能力给她好的生活，以及她想要的东西。

回去之后宋风睡了会儿，但没睡多久，心里装着事不会睡得太沉，下午又帮奶奶准备了些过年要用的东西。

这天晚上，孟爷爷的病情没有再加重，吃了药早早就睡了，宋风在隔壁房间虽然还是能听见咳嗽声，但是没有昨天晚上那么让他害怕。

年二十九，宋风起床后发现奶奶正在吃早饭，而爷爷吃完了早饭，正在客厅散步。

“今天是不是好了点？”宋风笑着走到爷爷面前，发现他的眼睛明显没那么肿了。

“嗯，好多了，能自己下床走走了。”孟爷爷缓慢地移动着步子，仔细听他说话还是有点喘。

“好，那等快中午的时候咱们下楼溜达。”看见爷爷的病情有所好转，宋风心里堆积的阴云终于散开了些，觉得空气都新鲜了不少。

“小风快来吃饭。”奶奶坐在餐桌前督促道。

“好，知道了。”宋风应道。

平常，宋风晚上在网吧都很晚才回来，第二天肯定起不来，但不管多晚奶奶都给他留着早饭。

下午，宋风带着爷爷和奶奶下楼转了转，没走太远，怕爷爷的身体吃不消。正在外面逛着，宋风收到一条信息。

舒冬：“爷爷好点了吗？”

宋风笑了，这一刻看着小火车的头像觉得也很好看，他单手缓缓打着字，发了两条信息过去：

“好多了。”

“奶奶问你今天晚上来家里吃饭吗？”

舒冬没有回复，直到晚上睡觉，宋风也没等到答案。

除夕到了。

宋风原本以为这个年会顺顺利利过去，但半夜突然被奶奶叫醒，一切又变得灰暗。

“凌晨三四点的时候又开始咳了，觉得闷喘不过来气，一晚上我都没

敢睡……”奶奶不知道怎么办，只好来叫醒宋风。

宋风原本还睡眼惺忪，听到后连忙从床上起来，大步走到隔壁的房间，进去后发现爷爷坐在床上向后靠着，但只穿了件保暖衣，人瘦得仿佛一个空壳，眼睛红肿连带着脸也很肿。

“还觉得喘不上气吗？”宋风连忙坐在床边抓住爷爷的手。

“难受……喘不上气……”

“那我们去医院好不好？”宋风摸了摸爷爷的额头。

“不去……不去医院……”

“我不会治病，奶奶也不是医生，在家熬着病也好不了，去医院医生会有办法的。”宋风放轻了声音，但声音却很抖，垂在被子上的那只手紧紧握在一起。

“不去……”孟爷爷闭上眼睛靠着靠枕，所有的力气都用来呼吸了。

“老头子，听小风的话吧，咱们去医院好不好？”宋奶奶戴着老花镜，脸上布满了深深的皱纹，一夜之间，满头头发好像更白了。

“说不去就……咳咳……不去，非得让我咳咳……生气！”孟爷爷猛地坐起来，剧烈地咳嗽，额头和脖子都布满了青筋，仿佛要把五脏六腑咳出来。

宋奶奶和宋风连忙往前，宋风拍着爷爷的背：“不去不去，别动气……奶奶您先去熬服药。”

“正在熬着，我去看看好了没有。”宋奶奶连忙去了厨房。

过了片刻孟爷爷平静下来，又慢慢闭上了眼睛。

窗户开着，冷气源源不断地涌进来，房间很冷，宋风走到窗前，准备把窗户关上。

“别关……闷……”孟爷爷闭着眼睛，孱弱得连说话都含混不清。

“嗯，没关。”窗户关了一半，宋风的动作顿住，手指捏在窗户的边缘，骨节处泛着森森的青白，力气再大一分，窗户边缘似乎就要碎了。

面对沉沉的夜色，宋风眼睛红了，他深深地呼出一口气。

他该怎么办？

白天时孟爷爷还是喘不上气，宋风想尽办法，和陈辉去卫生院买了个氧气包。

匆匆忙忙地去，匆匆忙忙地回，回来的时候陈辉连车都不敢让宋风开，等红绿灯的时候陈辉扭头看了他一眼：“前两天我在家走不开，也不知道爷爷……这几天我睡你家吧？”

陈辉家亲戚多，今天终于忙得差不多了，他从家偷跑出来，看到孟爷爷的情况，心里很不是滋味，想抽自己两巴掌。

“不用，过年了在家好好待着。”宋风斜倚着窗，揉了揉眉心。

“过什么年，怎么不去医院？”绿灯亮了，陈辉慢慢开车。

“他的脾气谁能劝得住。”宋风闭上了眼，这几天黑眼圈更重了。

陈辉不再说话，暗暗叹了一口气。

回家后宋风把氧气包放到爷爷身边，按照操作说明，把导氧气的管子放到爷爷鼻子前面，仔细观察着爷爷的神情变化。

“呼吸有没有轻松点？”宋风坐在床边。

停了大概有半分钟，爷爷慢慢睁开眼：“嗯，轻松多了……”

氧气包很有效果，爷爷的呼吸没有那么吃力，喘息声也没那么大了，宋风终于松了一口气。

“但是卫生院只让买两个，一下午可能就用完了。”看到爷爷意识清醒了很多，宋风拿湿巾轻轻擦了擦他的眼角，用像是哄小孩子的口吻说，“如果用完了觉得有效果，咱们去医院好不好？医院有输氧的设备，很方便也不贵，比这个还便宜呢。”

宋风害怕他生气，也害怕他不同意……

站在一旁的陈辉喉结微动，他从来没见过这么温柔耐心的宋风。

孟爷爷闭上眼睛，不说话了，但胸口起伏的幅度变小，脖子上的血管也不再鼓胀得那么可怕。

陈辉也往前走了半步，小声说：“爷爷，这才几天不见，您看奶奶头发又白了很多，风哥也担心您，最关键的是您难受，他们也替不了您……”

陈辉说了一半，宋奶奶向他摆了摆手，生怕老头子生气。

然而孟爷爷却睁开了眼睛，眼睛里还是布满了红血丝，他动作缓慢地偏头，视线从宋奶奶和宋风脸上移过：“没事，别担心了。”

孟爷爷说完话，陈辉看见宋老板无力地低下了头。

除夕的晚上，宋风家没有看春晚，爷爷吃完药后早早就休息了，氧气包用完了，爷爷的呼吸又变得很吃力。

陈辉今天没走，在外面的沙发上睡，宋风躺在床上，听着隔壁不时传来的咳嗽声，一夜没合眼。

大年初一的早上，宋风起来去隔壁房间看了看，路过客厅的时候发现

陈辉还在睡，然而爷爷又变回了昨天早上的样子，不停地咳嗽。

他实在不知道该怎么办了。

“今天您那几个学生肯定要来跟您拜年，您想让他们看到您这个样子而担心吗？”宋风倒了一杯温水，放到爷爷嘴边。

“咳咳……咳咳……”爷爷正喝水，忽然咳起来，水洒了一床，宋风连忙拿纸巾擦。

“老头子……咱们去医院吧，听我一回好不好？”奶奶的声音发着颤，由于这两天一直皱眉，眉心留下深深的痕迹。

“嗯……”爷爷点头默许了。

宋风抬头喉结微动，堆积在胸腔内的浊气终于吐了出来。

医院永远不会因为节假日而人少，就算是大年初一，挂号和缴费的窗口也排了很长的队。挂号缴费走了一系列流程之后，又做了很多检查，最后终于到了住院部。

“9 床患者家属来一下。”医生忽然出现在病房门口。

宋风不在病房，宋奶奶对陈辉说：“小辉你在这里照看一下，我去看看医生有什么事。”

“需要我跟您去吗奶奶？”陈辉不太放心她一个人去，怕她有些地方听不懂。

“不用不用，你爷爷之前的状况我比较清楚，马上就回来了。”

来过医院很多次，宋奶奶也很熟悉了，她绕过护士站去到医生办公室，坐在医生旁边：“张医生，这次的情况是不是不太好？”

办公室里现在没什么人，张医生一直是孟爷爷的主治医生，坐在角落里，他指着上午拍的 CT 图像：“是不太乐观，看这里越来越大了……”

“什么越来越大了？”宋风走到奶奶身后，扶着奶奶的肩膀，往前倾了倾身体看着电脑里的检查图像。

把爷爷安顿好，奶奶和陈辉也跟着忙了一天，一整天都没吃东西，宋风下楼去买了点吃的，回到病房，陈辉说奶奶跟着医生走了。

“没什么，听医生说。”宋奶奶拍了下宋风的手。

张医生看了一眼宋奶奶，对宋风说：“意思就是，孟老先生这次肺炎比之前严重，得先输几天液消消炎。不过也不用特别担心，冬天对老人来说就容易感冒发热，等天气暖和就好了，咱们先输几天液看看情况。”

“严重”两个字又压在宋风心头，脸上凝重的神情这几天没有消失过，然而此刻好像更重了，他失神地看着医生电脑里的 CT 图像。

“谢谢张医生，反正来到医院我就放心了，这个死老头子就是不来医院，气得我……”

“别气别气，老人家都这样，过年不想来医院怕给孩子添麻烦，再者还怕花钱。”张医生拍了拍宋奶奶的背，看到宋风的目光后，他把电脑关了，“小风带着奶奶去吃点东西，累了一天吧。”

“那我爷爷就麻烦医生了，我先和奶奶回去。”宋风拉着奶奶起来。

“快去吃饭吧。”医生说。

舒冬坐在家里的沙发上，看着手机里几天前的消息有些失神，她很想知道孟爷爷是不是好了点，但又怕宋风问她其他事。

已经过去四五天了，舒冬也犹豫了四五天，拿着手机心不在焉地往下翻时，余光忽然掠过陈辉的名字，舒冬又往上翻回去，犹豫了一分钟她发过去一条消息：“孟爷爷好点了吗？”

今天是来到医院的第四天，孟爷爷的病情好转得并不是很明显，还是一直咳嗽，但好在输着氧气他呼吸时能轻松点。

医院病房里，一共有三个床位，9 号床靠窗户，其他两个病人症状比较轻，输完液就回家了。

宋风怕奶奶一直在医院陪着身体吃不消，所以今天就把她送回了家。

陈辉在隔壁床躺着玩游戏，其实这里不太需要他，那些琐碎的流程他并不熟悉，但离开他又不放心，怕宋老板累垮。

正玩着游戏他收到一条消息，他下意识地点开，然后一个鲤鱼打挺从床上蹦起来。

“风哥！”陈辉压制着自己的声音，怕吵醒孟爷爷，但又抑制不住激动的心情。

“嘘。”窗帘半遮着，宋风靠在窗边连忙看了眼爷爷。

孟爷爷动了动，又继续睡了。

陈辉把手机举到宋老板面前。

宋风第一眼看见的是小火车，又逐字看清后面的话，他笑了笑从陈辉手中拿走手机，替陈辉回复了一条：

“在医院。”

收到信息，舒冬愣住了，回想着那天的情形，她不由自主地握紧了手。

她忍不住发了两条信息询问：

“在哪个医院？”

“很严重吗？”

消息很快又回过来。

“人民医院，住院部11楼9号床。”

舒冬把电视关了，开始换衣服，简单收拾了一下就出门了。来到楼下，她重新打开陈辉的消息框：“我现在过去，有需要带的吗？”

那边回复：“不用，路上小心。”

舒冬不由自主地停住脚步，怎么感觉陈辉今天有点奇怪，她惹他生气了吗？

过了几分钟没有消息再传来，宋风把手机还给了陈辉。

爷爷还在睡觉，但眉头依旧紧皱着，脸上的表情一点也不放松，不过至少能睡着了，前几天整夜整夜咳嗽得不能睡。

“看着，我去接杯水。”宋风压低声音，拿起空杯子。

“好。”陈辉把手机收起来。

水房在走廊的尽头，宋风刚出病房就看到一个熟悉的人，俞知逸。

宋风忍不住皱眉，看着他走进一个病房。

宋风路过那个病房时，从里面走出来两个戴着眼镜的人和一位医生，这两个人看起来很有气质和修养。宋风忽然想起来，这应该是俞知逸的父母，他们正围着医生说话。

“医生，我们两个工作都忙，没时间来照顾，你们看着治就行，不需要用贵的药，只要有口气吊着……”

后面的话宋风听不清了，只是走过去之后，后背出了层冷汗，现在真的还有这种人吗？

对于俞知逸的家庭，宋风大致了解，他父母算是知识分子了，这种事居然也做得出……

水房里蒸腾着热气，有的水龙头没拧紧往下滴着水，宋风握紧了拳头，手指关节咔嚓作响。

为了老太太的养老金，真的就这么冷血了吗？

这种事宋风只听奶奶说过，但没想到会亲眼看见。他慢慢吐出一口气，缓了缓情绪，接好水后若无其事地出去了。

“知逸，你奶奶生病了，这几天你有空多来看看。”

“后天有个面试，我今天下午坐高铁回学校。”

“好，工作重要，回去好好准备，有事打电话给妈妈。”

又路过那个病房，听见里面的对话，宋风简直想把耳朵卸了，他加快脚步离开，在离爷爷的病房只有三四步的距离时，他的肩膀忽然被人抓住。

“孟老师生病了？”俞知逸没想到在这里也能遇到宋风。

“嗯。”宋风转过身，拍了拍他碰过的肩膀。

宋风嫌弃的动作毫不掩饰，俞知逸当然看见了，他笑了笑没说话，绕过宋风直接走进病房。

“出去。”宋风不想让这个脏东西进去，能对自己的亲奶奶做出这种事，还有什么是他不敢做的。

宋风立刻跟着进去，发现爷爷已经醒了。

见俞知逸坐在病床前，宋风无奈地停住了脚步。

听见有动静，陈辉抬头，一看见病床前的人，他瞬间就傻了，不禁错愕地看着后面的宋老板，搞什么？

“老师，还记得我吗？”俞知逸故作亲切地抓住孟爷爷的手。

“知逸来了……”孟爷爷的身体还是很虚，看见俞知逸有些意外，他笑着想坐起来。

很久之前孟爷爷给俞知逸补过课，不过对于俞知逸和宋风之间发生的事他并不知晓。

宋风把杯子放在爷爷床边的柜子上后就在一旁站着，想看俞知逸到底玩什么花招。

“我奶奶也住院了，碰巧遇到您在这里，就过来看看您。”

“你奶奶怎么了？”

……

俞知逸和孟爷爷聊了将近二十分钟。

没发现俞知逸有什么不纯的动机，宋风渐渐放松了警惕。

“老师，我下午得坐高铁回学校，就不跟您聊了，等下次回宋城再来看您。”俞知逸说。

“好，你快走吧，别耽误了正事。小风去送送知逸。”孟爷爷笑着说。

“您别操心了，好好休息。”俞知逸笑着看了宋风一眼，出去了。

看着他的背影，宋风目光阴冷，然后缓缓跟上，走出去时顺便把病房的门关上了。

舒冬正在着急地找孟爷爷住的病房，抬头忽然看见不远外的两个人，她愣了愣，不由自主地停住了脚步。

“老师的病情不严重吧？”跟宋风之间不论发生过什么，俞知逸对孟爷爷的关心都是真的。

“你奶奶呢？”宋风冷笑了声，嘴角的嘲讽很明显。

俞知逸愣了愣，然后明白了：“刚刚听见了？”

“你爸妈说用便宜的药吊着你奶奶，只要不死就行，”宋风没跟他闲扯，“你知道吗？”

“我知道。”

俞知逸干脆利落地吐出三个字。

宋风忽然觉得自己喉咙似塞了棉花，什么都说不出来。

舒冬站在原地，慢慢握紧了手，不知道现在是离开还是继续往前走。

“宋风，其实我挺佩服你的。”俞知逸靠着墙好像在回忆什么，又云淡风轻地缓缓开口，“当年的事你也别恨我，我确实看到有辆救护车停在你家楼下，虽然告诉你这件事我是有私心，但万一真是你爷爷呢。”

“宋风，”俞知逸顿了下，忽然很认真地看着宋风，“这是你的选择，你唯一的选择。别说今天是我奶奶这样被家人对待而我不闻不问，就像相同的情况下你说我妈生病了被救护车拉走了，我也会继续走向考场。

“这是我的选择。”

孟爷爷在医院住了半个多月，身体刚刚稳定下来就着急要出院，宋风怎么劝都不听。不过也还好，他身体恢复得差不多，也不咳嗽了，还经常和奶奶去医院的花园散步。

回到家之后，宋风待了两天觉得没问题了，就回了网吧。

这二十多天，网吧完全是“野蛮生长”的状态，他不在，陈辉也不在，但寒假里人又多，幸亏那些小崽子都挺仗义，谁有空就过来支援一下，网吧就这么“自行营业”了这么长时间，那些钱明明白白的，一分不少。

宋风在陈辉组织的那些大群里发了红包。

“发那么多干什么？”过完年好像就闲了，陈辉在网吧待着发霉。

“没什么。”宋风打开一个网址。

陈辉扫了一眼，有点意外：“要买车？”

“有什么建议吗？”宋风没否认。

陈辉从旁边拿了张椅子坐在宋老板对面，一副要促膝长谈的样子：“其实我不建议你买，至少现在别买。”

“理由。”宋风继续浏览网页。

“这次孟爷爷花的钱应该也不少，以后爷爷奶奶用钱的地方会更多，真有急事租车或者用我家那破车都行，总之我的意思是你先把钱留着。”陈辉很少有这么认真的时候。

“没花多少钱，医保也能报销不少。”宋风没再继续看，无精打采地瘫在了椅子里，望着天花板发呆，“等天暖和了想自驾带着他们出去玩。”

“我也要去！”一听出去玩，陈辉就收不住。

“谁看店？”宋风灵魂拷问。

陈辉愣了，忽然觉得哪里不对：“我是你的免费劳动力吗？”

“难不成还是优乐美吗？”

陈辉再次噎住：“老板，来杯香飘飘。”

宋风懒得四肢都要退化了，为了不用站起来，伸手就能摸到柜子里的东西，他把柜子移到了手边。

奶茶在第二层，宋风盲摸了一盒，拿出来一看，优乐美，然后直接丢给了陈辉。

到头来不还是优乐美，陈辉立刻笑得像鹅叫：“总之可以租车，这次你听我的，先别买。”

陈辉说的这些宋风都考虑过，当初开网吧借的钱刚还清，手里确实没剩多少。宋风又往后躺了躺，无力地揉了揉眉心。

“说真的，我跟你一起去吧，到时候把店随便扔给谁看着，你又不是没干过。”陈辉还在争取。

宋风的视线掠过窗外，余光扫过柳树下熟悉的身影，陈辉能不能去他不知道，但他想让她去。

宋风打开窗户，大半个身体探出去：“上来！”

正抽着烟的舒冬吓了一跳，烟掉在了地上，她缓缓地抬头：“有点忙。”

“那我下去。”宋风很会为自己找台阶。

窗边已经没有了他的身影，舒冬把刚刚掉在地上的烟碾灭后扔进垃圾桶里，再转身，他已经从楼上下来了。

“五月份左右想带着爷爷奶奶自驾出去玩，你也一起。”陈述句，宋风看着她的眼睛直接说道。

他的话永远都在舒冬的预料之外，舒冬说了一个模棱两可的答案：“到时候看情况吧。”

“好，到时候我去接你。”宋风默认她答应了。

“先去忙了。”舒冬想绕过这个话题，准备回店里。

她刚走两步，宋风就抓住了她的胳膊，她扭头："做什么？"

"没事。"

"那放开我。"

"不放。"

宋风做这种蛮不讲理的事总是信手拈来，而且从来不会不好意思，可能这就是流氓本质。

舒冬被他的无厘头气笑了，问："爷爷还好吗？"

"自己去看。"宋风从她口袋里摸烟，手伸进她棉服口袋里时，顺势捏了下她的腰，还勾着唇角朝她眨了下眼睛。

舒冬心里一紧，连忙往后退，只感觉腰上痒痒的。

"真细。"宋风还不忘评价，刚才忘了把打火机拿出来，他又准备伸手到舒冬的口袋里翻。

看见他的手又伸过来，舒冬冷着脸推开他，转身回了店里。

"等一下，这次不摸了！"宋风看着她的背影喊道，"打火机借我。"

舒冬没有转身，反而加快了步子，心想自己为什么总被他戏弄。

"风哥，摸什么？"头顶上有个鬼鬼祟祟的声音，即使压着嗓子声音也很大。

宋风抬头便看到窗户旁的陈辉，于是说："摸你。"

话刚说完，文身店就传来狠狠的关门声。

宋风笑了，小木头生气的样子真可爱。

宋风笑着从口袋里拿出打火机。

"咔嗒"一声，烟点着了。

中午陈辉和宋风点了外卖，还算丰盛，邀请舒冬加入惨遭拒绝，两个人吃了三个人的饭，主要是陈辉一个人吃了两个人的饭。

吃过饭，宋风躺了会儿后从抽屉里拿出一个档案袋："你看着店，我出去两个小时。"

"去哪儿？"陈辉问。

"去医院，弄报销。"宋风拿着袋子拍在陈辉脑袋上。

"需要我跟你去吗？"陈辉捂着脑袋。

"去干什么？学认字吗？"宋风穿上衣服。

"我觉得你在讽刺我。"陈辉没办法，虽然在医院待了很多天，但是对那些流程还是搞不清楚。

“把‘觉得’去掉。”宋风穿好衣服，拿上手机出门了。

医院里还是很多人，特别是排在医疗报销的那个窗口，宋风排了一个多小时才等到。

搞定一切从医院出来后，他深深吸了口气，属于初春的清冽空气。

他不喜欢医院，这里永远有着刺鼻的消毒水味，哪个楼层都是熙熙攘攘的人，而且这里有太多人情冷暖和苍白无力的事情……

正失神地看着医院外头的喷泉，宋风忽然瞄到一个熟悉的身影。他抬头仔细一看，不禁愣了——在这种地方都能遇上？缘分啊！

宋风笑着加快脚步，在喷泉边揽住了熟悉身影的肩膀：“别动，劫色。”

突然被人搂住肩膀的舒冬一惊，她冷冷地侧头，看到是宋风后，紧皱的眉头渐渐舒缓，松了一口气……等一下，为什么见到是他要松一口气？

舒冬把他推开了。

“来干什么？”宋风看见她手里拿着检查报告的袋子，脸上的笑立即消失了，“怎么了？”

“检查了下。”舒冬把袋子往身后藏了藏。

但宋风已经看见了袋子上的三个字，妇产科。

宋风忽然觉得有点玄幻。这三个字重重地落在他心里，让他的心好像被无数线缠绕着，理不清头和尾，勒得他快要喘不上气了。

舒冬抬头看见他神情有点奇怪，没有往常戏弄人的神采，甚至有点黯淡落寞，心想着他怎么了。

舒冬把袋子慢慢移到身前：“有点不舒服，我就……”

“生下来吧，我养。”宋风把视线移到她脸上，说得很认真。

舒冬愣了，下一秒想明白他误会了什么后又笑弯了眉眼，但是手还是控制不住地捶了他一下：“月经不调。”

这回轮到宋风愣了，他注视着舒冬，闭上眼睛深吸了一口气，原本紧绷的嘴角渐渐扬起微不可察的弧度。

刚刚不想让他看见只是因为不好意思，舒冬还在笑，笑他今天有点傻，但是笑着笑着，心中又不受控制地生出异样的感觉，他刚刚的话是真心的吧。

舒冬有些失神，忽然被他抓着手大步往前走，舒冬有点跟不上：“去干什么？放开我。”

短短的时间内宋风的心情大起大落，再来这么几次他可能会猝死。被

小木头捉弄了，他当然要还回去。

两个人一起回到柳巷，宋风没有乱来，只不过恐吓了舒冬一路，把舒冬说得又羞又恼。

“还说没有出去‘浪’！”陈辉刚想下来放风就看到两个人一起回来，特别是宋老板脸上满是笑意，最重要的是，连刀枪不入的冬哥脸上的表情也很可疑。

看到陈辉，舒冬不动声色地和宋风拉开距离，收了收脸上的表情对他们说：“我去忙了。”

“好。”宋风笑着揉了揉她的头发，其实更想揉她的肚子，但被她躲开了。

陈辉站在五米之外想自戳双目，却不忘助攻：“冬哥，晚上一起来玩游戏！”

“好。”舒冬答应了。

宋风有点意外，抬头疑惑地看着她的背影，她今天怎么这么好说话？

两人回到网吧，陈辉这两天迷上了宋老板的宝贝游戏机，玩得像个智障。

“女生月经不调或者痛经的时候……怎么办？”宋风失神地望着窗外。

“多喝热水……哎，跳过了过了回来！”陈辉沉迷游戏中没空搭理宋老板。

宋风拿起桌子上的废纸甩在陈辉的脑袋上：“你趁早去我奶奶那里报个名。”

“瞧不起谁呢，比你先找到女朋友信不信！”陈辉边玩边乐，“说不定等我换两个了你还在追冬哥。

宋风又扔过去一个帽子，然后打开了百度。

舒冬下班后来到网吧。

“冬哥终于来了！”陈辉比宋风还激动，“一起玩游戏吗？”

舒冬看了眼宋风：“不了。”

“今天不带他，就咱们两个玩！”陈辉补充道。

舒冬没说话，因为陈辉每次都这么说。她不想再理他们，准备去后面。

“等一下。”宋风叫住她。

“怎么了？”舒冬扭头。

“店里活动，送女顾客的。”宋风把一杯红糖水递到舒冬面前。

舒冬的目光从杯子上缓缓移开，往网吧看了一周，只有她一个女生。

春寒料峭，最后一排的窗户留出一条缝隙，现在暖气停了，舒冬的手最近总是很凉，但是，此刻手里捧着的杯子很暖。

舒冬的嘴角忍不住露出隐隐的笑，她自己却没有察觉到。

第七章 / 开不了口

今天是周六，只有一个预约的客人，舒冬忙完之后把器具收起来保养好，一切收拾妥当后才下楼，刚到楼梯转角，看到林哥在沙发上坐着。

“冬冬，过来坐会儿。”林哥朝舒冬招了招手。

“今天挺闲的，不累。”舒冬笑了笑，坐在林哥身侧的沙发倒了一杯水。

林哥打开茶儿下面的柜子，抓出来一把零食放在茶儿上：“那恰好趁着今天不忙，咱们来唠会儿。”

“嗯？”水有点烫，舒冬正小心翼翼地端着杯子，听到他的话抬头看了一眼，林哥平常大大咧咧的，忽然这个样子，她感觉有点奇怪。

“别紧张，就随便唠唠。”林哥笑着环视了店面一周，“这个店开了将近有十年了，你在这里也都五年了，冬冬，我一直把你当妹妹看，以前觉得你还小，但是现在也二十岁了，哥就想知道你以后有什么打算。”

以后的打算？

林哥提到这几个字的时候，舒冬目光有些呆滞，因为对于以后她的脑海里完全是一片空白。

“想找家人。”舒冬低着头，视线落在茶儿上。

“如果找不到呢？”说这句话的时候，林峰心里有些不忍，一直以来他都安慰鼓励她，一定会找到的，但往往天不遂人愿，现实也往往没有想象的那么美好。

舒冬眼睛微动，不自觉地咬了下嘴唇，留下深深的印记，再深一点，可能要见血了。

“那就一直找。”她淡漠的性子在这件事上无比倔强。

“不成家了吗？”林哥虽然神经线条比较粗，但是他很了解舒冬，比如说现在她很难过。

“没想过……”

“冬冬，我们这种小城市对女孩子的条条框框还是挺多的，以前你还小，但是现在慢慢长大了，以后总是要嫁人的，别人一听是在文身店工作，难免会有偏见，对以后自己想做什么你再想想。当然了，哥这里永远都有你的位置。”

“谢谢林哥。”舒冬心里的感动无以复加。

这种偏见，舒冬体会很深，但是她不知道自己能做什么，对于将来她很迷茫，只有一个缥缈的愿望。

林峰把窗户打开，点了一根烟。沉默了一会儿，他又说：“那先不说以后结婚怎么样，现在连男朋友也不交了吗？不能因为一个俞知逸就把所有人都一棒子打死是不是？”

舒冬好像知道林哥接下来要说什么，她没说话，又倒了一杯水。

“宋风这半年一直来找你，我看他挺不错的，不喜欢吗？”舒冬就像个妹妹，但是林峰从来不介入她感情的事，不过最近看得有点着急。

“他来找你了吗？”舒冬直觉这又是宋风的伎俩，但她不了解宋老板，在这种事上他从不屑于找别人帮自己说好话。

“没有，是我怕你错过了合适的人。”这都半年了，作为过来人，林峰很明白宋风的心思，而且他自己也观察了很久，想不通哪里有问题。

舒冬笑了笑，透过窗户看着天空：“虽然不至于因为俞知逸对所有人失望，但也让我明白很多道理，感情是靠不住的。”

“那总要试试。在你心里宋风和俞知逸一样吗？”明明是二十岁的少女，怎么像是看破红尘了？林峰心疼的同时有点哭笑不得。

舒冬摇了摇头，她是怕交了男朋友之后，陷得太深，忘了初衷。

对于她的家庭，她完全不知道，也预料不到。如果她在宋城结婚生子，万一将来找到了父母怎么办呢？如果她的父母不同意她留在宋城呢？甚至不同意她的家庭呢？另外她也不确定将来的另一半会不会支持她寻亲，当然宋风说过愿意陪她一起找，但人心都是会变的。

她虽然长在宋城，但她的心不在这里，所以最好的办法就是不要在这

座城市留下任何羁绊。

这么多年了，亲情不会是她的困扰，将来她希望爱情也不是。

“冬冬，我知道你在想什么，但是这些对你一个女孩来说太沉重了。”林峰又点了一根烟，在心里叹气，“听哥一句话，先把眼前过好。你看每天路上有多少车祸多少意外，对有些人来说，他们是没有明天的。”

像是一颗石子投在心湖，荡开一圈又一圈的涟漪，舒冬脑海里有短暂的空白，忽然感觉心里有点酸涩，以及害怕。

没有明天吗？

“先把今天开开心心地过好，再想明天的事，二十岁就应该有二十岁的样子，以后的事找个人和你一起担着，我看宋风就不错。”

舒冬从来没见过这么认真的林哥，只是听到最后她忽然觉得哪里不对，怎么说到最后还是绕到宋风身上？

“你们是不是又一起出去喝酒了？”舒冬笑了笑看着他的眼睛，想找出蛛丝马迹。

“没有，你嫂子现在都不让我出去……”林峰正说着手机响了，他拿出来一看对舒冬说，“你嫂子让我中午回家吃饭，今天下午没人，你中午吃完饭没事就回去吧，我下午有空再过来。”

“没事，我也没什么……”

“多和朋友出去逛逛，我走了！”

林哥匆匆忙忙地走了。不敢相信像他那么爱玩的人，结婚之后说收住就收住了。林哥和嫂子感情很好，舒冬每次看到他们，就会对感情又多一分信心，说不定她也会遇到像林哥这样的人，对她很好，但像林哥和嫂子这样的感情还是少数。

“在等我来吗？”

舒冬正坐在店里的沙发上发呆，宋风忽然毫无预兆地进来了，慢慢地走过来。

“没有。”舒冬否认。

“中午一起吃饭？”宋风问。

不知道他为什么总是这么跳跃，舒冬看了他一眼：“吃什么？”

“火锅？比萨？烤肉？”宋风的答案完全不过脑子。

“没有胃口。”舒冬摇了摇头。

“那吃我吧。”

“脏。”

“那一起去洗。”宋风浪笑着将“魔爪”伸向纯洁少女。

“别动。”看见他过来，舒冬有点紧张，连忙往后躲，以至于不小心躺在了沙发上。

宋风动作顿住，俯视着沙发上的人，喉结微动：“这是，躺平了？”

舒冬的脸有点烫，她连忙坐起来整理了下头发和衣服，说：“你走吧，不吃了。”

“生气了？那我躺平。”宋风作势要往沙发上倒。

“走开！”舒冬用力推他。

她的力气对于宋风来说像是在闹着玩，他忍不住大笑，在她爆炸的前一秒安安分分地坐在她身边，说：“舒冬，你现在越来越暴躁了，像只小狮子狗。”

“因为你太过分。”舒冬声音有点冷，但脸颊却因为刚才的打闹而微微泛红，头发也有点乱。

宋风看得心里很痒，想欺负，但他忍住了：“五月份和我一起出去玩？”

舒冬没有像上次一样直接拒绝，不过也没说话，林哥刚刚的话在她心里扎了根，她现在心里有点乱。

“不是要吃饭吗？”舒冬低头看着茶几上的水杯。

她总在逃避，宋风无奈地笑了笑：“走吧，西街新开了个烤肉店，周六可能要排队。”

“那就去吃其他的。”舒冬对吃的没有执念，把店锁上，他们刚转过街角，就看到陈辉从楼上下来。

“吃得开心，玩得愉快。”陈辉笑嘻嘻道。

“你不去吗？”舒冬扭头问他。

“嗯……我能去吗？”陈辉看了一眼宋风。

宋风懒懒地笑了，但眼睛里全是威胁。

“不，我不能去，拜拜！”陈辉很懂事地上楼了。

“他要看店。”宋风拉着舒冬继续往前走。

“不信。”舒冬和他拉开距离。原本以为陈辉在，舒冬才答应的，现在她越来越害怕和他单独相处。

“舒冬，你说我们现在是在约会吗？”宋风又“浪”了。

“不是。”舒冬毫不拖泥带水。

“那是什么？”

“吃饭。”

宋风忍不住勾起嘴角，揉了揉她的脑袋。

吃过饭，舒冬又被宋风掳到网吧。她走到网吧的后排，发现旁边位置的桌子上放了东西，但没人在，应该是去洗手间了。

舒冬没在意，坐到自己常坐的位置上，开机然后输入账号密码，今天不是很想玩游戏，她打开上次看了一半的电影，刚看了两分钟，肩膀忽然被人轻拍了下。

“冬冬姐，好久不见。”许茵茵笑着从包里抽了一张纸巾，擦掉手上的水。

“好久不见。”舒冬没想到是她。

“我刚刚买奶茶第二杯半价，就买了两杯，这杯给你。”许茵茵把一大杯奶茶放在舒冬面前。

“不用了，我……”

“别客气，要不然两杯我也喝不完。来的时候，我就猜你肯定在。”许茵茵笑了笑，脸上有两个酒窝显得很可爱，“下次你请我喝就好啦！”

舒冬有点不好意思：“好，你下次来的时候告诉我。”

“这次我是偷跑出来的，我爸出差，我妈去逛街了，没人在家。”许茵茵笑得鬼精鬼精的。

“不要把学习落下了。”舒冬把电影按了暂停键。

“偷偷跟你讲，其实我也不是来玩游戏的……”许茵茵悄悄往前面扫了一眼，有点羞涩，“你跟宋风学长认识吧，你不知道他在学校有多厉害，毕业快四年了，但学校贴吧论坛里只要一说起他，帖子必火。”

“这么厉害？”舒冬咬着奶茶吸管，问得漫不经心。

“当然啦，到现在每次上物理数学课，老师还总念叨说我们都是笨蛋，什么压轴题这么多年也只有宋风学长做出来……”

女孩的声音还在继续，但渐渐变成了画外音，舒冬失神地望着显示器右下角，心脏好像有碎石滚滚砸落，还伴随着回声，轰隆隆地不停震荡。

当时他只说没去考试，但没提成绩，没想到他学习那么厉害。舒冬觉得胸口很堵，有些喘不过气。

“冬冬姐，你怎么了？”许茵茵发现舒冬的神色有些不对。

“没什么。不好意思，你刚说到哪儿了？”舒冬平复了心情。

“宋风学长的那些事感觉说一天也说不完。”许茵茵笑得痴迷，她忽然凑到舒冬身边，“冬冬姐，你有宋风学长的微信吗？”

舒冬愣了愣，缓缓说出一个字：“有。”

“那你能不能发给我？”许茵茵撒娇。

舒冬忽然不知道说什么，她停顿了几秒，说：“你可以直接跟他要。”

许茵茵：“那太不好意思啦。”

舒冬有点为难：“我怕不经过他同意，是不是不太好？”

“好像也对。”许茵茵想了想，“不好意思，让你为难了冬冬姐，没关系，等以后有机会了我跟他要。”

夜幕降临，许茵茵回家了，舒冬忍了一下午，终于把烟拿出来，将窗户打开一条缝，清冽的空气缓缓涌进来。望着无边的夜色，舒冬心里很乱。

突然，手里的烟被夺走，舒冬扭头，宋风坐到她旁边。

“你抽一根我吻一次，怎么样？”宋风把烟掐灭，拿了一支棒棒糖递到她面前。

舒冬没理他，只是看见棒棒糖的时候，嘴角微扬。她伸手去拿棒棒糖，一拉扯，一支，两支，三支……无数支棒棒糖从他袖子里接连不断地被扯出来。

“宋风，你真是……”舒冬笑了，眼里盛满了星光，温柔又滚烫。

“喜欢吗？”宋风笑着问。

“油腻。”舒冬嘴硬，但表情已经完全出卖了她。

不管油腻不油腻，看到她脸上从未有过的明媚笑容，这就够了，宋风的目光一直落在她脸上，想把她此时此刻的笑印在心里。

“谢谢。”忽然的喜悦后，舒冬不知道怎么收场，“我回去了。”

“我送你。”

不知道从什么时候起，舒冬晚上再也没有一个人回过家，好像是从那次凌晨他忽然敲门开始。

三月中旬，天气渐渐暖和了，两个人走在路上，沉默居多，因为宋风的骚话舒冬并不理会。

“今天不开心吗？”宋风还记得她抽烟时心事重重的样子。

“没有，很开心。”舒冬提着一个袋子，里面装满了糖。

“有事告诉我。”宋风想慢慢地让她改变，让她变得依赖他，而不是什么事都一个人受着。

“好。”舒冬低低应了声。

宋风勾了勾嘴角，今天晚上的小木头似乎有点乖？

“今天茵茵跟我要你的微信。”到了小区楼下，两个人都停下了。

“给了吗？”宋风笑着问。

“没有。”舒冬摇头。

“为什么？”宋风勾唇，黑色的耳钉在路灯的照耀下闪着光。

“嗯，这种事还是找当事人要比较好……”

“说实话。”宋风靠近她。

舒冬往后退了退，稳住呼吸：“我直接给的话，不太礼貌。我先上去了，晚安。”

门禁打开又被关上，宋风望着玻璃门后很快消失的身影笑了——万里长征是不是要走到头了？

宋老板正在做着美梦，手机忽然振动，他拿起来看了看，全是陈辉发来的消息：

“店里还继续过白色情人节？”

……

陈辉的消息还在继续，没有停的意思，宋老板的手机屏幕赫然显示着——

3 月 14 日，白色情人节。

舒冬洗过澡从浴室出来，有点缺氧，她坐在沙发上缓了缓，渐渐地，整个客厅都弥漫着沐浴露的淡淡味道。

茶几上放着烟，舒冬抽出来一根，拿着打火机正准备点燃的时候，余光忽然扫过沙发上的纸袋。她动作停住，愣了两秒后把烟放下，从袋子里拿出来一支棒棒糖，刚撕开包装袋，香甜的奶味就飘在鼻间，含在嘴里好像更甜了。

洗过澡后浑身放松下来，舒冬觉得有点疲惫，懒懒地躺在沙发上，不知不觉中打开了和宋风的微信消息框。

他们之间的消息总是断断续续的，这几天两人的消息来往还算频繁。舒冬往上翻着，两人的信息越来越少，发得最多的是“一起吃饭”。

往上翻到了 2 月的消息记录，忽然看到他说：“奶奶问你今天晚上来家里吃饭吗？”

时间是 2 月 14 日。

舒冬躺在沙发上，望着头上的吊灯回忆那天的事。其实那天她纠结了很久，她很想答应，因为担心孟爷爷的身体也喜欢那种家庭的温暖，但最后还是没去……等等，她脑海里忽然有什么一闪而过。

所以他说的“今天晚上”，是 2 月 14 日？

舒冬不知道自己想找到什么或者证明什么，她打开日历一查——

2 月 14 日，情人节。

望着茶几的一角，舒冬的目光有些呆滞，所以那天，她拒绝了？

四月的最后一周，天气渐渐暖和了，林哥在店外面摆了两张椅子，闲时可以出来晒晒太阳。中午吃过饭，舒冬在外面坐着，暖和得都快要睡着了。

记得上个月他说五月份要和爷爷奶奶出去玩，如果她答应和他一起去，是不是得跟林哥提前说？还要准备些必备的物品？

“想什么呢？”

突来的声音吓得舒冬瞬间睁开了眼睛，身体往一旁倾斜，眼看要倒在地上，宋风连忙拉住了她的手。

“我有这么吓人吗？”宋风手没放开，有点委屈。

舒冬惊魂未定，缓了几秒后挣脱了宋风的手，不是因为他吓人，而是因为她心虚。

“每次都突然出现。”舒冬将头别到一边不看他，声音弱弱道。

“那以后过来先打个电话给你？”宋风乐了。

“不用了。”舒冬感觉他在说反话。

“转过来。”宋风强行把舒冬的头扭过来，让她面向自己，“离我那么远干什么？”

“那你别动我。”舒冬把外套领子竖起来，半张脸都藏进去了。

“好，不动你。”宋风说完揉了揉舒冬的脑袋。

十几分钟过去，宋风真的没再乱动，只坐在旁边玩手机。舒冬依旧竖着领子，连拉链都拉上了，将自己裹得严严实实的，望着前面青翠欲滴的老柳树。

他好似做什么事都坦坦荡荡，没有犹豫忸怩，永远那么自然。

但舒冬却完全相反，每次他离得近了，她都觉得很不自然，身体想躲开但是心又不想完全躲开，所以每次见到他，她都紧绷着神经，生怕他又不按常理出牌做出些出格的举动。

“舒冬。”

“嗯？”

他话音刚落，舒冬就应了。

就像是教官在喊“舒冬”，舒冬答“到”。

宋风的嘴角慢慢往上扬，他把手机收起来了，转头看着舒冬，然后慢

慢靠近她。舒冬的心脏越跳越快，她还在强装镇定，不知不觉地往后倚。

“紧张什么？”宋风仔细观察着她的表情。

“万一你突然欺负我呢？”舒冬声音还是很弱。

“那你是在害怕？”宋风又靠近了一点，几乎把她整个人笼罩在自己的阴影里，“还是在期待？”

不知道是衣服捂得太严实还是其他，舒冬感觉很热。她又不动声色地往后靠了靠，说：“离我远点。”

“好。”宋风又往前靠近，嘴唇几乎贴在了她的耳朵上。

温热的呼吸细细密密地喷洒在舒冬的耳朵上，她的心一紧，浑身微微战栗。下一秒，她受不了似的把他推开，然后站起来。此时她浑身的汗毛好像都竖起来了，她都想在原地跳几下，把皮肤上那层酥麻甩掉。

舒冬忽然想到，如果她答应他，那以后岂不是每天都要被他欺负？

“舒冬你赔我鼻子……”宋风捂着鼻子，说话有点含混不清。

舒冬离他两米远，发现他皱着眉，好像很不舒服的样子，便问：“怎么了？”

“你撞到我鼻子了，疼……”宋风揉了揉鼻子，三分疼装成了十分疼。

舒冬想起刚才站起来时好像是有点快，可能撞到他了。看他难受的样子，舒冬有点过意不去，她慢慢走上前：“不好意思，我刚刚……”

舒冬还没说完，就被宋风抓住了，但看到他的鼻子确实红红的，她便没再挣扎。

“不闹了，说点正经的。”宋风把舒冬按到椅子里。

“什么？”从他口中听到“正经”这两个字，舒冬不习惯。

“我们一起开个店吧。”宋风突然变得认真。

听到“我们”两个字，舒冬心里忽然变得柔软。

她愣了愣，问：“什么店？”

“还没想好，重要的是我们一起，奶奶闲了也可以来帮忙，等淡季的时候我们和爷爷奶奶一起去旅行。你有感兴趣的吗？”

明媚的阳光照在他的脸上，让人有种不真实的感觉，舒冬心里有团情绪在发酵，慢慢膨胀堵住了心口，她感觉心在微微颤抖。

他现在已经把她当家人了吗？他未来每一步的计划里都有她的存在了吗？

舒冬听见心里有无数声音在低语，她知道，她的心要守不住了，因为他说的每个画面，都是她无比向往的，属于家的温暖。

“宋风。”舒冬慢慢握紧了手，眼睛有点红。

“嗯？”宋风察觉到了，认真地注视着她的眼睛，手心里有一层薄薄的汗。

“要不我们……”

“你好，是小冬老师吗？”

舒冬话说到一半被打断了，她恍然惊醒，收了收脸上的情绪。看了眼宋风，她连忙站起来：“是王先生吗？”

“是我。我预约的下午两点半。”男人穿着休闲运动服。

“先进来吧。”舒冬准备回店里工作，却被宋风抓住了手臂。

“说完。”宋风把手放在她的肩膀上。

“等晚上下班。”舒冬笑了笑。有些事情忽然想明白了，一直压在心里的情绪也有了出口，她感觉很轻松。

“不行。”宋风预感到她要说什么，小木头好不容易打开心扉，万一到晚上又改变主意怎么办？

这中间有五个小时，那就是三百分钟，是一万八千秒，哪一秒小尿包都有可能变卦，宋风怎么可能让她走？

“等晚上，现在要工作了。”舒冬扭头看见客人已经进房间了。

“那你想好，等晚上可就没这么简单了，还要狠狠欺负你。”宋风笑着狠狠威胁。

“你敢。”舒冬勾了勾唇，回店里了。

宋风伸出五指，看着空荡荡的手，感觉损失了一个亿，但又不敢强迫她。

送走一个客人等另一个客人的间隙，舒冬打开手机，列了些旅行的必买清单，忽然有一个念头一闪而过，她含着棒棒糖愣了愣，是不是该买衣服了？

舒冬失神的片刻，林哥带着另一个客人上楼了，她放下手机继续工作。

“风哥，你今天得狂躁症了是吗？”陈辉略带嫌弃地看着宋老板，往常在那张椅子里瘫着半死不活，今天在店里来来回回走了将近一万步，一会儿趴在前面的窗户旁，一会儿去后面的窗户旁趴着，就差去扒开舒冬心里那扇窗户了。

“嗯，得了。”宋风现在不在乎自己得什么病，又往后面走。

“宋风学长，物理老师说让你有空去看看他。”许茵茵看宋风坐在旁

边的位置。

“好。”宋风应下了。

“那等高考完我们一起去？”许茵茵暗暗露出点笑。

“好。”宋风完全不知道自己在回答什么，只是对着楼下的文身店望眼欲穿。

狂躁了一个小时之后，宋风慢慢冷静下来，会不会不是他想的那个意思？是他想多了吗？

宋风又瘫在了椅子里，出神地望着那棵老柳树。

天色渐渐暗下来，宋风往外看了一眼，文身店还亮着灯。

算了，先把最近的账算算吧。

把最后一个客人送走，舒冬活动了下酸胀的肩膀，看了眼时间已经将近晚上八点了，把所有器具收拾好，关了店。

抬头往三楼看了眼，舒冬笑了笑，正准备上去余光却瞄到不远处的奶茶店，便转了个方向。

宋风终于算完账了，他躺在椅子里伸了个懒腰，来到窗边往下看，忽然愣了，她下班了？文身店已经关了灯，看样子门也锁了，她走了吗？

黑亮的眼睛渐渐黯淡，棱角分明的脸上也染了层落寞。他不明白哪里出了错，或许是他理解错了？她说的晚上是让他去家里找她？

宋风拿起手机往楼下走，准备去她家里看看。

“宋风学长，你要回家了吗？”许茵茵跟在宋风身后。

宋风刚下到一楼，就听到有人叫他，他扭头：“嗯。”

“我也要回去了。”许茵茵穿了条黄色暗格的百褶裙，很甜美。

“路上小心。”宋风低头看了她一眼，怕她一个女孩子回去不安全。

“我家在光华小区，你去哪儿？”许茵茵悄悄抬头看了他一眼。

“走吧，顺路。”宋风脸上没什么表情。

两个人从楼上下来，准备顺着文身店前的那条巷子走，许茵茵眼睛忽然亮了，心中暗喜：“想送我回家你就直说。”

“不想。”宋风说。

奶茶店在柳巷，和文身店相隔十几米，舒冬提着两杯奶茶正准备过马路上楼，忽然看到不远处两个身影，她缓缓停住了脚步，但他却没有看到她。

“哼，不信。”许茵茵笑着抬头，“听陈辉说你要出去玩了？”

“嗯。”来到文身店前，宋风停住了。

“你回来后我就高考完了。”许茵茵说。

“嗯，两个月之后回来。”宋风站在门前，确实已经锁上了。

察觉到他的心不在焉，许茵茵站在他面前挥了下手，想引起他的注意：“要是考好了有奖励吗？”

“请你上两个月的网怎么样？”确定舒冬已经离开，宋风接着往前走。

“不好。”许茵茵抓住宋风的肩膀，“等我高考完，你能做我男朋友吗？”

站在理发店和文身店相连的墙角，舒冬低着头，长发盖住了半边脸，看不出情绪，只是抓着两杯奶茶的手，慢慢收紧。

他们的声音越来越远，舒冬往相反的方向离开了。

“成年了吗就交男朋友。”宋风笑了笑，在他眼里许茵茵就是个孩子。

“当然成年了，之前还让你看身份证了。你不能因为我长得年轻可爱小孩子气，就总觉得我没成年。”许茵茵揉了揉自己可爱的脸，“所以要不要当我男朋友嘛！”

“有什么好处吗？”宋风忽然起了逗她的心思。

听着好像有戏，许茵茵开始激动地列举自己的优点：“我年轻漂亮，成绩好，活泼可爱不黏人，还很懂事，会洗衣服做饭，还很听话。”

宋风看着前面的路灯笑了：“听着好像不错。”

“所以快答应呀，快答应嘛！”许茵茵心里一阵雀跃，脸都红了，只不过因为光线太过昏暗看不清楚。

“不行。”黑色耳钉映着月光，没有温度，像宋风此刻的脸。

“为什么？”许茵茵嘟着嘴，拉长了尾音，不知不觉就开始撒娇，“难道就因为我年纪小吗？”

“我有喜欢的人。”宋风忽然变得认真。

许茵茵愣了一秒，瞬间又笑了：“我不信，看你每天对谁都冷冰冰不耐烦的样子，我才不信，你就是为了敷衍我。”

“我从这边走了，再见。”来到交叉路口，宋风转身向另一个方向走，现在迫不及待地想见到舒冬。

“喂！你还没答应我呢！”许茵茵站在路口看着他的背影。

“路上小心。”宋风没转身，但朝后摆了摆手。

许茵茵不甘心地甩了甩手，看着宋风的背影消失不见，也转身离开了。

在宋风心里，许茵茵只是一个被保护得很好的小女孩，是个小妹妹，她对他说着喜欢，他也没放在心上，因为他不觉得她是认真的，现在的小

女孩，看见好看的男生就喊“哥哥”什么的。

宋风很懂，因为总有一些人垂涎他的美色，只有舒冬看不见他的绝色。

他都送上门了舒冬就是看不见。

宋风慢慢悠悠地晃到她家小区楼下，也没有着急上去，他坐在单元楼下的长椅上点了根烟，不知道为什么，现在有点提不起力气，或者说很泄气。

可能是今天下午期望太大了，所以失望才那么猛烈。

从前，不想让她有压力，宋风从来不逼着她答应，只做好自己想对她做的那些事，对她好，让她开心，让她在不知不觉中离不开自己。

今天是他着急了吗？

但是这么长时间了，宋风能感觉到她对自己是有好感的。

他不敢去逼她，怕一不小心再让她缩回壳里。

这大半年，他就站在门外，看着她一点一点往外走，眼看终于要出来了，难道今天又要退回去吗？

宋风又点了一根烟。

舒冬洗了澡从浴室出来，好像比以往每次都更眩晕，她坐在沙发上缓了缓，看着茶几上的两杯奶茶，拿了一杯。

芒果味的，下面的冰块还没融化，刚洗完澡喝很舒服。

“等我高考完，你能当我男朋友吗？”

舒冬的脑海里，全是许茵茵的声音，她没有听见他的答案。在今晚之前，她不用听见宋风的答案也知道他的态度。

但是今晚，他为什么没有等她呢？不是说好了，晚上等她吗？

从去年冬天凌晨十二点他急匆匆地敲开她的门，她再也没有晚上一个人回过家，不管她去不去网吧，宋风总是送她回来，她都已经习惯了。

然而今天，他却送了其他女生，一个喜欢他的女生，在她想要跟他表明心意的这个晚上。

底层的奶茶和冰块搅在一起，凉意从舌苔蔓延到喉咙再到心里，虽然很甜，但舒冬现在已经尝不出味道了，只觉得心里很酸。

她知道，她吃醋了。

舒冬抱着膝盖坐在沙发上，想着他中午说的那句话——我们一起开个店吧。

今天中午一切都还很正常，舒冬不相信一下午的时间他就变心了，她也不相信他对许茵茵有其他意思，但就是很难过。

舒冬正心乱如麻的时候，门铃响了，她脑海里首先浮现出的是宋风的脸。

调整好自己的情绪，舒冬刚站起来准备去开门，低头看到了身上松松垮垮的浴巾，她重新裹了下走到门边。

“等下我换个衣服。”顺着猫眼看到了他的下巴，舒冬声音很低，虽然很不想承认，但在看到他的这一刻她心里是欢喜的。

“好。”宋风在门外靠着墙。

舒冬愣了愣，虽然他只说了一个字，但她察觉到了他的情绪很低落，往常他可能会直接拍门不许她换吧，不知不觉中，彼此都已经这么了解了吗?

两分钟后，舒冬换好衣服开了门。

宋风站在门外看了她几秒，才缓缓进来。

门被关上，整个房间都是她沐浴露的香味，很淡又很浓郁。茶几上有两杯奶茶，都是芒果味的，一杯开了口，一杯还没拆。

刚刚在楼下抽烟有点凶了，口干舌燥的，宋风拿着那杯已经拆开的喝了一口，并且没有放下的意思。

“那个我喝过了。”舒冬看了他一眼。

“我知道。”宋风面无表情地看着电视，尽管电视并没有开。

他在因为什么不高兴?

“什么时候回来的?”过了很久，还是宋风先开了口。

“不到一个小时。”舒冬看了眼墙上的钟。

奶茶见了底，只剩下冰块，宋风把空杯扔进了垃圾桶里。

“过几天跟我们出去吗?”本来想直接把她拖到车上，但不知道为什么，宋风心里没了底。

答案就在嘴边，然而舒冬此时此刻却怎么都说不出口。

“过段时间挺忙的，我走了林哥一个人忙不过来。”舒冬撒了谎，但她一点都不开心，过段时间很闲，林哥甚至都已经准了她的假。

“好。”宋风点了点头，深深吸了一口气，接着无力地向后靠在了沙发上。

他的呼吸声很重，舒冬心里忽然很不是滋味，她舔了舔干燥的嘴唇，缓缓开口：“宋风。”

“嗯?”宋风闭着眼，手随意地放在额头上。

“追我是不是挺累的?”舒冬视线低垂。

宋风顿时睁开了眼睛。

茶几上放着烟，舒冬已经很久没抽了，每次想抽的时候就吃一支他送的棒棒糖，但现在，她不想吃了，她抽了一根烟点燃。

她知道自己很麻烦，跟许茵茵那样的女孩子比起来，她就像是朵没有生机的花。许茵茵活泼可爱，会撒娇，长得漂亮成绩好，有什么就说什么，每个人都会很轻松，应该没有男孩子会不喜欢。

心里的酸涩好像酝酿了整个雨季，舒冬狠狠抽了一口烟。

“不累。”宋风把她的烟掐了，温柔地抚摩着她的脸，把她半干的碎发撩在耳后。他的小木头就是这样，迟钝却很敏感。

舒冬偏了偏头躲开了，还要去拿烟，被宋风抓住了手。

“怎么一个人先回来了？”宋风终于还是问了。

如果他不问她永远都会闷在心里，即使他问了她可能也不会说，但总藏着心事的人会生病的，就像爷爷，有什么总是藏在心里，对身体不好。

“看见你去送茵茵了。”舒冬把另外一杯奶茶打开了。

宋风愣住，目光落在她拿着的那杯奶茶上，还有垃圾桶里的空杯子，原本黯淡无光的眼睛，渐渐弥漫起微不可察的笑意，越来越浓，几乎要溢出来了，连带着嘴角都忍不住勾起。

他连忙把笑收了收。

“在楼上看见你们店里关了灯，我还以为你走了。”宋风唇角勾了勾，开始玩火，“茵茵说她害怕，我就顺路送了她一段。”

“嗯。”他明明在解释，但不知道为什么，舒冬却越来越生气了。

她说害怕你就要去送她吗？她还说让你当她男朋友呢。

“今天中午要跟我说什么？”宋风又期待起来。

“忘了。”舒冬面无表情。

“好，那我先走了，你早点休息，晚安。”像往常一样，宋风揉了揉她的头发。

舒冬怔怔地看着他，因为不敢置信，竟然忘记了挣扎。

所以，他就这么走了？

是的，他就这么走了。

门关上了，舒冬听见了自己沉重的呼吸声，她连忙走到窗边打开窗户，清新的空气扑面而来。

有什么好难过的？反正还没有告诉他，一切都还来得及。只要装作不喜欢他就好了，也没有陷得太深，趁着所有人都没有察觉再悄悄忘掉他。

想着想着，舒冬的眼角有点湿润。

第二天，都快要下班了，宋风都没有出现，舒冬看着加入了购物车的新衣服有些愣神。

追一个人久了一直都没有得到回应，应该会很累吧？舒冬忽然想起那天林哥说，怕她错过对的人。

思绪有点乱，舒冬这一天都很不专注，幸亏今天的客人不多，否则肯定会出错。

舒冬纠结了一下午，终于在下班后走向网吧。站在网吧门外，舒冬停了几秒才缓缓推门进去，然后发现坐在柜台前的是陈辉。

“他呢？”舒冬问。

“冬哥来了。你说风哥吗？他今天把狗送到我家，就带着爷爷奶奶自驾游去了。”陈辉抱着小柯基。

舒冬愣了，好像有块石头重重落在心底：“不是要过几天吗？”

“他有点事，就临时改了计划。冬哥找他有事？”陈辉此刻是真正的最佳男演员，表面笑嘻嘻，实际上整个人都要快坐不住了。

“没事，我先走了。”舒冬脸上没有什么表情，转身离开了。

“拜拜，有空常来玩。”看着舒冬的背影，陈辉开始了今天对宋老板的第八百零一遍吐槽——

“让你浪，迟早把人给浪没。有能耐临走前别千叮咛万嘱咐，怕她受欺负就让我照看着，怕别的野男人靠近她也让我盯着……”

高速公路上，宋风美滋滋地开着车。

“小风，不是说一周后出游吗？怎么昨天晚上突然让奶奶收拾东西，困得我现在都睁不开眼。”宋奶奶打了个哈欠。

孟爷爷笑着看着窗外的风景。

“今天天气好。”宋风透过后视镜看着后排的爷爷奶奶，很幸福，但副驾驶是空的。

他说过不逼舒冬，不希望她有任何压力，只要他对她好就行了，终有一天，她会在不知不觉中沉溺，再也离不开他。

宋风觉得这一天已经到了，他很清楚地感觉到，她喜欢自己。

但是她已经习惯了他对她的好，所以他现在要以另一种方式，让她意识到他的存在，也让她更清楚自己的心。

"她出来抽烟了。"

"她中午和林哥一起吃的饭。"

"她今天好像挺闲的，下午又抽了两次烟。"

"她刚刚下班来网吧找你，我说你今天中午走了，然后她也没玩游戏，直接走了。"

"看样子不太高兴。"

……

考虑到爷爷奶奶的身体，宋风开了四个小时的车，到达第一个目的地后就直接去了酒店。刚洗完澡从浴室出来，宋风看着陈辉发过来的消息笑了，现在是晚上九点，她应该回家了。

舒冬正在把购物车里的东西一件一件删除，手机忽然响了。她看着来电显示的那个名字，呼吸忽然不受控制地加重，手机振动的频率沿着手臂传到了心脏。

舒冬毫不犹豫地挂断，继续清理购物车。

宋风看着手机屏幕愣了愣，小木头这么生气吗？

他继续打她电话，又被她挂断，还打，继续被挂断。

宋风回忆着从昨天中午到现在发生的事，自己好像是有那么点过分，但总得给她下一剂猛药让她清醒。

"明天晚上下班让陈辉送你回去，我不放心。"

购物车终于清理完了，舒冬把手机扔在床上呼出一口气，头昏昏沉沉的，她躺在床上，闭着眼睛慢慢揉着眉心，以后再也不会自作多情了。

手机又振动了一声，舒冬不耐烦地睁开眼睛，把消息提醒设置成静音，但看到微信消息时，胸腔中发酵的酸涩和怒意又开始酝酿。

原本以为陷得不深，但舒冬高估了自己，他离开的第一天，她已经不习惯一个人回家了。

他就是个骗子。

舒冬思绪混乱。

她讨厌宋风的言而无信，又痛恨自己的不够坚定，轻而易举就陷进了他编织的网。

只是，如果说这大半年他都在骗她，她也是不信的。

难道是昨天晚上她说店里忙走不开，所以他就提前出发了？

脑海里有两种声音在冲击碰撞，一个在说"他是个骗子"，一个在说"他很喜欢你"，在他提前出发的消息里缓不过来，舒冬心乱如麻，脑袋疼痛。

舒冬关了手机，关了灯，蒙着被子把自己藏了起来。

过了很久消息没人回，宋风又打过去一个电话，听着电话里的机械女音他愣了。

关机?

宋风直接打电话给陈辉，很快接通了。

“怎么回事？”宋风有点搞不清楚状况，他预料到小木头会生气，生气了他会去哄，但现在她关机了他要怎么哄?

“什么怎么回事？”陈辉接了电话。

“舒冬怎么关机了？”宋风问。

陈辉愣了，转而笑得瘫在椅子里：“风哥你现在蠢得有点可爱知道吗?还好意思问怎么关机了，等你回来孩子都生出来了，我要是冬哥我就把你拉黑！”

“两个月去哪儿生孩子？”宋风拧着眉。

“碰到个野男人总是有可能的。”陈辉一副云淡风轻、隔岸观火的做派。

“要是这样的话，把你送去文花臂。”宋风威胁道。

“风哥我错了！一定不让野男人接近冬哥，随时给你报告行踪，你放心去玩吧！”最终陈辉还是屈服在了宋老板的淫威之下，他太怕疼了。

“不过，风哥你这次真的……怎么说呢，你追了这么长时间眼看人就要到手，你却跑了？”陈辉略带可惜地摇了摇头。

宋风坐在窗边，视线落在地板上没说话。门没关严，爷爷奶奶在隔壁看电视的声音顺着门缝传进来，沉默了片刻，他说：“知道了，你要是忙就先回去，店里随便找个人看着。”

“我妈知道我帮你看店巴不得我天天在这里。行了，你好好照顾爷爷奶奶，挂了。”陈辉挂了电话。

宋风身上只围了一条浴巾，露出微微起伏的腹肌和人鱼线，胸膛上还有未擦干的水渍，在暖黄的灯光下泛起诱人的水光。他枕着手臂望着天花板，察觉到她在吃醋，以及她对自己的好感，尽管不知道这种感情有多深，但他害怕稍微有个绊脚石她就又退回去了。

和她分开最难熬的是他自己，不能每天及时知道她在做什么，还有，万一她被别人欺负了怎么办?

但他相信有些时间花得值得，比如现在，可以给彼此更多的思考时间，不仅是她，还有他自己。

第二天早上，舒冬醒来第一件事就是开机，她晚上竟然梦见他了。

“早，记得吃早餐。”

看见宋风发来的消息，舒冬歇了一晚上的火又上来了——既然这么关心她，那为什么走得那么匆忙，害怕她跟着去吗？

舒冬没有丝毫回他消息的想法，她忍着把他拉黑的冲动，去洗漱换衣服。原本打算休息两天，因为店里不是很忙，但现在舒冬怕太闲了会胡思乱想，可能还会忍不住想跟他吵架。

舒冬正刷着牙，看着镜子里的自己渐渐走神。

刚睡醒头发有些乱，嘴角有白色的泡沫，还是那张在别人看来冷漠的脸，此刻眼底却有很多曾经不会出现的情绪。

最近她是不是太易怒了？

“今天林哥不在，冬哥中午自己做的饭。”

“上午好像没客人。”

“下午也没客人。”

“四点来了一个男的，怎么看背影有点眼熟……”

“寸头贼帅。”

“我知道啦！跟你很像，我说怎么有点眼熟呢，但比你胖点。”

……

陈辉像个间谍，不断地给宋风发送情报。

带老人出来玩是一件很累的事，但宋风从来不嫌麻烦，现在不是节假日和旅游旺季，景区人流没有特别多，也避免了排队。

宋风戴着墨镜，担任起摄影师的职位。奶奶比较放得开，对拍照上瘾，但爷爷拍来拍去就那个姿势，宋风也不说他们，只要他们开心，他就只管拍。

“小风，我去下洗手间，你们在这里等我一会儿。”奶奶说。

“我跟你一起去吧。”宋风不放心。

“不用不用，洗手间就在前面。老头子累了，你们在这儿歇会儿。”奶奶走了。

宋风看了一眼爷爷：“累吗？”

爷爷笑了笑：“不累。”

天气挺好的，有太阳但不热，宋风看爷爷的额头上没汗，但呼吸却不是很利索，他打开包拿出来一瓶水："喝口水，要是累了咱们就回去，反正也不着急。"

"不累，休息几分钟就好了。"孟爷爷身上穿了件藏蓝色的唐装外套，他皮肤很白，穿上很英俊，又暗暗透露出内敛的书卷气，显得很有精神。

这衣服是宋风买的。

宋风嚼着口香糖，趁着这几分钟空闲的时间，他拿出手机看了看陈辉的汇报。

看到未读消息有三十条时，宋风愣住了，距离他上次看消息还不到一个小时，是出什么事了吗，怎么发这么多?

宋风不安地打开消息框，快速翻到最上面，一目十行地往下看。看着看着，宋风的手指停下了。

他嚼着口香糖随意倚在栏杆上，浑身散发着阴冷的气息，导致一些想上前搭讪的女生望而却步。

他耐心地把消息看完，修长的手指在最后一条停下。

跟他长得像？谁敢跟他长得像？一个赝品嚣张什么?

宋风立即给舒冬打了电话，但一直没人接。

陈辉的消息倒是及时过来了。

"进去两个小时还没出来。"

宋风现在想去敲开狗儿子的脑壳，狠狠蹂躏。

有个观望了许久的女生，终于鼓起勇气准备过来搭讪，但走了一半，又停住了，接着慌忙跑到闺密身边："好凶哦，感觉要吃人。"

可能是太过激动，女生的声音没有收敛，传到了宋老板耳朵里。

宋风一直低着头，墨镜顺着鼻梁微微滑落，他抬眼，看着不远处两个女生的背影，他很有自知之明，知道她们说的是自己。

宋风又打过去一个电话，但还是没人接听。

"跟冬冬吵架了？"孟爷爷坐在长椅上，笑着看他。

"怎么变得跟奶奶一样八卦？"被戳中心事，宋风把手机收起来坐在了爷爷身边。

爷孙俩坐在一起，能俘获九岁到九十九岁所有少女的心。

"你是男孩子，多让着点冬冬。"孟爷爷说。

"知道了。"宋风心不在焉，脑子里全是那个赝品。

"别让爷爷等太久。"孟爷爷低头，虽然还在笑，但眼睛里多了几分意味不明的东西。

“回家就给你领回去。”宋风笑了，搂着爷爷的肩膀。

下午四点多他们就从景区出去了，不仅是爷爷身体不好，还有宋风心情欠佳，他开车到之前查到的一家正宗地方菜餐馆，和爷爷奶奶吃了饭就回酒店了。

宋风洗了澡，连衣服都顾不上穿，就赤裸地趴在床上给舒冬发消息，背上的水珠顺着脊椎滑到腰间。

“宝贝，想你了。”

“怎么不接电话？”

“爷爷奶奶也想你了，想跟你视频。”

“今天那个人文哪儿了？胳膊腿还是肚子？”

“有我腹肌好看吗？”

“有我腿长吗？”

半个小时过去了，还是没有回复，宋风大敞着躺在床上。

到底是哪里出了错？

宋风百思不得其解，没料到小木头会生气到消息不回、电话不接，是不是他漏想了什么？

宋风扶着额头长叹了一口气，拿起手机看了眼时间，渐渐狂躁，他拽着被子胡乱盖在身上，但刚盖上又掀开了，不耐烦地踢到一旁。

刚刚有一瞬间他都想趁着爷爷奶奶睡着，今天晚上去把小木头接过来了。但不行，要不然之前做的就没有意义了。

宋风又打了个电话过去，这次倒不是关机，但直到挂断都没有接，他又给陈辉打了过去，陈辉电话接得很快，但有什么用！

“又怎么了？”陈辉泡了一桶面。

“她下班没？”宋风把房间的大灯关了，只留了一盏壁灯，他把光调暗。

“下了。今天玩得开心吗？”陈辉边吃边跟他唠。

“她自己回的？”宋风皱眉。

“我去送冬哥，但是冬哥没理我直接走了。”陈辉有苦不能言，又抱着优乐美的奶茶杯，“你说这叫什么，‘恨屋及乌’懂吗？”

“那她回去没？我打电话发消息她都没回。”宋风坐起来，半靠着床头点了一根烟，“以后不管她同意不同意，你就在后面跟着。”

“好，明天我就跟着，你别瞎操心了。还有不接你电话这件事，你心里最好有个数，”陈辉往椅子里躺了躺，有点幸灾乐祸，“从冬哥这两天的态度看，至少十天半个月都不会接你电话。”

十天半个月？宋风之前预计的是三四天。

“要你有什么用！”宋风又暴躁起来，激动之下被烟烫到了手指，他倒吸一口凉气，连忙将烟捻灭了。

“我有什么用？本来打算明天给你偷拍点照片，解解你的相思之苦，既然我没用那就算了。”陈辉瘫在椅子里的姿势越发嚣张，颇有种占山为王的气势。

宋风愣住了，有点心肌梗死。小木头不理他，陈辉现在也学会噎人了，宋风冷笑了声：“你是不是觉得我不回去了？”

“嗯？什么？信号不好？先挂了……”

可能是吃了泡面的缘故，陈辉把胆子吃肥了，挂了电话之后极度舒适，泡面越吃越香，只是随着最后一口面吃完，他也越来越心虚，想着要不要再泡一桶壮胆，但他摸了摸自己的肚子，打消了这个想法。

把空的泡面桶扔进垃圾篓里，陈辉打开手机相册，里面有好几张照片是他偷拍的，偷拍的时候总感觉自己很猥琐，有点对不起冬哥，但现在顾不上了，他将这些偷拍的冬哥的照片一股脑全发给了宋风，然后拨了电话过去。

“有信号了？”宋风依旧半躺着。

“有了有了。照片怎么样？不错吧？明天给你多拍点。”陈辉一副有了信号很开心的样子，讪笑道。

宋风翻看着几张照片，都是她站在老柳树下抽烟的照片。宋风从第一张翻到最后一张，再从最后一张翻到第一张，还不到两天没见却像有两个月没见了，她为什么不接他的电话呢？

宋风把照片放大，前段时间没看见她抽烟，都是在吃糖，但这几天她又开始抽烟了。

“下午那个赝品文哪儿了？”宋风忽然想起来这回事。

“不知道，他穿了件短袖出来，露出来的地方没看见，没露出来的位置就多了。”陈辉打开了游戏。

宋风闭着眼睛揉了揉眉心，只感觉脑袋突突地疼，陈辉有种魔力，说话总让人越来越焦虑，宋风心累了：“挂了吧。”

“好好玩耍别瞎操心，拜拜。”陈辉开心地挂了电话。

晚上十一点，她没有回复他。

晚上十二点，她没有回复他。

凌晨一点，她没有回复他。

凌晨两点，还是什么都没有。

宋风躺在床上，从狂躁到抓心挠腮再逐渐平静，失眠了，他这哪是在让她清醒，自己倒是越来越清醒。

十几天过去了，天气逐渐暖和，舒冬中午吃过饭坐在店外面晒太阳。

前几天林哥把店丢给她，和嫂子出去玩了，所以舒冬最近挺充实的，拿着手机不知道干什么，不知不觉又打开了宋风的消息框，左边一列消息，她慢慢往上翻，一直翻到他离开的那天。

那天来的客人跟他确实挺像，将文身文在了小腹的位置，不过是林哥动的手。

这几年来，林哥真的特别照顾她，一般男顾客都是他动手的，女顾客由她负责，这段时间林哥不在，已提前跟预约的男顾客沟通好，将时间往后推了。

腿长？

舒冬又看到这条消息，撇了撇嘴。

每天下班都会有很多未读消息，舒冬一条一条看完，前段时间看到有关他的东西都很生气，但最近，好像没那么强烈了。

早晨醒来看到他的早安，晚上等到他的晚安，还有很多照片，宋家爷爷奶奶的照片，以及风景照，偶尔还有几张他自己的。虽然他不在，但他的关心却一天都没断过，她知道他每天都在做什么，好像他一直都在身边。

舒冬知道，她又心软了。

将照片一张一张地保存下来，每次保存到他的照片时，舒冬都不由得加快速度，仿佛害怕别人发现，就在她保存最后一张的时候，电话忽然响了，吓得她差点把手机扔在地上。

看着来电显示，舒冬很心虚，好像是做坏事被人发现了似的。

电话响了很久，直到挂断她也没接。

过了几分钟又打来了，手机不停地振动，舒冬握着手机呆滞地望着来电显示，不知道怎么办。

“怎么不接？”

突然出现的声音，让舒冬心里一紧，她条件反射地把手机收起来，看着坐在旁边椅子上的陈辉。

“宋老板想你想得腰都细了。”

陈辉说完自己愣了愣，他记得历史上是有个美男子日渐消瘦，衣服越来越肥，但不知道为什么从他嘴里说出来就变成了这么个玩意儿，怎么有点淫荡？

舒冬看了一眼陈辉，目光有点奇奇怪怪。过了几秒，她看着迎风吹拂的柳枝："爷爷奶奶还好吗？"

"都挺好，奶奶的身体没问题，爷爷也没生病。"舒冬给了个台阶陈辉就赶紧下，但转瞬间又想到什么，"你想知道就自己问他，我都是瞎猜的。"

舒冬虽然没有之前那么生气了，但对于宋风的电话，她有点想接，又有点不想接。

"你晚上不用跟着我了，现在天气好，路上的人挺多的。"舒冬知道陈辉每天都骑自行车在她身后跟着，她不想麻烦他。

"不行，万一出了什么事宋老板回来得卸我一条腿。"陈辉怕怕道。

舒冬说不过他，从店里倒了两杯茶出来，上午不是很忙，她自己煮了一壶清火茶。

"好喝，要是跟风哥拍张照得把他气回来。"陈辉乐了。

"屋里还有，你喝完了去倒吧，我先忙了。"她仿佛没有听见他提宋风的名字。

"好，你去忙吧，我很自觉的。"陈辉笑着挥了挥手，露出可爱的小虎牙。

客人还有十几分钟就到了，舒冬先上楼去准备东西，而陈辉，放下杯子转身就回了店里，拿出手机发送情报。

"刚刚冬哥看着你的来电显示发呆，虽然没有接。"

"还煮了茶给我喝，很好喝。"

"对我这只'乌'的态度可以看出来，对你这间'屋'的愤怒期已经过了。"

"再加把劲，好日子要到了。"

"加油，屋屋！"

不一会儿陈辉就收到了宋风的回复。

"把茶吐出来。"

陈辉乐了，下楼去文身店抱着茶壶给宋老板拍了张照片，发过去。

"都是我的。"

"没办法。"

又过了三四天，现在宋风已经在第二个城市了，天热的时候就和爷爷

奶奶在酒店待着休息，之前每次出来奶奶都问花多少钱，但这次竟然什么都没问。

宋风心里很高兴，老太太进步了。

奶奶的思想一直都不像个七十岁的老人，宋风给她买的智能手机，全是她自己在捣鼓，遇到不会的地方会主动问，没过多长时间就会用了，现在又在摆弄他的相机。

“小风，这个怎么调远近？”宋奶奶拿着相机左看看右看看。

宋风在自己房间，听到隔壁的召唤就过去了。他拿过来相机看了看：“拍这么多张老头子干什么？”

“我拿他当模特。”奶奶踮着脚看他怎么操作。

奶奶拍得挺好，画面里全是爷爷，爷爷只是安静地坐在那里看着书，就好像一幅水墨画，书生气息扑面而来。

不论去哪儿爷爷都带着书，看到自家孙儿和老伴儿在闹，他也只笑了笑没说话，继续看书。

“不错，挺有天赋。”宋风坐在床边，看着奶奶笑着说。

“奶奶当然绝顶聪明，快教教我怎么调远近。”奶奶坐在宋风身边。

“你看外面这个圈，”宋风把镜头对准爷爷，背景是窗外天边丝丝缕缕的晚霞，“转动这个，调远近，转这个圈，调焦距。”

宋风一边教奶奶，一边给爷爷拍了一张照片。

“我来试试。”奶奶跃跃欲试地拿起相机。

两个人玩得挺好，宋风待了一会儿就觉得自己多余，转身回了房间。快二十天了，小木头没跟他说过话，原本他预计的是过个三四天她可能就差不多消气了。

如果知道这么久，宋风说什么都不敢这么“玩”。

陈辉说小木头看着他的来电显示发呆，但她为什么就是不接他的电话呢？

想得烦躁，宋风忍不住踢了两脚枕头，又踢了几下被子，后又不耐烦地将它们堆在床边。

像是一个精神病。

他已经很久没有听到小木头的声音了，总感觉心里空荡荡的，怀里也空荡荡的。

“下班了吗？”

现在是下午六点半，宋风知道她还没下班，但他就是想发点什么引起她的注意。他把今天手机拍的照片全发给了她，一共三十多张。

还有什么可发的？宋风想不到了，瘫在床上呆呆地望着天花板。

六点五十一分，她没有回复他。

七点半，她没有回复他。

八点二十三分，她没有回复他……

忽然，手机响了。

宋风连忙拿起手机，还差点没拿稳砸在脸上。

“嗯。”

只有一个字，但看见熟悉的小火车，宋风激动地抱着枕头亲了两口。

小木头回消息了！

宋风连忙抱着手机哆哆嗦嗦地打字。

“宝贝。”

“我错了。”

“再也不惹你生气了。”

舒冬从浴室出来，坐在沙发上边擦头发边看今天他发的消息。

他不在的近二十天，她好像又养成了另一个习惯，下班后会不自觉地拿起手机，看有多少未读消息，然后回到家中，一个人静静地看，有一种幸福又温暖的感觉。

宋风就是这样，一点一点抓住了舒冬的心。

这几天，舒冬不是不想回他消息，而是不知道回什么。她打了一行字，又删掉，再打几个字，又删掉，最后发送了一个“嗯”字。

她即使只发送了这样一个简单的信息，下一秒便收到了回复。

头发擦得半干，舒冬把毛巾放在腿上，看到他的消息内容，嘴角忍不住上扬。很想问问他在因为什么道歉，她生气是因为他没有等她，难道他……

舒冬拿着手机发愣，心虚得脸渐渐发红，难道被他看出来了？

五分钟过去了，宋风一直盯着手机，却没有再收到消息，他都怀疑酒店 Wi-Fi 是不是断了。他断开酒店的网，连上自己的移动网络，再断开再重连，但是有什么用，没有消息就是没有。

宋风在床上翻来覆去，直接打了电话过去，然而几乎是在他刚拨出去，就被对面的人挂断了。

一直盯着手机的不只是宋风，舒冬也是。她愣怔地拿着手机，心里有无数条线纠缠在一起——宋风是不是看出来了？

如果他知道了，以后威胁她欺负她的时候是不是就更过分了？

舒冬苦恼地揉了揉自己的头发，然后趴在膝盖上。

如果是在他没有出发前，舒冬根本不会这么纠结，那天，她本来就打算告诉他的，但是现在呢？

电话以闪电的速度被挂断，快得宋风都没反应过来，他看着手机发愣，小木头也在看着手机是吗？

梳理这段时间的事，以宋风对她的了解，她现在可能没有那么生气了，但是对他的道歉也不会主动说出“原谅”两个字，更不会撒娇，只能他向她靠近一步，她也往前稍微挪动小半步。

宋风无奈地笑了笑，眼底带着几分宠溺。他倒了杯水，半躺在床上，修长的双腿交叠在一起。

“吃饭了吗？”

宋风尽量找点她能接得下去的话，像说“我想你”，这句话小木头可能抱着手机看一宿，都不会回他一个字。

果然，过了两分钟，手机振动了。

舒冬回复：“吃了。”

宋风笑了笑：“打电话吗？”

这几个字舒冬看了一分钟，然后缓缓回复两个字：“困了。”

这条信息刚发送出去，舒冬就忍不住拍自己的额头，这个理由是不是太烂了？

八点四十一分，宋风看着时间笑笑不说话，直接把电话打了过去。

舒冬回到房间，还在为自己找的烂理由后悔，此时听到响起的手机铃声，心里更烫了。

手机响了很久，一直没有挂断。她手心是凉的，拍了拍自己的脸，手动降温，然后摁了接听键。

宋风笑了。

他知道她会接电话，尽管她总是慢吞吞的，让他着急。

“上班累吗？”宋风如果不说话，两个人可能沉默一个小时她都不会先开口。

“还好。”舒冬把房间的灯关了，想把自己藏起来。

久违的声音，浅浅淡淡的，但听在宋风耳朵里，空荡荡的心瞬间被填满了。

“还生气吗？”宋风端着玻璃杯，听着她的呼吸。

“没有生气。”舒冬说得很没底气。

还敢狡辩？宋风眉毛轻挑，黑亮的眼睛带着温柔：“那为什么不接电话？”

渐渐适应了房间的黑暗，舒冬翻了个身，不知道该怎么回答他，索性不说话。舒冬闭着眼睛，她好像真的不太会说谎。

“为什么不接，嗯？”宋风并不打算放过她。

“太忙了。”又是一个烂谎，舒冬自己都不相信。

“那我早点回去。”不在乎她说的是真是假，对于宋风来说，他只需要听见她的声音就够了。

“不用了。”舒冬说。

“爷爷奶奶整天念叨你。”宋风也躺下了，把房间的大灯关掉只剩下一盏壁灯。

“爷爷奶奶还好吗？”舒冬从床上坐起来。

“挺好的，奶奶在用相机给爷爷拍照。”宋风往门外望了望，能清楚听见吵吵闹闹的声音。

舒冬靠着墙笑了笑，很佩服奶奶的心态，那么年轻，整天都那么有活力。

电话里，又变得很安静，宋风能清楚地听到彼此每一个动作的声音。

舒冬抿了抿唇，不知道说什么。

“过段时间我就回去了。”宋风算了算日子。

“现在还不到一个月。”听陈辉说他要出去两个月。

“想我了？”宋风笑着摸了摸今天新换的耳钉，黑色环状。

“没有。”舒冬条件反射性地否认。

“回去有惊喜吗？”

“没有。”不知道他还会说什么，他每次的问题都让她害怕，她忍不住说，“我困了。”

小木头怎么总害羞？他叹了一口气：“那早点睡，明天记得吃早饭。”

“好，晚安。”舒冬说。

“晚安。”

直到她把电话挂断，宋风才放下手机，在他这里，她永远不会听到被挂断的忙音。

宋风看着屏幕上的名字发呆了很久，他笑了笑，今天应该不会失眠了。

宋风开车往北走，已经去了三四个城市，这一路，玩得最尽兴的就是

奶奶了，她玩肯定就得叫上爷爷，宋风反而成了拍照拿包的人。

自驾游玩的路线是和爷爷奶奶一起定的，爷爷挑了几个古城，奶奶选的都是有美食又好玩的地方。

六月中旬，天气渐渐热了，随着高考结束，暑假旅游高峰也快到了。

“打算什么时候回去？”下午五六点，暑气渐渐散去，宋风开车到一条小河边，和爷爷奶奶散步。

“你奶奶乐不思蜀了。”爷爷将手背在身后笑了笑。

“回去也没什么事，出来玩挺开心的。”奶奶手里还拿着刚刚在古城里买的小吃，喂完爷爷喂宋风。

“不累吗？我都累了。”虽然宋风没有把计划做得太满，但出来一个多月，还是挺累的。

“你就是整天在网吧待的时间太长了，以后跟我们多出来溜达溜达，要是嫌和我们在一起没意思，就多叫个人。”奶奶的话弯弯绕绕，说到底就一个意思。

“好，下次把陈辉叫上。”宋风乐了。

“我说的是冬冬！”奶奶一巴掌拍在宋风背上。

宋风叹了一口气，您再不回去，别说冬冬，小柯基可能都有小小基了。

“再过几天可能会更热，要是不舒服咱们就回去，等秋天凉快了再出来。”宋风走到爷爷身边，看着他的脸有点红，把水杯递给他，“累不累？”

“不累，等你奶奶玩够了咱们就回家。”爷爷喝了口水。

宋风乐了，老头儿和老太太平常在家舍不得买这舍不得买那，这次出来倒是进步了。

林哥前几天回来了，放了舒冬几天假，舒冬在家待了几天，每天无所事事，花费时间最长的是盯着手机。

舒冬不知道，原来自己可以这么想念一个人，想念的滋味又是那么深刻。

想看见他，想和他说话，每天等他的消息。收到他的消息之后，她会觉得很甜蜜，想怎么回复他；收不到他的消息的时候，她就又忍不住怪他出去玩的时候没有把她带上。

舒冬趴在床上，看着相册里的照片傻笑，然后又胡乱地揉了揉头发，她不能再这样下去了，让他看见还不得笑话她。

舒冬换了件衣服去了网吧，路过上次的奶茶店时买了两杯。

“冬哥来了，好几天没看见你了。”察觉到有人推门进来，陈辉抬头看见了舒冬。

“这几天休息了。”舒冬拿了一杯放在陈辉面前。

“谢谢冬哥，跟宋老板认识这么久都没请我喝过。”陈辉从椅子上站起来，“一起游戏？”

“好。”舒冬笑了笑，无论在家，还是在这里，总能听见他的名字。

两个人来到最后一排。

“他还有多久回来？”舒冬打开游戏问得漫不经心，但眼睛却不由自主地往陈辉那里看。

“他没说吗？不跟你说更不可能跟我说了，应该还有几天，现在都六月末了。”陈辉打开奶茶喝了一大口，是他最喜欢的酸酸甜甜的草莓味。

舒冬嘴唇抿成一条直线，前几天也说还有几天，但现在几天过去了还说再过几天，言而无信。

“让他在外边待着吧，回来就会欺负人，咱们打游戏多愉快。”陈辉悄悄地观察舒冬的表情，一脸坏笑。

“嗯。”舒冬沉沉应了声，回来就会欺负她，她还这么盼着做什么？

但玩了一下午游戏，舒冬都心不在焉的，跟陈辉玩游戏很好，但不知道为什么总是想起来他？舒冬晚上和陈辉一起吃了饭，之后又回到网吧，七八点钟人渐渐多了，陈辉回到柜台前去忙。

有烟味飘到鼻间，舒冬愣了愣，从口袋里拿出一支棒棒糖，手机突然振动，是宋风发的今天的照片。

舒冬一张一张地看完，一张一张地保存，犹豫了很久，然后在消息框缓缓输入——

“什么时候回来？”

看见她的消息宋风恨不得现在就回去把她锁死在怀里。

马上了。

还有几天。

肯定不超过一周……

宋风把输入的答案又一个个删掉，听着隔壁的笑声逐渐狂躁，奶奶是不是在治他？

宋风穿上鞋，大步流星地走到隔壁：“奶奶，什么时候回家？”

“着急什么？着急回去见冬冬呀，我看看接下来还剩哪儿没去……”奶奶拿出来她的小本本，翻了几页，“就剩最后一个地方没去了，最多还

有一周。”

宋风坐在椅子上：“你们这是玩上瘾了？”

“本来就是这么做的计划，我看是你着急了吧小风。”奶奶在给爷爷捏腿，笑眯眯地戳穿他。

“我着急什么，这不是怕你们累着。”宋风从椅子上起来，坐在床边给爷爷捏腿，然后扭头看了眼奶奶，“你去歇着。”

“不用不用，不累。”爷爷把腿伸回去。

“给你捏腿我都手疼。”宋风又给拽回来，“以后能不挑食了吗？”

爷爷特别瘦，宋风的修长就是遗传了爷爷，但是爷爷还挑食，身上一点肉没有，就算不生病的时候，整个人也都看着很没有力气。

“你奶奶做饭不好吃。”爷爷总爱吐槽奶奶的厨艺。

“好，回去给你琢磨几个新菜谱。”奶奶边看电视，边应和。

今天竟然没斗嘴，宋风在一旁看着笑了笑。

舒冬休息了几天开始上班，下午三四点忙完之后她看了看手机，发现有一个未接来电，看到那个名字后舒冬心瞬间提了起来。

王警官。

舒冬脑子里突然一片空白，也不知道自己在想什么，她拿着手机连忙把电话拨了回去。等待是如此漫长，舒冬无意识地在房间内走来走去，每一步都暗藏着巨大都不安和期待。

“喂，你好。”

电话突然接通，而舒冬的嗓子却有点发不出声音，她深深吸了一口气：“你好王警官，我是舒冬，刚刚在忙没接到您的电话。”

“是舒冬呀，没打扰到你工作吧？”王警官是一位四五十岁的中年男子，恪守职责，为人和善。

“没有没有，请问您打电话有事吗？”舒冬刚坐在椅子上，不到十秒钟又站了起来。

“打电话是好消息。”王警官爽朗地笑了两声，知道她心急也没卖关子，“根据这么多年的线索，前几天我们发现江城十六年前的一宗人口拐卖案件和你的情况很相似，我们正在和江城的警方沟通协调，如果有任何进展我马上通知你。”

每个字都很有力地传到耳边，舒冬坐在沙发上控制不住地握紧了手，眼角发红，声音还带着颤抖：“谢谢王警官，真的谢谢……”

“都是我们该做的，为人民服务！”王警官声音很浑厚。

一个孩子的走失，往往就是一个家庭的破碎。王警官跟人口拐卖这些案子打了这么多年交道，他恨不得把这世界上所有的人贩子都绳之以法。这些案子里，比舒冬不幸的有太多，很多孩子被拐了之后，从小被强迫在火车站这种地方行乞，身上都是青一块紫一块，亲人相认的时候，饶是他们这些钢铁男儿都忍不住眼红。但比舒冬幸运的也有很多，父母和孩子两边都在找，这样概率会大一点，不过十几年了一直没有消息，他很清楚，这个女孩有点自闭，都是被现在的家庭害了。

“如果线索都吻合，过段时间需要你去趟江城，让你叔叔阿姨陪着你一起去，到了之后会有警方接应你。”王警官收了收情绪，继续说，“这个月肯定会有消息，我再通知你。”

“谢谢王警官，有需要配合的您联系我就好。”舒冬心里有很多感谢的话，但是一时间全堵在了嗓子里说不出来。

“没问题，你快去忙吧，不要有太大的心理负担，顺其自然。”最后，王警官还是忍不住嘱咐了一声。

“我知道了，谢谢王警官。”电话挂断了，舒冬坐在沙发上久久不能平静，她紧紧地握着手机，眼前忽然闪过宋风的脸，她连忙翻到他的号码。

“冬冬，发生什么……”林哥在楼上听见她打电话，刚转过楼梯就看见她失魂落魄地坐在沙发上，想问她发生了什么，刚开口就看见她举着电话慌忙往门外走。

舒冬靠着老柳树深深喘气，到现在脑子都有点晕晕乎乎的，被突然的喜悦砸到还反应不过来，举着电话的手不停颤抖。

宋风正举着相机帮爷爷奶奶拍照，忽然感觉到口袋里的振动，拿出手机看到是她的名字愣了愣，她很少打电话给他，发生了什么事吗？

宋风滑动接听：“冬冬……”

“一直负责我案件的王警官刚刚打电话给我，说江城有一个案子和我的情况很符合，这个月就会有结果。”电话刚接通，舒冬就忍不住把所有的细节说给他听，然后说着说着她就笑了。

“真的？这太好了！”宋风声音不受控制地提高，比舒冬还激动，有点语无伦次，“对了，江城还挺远的，到时候我陪你去。”

“好，那等你回来。”刚刚王警官说让张姨和健周叔陪她去，但舒冬知道，他们不会去的，他们连路费都舍不得出。

但无所谓了。

晴空碧日，柳枝丝丝垂下，微风吹动着女孩的头发，她抬头，眉眼间全是明媚动人的笑意，所有的阴霾仿佛瞬间都被蒸发了。

林哥顺着窗户往外看，很少见她笑得那么开心，既然没事他就放心了，然后上楼继续忙。

“最多不超过一周。奶奶最近玩上瘾了，每去一个地方都给你买了礼物。”明明昨天晚上才聊过天，但好像总有说不完的话，宋风手里拿着相机，靠在一旁笑得温柔，从他旁边过去的女孩走出去几米远了，还要再回头偷偷看几眼。

“帮我谢谢奶奶。”舒冬说。

“回去自己谢。”宋风笑了。

“小风你快点，我摆动作胳膊都僵了！”奶奶站在不远处大喊。

“奶奶又在喊我了，先不说了，晚上等我电话。”宋风拿着手机往爷爷奶奶那边走。

“好，你先忙。”舒冬笑了。

“有消息及时告诉我。”宋风说。

“知道了，拜拜。”舒冬笑着挂了电话。

看着熄灭的手机屏幕，舒冬发着呆，脸上挂着她自己都没察觉到的浅笑，其实不太想挂断，也不知道为什么，就想在第一时间把这件事告诉他。

“谁的电话？”奶奶摆了半天的动作，也没拍上照。

“陈辉。”宋风脸不红心不跳。

“觉得奶奶岁数大了好骗是不是？”奶奶一巴掌拍在宋风背上，“陈辉你能笑成这个德行？”

“疼，疼！”宋风往旁边躲，但却笑得一脸浪荡。

“轻点打。”爷爷在旁边心疼了，拉着奶奶不让打。

“哼，冬冬说什么？”奶奶收了手，一点都不糊涂。

“说警察那边有消息了，跟江城有一家情况挺像。”宋风挑重点说。

“这太好了！正好咱们也快回去了。”奶奶特别高兴，笑得脸上的皱纹都挤在了一起，“等回去之后你陪冬冬一起去，她那些家人应该是靠不上，一个女孩子家……”

奶奶正说着愣住了：“江城离咱们这里挺远吧？”

江城在最南边，而宋城是北方的一个小城市。

“嗯，挺远的。”奶奶一停顿，宋风就知道她想到了什么。

“那冬冬找到家人之后，你们……”后面的话奶奶没说出来。

“这些事以后再想，来继续拍照。”宋风低着头摆弄相机，往后退了几米给爷爷奶奶拍照，他嘴角依旧扬着，但眼睛却看不到底。

舒冬激动的心情持续了一下午，下班吃了饭后坐在网吧，她不由自主地回想这几年的事，这并不是王警官第一次给她打电话。

在她很小的时候，也有警方联系她，那时候还比较频繁，因为张阿姨和健周叔有了自己的孩子，可能合计着养她太费钱，所以配合警方也比较积极，但时间长了就觉得没希望，连他们搭进去的钱都要不回来，渐渐地也就放弃了。

两三年前，王警官也联系过她，但那次的消息是错的。

那次回来后，很长一段时间舒冬都没有开口说过一句话，也没有出门，一次次地失望压在心里把最后一丝光也压灭了。

直到张阿姨上门去跟她要钱，舒冬才清醒，她不能放弃，她要继续找自己的家人，然后脱离这里。

思绪有点恍惚，想到这里舒冬一直激动的心情渐渐平复下来，如果这次是真的再好不过，但如果还是错的，也没有关系，她不会放弃，只要她还活着一天就不会放弃，但同时，她也会过好自己的生活。

舒冬眼前又浮现出宋风的脸。

“冬哥在想什么？上游戏吗？”陈辉从冰箱里拿了瓶果汁饮料放在舒冬面前，反正是宋老板的，他随便送。

“好。”舒冬跟陈辉已经很熟了，她笑了笑没拒绝，“你家店里不忙吗？”

“忙的时候我就过去，也就中午晚上饭点的时候忙一两个小时，这里随便找个人看着。”陈辉打开游戏。

“中午我可以过来。”舒冬说。

“不用，你每天工作也挺累，那几个朋友都信得过，没什么。”陈辉说。

“舒冬姐姐好久不见，嗨，陈辉！”

正说着话，陈辉听见这个声音脚底发麻，小姑娘自高考结束后就频繁地往这里跑，开口闭口就问宋老板。陈辉眼神发虚，他看了眼舒冬，又把视线缓缓往右移。

“好久不见。”舒冬嘴角微微弯了下，有点僵硬。

“茵茵来了。”陈辉并不想让她来，特别是现在的局面。

“这几天在家忙着报志愿，好久没过来了。”许茵茵坐在陈辉旁边靠走道的位置，往周围环视了一圈，“宋风学长还没回来吗？”

舒冬缓缓扭头，静静地看着游戏界面，脸上没什么表情。

“嗯，没呢。”怕什么来什么，陈辉心悬在半空，支支吾吾地应了声，然后连忙转身去招呼舒冬，“冬哥我邀你。”

“他都出去这么久了，什么时候回来呀？”许茵茵往陈辉那边靠了靠。

“我不知道，找他干什么，游戏不好玩吗？”陈辉答完右边安慰左边，“冬哥今天想玩什么模式，经典还是动感？”

前段时间舒冬很无聊，陈辉就借机让她入了QQ炫舞的局，这段时间再也不“吃鸡”了，每天换套小裙子。

“都可以。”舒冬心不在焉，脑海里全是那句“高考后你能做我男朋友吗”。

“当然是找他有事啦，你能不能把他微信给我？”许茵茵撒娇道。

“上次我把他微信给了一个女孩，他知道后砍了我一根手指，现在都还没长好呢。”陈辉上线领了领经验，“冬哥准备。”

舒冬缓过神，点了准备。

“手不是好好的吗？”许茵茵视线在陈辉的双手上扫过。

“我原来有六根手指。”陈辉一点都不脸红。

“骗人！”许茵茵说。

陈辉叹了一口气，既然知道我在骗你就不要问了啊！

他现在体会到了“如坐针毡”这个成语的意思。茵茵这孩子，想法很简单，从小到大肯定都没被别人拒绝过，如果直接告诉她，宋风喜欢舒冬的话，她会受到打击的吧。

越想越头疼，快来个人把他带走吧！

第八章 / 急转直下

又过了两天，今天是在这个古城的最后一晚了，明天开车去最后一个目的地。

当初做计划宋风就没安排那么紧凑，玩的时候怕爷爷奶奶吃不消节奏又放慢了点，所以就比原计划的时间拉长了。

宋风把自己的行李收拾完，又去帮爷爷奶奶收拾，刚把行李箱合上，忽然听爷爷咳嗽了一阵。

“不舒服了？”宋风连忙走到床边拍了拍他的背。

“没有……咳咳……咳…”爷爷猛一阵咳嗽，一时间说不出话。

爷爷太瘦了，咳嗽的时候让人害怕，宋风抱紧了他，

“怎么了怎么了？来把今天的药吃了。”奶奶赶紧去端了一杯温水过来。

咳嗽声渐渐停了，爷爷坐着缓了一会儿，尽管喘息很吃力，但呼吸逐渐顺畅了，他接过来奶奶手中的药和水，手有点抖，然后仰头吃了下去。

“是不是吹空调着凉了？”宋风坐在床边，拿毛巾替爷爷擦了擦脸。

“昨天不让你开非得开，晚上我睡着忘了关，就开了大半夜！”奶奶不高，年龄大了之后背有点弯，她站在床边生气地看着爷爷。

“就开了一会儿，小感冒吃点药就好了。”爷爷也知道错了，给奶奶

服了个软。

体虚的人怕热，怕寒，什么都怕。宋风和奶奶出门的时候，什么都没放在心上，唯独把要带的药检查了好几遍，生怕漏了哪个一时间买不着。

“吃了药赶紧休息吧，热的话睡前开一会儿，睡觉的时候关了。”宋风把行李箱靠墙放着。

“知道了，你也快睡吧。”

凌晨一点，宋风依旧睁着眼。黑暗中，他枕着手臂仰望天花板。隔壁的咳嗽声没有停过，今天晚上爷爷的咳嗽症状明显严重了。

这一晚宋风睡得很不安心。

爷爷奶奶醒得早，宋风第二天也很早就起来了，他不放心地去隔壁看了看。

爷爷的咳嗽更严重了。

“很难受吗？”宋风手背贴着爷爷的额头。

“没事，不是很难受。”爷爷还笑着安慰宋风。

“奶奶，温度计在哪儿？”

“刚刚量过了，37.2℃，低烧。”奶奶刚把温度计放在包里。

宋风坐在床边，注视着爷爷苍白的脸色，缓缓开口：“要不等会儿吃了退烧药咱们就回去？天越来越热，怕你跟奶奶受不了，等秋天天气凉快了，叫上冬冬咱们再一起出来。”

“好……回去吧，想家了。”

启程回家，宋风不敢开车太快，怕爷爷受不了，七八个小时后终于到家，天已经黑了。

病来如山倒，爷爷本来早上只是咳嗽流鼻涕，回到家之后又发了高烧，整个人的精神状态极差。下车的时候，爷爷坚持自己走，但宋风扶着他没敢松手。

奶奶赶紧去厨房熬了点粥，宋风喂爷爷吃了退烧药，爷爷额头上冒着虚汗，慢慢睡着了，宋风坐在床边没有离开。

“快去吃点东西，吃了去睡会儿。”过了半个小时，奶奶悄悄地走进卧室把宋风叫出来。

“你去吃吧，我没什么胃口。”餐桌上放着两碗粥，还冒着热气，宋风扫了一眼没动。

“不饿也得吃点。”奶奶把宋风拽到桌前。

“今天你去我房间睡，我看着爷爷。”宋风拿勺子心不在焉地搅拌着。

“吃了药应该就没事了。好好睡你的，开那么长时间的车身体会吃不消的。”奶奶看着宋风的黑眼圈，叹了一口气。

吃过饭宋风去洗了个澡，出来的时候看到爷爷奶奶卧室有微弱的灯光，他在客厅停了两秒，然后回了自己房间。

一天了，终于躺到了床上，宋风闭着眼睛轻轻揉着眉心，感觉浑身酸痛，但最难熬的是一直紧绷的神经，脑袋有点疼。过了一会儿，他拿起手机，看到了舒冬的消息，不到十点发来的。

“到家了吗？”

现在是凌晨一点，宋风一直忙着没看手机，他注视着那辆小火车，猜她已经睡着了。

“到了，有时间去找你，晚安。”

而电话那头，舒冬听到振动连忙拿起手机，看到消息后长舒了一口气，把手机放在心脏的位置，望着天花板。

一直没有收到他的回复，舒冬忍不住胡思乱想，还以为出了什么事，但又怕打电话打扰到他，所以她就一直等。

舒冬是那种如果你赶她走，她会无助又倔强地坐在你的门外，只安静地守着，不会敲响那扇门的女孩。

她不擅长解释，也不会挽留，但她也不会走。

她就是这样的性子，只会用自己的方式去关心去在乎一个人，或许对方根本就感觉不到。

舒冬悬着的心终于放下，很快就睡着了。宋风猜到她睡了，不过还有莫名的期待，但很久都没有回复，他就把手机放下了。

宋风一直没睡，尽管很疲惫，但昏昏沉沉地睡得也不踏实。

凌晨四点的时候，他起床悄悄推开隔壁卧室的门，刚来到床前就发现奶奶醒了，他把手指放在唇前，示意她别出声。

他将手背轻轻贴在爷爷的额头，虽然那处汗涔涔的，但是已经不烧了，他松了一口气。

“赶紧睡吧。”宋风看着奶奶，把声音压得极低。

“三点就退烧了，你快去睡吧。”奶奶跟宋风摆了摆手。

宋风点头，又放轻了脚步出去了，顺便把门带上。这么多年，奶奶睡觉特别轻，刚才他刚进去她就醒了。宋风知道老太太也一直没睡，宋风躺

在床上，终于安心地睡了。

舒冬以为刚到店里就能看见宋风，但一上午了，都没看见他的影子，出来抽烟的时候，往三楼看了好几次，但都没有看见他，直到中午，都没有。

期待渐渐落空，舒冬有点赌气地回了店里。

宋风是被说话声吵醒的，他皱着眉头又翻了个身，过了好久才睁开眼，但一看手机，已经下午一点了，他连忙坐起来，但好像起得猛了，眼前一片黑。

房间外还有陌生人的说话声音，宋风缓了一会儿下床，这一觉睡得太沉了。

“小风醒了，饭你用微波炉热一下，我送梁医生出去。”奶奶站在客厅，正准备出去。

“不用不用，这么近我自己回去就行了，你们忙。”梁医生把杯子放下，从沙发上起身。

“要不您再坐会儿，喝茶吗？我去泡一壶。”宋风笑着走到客厅。

“不用客气了，诊所走不开，我得马上回去。”梁医生笑了笑，拿着医药箱往玄关走。

宋风把梁医生送到单元楼下：“看这情况，明天可能还得麻烦您再来一趟。”

“打电话给我就可以，离得这么近，快回去吧，我先走了。”梁医生背着医药箱大步往前走。

宋风笑着跟他挥了挥手，回家了。

梁医生是社区诊所的大夫，爷爷经常不愿意去医院，有时候病得不是太严重就去诊所拿药，再不行就麻烦梁医生来家里吊点滴。

回到家，奶奶已经把饭摆在了茶几上，宋风先去爷爷房间看了看，爷爷现在正醒着。

“吃饭了吗？”宋风又摸了摸爷爷的额头，虽然不烧了，但精神状态还是不好。

“吃了，快去吃饭吧。”爷爷半躺在床上，神情恹恹的。

“觉得不舒服咱们就赶紧去医院，不要拖着，听到没？”宋风把点滴的速度调慢了点。

“嗯，知道了……”爷爷应了一声。

宋风看爷爷又闭上了眼睛，就从卧室出去了，客厅里，奶奶也在吃饭，喝的鸡蛋汤，但宋风面前摆着米饭和菜。

“说多少次了，不用做两种饭。”宋风无奈地叹了一口气，搭着奶奶的肩膀，“都把老太太累瘦了。”

“反正闲着没事，快吃吧，一会儿凉了。”奶奶笑着往旁边躲了躲，把宋风的手臂移开。

不知道是饿了，还是其他东西在作祟，宋风把饭菜全吃完了。

他们家三个人，但从宋风记事起就总做两种饭，因为爷爷身体不好，一般吃的都是比较清淡容易消化的食物，但奶奶怕宋风吃不惯，所以总是再给宋风做其他的。

三个人，两种饭，不知道多少年了。

“我去洗碗，你快去睡会儿，去我房间睡。”他刚放下筷子，奶奶就准备收碗筷，宋风拦住了她。

“一会儿在沙发上躺几分钟就好了。”奶奶拿着碗准备去厨房。

“有床不睡，睡沙发干什么？这几天有你累的，别把自己累垮了。”宋风从她手里夺过来放在茶几上，拉着她往卧室走，他直接把她推到床上，给她盖了个薄被子。

“你这孩子，”奶奶无奈地笑了笑，脸上全是疲倦，“那一会儿你帮老头子换药，我就不管了。”

“嗯，知道了。”

宋风从卧室出去深吸了一口气，他一觉睡到下午，但老太太也是一夜没睡，早早地起来，又是叫医生又是做饭，宋风心里酸得发胀。

他把碗洗了，厨房和客厅也都收拾干净，又去爷爷卧室看了一眼，发现没什么问题就出来了，因为爷爷不喜欢有人在身边看着，他合着眼，却也不是真的睡着了，只是浑身没力气而已。

宋风虽然睡了那么久，但感觉还是缓不过来，他躺在沙发上疲惫地闭上了眼，但过了几秒他忽然睁开眼睛，回来这么久了，还没顾上联系小木头。

他往身下摸了摸，但手机好像在卧室，他愣了两秒，算了，老太太刚睡着。

下班后，舒冬还是习惯性地看手机有没有未读消息，但今天，什么都没有，没见到他，也没有消息，期待完全落空，还转化成了其他东西，在胸腔内慢慢膨胀蔓延。

舒冬面无表情地收拾完东西，从文身店出来抬头看了一眼网吧，然后回家了。

奶奶一直睡到天黑，晚饭是宋风做的，爷爷身体还是很虚弱，但坚持下床走了走。因为爷爷不愿意麻烦人，他觉得一直躺在床上，自己就是个废人了。

爷爷奶奶很早就回房间休息了，宋风回到房间拿出枕头边的手机，今天都还没碰过。

有很多未接来电，还有很多消息，但唯独没有他想看见的。宋风笑了笑，真是个没良心的小东西，找出她的号码，直接拨了过去。

舒冬刚从浴室出来，就看到茶几上的手机屏幕亮着，还伴随着振动，她走近了几步，看到来电显示上的名字，宋风。

舒冬擦头发的动作顿住，很不想接，但又很想接。

就在舒冬纠结了很久终于伸手去接的时候，电话挂断了。舒冬的手停在半空，她闭着眼睛深深吸了一口气，拿起手机扔在了沙发里，然后冷漠地擦着头发。

但很快，手机又响了，舒冬连忙拿起来，还是他。没有停太久，舒冬接通了电话，但依旧面无表情，接通了也没说话。

“在做什么？”宋风翻了个身。

“洗澡。”舒冬冷声道。

“那来视频？”宋风又忍不住调戏她。

舒冬坐在沙发上，不说话。

电话里一阵静默，宋风渐渐察觉到了异样：“怎么了？”

舒冬还是不说话。

宋风回想着这两天的事，缓缓笑了，大概猜出了她的心思，开始自顾自地解释：“爷爷生病了，回来后一直没消停，明天晚上我去趟店里，下班后等我。”

“爷爷严重吗？”听到这个，舒冬瞬间就心软了。

“不是很严重，每年夏天都这样。”黑暗中，宋风幽幽的目光和夜色混在一起。

“好。”才短短几句话，舒冬闷了一天的气就散了。她不会撒娇，也不会表达自己，不做作也不无理取闹，生气了只会闷在心里。

他们之间，好像永远都是宋风在“强迫”她，要不然就会停滞不前。

“早点休息吧，明天去找你。”宋风闭着眼睛。

舒冬意外地皱了皱眉，没想到这个电话会这么快结束，愣了几秒钟后她点头："晚安。"

"晚安。"人心里装着事的时候，对于儿女情长往往是没有欲望的，宋风心里乱作一团，现在他最想做的就是把舒冬抱在怀里，能让他安心一点。

所以宋风怕再说下去，他会忍不住去找她。

第二天傍晚，爷爷输完液又睡了，奶奶在收拾客厅。

"我去店里看看，一会儿就回来了。"回来之后一直没时间去，宋风有点不放心，"有事打电话给我。"

"我在家呢没事，路上小心点。"奶奶把围裙摘掉，看着宋风出门。

七月的傍晚，风很热，宋风骑着自行车很快到柳巷，他没有直接上楼，反而先去了文身店。

"回来了！"林哥刚从楼上下来。

"前两天回的。"宋风笑了笑，往楼梯上看了一眼，"冬冬呢？"

"刚走，去你店里了。"林哥拿毛巾擦着手。

"好，那我先上去。"宋风转身就走。

"要不要这么直接，都不会装装样子吗？"林哥笑着打趣。

"改天请你吃饭。"宋风边走边摆了摆手，都是直来直去的人，跟林哥不用这些弯弯绕绕。

楼梯里挺干净的，宋风很快上去，刚推开网吧门突然响起一声尖叫，接着一呼百应，开始一起乱叫。

"风哥！"

"风哥回来了！"

"风哥好想你！"

小崽子们一个个就差热泪盈眶了，宋风赶紧捂着耳朵让他们停，这要是心脏不好的可能直接就倒在门边了。

很久不见，大家看见宋风都很激动，都抬着水汪汪的大眼睛看着他，小别胜新婚可能就是这个意思？

但唯一可以小别胜新婚的人却没看他，宋风往角落扫了一眼，小木头戴着耳机很是专心地在玩游戏，一如既往地冷酷。

宋风直接往后面走，但走到一半，发现这群小崽子还盯着他，他停住了，是不是得说点什么？

"今天大家随便玩，我请。"

“谢谢风哥！”

在万民的爱戴簇拥中，宋风继续往后面走，陈辉坐在旁边玩游戏，他直接来到舒冬身后，笑着摘掉了她的耳机。

舒冬回头冷冷地看了他一眼，又重新戴上了。

宋风目光呆滞，还有点心肌梗死，预想中的难道不是个大大的拥抱吗？

陈辉在旁边看热闹，用口型说了两个字：“活该。”

宋风抬手拍在他脑袋上，从旁边拉过来个椅子坐在舒冬身后，中央空调开着，他打开窗户点了根烟。

“冬哥，哎，冬哥你怎么掉血了！喂！”陈辉刚跑过去，就看到了地上多了一个盒子，顿时有点蒙，“第一次看到冬哥落地盒……”

听见身后打火机的声音，舒冬退出了游戏。

两个多月没见他了，从他推门进来那一刻，心跳就开始加快，直到他来到身后，在她的感知范围内，所有的注意力都不受控制。

舒冬不想转身，但所有的注意都在身后。

思绪恍惚间，她正准备进入游戏，忽然头皮疼了一下，舒冬条件反射地往旁边躲。

听说把喜欢的人的头发卷进烟里，再吸进肺里，这样可以离心脏近一点，宋风拿着从舒冬头上揪下的一根头发照做，狠狠吸了最后一口，青烟在夜色里消散，缭绕又绵长。

“非主流年代我都不这么玩！”陈辉无情捅刀。

宋风唇角轻挑，把烟捻灭扔进垃圾桶里，眉毛上扬。

被好奇心驱使，舒冬想看他做了什么，但刚扭头就被他抓住了手腕，然后被他拉着往外走：“回家了。”

七月份的柳巷傍晚，路上大排档已经摆起来了，男人们穿着黑色背心，有的撩起衣服露出啤酒肚，撸串喝啤酒，谈天说地。

舒冬被宋风拽着往前走，走到人少的地方，宋风直接抓住了她的手，她瞬间愣住了，突然间不知道做什么反应，也不再挣扎，就呆滞地跟着他往前走，手心很烫。

“想我了吗？”宋风捏了捏她的手心，声音有点哑。

舒冬皮肤起了一层细细密密的战栗，想甩开他的手，却被他握得更紧。

“那我想你了。”宋风低头看了她一眼，继续往前走。

舒冬还是沉默，但心烦意乱了一天，就渐渐地平静下来，还裹着淡淡的清甜，宋风就像是她的催化剂，又是镇静剂，他的一举一动，都牵动着她的喜怒哀乐。

“嗯。”舒冬抬头看着街角的路灯，浅笑隐匿在晚风里。

“嗯什么，嗯就完了？”宋风很不满意地揉她头发。

“别乱动。”舒冬偏头躲他，拿开他兴风作浪的手顺便转移话题，“爷爷怎么样了？”

宋风脸上的笑渐渐消失，被他刻意藏起来的疲惫不知不觉又露出来：“没事，一年总有一段时间会这样，过去就好了，别担心。”

本来想放开他的手，但察觉到他并不像表面说的那么轻松，舒冬低头看着路面的盲道，任由他牵着往前走。

一段路，不管走的速度再慢，总会有走到头的时候，不知不觉中，他们就到了单元楼的楼下。

“我就不上去了。”宋风往楼上看了一眼，怕上去就不想下来了。

“好，那……你早点回去吧。”舒冬欲言又止，总感觉心里有很多话要跟他说，但都卡在喉咙里，发不出声音。

“我看着你上去。”宋风低头看着她，疲倦的视线中又带着一丝炽烈。

舒冬察觉到今天晚上的他有点奇怪，好像在刻意压抑着什么，她看不透。这不是她预想中两个月后两人相见的画面，但她还是点了点头，看了他一眼，转身走了。

身影被路灯拉长，树影斑驳被投在地面上，宋风看着她一步一步往前走，眼看马上要进去了，宋风深吸一口气，大步流星地走过去，将她紧紧抱住。

“有点累。”昏暗中，宋风喉结微动。

“回家好好休息一段时间。”他的动作很突然，但舒冬却没有被吓到，或许她一直在等他追上来，所以才走得很慢。

夏天的衣服很薄，两个人抱在一起可以清楚感觉到彼此的心跳和体温。

舒冬没有往后退，手臂抬起，又在距离他后背五厘米的距离停住，犹豫要不要抱下去。

“再给我一段时间，等爷爷身体好一点了……”宋风温柔地吻在她的发丝，“到时候不同意也得同意。”

舒冬笑了，本来还在跟他一起难过失落，但他是一个永远都不会把软弱暴露出来的人，永远对世界都竖着坚硬的外壳。

“好。”隐隐约约地承认，已经是舒冬往外迈的最大一步了，“我等你”

三个字还是没有说出口。

宋风笑了：“是不是等不及……”

话还没说完手机响了，宋风放开她从口袋里拿出手机，发现是奶奶打来的，他心里瞬间一紧，连忙接起电话：“怎么了？”

“没什么，就是问你什么时候回来。”奶奶坐在沙发上，电视开着。

“现在就回。”听见隐隐的电视背景音，宋风皱着的眉头展开了。

“回来的时候看诊所还开着没，让梁医生再开几服药，家里快没了。”

“好，知道了，现在就回去。”

电话挂断，宋风低头看着一直没动的小木头，手放在她的肩膀两侧：“上去吧。”

舒冬看着他淡淡的黑眼圈，轻声说：“回家好好休息。”

宋风笑了笑，看她进去又在楼下停了会儿，直到抬头看见窗户里灯亮了，才匆匆离开。

梁医生每天都来家里给爷爷吊点滴，但快一周了爷爷却没有好转的迹象，有时候爷爷难受得整夜都不能睡，宋风心急如焚。

这天输完液，宋风把爷爷扶到客厅沙发上，下午五六点光线还很充足，他把空调的温度调高了点。

“明天咱们去医院。”宋风从果盘里拿了个苹果削皮。

“不去……”爷爷靠着两个枕头，神情憔悴，躺平的话会喘不上气。

“怎么又不听话了？”宋风低着头。

过了很久爷爷都没有出声音，宋风扭头，发现他眼睛半睁半合着，不知道是阳光太过充足还是爷爷本来就很白，总之脸上没有丝毫血色。

“梁医生肯定没有市医院的医生专业，再说医院里设备也全，有什么问题都能……”

“不去，咳咳……”爷爷皱眉打断了他，一生气又忍不住咳嗽，把头偏到了一旁。

水果刀很锋利，宋风一顿，手指被割破渗出了血，他失神地看着血滴在茶几上，和他眼里的血丝一样红。

宋风没再提去医院的事，吃过饭又把爷爷扶到卧室，确切地说是把他抱回去，因为他已经走不稳了，但那么高的人，抱着怎么就这点重量呢？

“你去刷碗吧，让奶奶歇会儿。”奶奶坐在沙发上，半眯着眼。

“去房间睡吧，也没什么事了。”这两天老太太也挺累的，宋风坐在她旁边，给她按捏肩膀。

“我没事，一会儿就睡了。”奶奶笑着拍在宋风腿上，不想让他担心。

给奶奶按了会儿肩膀和腿，宋风把茶几上的盘子和碗收拾干净去了厨房。奶奶看见宋风去厨房了，悄悄地回到卧室。

卧室的灯开着，宋奶奶坐在床边拉着老伴儿的手，轻轻地抚摩：“老头子，别硬撑着了，咱们去医院吧。”

孟爷爷睁开眼睛，无力地摇了摇头。

“现在医保能报销挺多的，花不了多少钱。”两个人生活了一辈子，老伴儿在想什么，宋奶奶都知道，她脸上是深深的皱纹，眼睛很红，“你这么拖着不是办法……”

“咳咳……咳……”

孟爷爷又是一阵咳嗽，宋奶奶连忙扶他坐起来，给他顺着后背。

缓了一会儿，呼吸顺畅了以后，孟爷爷吃力地开口：“我这身病，是个无底洞……把小风这辈子给拖垮了……”

房间外，宋风端着水杯停住了，他靠在墙边，手指不自觉地握紧。

“你这么拖着，小风也担心……”宋奶奶的声音微微发颤，看着老伴儿难受，也不能帮他承担分毫。

“小风现在长大了……结婚买房子，都得花钱……我的那点退休工资，咳咳……”孟爷爷费力地往上坐了坐，又缓了很长时间才开口，“医院那种地方，咱们去不起……”

宋奶奶沉默着没再说话，长长的叹息声飘散在房间里，才短短几天，头发里掺杂着的白发好像又多了。

房间外，玻璃杯里装的是滚烫的开水，宋风捏着杯子手被烫红了，但他好像完全感觉不到，骨节泛出森森青白，如果力度再大一分，杯子可能就会碎掉。

心里压得喘不过气，只能听见他沉重的呼吸声，他抬手擦掉脸上的眼泪，走进卧室。

爷爷奶奶看见他进来，顿时都不说话了。

宋风把杯子放在床头柜子上，然后抱起爷爷就往外走：“去医院。”

去了急诊，后来又来到住院部，还是11楼，但变成了2号床，护士给孟爷爷吊上了点滴。

一顿折腾下来，已经很晚了。

“我帮你叫辆车，回家好好睡一觉。”宋风拿着手机对奶奶说。

“不回去了，在这儿能帮你分担些……”

“回去。”宋风声音突然冷硬，眼睛混浊不堪。

奶奶无声地叹息，眼角渐渐有了泪。她抓住宋风的手：“小风，爷爷奶奶在家说的话，不是那个意思……”

病床上，爷爷输着氧气，伸出颤颤巍巍的手：“小风，过来……”

宋风喉结微动，稳住沉重的呼吸。缓了几秒，他转身来到病床前，温柔又耐心：“怎么了？哪里不舒服？”

“没有不舒服……”爷爷稍微坐了起来。

“说了多少遍都不听，现在难受也没人能帮你受着。”宋风眼睛布满了红血丝，心里有一股气顶着让人难受，他从口袋里掏出一张银行卡，手指微不可察地发颤，“这张卡里，是这两年存的钱，有十几万块，虽然不多，但是我年轻，以后还能赚。”

“所以以后别不舍得花了，其他地方省就算了，但生病了你拖着干什么？”宋风缓了一口气，笑着帮爷爷擦了擦脸，“听到了吗？”

爷爷眼里有泪光，呼吸不是很顺畅，他摸着宋风的脸笑了笑：“听到了，以后都听你的……”

一米开外，奶奶屏着呼吸，抹了一把眼泪从病房出去了。

老一辈的人把节俭刻在了骨子里，他们没有安全感。一年前，宋风把每个月的入账还有存款都告诉他们，想让他们知道家里没他们想的那么难，在那之后一段时间，宋风感觉到他们有所改变，但是，骨子里的东西不是那么容易改的。

宋风的脾气不算好，内心深处可能住了一头残暴、充满戾气的狮子，但他自己都没意识到，在照顾爷爷的时候他有多温柔。

亲人，永远是宋风的软肋。

陈辉知道后就连忙赶来了医院，一直和宋风轮流看护爷爷，并且强行把奶奶送回了家，让她回去休息。在爷爷精神状态比较好的时候，陈辉就陪他说话，给他讲笑话段子，逗他开心。

今天，舒冬和陈辉一起来了。

好几天没见，连消息也几乎没有，进去病房后舒冬看了宋风一眼，心瞬间就疼了，他瘦了很多。

“冬冬来了……”看见舒冬，孟爷爷很开心。

“给您带了好吃的，看看想吃什么？”视线没在宋风身上停留太久，舒冬笑着坐在病床前，把买的水果和零食放在柜子上。

"吃个苹果吧。"孟爷爷往上坐了坐。

"好，我先去洗洗。"舒冬脸上的笑浅浅的，让人看着很舒服。

他靠墙站在病床对面，舒冬从椅子上起来，去洗手间的时候路过和他擦肩而过，她抬头看了他一眼，两个人短暂地对视后，她低头过去了。

宋风的视线一直追着她，从她进来的那一刻就没放开，带着贪婪、热切、隐忍和挣扎，全都藏在了那双疲惫混浊的黑眸里。

舒冬洗完苹果回到病床前，拿出水果刀开始削皮。

"半个就好，一个吃不完……"孟爷爷说话很吃力，这几天一直都很少说话，但是看见舒冬，他的精神莫名就好了些。

"好，那我们一人一半。"舒冬笑得乖巧。

宋风的目光在她身上描摹了数遍，他喉结微动，转身从病房出去了。

陈辉扭头看了他一眼，也跟着出去。

医院里的每个人好像都很疲惫，连椅子上都躺着人在休息。

陈辉和宋风乘电梯下楼，来到住院部的花园，两个人往旁边走了走，宋风点了一根烟，他最近抽烟抽得很凶。

"少抽点。"陈辉说了一句，却没去夺他手里的烟。

下午三四点，天还很热，花园里几乎没什么人，宋风抽完一根，又点了第二根。

这几天一直很忙，爷爷每天都会疼得睡不着，宋风就陪他坐到半夜，白天还要办各种检查的手续，缴费，拿化验结果，拿药，楼上楼下跑无数次，他下巴冒出一层胡楂，却也没时间刮。

陈辉看了他一眼，从他口袋里拿出烟，也点了一根，两个人靠墙站在阴凉处，谁也没看谁。

"风哥，咱俩认识这么久，有些话一直没跟你说过，"陈辉说着说着突然笑了，"一直觉得两个大老爷们儿说这些挺肉麻的。"

陈辉："其实你已经做得很好了，你今年才二十二，你看看咱们那些同学，大学问家里要生活费，就算现在毕业了一时间也没几个能经济独立的，不是说读书不好，而是……你真的做得很好了，网吧现在虽然赚得不多，但第一年最难的时候已经过去了，以后利润会越来越大。"

陈辉："你别自责，真的。"

陈辉："而且我从来不觉得网吧会困住你，以你的脑子以后干什么

都行，真的风哥，以后你干什么我都跟着你。”

仿佛是怕难为情，陈辉一口气说完了所有的话，但说完也没觉得心里舒畅，还是闷得难受。

宋风把烟掐灭笑了笑，眼睛里全是颓废和黯淡：“我能做什么？我什么都做不了。”

有些事情，真的会摧垮一个人，只剩下无能为力的苍白和颓败。

他们家，就像陈辉说的，宋风已经做了很多，爷爷奶奶也做了很多……

本来是该好好读书的年纪，却承担起了赡养老人的责任；本应该是安享晚年的却要承担孙子结婚买房子的重任，巨大的压力几乎要把这个不完整的家庭压垮，但是，他们每个人都奋力地顶着，把这个脆弱的家庭支撑起来。

“爷爷会没事的，你先回家洗个澡，这里有我呢。”陈辉拍了拍宋风的肩膀。

宋风沉默了很久，抬头看着天：“先上去吧。”

回到病房，爷爷已经睡了，舒冬坐在病床前帮他看着点滴。

这几天，爷爷总是夜里疼得睡不着，整夜整夜地坐着，白天精神状态稍微好点会睡一会儿。

“冬哥。”陈辉压低了声音，把舒冬叫出来。

舒冬抬头，发现陈辉站在病房外，而宋风走到病床前，低头听了听爷爷的呼吸，从头到尾没有看她。

她心里莫名很酸涩，低垂着视线，然后出去了。

“一会儿先陪风哥吃个饭，我在这里就行。”陈辉看着这两个人的状态，很着急。

“好。”舒冬五指慢慢握在一起，往里扫了一眼，正好看见宋风出来。

“我回家一趟，一个小时后就回来了。”宋风是对着陈辉说的，然后视线缓缓转移到舒冬脸上，只是看了一眼，没说其他然后转身走了。

“等我一下。”舒冬抓住宋风的衣角。

宋风停住了，但没回头。

舒冬慢慢收紧了五指，回病房拿了包，又看了爷爷一眼，然后跟着宋风走了。

从病房到医院大门外，两个人一路无话。他们之间一直都是宋风在主动，然而现在，舒冬察觉到他好像不太想再往前走了。

“陪我去吃个饭吧。”舒冬抬头看着他，不知道是不是阳光太刺眼，忽然很想流泪。

拒绝的话就在唇边，然而沉默了很久，宋风都说不出口。他低头看着她，所有堵在心口的话都变成了锋利又厚重的石头棱角，压得让人喘不过气，很疼。

最终，宋风拉着她的手，过了马路。医院对面就有餐馆，他们点了两碗面。

“怎么没告诉我爷爷生病了？”如果不是陈辉告诉她，她都还一直暗自生气为什么宋风不来找她。

“好好工作，没什么事。”中午到现在一直没吃饭，但宋风没什么胃口。

“没看到爷爷看见我很高兴吗？”舒冬在暗示他。

“爷爷看见谁都高兴。”宋风笑了笑，几天不见，真的很想她。

面做好了，舒冬把碗往前推了推，夹了很多到他碗里：“我吃不完。”

为什么在这个时候？

为什么？

望着她葱白的手指，宋风喉结上下滚动，他能感觉她在一步步靠近他，但为什么是这个时候……

他谁都保护不了。

“你多吃点，都瘦了。”宋风制止住她的动作。

“还胖了两斤。”舒冬笑了笑，让自己尽量看着乖巧。

正说着，舒冬的手机响了，手机屏幕上显示着来电人的名字——王警官。

宋风拿筷子的动作一顿，忽然觉得味蕾有些迟钝，顺着舌苔漫出一丝清苦。舒冬看了一眼，挂了。

“怎么不接？”宋风抬头。

“先吃饭。”舒冬笑了笑。

“有什么消息吗？”宋风问。

“还没有。”舒冬吃了几口把筷子放下，“如果医院有事，你记得打电话告诉我。”

“没什么事，你工作也挺忙的，下班了就好好休息。”宋风说。

手放在膝盖上有点热，舒冬没说话，从今天遇见到现在，他一直在把她往外推。

“爷爷很严重吗？”舒冬忽然察觉到什么。

“没有，跟上次差不多，过几天就好了。”宋风站起来，“吃好了吗？”

指甲在手心不知不觉留下很深的印记，舒冬点了点头：“吃好了。”

两个人在十字路口分开，舒冬回了文身店，宋风回了家。

花洒下，水汽很快氤氲了整个浴室，宋风觉得透不过气，把水温调低了，水流沿着脸颊往下，他拂了拂脸上的水，一拳砸在墙上。

心里胀得难受，又空得要命。

宋风从浴室出来，发现奶奶在客厅躺着，电视没开。他匆匆换好衣服，来到沙发前，拿了条毯子给奶奶盖上，但还没走到跟前，奶奶就醒了。

“今天我跟陈辉在，你在家好好休息一天，明天吃过饭再去。”宋风担心她身体吃不消。

“你也别太累了，想吃什么奶奶给你送过去。”奶奶从沙发上坐起来。

“感冒了吗？”宋风听她说话带着鼻音，去摸了摸她的额头。

“没有，可能刚睡醒。”奶奶笑了笑。

“好，您接着睡吧，我没什么想吃的，先走了。”宋风起身。

“路上小心点。”奶奶说。

“知道了。”宋风笑了笑，让奶奶安心。

宋风转身走到玄关，换完鞋，打开门正准备合上，忽然听到奶奶隐隐约约的哭声，他站在门外，动作僵硬，里面的哭声越来越大，门自动缓缓关上了……

宋风站在门外。

七月的盛夏，他却越发觉得冷，不知道为什么心里控制不住地发慌。

奶奶是个很要强的人，宋风几乎没见她哭过，至少从来没这么脆弱过，她是不是有什么在瞒着他？

宋风匆忙地赶到医院，他先到病房看了看，爷爷已经醒了，陈辉在跟他说话，其实一直都是陈辉在说而已。

“醒了？饿不饿？”宋风来到病床前。

“不饿，什么都不想吃……”爷爷半躺着，宽大的病号服里两条腿瘦得好像只剩骨头。

“不想吃也得少吃点，我一会儿下去买点粥。”宋风把床稍微放下来点。

爷爷没再说话，虚弱地闭上了眼睛。

宋风正准备削半个苹果，余光扫到张医生从病房外一闪而过，他放下水果刀，出去了。

医生办公室里，张医生刚坐到位置上，宋风就站在了他身边。

“小风来了，有事吗？”张医生整理着桌子上的文件。

“张医生，我爷爷这次来了也有段时间了，怎么一直不见好转？”宋风注视着他的眼睛，不想放过任何一个微小的变化。

张医生整理文件的手明显顿了下，但很短暂，紧接着像什么都没有发生过一样笑了笑：“没什么大问题，这次有点严重，所以得过段时间……”

“您跟我说实话吧。”宋风的眼睛黑得看不到底。

张医生抿了抿嘴唇，转身看着宋风，有些不忍：“其实孟老先生……是肺癌。”

2018 年 7 月 30 日，天气晴。

周围的人影攒动变得恍惚，嘈杂的声音明明很近却又变得很远，不真切，一切都变得虚幻……

宋风望着张医生，黑色的眼眸逐渐变红，变得越来越红。他张了张嘴，想说什么，却一个字都说不出来，心里好像有千斤的重量，压得他说不出一个字。

最后，宋风猛地从椅子上起来，但刚站起来，眼前突然一片黑，他踉跄地扶住桌子，想把所有的人都甩在身后。

“小风你别这样，你听我说！”张医师连忙起身去追他。

宋风不顾一切地往前走，但还没走出医生办公室，就看到迎面走过来的奶奶。

“小风……”奶奶看见他的神情愣住了，又看了一眼他身后的张医生。

宋风终于在涣散的人影中找到一个焦点，他顿住身形，头脑疼得发胀，心底的愤怒和害怕几乎要把他吞噬了。

他冷笑着看着奶奶：“准备什么时候告诉我？等人没的那天吗？不告诉我你倒是把他治好！凭什么瞒着我？凭什么？”

“宋风！”张医生厉声制止，把他拉开。

宋风像是一头歇斯底里的困兽，奄奄一息地挣扎着。

奶奶的眼泪瞬间就流下来了，颤颤巍巍地说不出一句话。

办公室有几个医生在，听见动静都往这里看了一眼，但这种事情隔一段时间就会上演一次，都已经见怪不怪了。

“您先在这儿坐会儿。”张医生拉了张椅子，扶着奶奶坐过去，然后把宋风拽出办公室。

走廊里光很暗，张医生沉沉地叹息一声，他摘掉眼镜揉了揉眼：“小风，现在的情况谁都不想看到。”

宋风无力地靠在墙上，眼里汹涌的情绪已经平息了一半，一闭上眼，热泪就流了下来。宋风心里压着一口气，眼泪抹了还是不住地往外流，他很后悔，如果他早点知道的话……

“孟老爷子这个病，是四年前查出来的，说实话能坚持这么久已经很不容易了……当初查出来的时候已经是恶性晚期，肿瘤长的位置太靠近心脏，以你爷爷的身体……可能会下不来手术台。”张医生一直是孟爷爷的主治医生，这几年，应该没有人比他更了解这个家庭。

“当初 CT 出来的时候，你奶奶不愿意相信，拿着片子一个人跑了好几个医院，但结果都一样。”饶是见惯了这些事，张医生还是忍不住红了眼，“说实话，我都没想到孟先生能坚持这么久，你奶奶把老头子照顾得非常好，这么多年，是怕你担心才没告诉你。老太太今年七十岁了……这么多年她一个人扛着，再说是自己的老伴儿，比你们谁都难受，所以你别怪奶奶。”

走廊里光线昏暗，充斥着宋风沉重的呼吸，他倔强地抬头看着天花板，想让眼泪流回去。

“小风，”张医生刚说完话，奶奶从办公室出来了，这几天头发几乎全白了，她眼里含着泪，慢慢走到宋风面前，“别怪奶奶，别怪……”

奶奶刚开口，宋风最后一道防线也绷不住了，他伸手把奶奶抱在怀里，害怕无助得像个孩子：“该怎么办？”

奶奶呼吸发颤，她轻轻拍着宋风的背：“小风，你别怪奶奶，奶奶不是不告诉你，你爸什么都不管地就走了，把我们两个老东西丢给你……”

张医生擦了擦眼角，把空间留给了他们，回办公室了。

奶奶哽咽得厉害，几乎要说不下去：“想想别人家跟你这么大的孩子，都在读书去玩……但你那么小就得围着我们两个老东西转，奶奶心疼啊……在奶奶心里你一直都是个孩子，奶奶不愿意让你承担那么多……”

宋风眼泪控制不住地往下淌，紧紧地抱着奶奶。

“没事别害怕……他的病不是咱们没钱不给他治，实在是治不好……如果有一丝希望，哪怕是把家里钱全花了，奶奶都不会犹豫的……”

就算事实就是这样，但宋风知道，奶奶在安慰他。他的脑袋一阵阵抽搐得疼，他扶着额头缓了很久：“我出去一趟。”

他想找个地方静一静。

绕过护士站，路过病房的时候，宋风在门外看了一眼，好不容易止住的眼泪又失控了，他现在不能进去，会被爷爷察觉出来的。

傍晚天已经黑了，宋风浑浑噩噩地不知道往哪儿走，在路上漫无目的地走了一个多小时，最终竟然不知不觉来到了柳巷。

上一次这么失魂落魄的时候，好像是在四年前。

高考那天也很热，下了雨，闷热。俞知逸说爷爷被救护车拉走，他毫不犹豫地走出了考场，然而到医院却发现是一场骗局。

张医生说爷爷的病是四年前查出来的，所以，真的是四年前。

所有的事情都是冥冥之中注定了的，这一刻宋风竟然很庆幸，庆幸俞知逸骗了他。

李大爷的理发店已经关了，宋风坐在台阶前，他无力地靠着墙，看着三楼的网吧，柳巷的店关得都很早，三楼的霓虹灯牌亮着，很显眼。

那棵老柳树的枝干好像又弯了些，不管这条巷子怎么变，哪些人来了，哪些人走了，他永远都在那里。

宋风无力地靠着墙，眼睛烫得想流泪。

她在上面吗？还是已经回家了？

宋风很想见到她，很想，想抱着她汲取些力量。但见到她又能怎么样？她马上就要找到家人了，而他什么都给不了她。

“宋风学长！”

一声惊喜的尖叫从三楼窗户传来。

舒冬刚来到文身店前，准备开门的动作顿住了。回到家发现钥匙落在了店里，她找林哥要了店里的钥匙，顺着另一条路过来的。

他在吗？

没过多久许茵茵就慌忙从楼上下来，刚刚打开窗户看见是他，她简直开心得要跳起来！

“你去哪儿了？回来这么久也不来店里！”许茵茵跑得太急了，喘着气站在宋风面前，满脸都是欢喜。

光线昏暗中，看不清楚宋风的表情。他没有抬头，问：“有事？”

“说好的高考后做我男朋友呢！”许茵茵说得毫不犹豫，却不好意思地揪着衣角。

舒冬靠墙站着，钥匙攥在手里却没打开门的意思，她抬头望着对面的柳树。这几天他们之间仿佛陷入了僵局，爷爷生病了，他没有精力来找她，这她都知道，但为什么连个电话和消息都没有？

他一次又一次地推开她，她的感觉没有错。

最近的他，让舒冬很没有安全感，但每次赌气说不理他的时候，又会忍不住告诉自己，他只是因为爷爷在忙而已。

脑袋像是要裂开，所有事情都横七竖八地乱塞在心里，宋风舒了一口气，耐着性子抬头："我有喜欢的人。"

许茵茵脸上的笑渐渐收了，不再是刚才那么欢喜，连声音也不自觉地弱了下去，她试探地问："是舒冬姐姐吗？"

转角，舒冬手不自觉地握在一起，甚至屏住了呼吸，她怕听不清楚他的答案。

为什么会这么在意？明明他之前说过，喜欢她，想要和她在一起，但最近她再也没有听到过，连她的靠近他都会推开。

所有她都不确定了，她甚至胡思乱想他是不是喜欢上了别人？

对于这个问题，他还是原来的答案吗？

过了很久，他都没有说话，舒冬的心一点一点地冷下去。

然而，这在许茵茵眼里，却是默认了。

她眼里含了泪，之前他说有喜欢的人，她一点都不在意，因为她觉得他是在敷衍她，是因为她年龄小，是因为她还未高中毕业而故意这么说的，所以哪怕他对她态度一般，她也不生气，因为他就是那样的性格，他对所有人都是那副样子。

然而，真相却不是这样，这几天总听到有人说他和舒冬，她不相信，但回想之前的一些事……

"她有哪里能比得上我？"许茵茵不甘地问，"她一个没读过书的小文身师，成绩没我好，家庭没我好，你看上了她什么？"

宋风终于抬头正眼看许茵茵，看着这个总是笑着叫他学长的女孩子。

"你知道读书的意义是什么吗？"宋风声音很平静。

许茵茵愣了一秒。

"读书的意义在于消除偏见，去包容这个世界上的不同，你成绩好又能代表什么？或许将来你会因此过上自以为光鲜亮丽的生活，但这改变不了你庸俗、狭隘、无知的事实。"宋风说完移开眼，不再看她。

庸俗？狭隘？无知？

这些许茵茵从没想过和她有任何关系的字眼，现在从她喜欢的人口中说出来，砸得她头脑发蒙，明明他语气不重，声音也很平静，但是她却感受到了深深的厌恶。

许茵茵站在原地，眼里氤氲着泪，久久不能回神。她不敢相信说出那番话的人是她自己，也不敢想象被嫉妒淹没的她刚刚有多丑陋。

“对不起。”过了很久，许茵茵低声开口。她低着头，不等宋风再说什么，就率先离开了。

身体所有的重量都倚在了墙上，宋风浑身没有一点力气，脑子也很乱，他放在心尖的人，不许别人那么说。

舒冬无力地抬头看着夜空，这是那个请她喝奶茶不谙世事的女孩吗?

舒冬低头苦笑了一声，许茵茵的话好像也没说错，自己本来就是这么不堪。

其实在某种意义上，许茵茵和俞知逸是同一种人，把优异的成绩当成优越感，俞知逸永远不会把舒冬介绍给他的朋友，许茵茵也永远不会和在网吧遇到的隔壁班同学打招呼，因为她“不认识”他们。她之所以喜欢宋风，是因为在她和她朋友的认知里，宋风是学校很厉害的风云人物。

人就是这么现实。

宋风望着三楼的窗户，去年开业的时候爷爷还来过。

一想到病床上的人，宋风就忍不住闭上了眼睛，只感觉眼皮滚烫。

人都有离开的时候，但宋风不敢相信，他很快要失去那个老头子了。

他不愿意接受这个事实，他不敢想，他不敢相信这一天来得这么快。

舒冬一直倚着墙，然后收起了钥匙，缓缓走过街角。

听见脚步声，宋风把所有的情绪都藏了起来，但看到是她明显愣了愣。

“刚下班吗？”宋风站起来，他记得文身店刚刚是锁着的。

“过来拿个东西。”舒冬站在他面前，半米的距离，没再往前分毫。

“嗯。”宋风低头，视线将她纤细的身影完全笼罩。

才短短几天而已，两个人就生疏得像陌生人，以前也会经常陷入沉默，但跟现在是不一样的，舒冬不知道哪里出了问题，眼角忍不住酸涩。

“宋风。”舒冬注视着他的黑色T恤，胸前有一个烧焦的小洞，所有记忆都回到了去年夏天。

和现在一样，盛夏的七月。

真快啊，都已经一年了。

“嗯？”借着夜色，宋风贪婪地注视着她。

“那边有消息了，我明天晚上的车去江城。”舒冬抬头笑了笑，让自己看着尽量洒脱点，但她不知道，她平常其实很少笑，“白天林哥一个人忙不过来，我下班后再去车站。”

宋风的心瞬间变得空荡荡的，无数片段开始纠缠。宋风握紧了手，拼

命抑制所有的冲动。

“钱够吗？”宋风拿出手机，准备给她转钱，“我这里……”

“够了。”舒冬抓住他的手，不让他转。

两个人的手轻轻碰在一起，和夏天的晚风，昏黄的路灯，安静的小巷，一起融进夜色里，只剩下久久的沉默。

“期待你的好消息。”

好消息？

舒冬视线低垂，眼睛酸得难受。

她昨天还在想，孟爷爷生病了，他没办法陪她去。

以前那么期望找到家人，但这一刻，舒冬竟然很想宋风留住她……

很想。

“如果消息是真的，”舒冬抿唇，眼角有点湿润，“我可能就不回来了。”

宋风喉咙好像被塞了裹着玻璃碴的棉花，他喉结微动：“好。”

2018 年 7 月 31 日，天气晴。

照顾病人往往是最累的，不仅是身体上很累，内心的压力也会渐渐把人压垮，很多家庭都是兄弟几个轮流照顾，都累得缓不过来，而孟爷爷的病床前，只有一个二十二岁的宋风。

陈辉这几天已经完全不去店里了，但今天也没怎么出现在病房，只在外面走廊里待着，他怕看见孟爷爷，会控制不住自己的情绪。

走廊上有很多椅子，很嘈杂，有人在闭眼休息，也有和陈辉一样抹着眼泪的。

他是昨天晚上才知道孟爷爷的病情的，问了宋奶奶。

和宋老板认识这么多年，孟爷爷就像是他的亲爷爷，他不敢相信这么好的人就快要离开了。

像他们这种小城市，不论有钱还是穷一点，大家都差不了多少，只要人都好好的，就没有过不去的坎儿，但宋家，零零散散的，人越来越少……

陈辉从口袋里拿出包纸巾，擦了擦眼睛和鼻子，然后拿手往眼睛上扇风，缓了好一会儿，照着玻璃窗看眼睛不红了他才回病房。

病房里，孟爷爷现在意识清醒，半坐半躺着。

“想听戏吗？”宋风拿出手机翻了翻。

“不听……”生病时，身体的疼痛会让人心烦意乱，所有的事情都力不从心，孟爷爷望着窗外，“来这么久了，都不见好……”

宋风正翻着手机的动作停下，过了两秒，他把手机放下，笑了笑：“过年的时候不也住了大半个月，那时候都快一个月了才好，再等几天就好了。”

从外面旅行回来，梁医生在家为孟爷爷输液花了一周时间，来到医院也一周了，半个月过去，反而越来越严重。

“现在连床都下不了，真是个废人了……”整天坐着，身上哪儿都疼的，孟爷爷费力地换了个姿势。

“七十的人还想跑八百米不成？”宋风转身翻开一个袋子，把泪忍回去，缓了几秒，他拿了块话梅糖，“来，吃颗糖。”

陈辉进来还没五分钟，又连忙出去了，他没有宋老板那么能忍，也没有他那么会藏。

“这是冬冬买的吧，这两天没见她。”孟爷爷看了一眼，张开嘴吃了。

宋风视线低垂着，眼睛里铺了一层灰色：“她每天还得工作，挺忙的。”

孟爷爷脸上难得出现了一丝笑容：“你以后别欺负人家……”

“知道了。”宋风嘴角咧得很大，像冬日碾碎的日光，只是表面明媚，实则冷得空洞。

过了会儿，孟爷爷又闭上了眼睛，但宋风知道他没睡。

“中午想吃点什么？早上就没吃东西。”这个问题宋风每天都会问几遍，但每次收到的回答都是“不想吃”，看着越来越瘦的人，他真的很害怕听见这个答案。

“想吃……”孟爷爷眼睛半睁半合，停了几秒钟，“想吃城南那家的阳春面……”

“好，那让陈辉去买。”宋风松了一口气，连忙去走廊找陈辉。

这应该是一周来第一次听到爷爷想吃什么，之前每天都会强行喂他点稀粥，但粥能有多少营养，宋风没有办法，跟医生说每天输瓶营养液。

陈辉坐在走廊的椅子上，宋风走到他面前：“爷爷说想吃城南那家阳春面，你去买吧，吃了饭再过来。”

“我没事，你吃点什么？”宋风刚说完，陈辉就从椅子上起来了，按了旁边的电梯。

“没什么胃口。你去吧，路上小心点。”宋风坐下，看了眼手机，手机屏幕始终停在舒冬的电话号码上。

电梯的数字不断上升，陈辉转身看了他一眼，欲言又止：“别把自己累垮了。”

电梯门开了，陈辉没再说什么，搭电梯下楼了。

宋风从手机号翻到微信对话框，消息最后一条还停留在三天前。

“吃饭了吗？”

晚上七点半她发的消息，宋风一直没回，点开她的头像，绿皮火车永远不会褪色，他用指腹仔细摩挲，一遍又一遍……

今天晚上就要走了吗？

不到一个小时，陈辉就回来了。

正值中午，陈辉推开病房的门，头上全是汗，他走到孟爷爷身边放低了声音：“爷爷，吃饭了。”

宋风准备撑起平常在床上吃饭的小桌子，孟爷爷睁开眼睛看了看。

“我去买的时候人挺少，坐起来吃吗？”陈辉准备扶孟爷爷起来。

孟爷爷眼睛有点混沌，他看了眼陈辉提着的面，摇了摇头：“不吃……”

陈辉动作顿住，宋风拿碗的动作也停住了。

“刚才不还说想吃吗？”陈辉笑着说，像哄小孩子似的，很有耐心。

“不想吃了，疼……”孟爷爷神情痛苦地捂着肚子。

“好好好，那就不吃了，一会儿要是饿了就说，咱们去买其他的。”陈辉连忙把面递给了宋风。

孟爷爷又闭上了眼睛。

宋风靠窗站着，转过去身看着窗外，沉沉的叹息声散在风里，无力感顺着全身蔓延。

正在宋风不知道该怎么办的时候，奶奶过来了。

“不是让你晚点来吗？天这么热。”宋风接过奶奶拿的东西。

“今天有风不热。”宋奶奶笑了笑，提着保温桶坐在病床前对孟爷爷说，“煮了点鸡蛋汤，喝不喝？”

孟爷爷睁开眼睛，看到是老伴儿后稍微坐起来一点，皱着眉呢喃：“去哪儿了？一天都看不见你……”

“这不是回家给你做饭了嘛。今天不走了，现在吃点吗？”两个人过了一辈子，几十年过去了，看着自己的老伴儿，奶奶眼里也都还是宠溺。

“嗯，小半碗……”孟爷爷借着自家孙儿的力往上坐了坐，他自己已经没有力气坐起来了。

“小风、小辉，你们也快去吃饭吧，这里有我呢。”宋奶奶说。

“好，我们一会儿就回来。”陈辉说。

医院餐厅的走廊里，陈辉和宋风并肩坐着，黑眼圈都很深。

“冬哥今天要去江城了。”宋老板不会不知道，但陈辉还是说了一遍。

宋风身体向后靠着，揉着眉心：“我知道。”

“江城那么远，她一个女孩子你放心吗？”陈辉看着他。

宋风现在每天都很疲惫，但一闲下来脑海里全是她的影子，走路的时候，吃饭的时候，做梦的时候……全都是她。

江城那么远，他怎么会放心？

昨天晚上的画面不断浮现，尽管灯光昏暗，但她抬头时脸迎着光，宋风看见她哭了，他很心疼，但他不能帮她擦眼泪，他什么都不能做。

耳边全是嘈杂声，沉默了很久，宋风起身：“我出去一趟。”

宋风站在舒冬家门外，看着紧闭的房门。有一次她把钥匙忘在了家里，他帮她介绍了开锁的师傅，然后又一起去配了钥匙，当时他顺便留了一把备用，而她竟然也破天荒地没拒绝。他当时很惊喜、很意外，但没想到第一次拿出来竟然是这样的场景。

宋风打开房门，缓步进来，客厅放着行李箱，很小，他坐在沙发上慢慢摩挲，看到行李的这一刻他才真的意识到，她要离开了。

她说白天还要工作，晚上的火车，所以宋风现在才敢过来，他查过了，坐高铁去江城得十个小时，坐普通列车得一天一夜。

江城，真的很远。

房间里全是她的味道，宋风抱着沙发上的枕头躺下，贪婪地呼吸，已经很久没有和她好好说过一句话了，更没有一起吃过饭。

现在他还可以偷偷过来，但不知道再过多久，这间房子就会被退掉，住进别人。心似被慢慢啃噬，宋风皱着眉，渐渐睡着了。

他睡得很不安稳，梦里也全是她，从去年春天网吧刚开业，她在柳树下抽烟，那是他第一次看见她，莫名地觉得这个女孩很特别。

一周后，她拿着身份证出现在柜台前，总是在最后排那个角落，也不跟人说话，脸上永远一个表情，真的很特别。

有一次，在李大爷的理发店遇见她，他刚进去，她已经剪完了，他很诧异，不知道原来有女生也来这里剪。

再然后，知道她和俞知逸在一起，他吻了她。

……

不知过了多久，宋风醒了，脑袋很疼。他看了眼时间，四点半，竟然睡了两个小时。

沙发上放着一个斜挎包，是她随身背的，宋风慢慢打开，在最里面的

夹层放了一个信封，环视着房间看了最后一眼，他离开了。

文身店今天确实很忙，晚上七点多舒冬才回到家，坐在沙发上捶着肩膀，在最后一个客人来的时候，林哥催她快点回去，以免误了火车。

而那一刻舒冬竟然想，误了吧，不去了。

以前担心和宋风在一起后她会忘了初心，然而就算现在他不理她，对她冷冰冰，她依然牵肠挂肚。她已弥足深陷了，明知道他身上有陷阱，她还是跳了下去。

舒冬闭着眼睛，强制自己不许再想了，她怕再继续下去，她真的不想去火车站。

火车是晚上九点的，明天晚上八点到江城。

没在家停太久，舒冬把窗户关好。将一切又检查了一遍，她拖着行李箱在门外看了最后一眼，关上房门。

一个人去车站。

可能因为是暑假，卧铺的车厢里有很多大学生在谈天说地，舒冬坐在下铺看着手机，页面停留在宋风的消息框，上一条消息他没回。

舒冬看着那句话，不知道过了多久，终于鼓足勇气，在消息框里打下几个字。

“我走了。”

指腹停在“发送”键上方一厘米的位置，时间好像静止了，过了很久，舒冬又一个字一个字地删掉。

耳边是他们明朗的笑声，舒冬打开包，缓缓拿出一支棒棒糖，那是在三月份，离现在已经很久了，怕天气太热融化掉，她一直放在冰箱里。

他送给她那么多糖，现在只剩下最后一支了。

舒冬捏着糖纸的手渐渐用力，心里蔓延出一阵清苦。

火车呼啸着向前奔跑，离那个小城市越来越远，舒冬望着窗外飞驰的无边夜色，眼泪断了线似的往外流……

她从来不知道，会这么舍不得这座城市。

2018 年 8 月 1 日，天气晴。

凌晨三四点钟，爷爷又疼醒了。

虽然每天都在病床上躺着，但他真正睡着的时间却很少，每天晚上都会疼醒，两三个小时算是比较好的了。

宋风叫来护士，打了一针止痛剂，过了将近一个小时，爷爷又迷迷糊糊地睡着了。

看他睡了，奶奶拉着宋风走出病房。昨晚奶奶也留在医院，宋风让陈辉回家好好睡一觉，怕他身体吃不消。

这个时间，医院安静得让人害怕，走廊里有很多病人家属，都在地上铺褥子将就着休息。奶奶拉着宋风走到楼梯转角。

“真的没有办法了吗？”宋风疲惫地坐在台阶上。

“老头子他……”奶奶叹了一口气，坐在宋风旁边，“张医生前天说的你也听见了，他除了这个病，还有肺气肿、冠心病……哪一个都能要了他的命啊……”

奶奶说话不知不觉就有了颤音，宋风连忙伸出手臂抱着她，现在说什么都很苍白，现实堵在面前，他们一步都迈不过去。

“不告诉他吗？”宋风声音沙哑。

“别告诉他。”奶奶抹了抹眼角，可能气息不稳，咳嗽了两声，“咱们能做的，就是在这段时间陪着他，安安心心地把他送走……”

宋风说不出话，心里疼痛难忍。

“他现在就是在受罪啊……等把罪受完，把身体熬干了，也就该走了……”奶奶抬头看着楼道里昏黄的灯，泪眼蒙眬，她抓着宋风的手，“小风，你要注意自己的身体，奶奶现在最担心的就是你，怕把你再累倒了……”

“我没事。”宋风眼睛通红，嘴唇紧紧地抿成一条线，他收紧了抱着奶奶的手臂，“以后身体不舒服一定要告诉我，千万别等到这一步。”

“奶奶的身体好，你别担心。”奶奶瘦弱的身体靠在宋风怀里，墙上映着两个人依偎的身影，“你跟冬冬怎么了？”

宋风身体微微一顿，目光沉沉地看着地板：“她去江城了。”

“自己去的吗？”奶奶惊讶地看着宋风。

“嗯。”宋风声音低沉。

奶奶正准备质问怎么不去车站送送冬冬，只是刚开口，却全噎在了嘴边，过了一会儿她沉沉地叹息道：“冬冬是个好女孩，咱们家没这个福分。”

宋风摸了摸口袋拿出手机，屏幕解锁后依旧停留在微信消息框的页面，但没有消息。

“我前半夜睡了会儿现在不困了，你快去再睡会儿。”怕说多了宋风难过，奶奶起身，拽着他回病房了。

他们所在的病房还比较好，旁边的两个患者只有白天在这里吊点滴，晚上的时候就回家了，宋风能躺着睡会儿。

天空泛起了白鱼肚，医院也渐渐地嘈杂起来。

可能是打了止痛剂缓解了点，孟爷爷醒了之后精神状态比昨天好了一些，他微微偏头，看见宋风在旁边病床睡，老伴儿趴在病床前……

孟爷爷忍着没动，也没发出声音，想让他们多睡会儿。

刚七点钟，陈辉就到医院了，以前都是不到十一点都不起床的人，现在早上六点自然醒，陈辉带着小米粥，轻轻推开病房门。

细微的声音宋风还是察觉到了，他皱着眉睁开了眼睛，朦朦胧胧中看到爷爷好像醒了，他立刻从床上坐起来。

“什么时候醒的？”宋风见爷爷眼睛有神，不像是刚睡醒。

“刚睡醒一会儿。”爷爷笑着说，听到动静奶奶也醒了。

“昨晚睡得好不好？”陈辉来到病床前，看孟爷爷脚露在外面，给他盖上了。

“挺好的。”孟爷爷撑着身体，想自己往上坐，却力不从心。

宋风连忙过去把爷爷扶起来，昨天晚上应该睡了四五个小时，今天状态看着很好。他问：“饿不饿？”

奶奶拉开了窗帘，把窗户稍微打开一条缝。

“一会儿再吃吧。”爷爷坐起来，目光看向窗外。

吃过饭后，陈辉看爷爷今天精神很好，便弄来了一个轮椅。上午天气不是太热，宋风推着爷爷到楼下花园散散心。

已经二十天了，爷爷几乎没有下过病床，再次呼吸到新鲜的空气，整个人都明朗起来。

“热不热？”奶奶问他。

“不热。”爷爷往四周望着，在病房里往外看只能看见对面的那栋楼，已经好久没看到外面的景色了。

“明天咱们还下来溜达，等哪天好了再缠着小风出去玩。”奶奶笑着拿毛巾帮他擦了擦脸。

宋风没敢在楼下停太久，怕爷爷身体吃不消再变得严重。

但他们刚回病房，就看到一个女人站在病床前，衣着得体，面容姣好。

宋风停住脚步，放在轮椅上的手不受控制地握紧，泛起了一阵青白。

“琬竹来了……”爷爷看着面前的人笑着唤了声。

女人正举着手机打电话，听到声音后连忙转身，她笑着走过去：“爸，正准备给您打电话呢。”

接着，她的目光就落在了宋风身上，但宋风视线始终低垂着，没看她一眼，面无表情地推着爷爷到病床前，小心翼翼地把他放在床上。

“刚刚下去了一趟，手机也忘了带。”奶奶说。

“我也刚来不久。”女人穿着过膝长裙、三厘米的高跟鞋，头发盘起，温婉中透露着干练。

陈辉站在一旁，看了宋老板一眼，有点担心。

“今天感觉好点了吗？”许琬竹坐在病床前，贴心地把靠枕放到孟爷爷背后。

“好多了，大老远的别来了……”孟爷爷笑了笑说。

“听说您生病了，我怎么能放心。”许琬竹眼睛里的担忧是真的。

“过几天就好了，你家里也离不开人……”看到她，孟爷爷明显是高兴的。

“昨天杯子碎了，我下去买一个，琬竹你先坐着，我一会儿就上来了。”宋奶奶说。

“妈，我去吧。医院超市就有吗？”许琬竹把宋奶奶扶到椅子上。

“超市没有的话医院对面的商店应该有，小风陪你妈去吧。”宋奶奶望着宋风。

许琬竹缓缓转身，落在宋风身上的目光有些复杂，期待、自责，以及害怕……

宋风始终靠墙站着，停了很久也没看她，最终自己一个人走出了病房。

许琬竹连忙跟上了。

走出住院部，两个人没有直接去超市，在长廊的一个阴凉处坐下了，宋风点了一根烟。

“别抽了，对身体不好。”许琬竹坐在宋风身边，想拿掉他手里的烟。

宋风躲开，不耐烦地看了她一眼。

许琬竹的手瞬间僵住了，他的眼睛里……很冷，带着毫不掩饰的厌恶。

来的时候不是已经预料到了吗？为什么还是很难过？许琬竹浑身微微颤抖着。

之后，两个人就陷入了沉默。

宋风对很多事情都不在意，哪怕有时候想到她，也没有太大的感觉，然而这一刻看到她，他很清楚自己是恨她的。

在爷爷的病床前，在所有事情都无能为力的这一刻，他恨她，这个把他带到世界上的女人。

他爸是在他八岁那年没的，第二年，他妈就改嫁了。

那一年宋风九岁，对很多事情都记得，人情世故也都懂。从那以后宋风变得暴躁易怒，叛逆地不回家，每天都是奶奶出去找他。

这种情况也只持续了两三个月而已，因为他发现，无论他再闹，他妈也不会回来了，她已经有了别的家，成了别人的家人。

之后宋风就不闹了，好好学习，变得沉默寡言又阴沉。

宋风有她的联系方式和住址，但没跟她打过一次电话，也没去过她家。宋风挺狠的，对别人狠，对自己更狠。

“是不是又长高了，过年的时候感觉还没这么高呢。”许琬竹眼角有泪。她知道有些事情无法弥补，但母子之间生疏到这个地步，让她有些不知所措。

宋风没说话，这几天累得一个字都不想多说，她每年都会来家里一次，年初三的时候。

从某种意义上来说，她挺好的，心里有爷爷奶奶，逢年过节都会打电话，清明的时候还会去宋风爸爸的墓前看看……

只是她更爱自己而已。

如果当年她留在这个家里，抚养孩子和赡养老人的重担全都会落在她身上，所以她走了。

不知道是不是被烟熏到了，宋风眼睛胀得睁不开……

如果当年她没走，他是可以好好读书的。

这个世界上，没有人不爱自己，她做得并没错，所以宋风也没有那么愤愤不平，只要不把她看得太重要，谁来谁走，他不在乎。

宋风缓缓站起来，把烟掐灭：“晚上住酒店吧。”

那个家，她没资格进去了。

医院走廊里，宋风独自坐在电梯对面的椅子上，有她在，他不想进去。从晚上八点开始，他就忍不住一直看手机，到现在已经十点了。

“刚刚跟冬哥打电话，说到了。”

不知道是陈辉的脚步声太轻，还是宋风看手机太过专注，宋风不知道他什么时候坐在了旁边。

“嗯。”宋风低低地应了一声。

“你们联系了吗？”陈辉扭头。

“没有。”宋风说。

“打个电话过去吧。”陈辉知道他比谁都担心。

宋风失神地望着手机里的照片，是她打游戏的时候他偷偷拍的，看了很久，仿佛要沉浸在里面了。宋风正准备把手机收起来，电话响了——舒冬。

意外、惊喜、犹豫、挣扎……宋风愣住了。

“接啊！”陈辉在旁边看得着急。

宋风轻轻一摁手机，接通了。

电话的另一端，舒冬原本黯淡的目光忽然亮了，她以为会像往常一样自动挂断，但没想到接通了，以至于太突然，她都没想好要说什么。

电话两端，两个人都沉默着，隔着千里静静听着彼此的呼吸，陈辉悄悄走开了。

“到了吗？”宋风知道她到了。

“到了，在招待所里。”舒冬下车有人来接她，是江城的警方，然后把她安排在了这里。

面对未知的家人和结果，她以为自己会很忐忑，然而她发现，所有的心思都留在了宋城。

“明天会去做鉴定，还有一些其他的程序。”舒冬努力找些话题，想听他的声音，想听他说话。

“嗯，注意安全，有事打电话给……”宋风顿住，喉咙好像被卡了刺，“有事及时找警察帮忙。”

一些说习惯的话，以后都要慢慢改掉，江城太远，他不在她身边，再也没有办法一低头就看到楼下的她，再也没有办法看到她不高兴就跑到她身边。

“爷爷身体好点了吗？”不想听见那些他再次把她推开的话，舒冬抿紧双唇，不让自己的声音发颤。

“好多了。”

一问一答，气氛不算融洽，很快又陷入了沉默，但听着彼此的呼吸，谁也没有挂断电话。

“早点休息，明天还有正事要做。”终于，还是宋风先说了。

电话那头，舒冬红了眼，不明白为什么他突然变得这么决绝。

“宋风。”舒冬带着温柔又酸楚的鼻音。

“嗯？”

“我想你了。”

徐徐的晚风从千里之外呼啸而来，宋风握着手机的力气越来越大，喉结忍不住地上下滚动，然而电话里只剩下一片挂断的寂静，他抬起酸涩的眼眶……

原来我想你，也是一场告别。

2018年8月2日，天气晴。

十四亿人，每个人都像一粒浮尘。

很多人在寻亲的路上，全国各地一个城市一个城市、一个小镇一个小镇地寻找，把家底全掏空了也不知道能不能找到，希望太渺茫了。

舒冬人单力薄，没有存款，除了在警方那里备案之外，她还在很多网站注册了信息，除此，没有其他的办法，她的经济能力不能支撑她全国各地找亲生父母，一直不放弃而已。

这一晚，舒冬在半梦半醒中度过。

早上六点，清晨的光从窗帘缝隙中透过来，恍惚得不真切，舒冬拿起手机看了看，没有电话，没有消息。

舒冬掀开被子把红肿的眼睛蒙起来，在床上无力地躺着，直到昨天接她的刘警官打来电话，她才昏昏沉沉地起来。

“昨晚没睡好吗？”和王警官不一样，刘警官很年轻，二三十岁的样子，身上透露着南方男生的俊秀。

“还好。”舒冬精神状态不太好，眼睛的红肿没有消下去，完全没有要马上找到家人的喜悦。

“别担心，为了以防万一我们再去做一次DNA对比，然后把相关人员叫出来咱们一起开个会，把所有的线索再捋一遍。”刘警官虽然工作时间不长，但是也见多了这种案子，他以为舒冬在担心结果。

“谢谢，麻烦你们了。”舒冬笑了笑，表情不是很自然。

刘警官嘴角微扬，一身警服显得身姿挺拔，没再和舒冬客气寒暄，带着她走到停车的路边。

“系好安全带，我们现在去医院。”刘警官启动车子，看着后视镜打方向盘，想让舒冬缓解下心情一边和她聊天，“宋城挺远的，以后是不是就回来了？”

这是舒冬第一次来江城，在她的意识里，江城现在只是个目的地，而不是家。

“得结果出来再决定。”不知道招待所离医院多远，随着时间的流逝，舒冬竟然有点紧张。

“一周左右就会有结果，如果不着急回去可以在江城待一段时间。”

九点钟的早高峰，路上有点堵，刘警官扭头看了眼舒冬，“江城这个季节挺漂亮的，就是人有点多。”

“好，谢谢。”舒冬能感觉到他的善意，但她不习惯跟陌生人聊天。

江城确实挺漂亮的，有名的旅游城市，既有都市的繁华又有小镇的宁静。舒冬不是一个擅长做计划的人，但最初以为宋风会和她一起来的时候，她查了很多资料。

刘警官从后视镜中看到女孩心不在焉的神情，若有所思，他见过很多寻亲的人，大多是怀着激动忐忑的心情，但她……刚开始以为她有点自闭，所以沉默寡言，但又好像不是这个样子。

以刘警官对事件的了解，她宋城那边的家庭，羁绊并不是很深。

“有男朋友吗？”刘警官目视前方，若无其事地问。

“没有。”舒冬愣了愣，目光掠向窗外，脑海被宋风完全占据，她都没意识到这个问题的奇怪。

没过多久就到了医院，刚打开车门，风卷着热浪扑面而来。江城临海，夏天的时候不是太热，但空气湿度很大，黏黏潮潮的，舒冬很不习惯。

医院外面有人在等着，一对夫妇和一个孩子。

在宋城第一次接到王警官的电话时，舒冬就知道了对方的家庭背景，两个初中老师。男人戴着眼镜温文尔雅，有点啤酒肚，女人穿着得体，还有一个古灵精怪的男孩子。

几米的距离，舒冬望着对面的三个人，手心出了汗，而那三个人也同样在打量她。

相较舒冬的隐忍内敛，那个女人眼角含泪，紧紧地扶着旁边男人的手臂，脸上充斥着满满的害怕和悔恨，还有巨大的期待。

他们的目光太过热切，舒冬微微移开眼睛，她的目光落在地上，虽然面色平静，但心里的波涛早已起了一层又一层。

真的是自己的家人吗？舒冬的手紧紧攥在一起。

“这是舒冬，这是李老师和董老师。”刘警官来到几个人面前简单做了个介绍，“走吧，咱们先进去。”

“小刘，这段时间真是麻烦你了。”女人走在后面，往舒冬身边靠了靠，说话带着鼻音。

“都是我们该做的。”刘警官笑着说，目光往后面扫了两眼，“冬冬和董老师长得真像。”

“我看着也特别像。”男人附和着，眼神一直追随着舒冬，“月初看

到照片的时候，我心里就……就觉得是。”

舒冬笑了笑，不知道该说些什么，然而这落在其他人眼里，这份安静就变成了疏离，董老师看着旁边的女孩，心中充满了自责。

在前年，舒冬的DNA就入了基因库，这两三年一直没有消息。

舒冬幻想过很多次自己的家人是做什么的，爸爸长什么样子，妈妈是长头发还是短头发……而面前的这家人，她不太敢相信这可能是她的父母。

或许是这么多年一直寻找，掏空了家底，他们穿得很简单朴素，但无形中却散发着极好的涵养，而她，是一个初中毕业就没再读书的人。

旁边的小男孩一直在看舒冬，舒冬余光察觉到了，资料上说他今年十二岁，比她小八岁，而她是在四岁那年走丢的。难得他们有了孩子之后，也没忘记继续找遗失的女儿。

又做了一份DNA检测，做最后的确认。

下午江城警方和王警官连线，把案件进展情况做了对接，还把这么多年的线索重新确认一遍，似乎所有环节都没有问题，只等最后的检测结果。

一切结束之后，舒冬准备回招待所，然而董老师来到了她面前。

“冬冬，是不是第一次来江城？我们今天晚上一起吃个饭吧，好不好？”女人很是温柔，然而望着舒冬的眼睛很亮，散发着浓浓的母性光辉，还透出几分坚韧。

她迫切地想和舒冬熟络起来，想要补偿舒冬。

舒冬收拾包的动作顿住了，她很不擅长跟陌生人接触，虽然眼前的人可能是她的家人。

他们很激动，舒冬又何尝不是？她长这么大唯一的愿望就是找到家人，而面前站着的，是警方破除重重困难找到的，所有的线索都能对上，她怎么会不期待？

然而经历了那么多，她知道希望越大，失望便越大，所以在检测结果出来之前，还是不要给对方太多希望，对大家都好。

“恰好我们现在是暑假，有很多时间，咱们可以一起在江城或者周边城市逛逛。”男人看舒冬犹豫，以为这么多年她记恨埋怨他们，他连忙开口。

他们的眼睛里全是热切的期待，舒冬对这种感情再熟悉不过，拒绝的话怎么也说不出口。她想，就算最后结果出来不是亲子关系，但这一刻，给彼此个安慰吧。

不仅是他们，也给舒冬自己。

“好，那麻烦了。”舒冬笑着说。

听见她答应，夫妻俩松了一口气。

“姐姐，我帮你拿包。”旁边的小男孩连忙把舒冬的包拿过来。

舒冬愣了愣，“姐姐”这两个字眼传到耳里，有点烫。这并不是她第一次听见别人叫她姐姐，在宋城，正宇也会叫她，但不知道为什么，感觉很不一样。

夫妻两个看着他们说话，很欣慰，泪腺好像又不受控制了。

“小刘，跟我们一起去吃饭吧，这几天辛苦了。”李老师转身看着刘警官说。

“我这里还有工作，就不打扰你们一家人吃饭了。”刘警官把他们送出去，最后看了一眼舒冬。

晚饭过后，董阿姨说让舒冬回他们家住，舒冬婉拒了。她告诫自己，一切都要等检测结果出来，只有基因检测他们确实是她的父母，她才会去接受，去激动，去怨恨……

没错，舒冬心里是隐隐怨恨的。人贩子确实罪大恶极，但父母为什么就照看不好一个四岁大的孩子……

舒冬昨晚没睡好，头昏昏沉沉地疼，她躺在床上揉着眉心，她很想把今天的事分享给宋风听，或者陈辉也好，哪怕是张阿姨、健周叔也好，但她离开后，就好像和那座城市永远失去了联系。

没有人问她，没有人联系她。

舒冬苦笑了声，人就是这样，原以为会毫不留恋，哪知却这般在乎……

2018 年 8 月 3 日，天气晴。

癌症晚期，孟爷爷疼得完全吃不下东西，稍微吃点就会吐。宋奶奶看着心急，整天想做点什么给他吃，但她年龄毕竟大了，身体支撑不住。

许琬竹那天来了之后就没走，也按照宋风说的，去了医院对面的宾馆。

女人心思细密，她不嫌脏也不嫌累，孟爷爷说疼，她便想方设法地减轻孟爷爷的疼痛；怕老人家喝水不方便，她就去买了带吸管的杯子……

无形中，宋风和宋奶奶都轻松了一些。

陈辉拉了下宋风的衣角，宋风扭头，两个人一起出了病房。

“抽烟吗？”陈辉下巴竟然也冒出了胡楂。

“下去吧，顺便买点东西。”短短几天，宋风的五官好像更突出了，脸部的轮廓像刀刻般分明。

医院的环境很好，住院部和门诊大楼之间有一条玻璃长廊连着，从住院部到超市会经过花园和一条人工小河，河上有座木质小桥和亭子。

宋风和陈辉坐在一条长椅上，后背露在太阳下，渐渐发烫。

“我看许阿姨挺好的。”陈辉把打火机递给宋风，“在爷爷面前装装样子也行，别让老人家心里不舒服。”

天很蓝，一尘不染的干净，宋风遥遥望着，觉得心里空洞得好像那朵飘浮的云，但不知道那朵云在哪个方向，下面又是哪片天空。

“知道了。”宋风把玩着打火机，没再抽，这两天嗓子疼，但爷爷病床前没人，他连生病都不敢。

对于那个女人，宋风已经没有太多的想法，本来就不是一家人了，都有各自的生活。

她来送老人最后一程，也算有情有义，但他们以后的生活不会有太大的变化。

“有冬哥的消息吗？”

“没有。”宋风下意识地去摸口袋，但手机好像落在病房里了。

“你联系她了吗？”陈辉皱眉。

宋风没说话。

过了很久，陈辉叹了一口气，虽然很想劝他们，但他知道，他们之间有东西在隔着，很难跨越。

障碍不在宋风，而在舒冬。

舒冬这次找到家人的概率挺大，就算现在他们在一起，但她好不容易找到家人，总不能还在宋城待着，而且孟爷爷的事，对宋风打击太大了。

“就算……”后面的话陈辉突然说不出来，“但至少打个电话，知道她是不是安全，一个女孩子在外面。”

陈辉说着说着很心累，真是太阳打西边出来了，有一天竟然轮到他来教宋老板这种事。

“知道了。”

宋风确实打了电话，但不是打给舒冬，而是王警官。

宋风以为过去了很久，但实际上她才离开四天，看不见她的时候，时间都变得漫长。他每天都会给王警官打电话，问她过得好不好，问事情进展状况。

每次，他都会叮嘱一句，不要告诉她。

“你今天回家好好睡一觉。”陈辉扭头，对宋风现在的状态很不放心，因为宋风整个人像是被抽去了灵魂。

虽然奶奶和许阿姨也在医院，但得有个男人在，当初说好陈辉和宋风晚上轮流待在医院，但宋风每次都不放心，他已经好久没回家了。

“晚上再说吧。”

天气太热，舒冬连出去的心思都没有，但下午江城警方打电话说让她去一下，又问了些遗漏的细节，两个小时就结束了。

董老师和刘警官说送她，但被她婉拒了，她一个人随意地转了转。

舒冬去了海边，潮湿的风带着大海的气息扑面而来，这个季节的海水是蓝的，水天相接，一眼望不到尽头。

不知道为什么，这么空旷的景象，她很想宋风，很想很想。

思念泛滥成灾，眼睛里好像进了沙子，舒冬睁不开眼。

天色越来越暗，碧蓝的海水变得神秘，远处黑得没有一丝光亮，只有耳边轻轻的海浪声。

待了一会儿，舒冬回宾馆了。

孟爷爷躺着还没睡，床头摆的书是孙儿从家里带过来的，是他最爱的《红楼梦》，但拿来后他没看过几眼，因为最近连睁眼都觉得费劲。

“爷爷。”宋风坐在床边，靠近他。

“嗯？”孟爷爷缓缓睁开了眼。

“我回家一趟，今天晚上让陈辉在这儿陪着你。”宋风轻声说。

“回去吧，我没事……”宋风爷爷最怕给别人添麻烦，如果不是疼得忍不住，他不会说出来的。

“好，我明天一早就过来。”宋风给他盖好被子。

宋风爷爷这几天很缠老伴儿，一会儿看不见了就要问，所以宋奶奶这几天晚上也在医院。

宋风把陈辉叫出来：“如果晚上爷爷疼醒了，就叫护士打一针止痛剂。”

“我知道，你快回去吧。”陈辉看他眼里全是红血丝，恨不得立即把他扔回家。

“有事打电话给我。”宋风还是不放心。

"知道了，啰唆。"

陈辉按了电梯，恰好电梯上来，伸手把宋风推了进去。

不知道是陈辉推得猛了，还是电梯下降的原因，宋风头很晕，他靠着电梯壁，直到电梯到达一层，那阵眩晕感才消失。

如果不是撑不住了，宋风也不会回去，但他没回家，而是去了舒冬那里。

舒冬洗了澡从浴室出来，头发吹了半干，她习惯性地拿起手机，还是没有消息，手机屏幕的光照亮了眼睛，又逐渐熄灭，黑色的剪影映在手机里，描摹出落寞的轮廓。

舒冬呆滞地把手机放下，缓缓吐了一口气，想要把心中压抑的那口混浊舒散。

找点事做吧，别再这么下去了。

一天下来，头一直都是昏昏沉沉的，舒冬转身准备回床上，但脚步有点虚，不小心撞到了椅子，放在上面的包掉在了地上，里面的东西散了一地。

舒冬头痛地揉了揉眉心，坐在床边缓了片刻，她蹲下收拾东西。

身份证，钱包，纸巾……

视线忽然落在一个信封上，是警局的文件吗？她没什么印象，停下手中收拾的东西，伸手把信封拿过来。

信封并没有被封住，很容易就打开了。

里面的东西刚露出一角，舒冬就愣住了……

她呆滞地看着这个信封。

过了很久，时间仿佛凝滞了，她的手止不住地发抖。

看着信封里的钱，她眼睛通红。

是他吧？除了他还能有谁？一边把她推开，一边用这种方式担心她。

一定是他，一定是。

眼泪断了线似的往外流，在她脸上留下一道道的痕迹。

哭声越来越大，渐渐控制不住，她的呼吸很乱，好像要喘不上气。

舒冬把信封完全拆开，拿出来厚厚一沓钱。

病房里，宋家爷爷奶奶在说话，陈辉进去又出来了，都已经好几天了有时候还是不习惯，想哭的冲动是猛然间的，而且很难控制。

走廊里，陈辉仰头把眼泪忍回去，拿出手机拨了舒冬的电话。

他不想管以后了，眼前都过不下去了还想什么以后，刚刚看到宋老板摇摇晃晃的样子，他差点没哭出来。

舒冬哭了太久，心脏不太舒服，她躺在床上呆滞地望着吊灯，灯光太刺眼，眼角泪水无声滑落。

两万块。

怕她在外面人生地不熟吃苦吗？还是怕新的家人对她不好？

舒冬拿起枕边的手机，迫切地想要问他，但刚打开通讯录准备拨出去，就进来一个电话，是陈辉。

“冬哥。”陈辉抿了抿唇，拨电话的那一瞬间有点冲动，他还没想好怎么说。

“嗯。”舒冬声音很低，

“你那边怎么样了？”陈辉站在窗边，看着无边的夜色。

“结果还没出来。”舒冬鼻音很重。

“你感冒了？”陈辉皱眉。

“没有。”舒冬心里有无数的疑问在纠缠，她渐渐失去耐心，想先给宋风打过去，待会儿再回陈辉的电话。

“冬哥，跟你说件事。”陈辉终于下定了决心。

舒冬正准备开口，又慢慢停住。

她直觉陈辉要说的是她想知道的。

望着那两万块钱，舒冬问：“怎么了？”

“爷爷得癌症了。”

舒冬呆愣地坐在床上，头脑一片空白。

爷爷躺在病床上的画面不断往外涌，电话里无声的安静仿佛是吞噬一切的魔鬼，舒冬手上失去了力气，手机掉在了床上。

“喂，冬哥？你冷静点听我说。”陈辉突然有点后悔告诉她，她一个人在外面出了什么事怎么办。

电话里响着陈辉焦急的声音，但舒冬脑海里全是爷爷躺在病床上和宋风推开她的画面，眼泪又开始堆积，瞬间就溢出了眼眶。

舒冬重新拿起手机，她强忍着，让呼吸平静一点：“什么时候的事？”

“你去江城的前一天。”走廊里，全是陈辉的叹息，“风哥是在意你的，但爷爷的事对他打击太大了，他觉得没有能力保护你，不想耽误你去找家人。”

陈辉鼻子有点酸："冬哥，有空回来看看吧。"他抬头眯着眼，"你不在，还有爷爷的事，风哥挺难的。"

"好，我知道了。"舒冬没再听陈辉继续说，说完就把电话挂了。

她从床上下来，开始收拾行李，但眼泪模糊了视线，不小心踩在刚刚散落的东西上，重重地摔在了地上。

她似乎感觉不到疼，下一秒又立刻起来。

她一秒钟都不想再耽搁，她要回去，她要回宋城……

她要去抱抱他。

第九章 / 学会告别

2018年8月4日，天气晴。

舒冬收拾完行李，匆匆赶到机场，买了最近时间的机票。

宋城没有机场，凌晨三四点钟，舒冬从省城机场出来，又叫出租车辗转到了火车站。

一路舟车劳顿，早上七点舒冬终于到了才离开几天就十分想念的城市。

出租车在小区门外停下，舒冬拖着行李箱步伐间全是匆忙。

走了几步，她又停住，转身望着马路对面银行的24小时ATM取款机，她拖着行李箱走过去。

客厅的窗帘将清晨的光全挡在了窗外，室内光线昏暗，宋风躺在沙发上，身上盖了一条薄薄的毯子。

可能是太累了，前几天晚上睡觉都会醒来无数次，而今天，宋风到现在都还没有醒。

这一觉，他睡得很沉，很安稳，连梦都没有。

其实，他是想梦见她的。

行李箱很小很轻，里面只有几件衣服，事实上，舒冬走的时候，心里

从来没有不回来的念头，她只是……

想让宋风留住她而已。

电梯到了九楼，舒冬匆匆走出来，又着急从包里拿出钥匙，所有动作好像都被按了快速播放，她想把行李放到家之后立刻去找宋风。

钥匙在门锁中转动，舒冬很快打开门进来，房间光线很暗，她借着微弱的光换鞋。

宋风正睡得沉，朦朦胧胧中听到一阵嘈杂，睁开惺忪的双眼，他一时间分不清现在在哪儿，只是下意识地抬手挡住了眼。

但随着意识的清醒，耳边的声音也越来越清晰，宋风再次睁开眼，眼中一片清明，呼吸莫名带了些期待和害怕，他缓缓撑起身体。

舒冬换好鞋准备回卧室，刚转身，就看到了沙发上的人，她瞬间停在了原地。

两个人的目光在空气中交会，瞬间溢出千丝万缕，有汹涌袭来的思念，有数不清的爱与纠缠，全都在彼此的眼睛里，在密闭的室内悄然弥漫，逐渐扩散直到把他们完全淹没。

包被舒冬扔在了地上，她快步走过去，扑进他怀里，紧紧地抱着他，眼泪控制不住地流了下来。

宋风失神地望着对面的墙，感受着怀里的温热，还有她一声声的抽泣，这一刻，他才相信，这不是梦，垂在一旁的手臂青筋暴起，他轻轻抬起手将她越抱越紧。

一个眼神，一个拥抱，两颗流浪的心终于贴在一起，再也没有距离。

"为什么？"舒冬声音发颤，伏在他胸膛听着他的心跳，好像这样才能安心。

宋风下巴抵在她的肩膀，头埋在她的发间，呼吸间全是熟悉的味道，他没有说话，只想安静地抱着她。

"为什么不告诉我？"舒冬抬头，极力控制着自己的呼吸。

这么近的距离，她终于看清了。他瘦了，瘦了很多，眼睛布满红血丝，混浊不堪。

舒冬心里酸涩得不像话，抬手轻轻抚摩着他的脸。

宋风抓住她的手，温柔地擦掉她脸上的泪，语调中全是隐忍和颓败："我什么都给不了你。"

"我什么都不要。"

"傻不傻？"宋风轻笑，他知道，他可能再也舍不得推不开她了，"江城那里怎么样？”

“不知道。”舒冬心不在焉地摇了摇头，起身把地上的包捡起来又重新坐在沙发上。

“这是你放进我包里的两万块，”舒冬把信封放到宋风怀里，“这里还有三万两千多块钱，咱们拿去给爷爷看病，不够再去借，总之一切都会好起来的。”

说着说着，舒冬就哽咽了。

三万两千多块钱，很厚。

宋风的目光落在那些钱上，喉结忍不住上下滚动，他知道那些钱意味着什么。

确切地说，是三万两千四百块，除了几十块钱的零头，舒冬全部取出来了。这是舒冬从小到大省吃俭用存了很久，用来找家人的钱。

一个人的世界能有多大？

钢琴师的世界是八十八个琴键，而舒冬的世界，就是这三万块钱，这就是她的全部。

“如果江城结果不是呢？”宋风喉咙里好像混入了风沙，满是沙哑。

“那就不找了。”去机场的路上，舒冬从来没有感受过那么归心似箭的心情，她迫切地想要回到这座小城，这座从前她总是想逃离，现在却总是牵动着她的心的小城。

因为这里有一个人，让她不想离开。

舒冬想过了，如果最终检测结果出来不是，那以后也不找了，每个人都有自己的命运，她不想为了以后的缥缈而辜负眼前的人。

“舒冬。”宋风嘴唇紧绷着，目光凶狠又温柔，“我给过你离开的机会，以后没有了。”

说完不等她反应，宋风就狠狠地吻上了她的唇。

所有的话都太苍白，他不知道该怎么去表达内心的那些酸涩和感动，他何德何能，值得她这么去喜欢？

她这么好，他无法放开，也割舍不下。

宋风从来不是个大度的人，他有极强的控制欲和占有欲，这次放她走，已经用尽了所有勇气，也尝遍了思念的刻骨滋味。

以后，再也不会了。

室内光线昏暗，只有微弱的日光透进来，有风轻撩着窗帘，在地上投下迷离斑驳的影。

感受着他的爱与侵略，舒冬慢慢勾住了他的肩膀。

不知道过了多久，宋风终于放开了她。

两个人对视的那一刻，舒冬低下了头，好像一切都是水到渠成，但对于突然的亲密还是很不好意思。

“收起来。”宋风把那些钱整理好，放到舒冬手上。

“我现在不需要，你拿着。”舒冬将钱往他那边推了推，就是怕转账他不会要，她才取了现金。

“爷爷……现在用不上了。”宋风眼皮耷拉着，灰暗得没有一丝光。

最无能为力的，不是没有钱，没有钱可以想办法，然而现在，他们连这个机会都没有，再多的钱都已经没用了，一切都晚了。

舒冬不敢置信地望着他，手里的钱慢慢滑落，已经严重到这个地步了吗？

“不是还可以化疗，还可以做手术，那么多人都好了……”舒冬说不下去了，她不敢相信，爷爷可能要离开了。

“爷爷的身体，什么都承受不住了。”宋风脑子发胀，这是张医生的原话。

“如果不是陈辉昨天晚上打电话，你准备什么时候告诉我？”舒冬抬头质问他。

她知道，如果不是陈辉告诉她，她永远也不会知道，永远沉浸在宋风把她推开的酸楚中，永远做着爷爷身体康复的美梦。

“以后不会了。”宋风下巴磨蹭着她的头发，他明白她现在的感觉，就像刚知道奶奶瞒着他一样。

他跟陈辉说过很多次，不要告诉她，但没想到……

宋风笑了笑，竟然有点庆幸。

“一会儿和你一起去医院。”每次想到爷爷奶奶，舒冬心里都很感动，他们都是那么温暖的人。

“陈辉昨天晚上……”正说着宋风停下了，他忽然意识到了什么，“怎么回来的？”

江城和宋城，隔了三千里。

“买了机票，然后转的火车。”舒冬抓住了他的手，与他五指相扣，想要给他力量，想告诉他无论以后发生什么，她会一直在。

宋风目光复杂，眼睛里涌动着热忱，他从来不知道，在她心里，他有这么重要。

“睡会儿吧。”宋风在她额头落下轻柔的吻。

“睡不着。”舒冬摇了摇头，心里担心着爷爷，她怎么睡得着。

她一夜没睡，还来回折腾，宋风很担心她的身体，但也没再强迫她去睡。他们之间，并不存在心结或者误会，所有的一切都交给了时间，而时间证明他们是对的。

但现在并不是谈情说爱的时候，他们都没有这个心情。之前总是一个追一个往后退，虽然他们在刚才的那一刻，才终于说清楚，但他们也早已经把对方当成了很重要的那部分。

舒冬把宋家爷爷奶奶，当成自己的家人。

过了片刻，两个人收拾好吃了个早餐，一起去了医院。

医院里，奶奶、许琬竹和陈辉都在。

爷爷今天的状态很不好，咳嗽从来没有停下过，昨天夜里醒了一次，陈辉叫护士给爷爷打了一针止痛剂，但过了很久爷爷都睡不着，奶奶一直陪着他说话，说他们之前的事。

陈辉忍着没给宋风打电话。

但现在已经快九点了，宋风还没来，陈辉担心他是不是出了什么事，但又怕如果他在睡觉，打电话会把他吵醒，好不容易好好睡一觉。

陈辉很焦虑。

昨天晚上打电话给舒冬，电话里听不出来语气，只简单说了几句就挂了，再打电话就是关机。

冬哥应该不会这么绝情吧？

陈辉靠在走廊的墙上，忍不住胡思乱想。

这时，对面的电梯门忽然打开了。

看着从电梯里出来的人，陈辉忍不住揉了揉眼睛，是自己眼花了吗？

宋风和舒冬牵着手从电梯里出来，手里还提着早餐和其他东西。

陈辉赶紧背过去脸朝着墙，风太大，眼里进砖头了，然而宋风和舒冬已经看见他了，宋风走过去拍了拍他的肩膀。

脸上全是眼泪，再躲好像也没用了，陈辉扭过来猛地抱住宋风。

宋风笑着拍了拍陈辉的背，陈辉一直是个很感性的人，这段时间，真的很感谢他。

抱完宋风，陈辉又朝舒冬伸出手，委屈巴巴：“冬哥抱抱，想你了。”

舒冬笑着和他拥抱：“谢谢。”

对宋风来说，陈辉就像亲兄弟一样，而对舒冬来说，陈辉是她的第一个朋友。

三个人一起往病房去。

走到病床前，舒冬看着床上消瘦的人，强忍着眼中的酸涩。

“爷爷。”舒冬小心翼翼地抓住爷爷的手。

“冬冬来了……”

2018 年 8 月 5 日，天气晴。

从昨天开始，许琬竹就一直在暗暗观察舒冬。

她来这几天一直没见过这个女孩，这个女孩昨天和宋风突然一起出现，两人虽然没有太亲密的举动，但外人就容易能看出来他们之间的关系，而且二老好像很喜欢这个女孩的样子。

她知道自己是个不合格的母亲，没有资格在宋风的感情上插手，但人就在眼前，她总是忍不住想多了解更多。

舒冬正在病房里和奶奶说话，手机忽然响了。

看见屏幕上的来电显示，她愣了愣，说：“奶奶，我去接个电话，”

“去吧，去吧。”奶奶笑着挥手。

舒冬刚走出病房，刘警官的电话就挂断了，她又打了过去，很快就接通了。

“你好，刘警官。”走廊里很嘈杂，舒冬往楼梯里走了走。

“刚刚在忙吗？”刘警官开车停在招待所宾馆下，往上看了看。

“嗯，请问有什么事吗？”舒冬坐在了台阶上。

才在医院待了一天而已就觉得头昏脑涨、累得不行，其实她什么都没做，不知道这几天宋风是怎么过来的。

不只是这几天，而是这么多年。

“你还在招待所吗？恰巧我今天在单位处理了一些事，有什么需要帮忙的随时联系我。”刘警官笑着说。

“谢谢，不过忘了告诉您，宋城有点急事我已经回来了，太着急没来得及跟您说，如果有问题您可以打电话给我。”舒冬说。

刘警官愣了愣：“好，你先忙，有进展我再通知你。”

舒冬再次道谢，然后挂断了电话。

“爸，今天有没有想吃的？”许琬竹趴在孟爷爷耳边。

孟爷爷摇了摇头。

“吃点水果？柜子里还有好多呢，还有酸奶。”许琬竹打开病床旁边的柜子，拿出来些吃的，“要不我温罐酸奶？”

孟爷爷看了一眼：“不喝这个……”

许琬竹正准备去接温水，听到孟爷爷的话停住了，她看了眼手中的包装盒，是比较黏稠的发酵酸奶，她转过身轻笑：“是喝了不舒服吗？那我下楼去买点其他的，您等我一会儿。”

孟爷爷摇了摇头：“不要麻烦了。”

“不麻烦。”许琬竹把靠枕往上调了调，让孟爷爷靠得舒服一点，她转身又对宋奶奶说，“妈，这些东西您多吃点，要不然就坏了。”

“别去买了。”宋奶奶拽着许琬竹的衣服，放低了声音，“买回来也吃不了，他现在……”

“能吃点是点。”许琬竹声音也放得很低，生怕孟爷爷听到。

宋奶奶看拦不住，就从口袋里拿出来一百块钱给许琬竹，许琬竹连忙又给宋奶奶塞回去：“这是干什么？您快收回去。”

“最近总让你花钱，快拿着吧。”宋奶奶心里过意不去。

“妈，您别这样。”

许琬竹连忙往病房外走，恰好看到迎面过来的舒冬，便说：“冬冬，陪阿姨下去买点东西好吗？”

舒冬刚在走廊里和刘警官打完电话，她看着面前的女人愣了愣，回应：“好。”

陈辉今天回家了，宋风刚刚下楼去缴费，缴费排队的人很多，他还没上来，宋家爷爷奶奶自己在病房，舒冬和许阿姨一起下了楼。

昨天到病房刚看到许琬竹，舒冬没多想，只以为是他们的亲戚，但一扭头总感觉许琬竹在看自己，她心里有点怪怪的，问了陈辉才知道，原来是宋风的妈妈。

虽然只相处了一天，也没怎么说话，但舒冬感觉许琬竹是个很温柔的人，气质内敛又落落大方，照顾爷爷奶奶也很尽心，但唯独和宋风不太好。

“冬冬，阿姨前几天过来怎么没看见你？”许琬竹笑了笑，想了解这个女孩，但又怕问得唐突吓到她。

“有点事出去了几天。”舒冬轻笑，知道许琬竹是宋风的妈妈，心里莫名地有点紧张。

“阿姨八卦一下，你和小风怎么认识的？”许琬竹偏头，好奇中带着

成年人的俏皮，看得出她很想和舒冬拉近距离。

舒冬没想到许琬竹突然这么问，瞬间有点语塞。她和宋风，总不能说是他欺负自己认识的，虽然事实就是如此。

“我在文身店工作，在网吧对面，经常去玩就认识了。”舒冬思忖了片刻说。

“看不出来你竟然会文身，”许琬竹有点意外，跟她给人的感觉不太相符，“有一技之长挺好的。”

舒冬笑了笑，不动声色地看了看许琬竹，没看到其他情绪，舒冬才舒了一口气，因为在他们这个小城市，总觉得文身很不入流，舒冬怕她对自己有看法。

“是在柳巷吗？”许琬竹想了想说。

“嗯，在柳巷的拐角。”舒冬轻微点头。

“我只知道是在那里，还没有去过。”许琬竹的目光突然暗了。

宋风缴费回来没看到舒冬，他往病房环视了一周：“人呢？”

“和你妈下去买东西了。”宋奶奶正在削苹果，尽量切得小块。

宋风下意识地皱眉，被孟爷爷看到了，他朝宋风招了招手。

“怎么了？”宋风弯腰趴在他身边。

“别总对你妈那样，她也不容易……”孟爷爷断断续续地说。

“知道了。”怕爷爷担心，宋风不假思索地应下。知道许琬竹不易，宋风理解，但也仅仅是理解。

这个世界上，没有一个妈妈不爱自己的孩子。

当初宋风爸爸去世的时候，许琬竹才三十岁，如果这么年轻就在这个家守一辈子，对她来说也不公平。

宋家爷爷奶奶知道这个道理，但她走的时候心里多少会不舒服。

许琬竹改嫁的时候很想把宋风带走，宋家爷爷奶奶说什么都不同意，怕宋风在别人家受欺负，虽然许琬竹很舍不下，但如果只留两个老人在家，她又于心不忍。

她再嫁的那个男人是一婚，他们现在有两个孩子，生活压力也很大，但这么多年，她偷偷往家里打过很多次钱，当然都是瞒着那边。

每年过年许琬竹都会回来一次，尽管现在的家庭很不愿意，毕竟没有一个男人大度到不在乎自己的妻子和别人生过孩子。但许琬竹还是每年都回来，否则她每次抬头看天，想到宋风的爸爸，都会愧疚得流泪。

当然，回去之后会和丈夫莫名其妙地冷战几天，或者吵一架。

包括宋风开网吧，许琬竹也拿了些钱，但宋风不要。在她离开的那天，宋风就已经不对她抱有任何期待了，一年只见一面，充其量是个熟悉的陌生人，况且，她已经有了其他家庭，也和别人有了孩子。

她没有罪，但在宋风心里，永远也不会原谅她。

活在这个世界上，每个人都不容易，许琬竹很难，宋风也很难，宋家爷爷奶奶也很难，舒冬同样是这样……

青天白日下，每个人都在挣扎着生活。

2018 年 8 月 6 日，天气晴。

宋风怕奶奶累倒，让舒冬陪她回家休息，而许琬竹，忙活了几天，也累病了。

宋奶奶让许琬竹把宾馆的房间退了，许琬竹没同意，宋奶奶没有办法，只能强行把她带回家，然而进门的时候许琬竹都还很犹豫，她怕宋风知道了不高兴。

昨天晚上宋奶奶让舒冬留宿，舒冬还是不太好意思，帮宋奶奶把家里收拾好之后就回去了，早上又匆匆地赶到医院，她太担心了，担心宋风会累倒。

舒冬推开房门，看到宋风正抱着爷爷往轮椅上放，她连忙把包放下，蹲在地上把爷爷的腿放直。

“冬冬下班了……”

舒冬手上的动作悄然顿住，清晨的阳光顺着玻璃透进来，忽然刺得眼疼，她连忙低下头：“今天不太忙，就早点过来看看您。”

在病床上躺了一个月下不了床，爷爷连意识都变得不清晰，分不清早晨傍晚，从床上到轮椅这几步，对他来说都异常艰难。

宋风眼睛又红了，尽量把动作放轻，小心翼翼地把爷爷放在轮椅上。

“得下楼做个检查。”宋风看着舒冬。

“好，我和你一起去。”舒冬抬头看了他一眼，抓住了他的手臂。

早上排队的人不是很多，做检查的时候宋风让舒冬在外面等着。

检查很快就结束了，宋风推着爷爷先上去，舒冬去买了早餐。

检查报告出来得挺快，宋风在楼下取了之后一直没敢看，他乘电梯上来直接去了十一层的楼梯间。

楼梯间就在病房的斜对面，舒冬余光看见宋风推安全门进去，很匆忙，他进去之后，门又被自动关上。

舒冬慢慢收回视线，看爷爷闭上了眼睛，但眉头紧皱的样子肯定没睡，她悄悄往病房外走。

宋风靠墙站着，旁边放着CT检查的影像图，而他正在看纸质的检查报告，拳头紧紧地攥在一起。

舒冬轻轻打开安全门，走过去站在了他旁边，正想和他一起看，却被他突然抱住，像是溺水的人抓住的最后一根稻草。

他抱得太用力，舒冬感觉到了疼，还有他深深的无助。

“爷爷太瘦了……”宋风眼皮滚烫，眼泪顺着下巴滴落在舒冬脖子里。

那些影像图和专业术语他或许看不懂，但是白纸黑字上清清楚楚地写着——

孟鹤然，男，68岁，43kg。

爷爷177厘米的身高，瘦得只有86斤。

爷爷瘦得好似真的只剩下一副骨头，舒冬每次都不忍心看。

耳边全是宋风沉重紊乱的呼吸声，舒冬鼻子很酸，不知道该说什么安慰他，她只能抱着他，轻轻拍着他的后背，想给他些力量。

宋风在她眼里一直很霸道、很凌厉，什么都不放在眼里，然而现在，是她从来没见过的脆弱。

过了很久，宋风放开了舒冬。

舒冬抬手擦掉他脸上的泪，心里很不是滋味。

他肩膀上的担子，真的太重了，舒冬很想帮他卸下来一点，和他一起承担，却总觉得什么都做不了。

“中午和我一起去吃饭吧。”舒冬拉着他的手，他已经很久没有好好吃过饭了。

“好。”宋风喉咙喑哑。

把情绪调整好，宋风和舒冬一起回了病房。

病房里，护士正准备给爷爷输液，但爷爷的手和胳膊已经肿得完全看不见血管了，只能在小腿上扎针。

爷爷的皮肤很白，还带着几分病态，青筋血管清晰可见。

“去不去洗手间？”护士还在准备东西，宋风来到爷爷身边，怕一会儿扎上针后不方便。

“去吧……”爷爷声音微弱。

“不好意思，麻烦稍等两分钟。”宋风看了一眼护士。

“没关系，不着急。”护士笑了笑，这么多天来对宋风印象很好。

洗手间就在房间内，爷爷一个人已经下不了床了，宋风小心翼翼地抱着他到洗手间，怕他出事想跟他一起进去。

但是，孟爷爷体面了一辈子，虽然已经下不了地了，但还要宋风在外面等着，一个人把门关上了。

过了片刻，护士为爷爷打上点滴。

“今天几瓶？”爷爷半靠半躺着。

舒冬拿着单子看了一眼，说：“今天有九瓶，不过有几瓶都很小，一百毫升的。”

“唉，又得好久不能动了。”爷爷沉沉地叹了一口气。

“腿不舒服吗？我给您捏捏腿。”舒冬拿凳子坐在床前。

“不用了，把它调快点，快点输完。”爷爷看着那些液体一点一滴往下落，心烦意乱。

舒冬正准备站起来，宋风走了过去，他调了调点滴：“已经是最快了，要不您睡会儿？”

“睡不着……不输这一瓶了，太慢了。”爷爷紧皱着眉头。

现在输的是营养液，一大瓶乳白色的液体，比较黏稠，比其他液体输得慢很多。

“您整天不吃东西，不输这个身体会受不了的。”爷爷腿上有针，舒冬不敢太动，就往上帮他捏揉胳膊，“快点把身体养好了，我还想吃爷爷做的饭呢。”

爷爷看着舒冬笑了笑：“好，做冬冬喜欢吃的……”

还是去年秋天奶奶生日的时候，舒冬第一次去宋风家，第一次吃爷爷做的饭，但第一次，似乎也成了最后一次。

人生真的很残酷，你永远不知道明天会发生什么，也永远都不知道哪次和朋友亲人的分别，就成了永别。

“怎么又不见你奶奶？”爷爷闭着眼睛又睁开。

“刚刚打电话说在给你做午饭，一会儿就过来了，”宋风笑了笑，“现在怎么那么黏人呢？”

“以为她又出去玩了……”爷爷说话有气无力。

“整天担心你都还来不及。”宋风拿湿热的毛巾，帮爷爷擦了擦脸，又擦了擦他的胳膊和腿。

这几天，总有孟爷爷的学生和宋风爸爸的战友过来探望，今天中午也

来了几个爷爷的学生。

爷爷教了一辈子书，他的学生也都三四十岁了，有的特地从隔壁市过来，有很多来不了的都让同学捎了钱。

但是，宋风怎么都不要。

宋风靠着墙深深地呼吸，知道这只是他们的一份心意，这些叔叔阿姨人都很好，过年的时候也会去家里，但他没办法若无其事地收下那些钱，拿在手里的时候，他会觉得透不过气。

孟爷爷很受人尊重，他不愿意把自己的难处说出来，谁家里都不容易，他不想给别人添麻烦。

宋风爸爸刚去世的那两年，有很多战友来看望爷爷，但只要一留钱，爷爷就开始赶客了。

爷爷很挑食，总说奶奶做的饭不好吃，但是最近在医院食堂买的饭他一口都吃不下，就奶奶做的还能稍微吃点。

中午奶奶提着保温盒过来了，小心翼翼地喂爷爷吃饭。

有些人进来就偷偷出去抹眼泪了，看不了这种画面。大家都挺忙的，抽出点时间来不容易，待不了太久就要赶回去。大家跟爷爷告别了之后一起往外走，宋风去送他们。

“一起去吃个饭吧，看见叔叔阿姨们来，爷爷挺高兴的。”人情世故方面，宋风很早就懂了。

“不用不用，你快回去吧，老师身边离不开人。”一个年龄稍大的男人说。

“就在医院对面，正好顺路。”宋风笑了笑，对面前的人有印象，前年的时候好像来过家里。

“小风你别跟我们客气，以后有什么需要记得跟我们打电话。”男人拍了拍宋风的肩膀。

“好，谢谢叔叔。”宋风也没再勉强。

宋风把他们送到电梯，等到爷爷把饭吃完了，才和舒冬一起去了医院餐厅。

“下午回去吧。”宋风抓住舒冬的手，怕她太累了。

正是中午，现在餐厅的人很多，舒冬下意识地往旁边看了看，不好意思地慢慢抽回了手。

她摇了摇头：“我在这里陪你。”

她的眼睛躲闪不敢看他，他知道她害羞了，再次抓住她的手：“舒冬。”

“嗯？”

“谢谢。”

突如其来的话，舒冬愣了愣，她抬头望着他：“以后对我好一点。”

“好。”

舒冬和宋风回去，张医生正在查房。

“今天上午的检查结果取了吗？”张医生问宋风。

“取了。”宋风从柜子里取出来，“上午去找您，您没在办公室。”

“好，一会儿去办公室我看。”张医生又看着爷爷说，“您好好休息，我去其他的病房看看。”

“麻烦你了……咳咳…”爷爷刚说话又忍不住咳嗽。

“不麻烦，您好好休息。”

过了二十分钟，宋风拿着上午的检查报告去了医生办公室，张医生拿出CT影像图。

“看这里的白色，肺里有很多气体，还在不断扩散。”张医生又拿出来手机，“这是我刚刚在病房拍的，你看胸前这些血管，都暴胀，说明有些地方已经堵塞，血液流通不畅了。”

“他每天晚上都疼得坐半夜，有没有什么办法？”宋风的目光落在那些图上。

“现在……什么都来不及了，而且你爷爷的体质太弱，做那些太折腾身体。”张医生沉沉地叹了口气。

“所以现在就是等死吗？”宋风眼睛红得厉害，脑子里全是爷爷一声又一声的咳嗽，已经连续几天都咳出了血，每天都在病床上，从白天熬到晚上，再从晚上熬到天明。

“小风，还有一种方法能暂时缓解疼痛，但使用那种药，得上面一级一级往下批才能用，而且只能暂时止痛，对身体有害。”张医生欲言又止，“要是想清楚了，我一会儿给你个单子，签个字。”

“好。”宋风喉咙干疼。

见惯了生老病死，但张医生心里还是堵着说不出话，只轻轻拍了拍宋风的肩膀。

“还有多长时间？”宋风一直不敢问。

“……就在这几天了。”

2018年8月7日，天气晴。

前两天，陈辉把爷爷奶奶出去玩拍的照片洗出来了，奶奶昨天在家整理好装在相册里，现在正一张一张地翻给爷爷看。

“爷爷真好看。”舒冬余光捕捉到一个画面。

爷爷穿着藏青色暗纹的唐装，背后成片的松海和云雾，颇有些仙风道骨的感觉。

“奶奶拍的。”宋风站在舒冬身后，微微环着她。

腰间突如其来的痒，舒冬条件反射地扭头看了他一眼，发现他好像没有其他意图，过了几秒似乎慢慢习惯了这微弱的触感，舒冬低头继续看照片。

“老头子年轻的时候更好看，当年去家里提亲的人有好几个呢，就你爷爷最好看。”奶奶笑得开心，记忆仿佛一下子就回到了几十年前。

“合着您还是外貌协会的呢。”宋风开玩笑说。

“人家都说，你奶奶聪明。”爷爷半躺半坐，今天的气色还挺好，前几天一度说不出话，但现在还能和大家一起聊天。

相册很厚，在爷爷面前放着，奶奶坐在右边，舒冬和宋风站在左边，几个人围在一起有说有笑，忽略场合，有着说不出的温馨。

“没你聪明，几句话就把我骗走了。”奶奶继续往后翻，几乎全是爷爷的照片，“看我把你拍得多好，赶紧把身体养好了，咱们下次和冬冬一起去。”

宋风和舒冬很有默契地对视了一眼。

爷爷扭头看着他们：“爷爷这一身病，不知道能不能看到你们两个成家了……”

话音刚落，舒冬明显感觉到宋风的身体僵了僵，她轻轻握住他的手。

痛楚被藏在心底最深处，宋风又变成那副吊儿郎当的样子。

“这还不简单，想什么时候结就什么时候结，”宋风低头看着舒冬，笑着捏了捏她的脸，“是不是？”

舒冬的脸瞬间红了，她往旁边躲了躲拍掉了他的手：“爷爷，您看他总欺负我。”

舒冬的脸越来越红。

看他们感情好，爷爷笑得很开心。

十点钟左右，陈辉推开了病房门，带着他妈妈熬的汤。

爷爷今天食欲也挺好，喝了一小碗。

“我回家换个衣服，一会儿就回来。”宋风喂爷爷喝完，把保温桶盖好。

“去吧。今天天气好，下午不用过来了，”爷爷看着陈辉，“小辉也走吧，你奶奶在这里就可以。”

“就知道麻烦我。”奶奶拿牙签扎了块苹果放到老伴儿嘴边，“你们出去玩吧，有事给你们打电话。”

“不行不行，宋老板先回去吧，我今天看到好几个有意思的事还没跟爷爷讲呢，讲完再走。”陈辉赖在床边就是不走，还让奶奶喂他吃水果。

宋风和舒冬一起回了家。

开门之前，舒冬还担心宋风看到许阿姨在家会生气，但进去之后发现许阿姨不在家。

宋风直接往房间走，舒冬跟在后面。

“我洗个澡。”宋风打开衣柜，

“好。”舒冬站在刚进门的位置靠着墙，不知道为什么，不敢再往里面走。

“一起吗？”手里拿着衣服，宋风把她逼在墙角。

被他完全笼罩，连光线都暗了，舒冬身体贴着墙心跳忽然加快，她用力把他推开了。

舒冬眼睛里藏着笑：“别闹。”

被她推开，宋风又慢慢贴上来，低头在离她唇边一厘米的位置停下，把她微不可察的紧张、害羞、期待全看在眼里，唇角勾出一抹温柔。

宋风吻在她唇上，一厘米的距离也没有了，像是羽毛在心间扫过，很痒，舒冬没有再把他推开，慢慢地攀上了他的腰。

短暂不带情欲的吻，更像是给彼此的安慰，支撑着他们一起走下去。

“饿不饿，想吃什么？”宋风把她散落的头发，撩在耳后。

“我做吧，你去洗澡。”似乎已经习惯了和他这么近的距离，舒冬把他的手从脸上拿开。

“好，饿了。”衣服被扔在了床上，宋风轻轻抱着她，脸埋在她的颈间。

两个人的时候，宋风格外黏人，他可以在她面前卸掉强撑的坚强。

“快去。”舒冬无奈地摇了摇头，眼睛里全是浅笑。

“好。”他嘴上说着好，却还是在舒冬身上黏着。

最后，还是舒冬把他推开了，拉着他走出卧室。

吃过饭，宋风很自觉地去洗碗了，舒冬在客厅收拾，沙发上是他刚刚

从口袋里掏出来的东西，有身份证和各种医院的收据单，舒冬放下手中的抹布，拿起他的身份证看了一眼。

好像是几年前办的，照片上的人还比较稚嫩，眉宇间隐隐藏着些引而不发的傲气，好像什么都无所谓，什么也不放在眼里。

然而现在的宋风……

舒冬看着厨房他的背影，现在的他，真的很温柔，就像是仙人掌开出了花。

人都是这样，经历了一些事慢慢长大，被生活磨平棱角，然而这并不是坏事，至少我们学会了怎么去珍惜，怎么与这个世界好好相处。

宋风刚转身就看到客厅的人在偷偷看他，还十分专注。过了两秒，小木头似乎终于反应过来了，宋风在她的欲盖弥彰中，缓步走到客厅。

“不用偷看，都是你的。”宋风伸开手臂，一副任君采撷的样子。

舒冬有点心虚，抬手准备把抹布扔到他身上，但在出手的前一刻停住了，看在他刚洗了澡的分上。

“下午做什么？”一切都收拾干净后，舒冬坐在他旁边。

“睡会儿，然后去医院。”宋风躺在沙发上，伸手也将舒冬揽在怀里。

“好。”被他抱着，舒冬没有动，只安安静静地听着他的心跳，想让他好好休息。

阳光顺着阳台照进沙发上，把沙发上依偎着的两个人静静笼罩，墙上挂着三个人的全家福，一切都很温暖，连空气中的灰尘都有几分梦幻。

过了将近半个小时，宋风都没有睡着，明明黑眼圈那么重，但心里太多事杂糅在一起，而且离开医院太久，他不放心。

“怎么了？”舒冬问。

“去医院吧。”宋风从沙发上起来。

“再睡会儿。”舒冬拽着他的手臂。

他眼睛里的红血丝，她很心疼。

“你下午就别去了，我一会儿让陈辉把奶奶送回来。”宋风说。

“我跟你一起去。”

两个人谁都不听谁的。

宋风扭头，她坐在沙发边缘，漂亮的脚踝露在牛仔裤外面，望着他的眼神不退分毫。

他之前就很清楚，小木头表面看着冷冷淡淡，也不太爱说话，但心里，却倔强得很。

"在医院待久了对身体不好，"宋风重新坐在沙发边缘，抚摩着她的脸，"这几天多陪陪奶奶，别让她一个人待着。"

"那我去把奶奶接回来，让陈辉和你一起在医院。"他不放心奶奶，舒冬也不放心他。

宋风笑了，知道拗不过她。

两个人一起出门了，今天阳光很好，但有风，不是很热，已经很久了，他们没有悠悠闲闲地并肩走在街头。

家离医院半个小时的距离，通常宋风都是骑自行车过去，但今天，舒冬让他陪自己走走。

"宋风。"人行道上，被绿荫覆盖。

"嗯？"宋风把她拉到靠里的一侧。

"去年十二月份，我过完了二十岁生日。"舒冬看着他，缓缓道，"你想什么时候结婚？"

宋风愣住了，扭头发现她正抬头看着他。

宋风刮了刮她的鼻子，恢复了几分之前的浪荡："这么迫不及待想嫁给我了？"

"嗯。"舒冬看着他，眼神坚定。

这次，宋风完全停住了脚步。

他低头，想看看她的眼睛到底在想什么，然而却发现，她的笑很浅，但里面并没有开玩笑的意思。

"怎么了？"宋风脸上的不正经消失了，揉了揉她的头发。

舒冬没有顾及路上的人来人往，她抱着宋风，伏在他的胸膛："让爷爷安安心心地走吧。"

听见她的话，宋风的眼红了，垂在身体两侧的手臂青筋暴露。

宋风没有回抱她，他不敢。

感觉到他身体的僵硬和沉重的呼吸，舒冬抱得越来越紧。

去了一趟江城，她想明白很多事。

这一辈子，不用经历很多人才能证明哪个人是对的，每个人心里都很清楚，彼此是不是合适，如果错过了，等时过境迁，对的那个人也可能早已经不在了。

舒冬知道自己想要什么，她的生活说复杂也复杂，说简单也简单，说到底，她不过是想找到一个爱自己的人，想要一个家。

她和宋风在一起的时间很短，但却好像在一起很久了。

认识一年的时间里，她很清楚他是个什么样的人，可能有时候会有些小霸道，但他也很善良、很孝顺，他们在一起很不容易，中间经历的那些曲折，没有人能在彼此分手离开的时候，害怕她过得不好，给她那么多钱。

所以这一切都告诉她，他很好，她很喜欢、很爱他。

“走吧，去医院。”宋风拉着她的手往前走，没有看她。

“我是认真的。”舒冬拽住他的手臂停下。

宋风深吸了一口气转身，他低头注视着她，言语间全是心疼和无奈：“冬冬，别这么傻。”

“难道你和我在一起没有想过结婚吗？”舒冬反问他。

“想。”宋风很清楚。

在她还没有答应他的时候，宋风就很清楚，他喜欢她、心疼她，想好好跟她过一辈子。

宋风很庆幸，又很不幸，是在这个时候遇到她。

现在的他，一无所有，他还没有资格拥有她。

“去不去？”舒冬抬头朝马路对面看了看。

宋风顺着她的视线看过去，都要气笑了，因为马路对面不高的建筑上写着——民政局。

“冬冬，我想和你结婚，越早越好，因为怕你被抢走，我也想让爷爷安心。”心脏被感动爱意翻搅着，宋风低头认真地看着她，“但这对你不公平，我拿什么娶你，我现在什么都没有。”

“或许现在是这样，我们什么都没有，但以后我们可以一起努力，最重要的是，”舒冬声音有点哽咽，“我不想爷爷走了之后，家里就剩你和奶奶两个人，而我，也是一个人……”

宋风喉咙被堵着透不过气，他眼睛酸胀，一个字都说不出来。

“江城那边呢？”

“过两天才有结果。”

“如果是呢？”

“如果是，我也放不下你。”

宋风伸手把她紧紧抱在怀里，想把她揉碎在身体里，一点都不想放开。

马路上人来人往，对抱在一起的两个人频频注目。

过了很久，宋风放开她：“明天吧，今天没带身份证。”

舒冬看着他笑了，像变魔术似的从包里拿出他的身份证和户口本。

宋风震惊地看着她手里的东西，想说什么，却又一句话都说不出来。

过了几秒，他无奈地笑了：“说吧，馋我多久了？”

“不告诉你。”舒冬低头笑了，内敛却又容纳了所有的阳光，她拉着宋风走向马路对面。

昨天晚上和奶奶一起睡的时候，舒冬就产生了这个想法，本来想这几天和宋风商量一下，然而早上爷爷说的那句话，让她心里太不是滋味了。

身份证是刚刚收拾客厅的时候拿的，户口本是前天医院报销什么东西，他用过之后先放在了她这里，一切都是刚刚好。

“想好了吗？”离门只剩一步的距离，宋风抓住她的手腕。

“没事，离婚也挺容易的。”舒冬笑得俏皮。

“这就由不得你了。”宋风揽着她的肩膀，走了进去。

再出来，两个人手里多了两个小红本。

两人瞬间便成了已婚男人和已婚女人。

一切太不真实了，宋风笑着笑着，就觉得眼睛酸胀。

“舒冬。”

“嗯？”

“我会用一辈子对你好。”

回到医院，陈辉在病房坐着和爷爷聊天，宋风拿着小红本在他眼前晃来晃去。

“什么？十块钱一个是吗？我在步行街见过，还有‘最好奶奶证’‘最好老公证’‘小仙女证’……”陈辉说了一半，看见里面的章和照片吓得从椅子上跳起来，“我的天！”

“我的天！”陈辉成了一个复读机，从宋老板手里夺过来，眼珠子差点瞪出来，“爷爷奶奶！你们知道他干什么了吗？”

宋风把舒冬拉过来，轻轻揽着她的肩。舒冬笑着，很听话地靠在他的肩膀上。

“这是什么？我看看。”奶奶戴上老花镜。

“你这个兔崽子强抢民女！”陈辉还震惊得缓不过来，“他强迫冬哥把证领了！”

“什么！”奶奶看清了证，不敢置信地看着舒冬和宋风，松垮的眼皮下全是激动，拿着身边的东西就朝宋风砸去，“你这个兔崽子！”

奶奶还嫌没砸准，快步走到宋风身边去捶打他。

“别激动，轻点打，别把手打疼了。”宋风也不解释，任奶奶打。

奶奶看了一眼舒冬，感动得流了泪。

“拿过来我看看。”爷爷今天气色很好，几乎没有咳嗽，脸上还有一丝红润，刚开始还以为他们在开玩笑。

奶奶坐在床边，把证翻开递给老伴儿看：“你看冬冬多好看……”

舒冬往前走了一步，手臂搭在奶奶的肩膀上轻声说：“本来说好等你们旅行回来就去的，但爷爷突然生病了就一直没去。”

“我还担心小风，还担心他总惹冬冬生气，冬冬再不愿意……真是老糊涂了，咳咳……”可能是太过高兴，爷爷忽然咳嗽了两声。

“别激动，别激动。”陈辉拍着爷爷的背，虽然这么说，但谁能不激动！

“没事，爷爷高兴。”爷爷拿着那张结婚证翻来覆去看了好几遍。

“能不能争点气老头儿，再躺下去曾孙子都要出来了。”宋风倒了一杯水，喂爷爷喝下去。

“好好好，今天多吃点东西，争取快点出院……”

2018 年 8 月 8 日，天气晴。

人生总有些事很残忍，你得流着泪含着血去做完，明明他还在，还有呼吸和心跳，还能跟你说话，但你却不得不为他准备后事了。

一切都无从逃避。

医院电梯对面的走廊里，陈辉和宋风坐在椅子上。

“我爸妈跟许阿姨在商量，你别操心了。”陈辉拍了拍宋风的肩膀，这两天他爸妈没开店，跟许阿姨一起准备爷爷的后事。

宋风看向窗外，目光有些涣散：“麻烦了。”

“说这些干什么。”陈辉抬起手，本来想一拳砸在他身上，但看着他肩膀上突出的骨头，手在半空中顿住了，缓缓揽住了他的肩膀。

陈辉还想说什么，奶奶和舒冬从病房出来了，朝他们走过来。奶奶这几天累得头发都白了，最重要的是心累，肉眼可见地瘦了很多。

“我和冬冬出去一趟，给老头子买点东西。”旁边没有空位置了，陈辉站起来让奶奶坐下，奶奶也没有推辞，实在是站不住了。

“买什么？”宋风扭头，下巴冒出了参差不齐的胡楂。

“老头子爱干净，我去给他买件衣服，让他干干净净地走……”奶奶叹了一口气，说着说着就哽咽了。

宋风眼睛里的灰暗像是医院走廊尽头的深渊，他搂住奶奶佝偻的背，闭着眼揉了揉眉心。

“不想让他走吧，你说他活着也是受罪……”奶奶眼窝深陷，脸上遍布着皱纹，“等把所有的罪都熬干了，就该走了。”

陈辉拿纸巾擦掉奶奶脸上的眼泪：“奶奶，您得顾好自己的身体，别让爷爷和风哥担心。”

“我身体没事，就是苦了你们两个。”奶奶从椅子上站起来，“那我和冬冬先去了。”

“先回家休息好了再出去。”外面艳阳高照，宋风看了眼奶奶和舒冬。

“放心吧，你们一会儿记得吃饭。”舒冬视线落在他脸上。

他们好像真的变成了在一起生活了很久的家人，有时候只需要一个对视，就能把对方所有的心思看懂，所有的担心和愧疚，都在彼此深邃的眼眸里。

两人坐公交车回到家，奶奶拉住舒冬的手往小区里面走。

“冬冬，你是个好孩子，就是太傻了……”奶奶的皮肤有点黑，和舒冬握在一起的手对比很鲜明，都是岁月留下的痕迹。

“奶奶，是你们把我看得太好了。”舒冬反握着奶奶的手，想给她点力量。

舒冬很清楚，或许自己长得还行，但现在漂亮的女孩子太多了，她没读过书，没有文凭，没有好的家庭背景，还有不清不楚的身世，以及古怪的性格……也就宋风和爷爷奶奶把她当成宝贝。

“老头子他意识不清了，但奶奶都知道，前段时间你去江城我真怕小风挺不住。”奶奶叹了一口气，打开了家门。

舒冬低下头没说话，又想起了刚回到家的那天早上，宋风躺在沙发上，在昏暗里沉沦，整个人像是蒙了一层厚厚的灰。

“不过冬冬你放心，等这段时间过去了，奶奶就把家里的钱和银行卡全告诉……”奶奶话没说完，一头栽在了沙发上。

“奶奶！”舒冬瞳孔放大，连忙过去抱着她，“奶奶您怎么了？奶奶！奶奶您说话……”

“没事……”奶奶皱着眉睁开眼，只感觉眼前一片漆黑，睁开又闭上了，声音微弱，“这两天没睡好……”

舒冬脸色煞白，吓得心脏都漏跳了一拍，看到奶奶睁开眼睛又缓缓合上，她把声音放得极轻，但带着控制不住的颤音：“那您先回房间睡一会儿，我们下午再出去好不好？”

“别担心，奶奶睡会儿就好了。”奶奶渐渐缓过神，还安慰地拍了拍

舒冬的手。

“再缓一会儿，我扶您回房间。”舒冬搂着奶奶不敢放手。

“奶奶真没事，刚刚不知道怎么了就眼前一黑，我自己能站起来。”为了不让舒冬担心，奶奶从沙发上缓缓站起来。

舒冬在旁边虚扶着她，因为惊吓和紧张额头冒了层虚汗，生怕出一点差错。

看到奶奶回房间躺到床上，她才出来，本来想关门但犹豫了一下没关。

舒冬快步走到宋风卧室，抱着被子眼泪再也忍不住了。

奶奶今年七十岁了，和爷爷过了一辈子，和他结婚，为他生孩子，最后还要为他买寿衣……

残忍，真的好残忍。

她很害怕奶奶再出事，那样宋风会垮掉的。

下午五六点，天色渐渐暗了，宋风看爷爷睡着了就把窗帘拉上半边，把床头的壁灯打开，夕阳西下，病房里弥漫着黄昏的落寞。

宋风安静地坐在病床前，连呼吸都放得很轻，将爷爷的脸看了一遍又一遍，仿佛是要拿刀刻画在心里。

爷爷的眉毛很长，都说眉毛长的人会长寿，那为什么……不再等等他？他才刚长大，他们家刚开始往好的方向走，老头子就要离开了……

他还没有让老头子享受这个世界，还有很多地方没带他去，甚至没带他过上更好的生活，他真的没有准备好。

然而这个世界，永远都不会等你准备好。

黄昏的光从半边窗户透进来，陈辉站在病房门外望着宋风朦胧的背影，和病床上暮气沉沉的老人，静谧得像是一幅画。

爷爷皱着眉翻了个身，但身体没有力气连翻身都很难，挣扎间就睁开了眼睛。

宋风连忙把眼睛里的酸涩忍回去，弯腰帮爷爷翻到朝窗的那一侧：“醒了？”

爷爷身上哪儿都疼，他咬着牙翻了个身，过了好久呼吸才平缓下来，他意识迷糊地望着窗外沉沉的天色，轻声呢喃——

“天怎么还不亮……”

2018 年 8 月 9 日，天气晴。

人这一辈子，总会在你没准备好的时候，失去些东西，让你永远无法释怀。

夏天凌晨三点的夜，竟然有点冷，宋风、舒冬和奶奶都留在了医院，舒冬和奶奶正躺在另一张床上睡觉，突然听到一阵剧烈的咳嗽声，她迷迷糊糊地睁开眼睛，想放轻动作起身，但奶奶已经醒了。

宋风抱着爷爷的上半身，让他坐起来，但咳嗽声并没有停止。宋风扶着他只剩下骨头的肩膀，仿佛他咳得再用力一点，就要散架了。

舒冬抽出几张纸巾帮爷爷擦嘴，刚准备扔进垃圾桶里，但她动作一顿，昏暗的灯光下，纸巾上染上了一片暗红……

舒冬攥紧了五指，手微微发抖。

奶奶把灯打开了，爷爷的咳嗽声渐渐停下来。宋风抽出两张纸巾，把他嘴角的血擦干净，并且以他看不见的角度扔进了垃圾桶里。

“夜真长，难熬……”爷爷半靠着，闭着眼睛喃喃自语。

“现在已经四点了，要不再睡会儿？醒了之后天就亮了。”宋风耳朵靠近他嘴边，他的声音太微弱含混不清，已经听不清楚了。

爷爷摇了摇头，幅度微弱得几乎看不见，过了片刻他拽着宋风的胳膊又艰难地坐起来。

“小风呢？”爷爷每说一句话就呼吸困难。

“我在。”宋风抱住他。

“去买点感冒药吧，这两天好像感冒了……”

爷爷说一句话，要缓好久才能说下一句，带着鼻音的含糊，似乎真的和往常感冒了一样，但他不知道，这并不是感冒。

“前天去药店买的那盒还在抽屉里。”宋风打开最上层的抽屉，里面满满的药。

舒冬拿着水杯，正在倒热水。

“不吃那个，吃了都不管用……要感冒通……”

“先吃这个吧，等天亮了让小风再去好不好？”奶奶轻轻拍着老伴儿的背。

可能是太痛苦难忍，爷爷执拗的脾气又上来了，他说话断断续续，佝偻着背一点力气也没有。

宋风望着外面无边的黑暗，仿佛是他心里的深渊，没有一丝希望，也深不见底。那盒感冒药在他手里被捏得扭曲，包装纸盒坚硬的棱角抵在手心，他却感觉不到疼。

舒冬不敢看爷爷，他弯着腰，脊背的骨头都突出来了，似乎已经承受

不住身体的重量。

舒冬眼睛发胀。

“去买，感冒药……”

“小风去吧。”奶奶跟宋风摆了摆手。

宋风附在爷爷耳边：“我现在就去买，一会儿就回来了。”

“快去……”

宋风走出了房门，奶奶又跟舒冬摆了摆手，让他们都出去了。

“快去……”爷爷还在呢喃。

他已经意识不清了，也看不清楚，但他知道自己生病了，想吃药，想快点好。

出于求生的本能，奄奄一息的病人都想在弥留之际抓住最后一根稻草，不管有没有用，但手里抓着点什么才能安心。

人都是害怕死的，因为死亡就是——这世间的一切繁华冷暖，再与你无关了。

窗外的黑暗仿佛要吞噬一切，把病房昏黄的灯光吹得摇摇欲坠。

奶奶坐在病床边缘，抱着老伴儿，声音带着属于老人的温柔：“鹤然，你再等两年，等等我，到时候我们一起回去……”

爷爷好似什么都听不清了，所有声音都恍恍惚惚的，仿佛很遥远，他无力地靠在老伴儿身上，没有说话。

走廊里格外安静，悬挂在上面的时间像是催命的计时器，一秒一秒，无情地溜走，仿佛时间一到，死神就要挥舞镰刀。

楼梯的转角，宋风靠墙抱着舒冬，只是轻轻抱着，好像所有挣扎的力气都已经用尽了，只剩下深不见底的无助和苍白。

而他，什么都做不了，只能等待着那一刻的到来，等待命运审判的结果，人太渺小了，命运要给你什么，你从来都无从反抗。

“回去吧。”舒冬听着他平稳的心跳，但越是平静，她越是害怕。

“舒冬。”宋风声音沙哑。

“嗯？”

“等我们老了，我希望能比你多活一天。”这样，你就不用承受这些痛苦。

舒冬心里涌动着酸涩和感动，紧紧地抱住了他。

宋风回到房间，拿出刚刚被他捏在手里的感冒药：“买回来了，现在吃吗？”

爷爷迷迷糊糊地睁开眼：“好……”

舒冬倒了杯温水，宋风取出三四粒胶囊，喂爷爷吃下去，再次关掉房间的灯，天边已经有了微弱的晨光，爷爷渐渐睡着了。

早上七点。

宋风意识时而清醒，时而昏沉，只睡了十几分钟他就醒了，目光扫过旁边的病床，爷爷依旧闭着眼睛，奶奶在旁边看着爷爷。

“我去买点粥，一会儿吃早饭。”宋风像每天早上一样，附在爷爷耳边轻声说，但是过了几秒都没有得到回应。

爷爷经常闭着眼睛，但因为疼痛从来没有睡熟过，宋风忽然有种不好的预感，心脏猛地收紧：“爷爷？”

舒冬连忙走过来。

宋风声音发颤：“爷爷？”

“刚才还在叫我，”奶奶往前倾了倾身，“鹤然？”

舒冬轻声试探：“爷爷？”

宋风的手发抖，缓缓伸到爷爷鼻间……

静悄悄的，什么都没有。

宋风心脏瞬间空了，眼睛猩红，热泪汹涌，眼泪立即砸落下来。

“爷爷！”

“鹤然……”

“爷爷您醒醒！”

“睁开眼睛看看我……”

“别走，求求您别走……”

所有的声音都变得越来越远，直到听不见，病房内的悲恸像是一场舞台剧，有些人物，要谢幕了。

最后，连画面也消失在一片空白中，只有窗外的阳光亘古不变地温暖，然而又那么刺骨。

从宋风知道爷爷得癌症到去世，只有十一天。

他想着只要自己好好赚钱，以后带爷爷去最好的医院，然而，只有十一天，一切短暂得像一场梦，两个月前他们还在旅行，然而现在爷爷已经不在了。

命运从来不会等你准备好，他像是个带着链条的冰冷机器，只会毫无

感情地把这些事安排到你的生命里，扼住你的咽喉，逼着你去承受。

你想变得更好，然而，你爱的人已经等不了你了。

每个人都是在匆忙间怀着疼痛长大的，也永远不知道明天会发生什么，又在懵懂中，跌跌撞撞地走向下一个匆忙意外。

因为这种告别，我们永远学不会。

太阳照常升起，照常落下，可有些人，永远也看不到了。

爷爷，走好。

第十章 / 未来已至

一周后，一切尘埃落定，把宾客送走，才能轮得到家人坐下来静静感伤。

墙上还挂着全家福，客厅里还放着爷爷的书架，那本他看了无数遍的《红楼梦》半开半合，书页翻飞，上面似乎还残留着爷爷淡淡的气息……

所有的东西都没有变，然而爷爷却不会再回来了，宋风有一种恍惚的不真切感，像是做了一场梦。

这一周，舒冬一直住在宋家，宋风让她晚上陪奶奶一起睡。

许琬竹也是在前两天才走的，她在这里已经待了很久，孩子和老公一直催她回去，但她心里过意不去，也放心不下，她怕这个家突然空落落的，宋风和奶奶承受不住。宋风没告诉许琬竹，他和舒冬领证了。

中午，宋风在做饭，舒冬打扫客厅，累得额头上冒了一层细汗，客厅里电视开着，奶奶看舒冬在忙活就坐不住了。

“马上就好了，您快坐着吧。”这一段时间大家都很累，舒冬怕奶奶这根弦忽然松下来再生病。

“我没事，就是坐不住。”奶奶拿着抹布，开始擦茶几和书柜。

“地上没干，您小心不要滑倒了。”舒冬刚刚拖了地。

“知道了，你去看小风做好饭了没有。”奶奶说。

“好，要是饿了先吃点饼干。”舒冬把拖把放在卫生间，洗了洗手，然后去了厨房。

夏天做饭简直是种灾难，厨房热得像个蒸笼，舒冬刚打开推拉门就被热气环绕，宋风穿着的黑色T恤后背被汗洇湿了一大片，颜色更深了。

“太热了，出去等着。”宋风担心油烟对她身体不好。

“奶奶好像饿了，让我来看看好没好。”舒冬拿来旁边的毛巾，帮他擦了擦下巴滴落的汗。

“马上就好了，快出去。”宋风抽走她手里的毛巾，刮了刮她的鼻子，“听话。”

舒冬不情愿地撇嘴，但心里却很甜。

宋风把饭菜放到餐桌上，先去洗了个澡，舒冬把客厅的空调调低了几度，十几分钟后，三个人坐在餐厅开始吃饭。

“小风现在做饭越来越好吃了。”奶奶夹了一筷子青菜，笑了笑。

“那就多吃点，把前段时间饿瘦的给吃回来。”宋风把菜往对面移了移。

“能够着。”奶奶看着盘子里的那条鱼愣了愣，“如果你爷爷在，肯定又要发脾气了，不吃鱼，不吃香油，还不吃海带……”

舒冬和宋风夹菜的动作顿住了，心里不是滋味。

有时候，意识很清楚那个生命中很重要的人已经离开了，不在了，但这种悲伤像是细水长流，很平缓。然而当突然遇到一块石头，就会激起水花，那种悲恸会从四面八方涌来。

吃饭的时候，会不自觉地想到他喜欢吃的菜，然而他已经吃不到了；出去玩的时候，会想到这个地方他还没有来过……

那一瞬间，情绪会突然失控，遗憾悔恨会毫不留情地把你淹没。

“跟他过了一辈子，只知道这个不吃，那个不吃，喜欢吃的一样也想不起来，”奶奶说着说着眼睛红了，“说到底，奶奶这辈子对不住他……”

舒冬放下了筷子，抽出纸巾擦拭着奶奶的眼角，想说些安慰的话，但堵在嗓子里一句都说不出来。

“老头儿看见你这个样子，会走得不安心的。”宋风从另一侧绕过来抱着奶奶的肩膀，只觉得眼皮滚烫，将心里翻涌的情绪忍下。

其实奶奶把爷爷照顾得特别好，在家里舍不得他那双读书写字的手做家务，也怕他累，从来不让他做饭，都是做好了放在他面前，直到最后，爷爷也不知道自己究竟得的什么病。

“吃饭吧，以后就不想他了。”奶奶抽了张纸巾，“看到你和冬冬结婚，他也没什么遗憾了，以后过好咱们自己的生活，他在天上看着也安心。”

奶奶一直是个乐观开朗的人，只是老伴儿才过世，那些事积在心里缓不过来。

“难受就哭出来。”舒冬拉着奶奶的手，怕她积郁成疾。

“不哭了，哭多了对眼睛不好。”奶奶声音还有一丝微微的哽咽，“奶奶还要活大岁数帮你们照顾孩子呢。

“好，尽量不让您等太久。”宋风忽然笑了，通红的眼睛有点湿润。

吃完饭，宋风陪奶奶在客厅看电视，舒冬切了盘水果放在茶几上，奶奶回卧室拿了个东西，又回到客厅。

“这张卡里是你爷爷这些年存的钱，有四十万，本来打算小风结婚买房子的时候用。”奶奶从包里掏出一张银行卡，放到舒冬手上，“你们领证太匆忙，家里什么也没有准备，这个钱我就不给小风了，冬冬你拿着。”

“奶奶，我不要，您快收回去。”舒冬连忙拒绝，说话都有些语无伦次，只觉得碰到那张卡的一瞬间，手很烫。

而宋风猛地从沙发上站了起来，转过身顺着阳台望向窗外，两行热泪断了线似的流了满脸，他用力地呼吸，心里那些酸涩难忍翻涌着仿佛要喷薄而出。

他隐约感觉到，爷爷可能为他存了些钱，但从来没想到，有四十万之多。

爷爷奶奶一生节俭，精打细算地过日子，却为他存了四十万……宋风的心仿佛被人猛然攥住，用力地撕扯，他疼得快要撑不住了。

舒冬望着宋风的背影，只能听到他沉重的呼吸声。

“小风过来。”奶奶叹了一口气。

宋风缓了很久，又坐到沙发上，眼睛红得像是血丝破裂。

“我跟你爷爷没其他奢求，就想看到你以后成家好好过日子，我们就安心了。”奶奶把宋风往身边拉了拉，把他和舒冬的手放在一起，重新拿起那张银行卡塞给舒冬，“家里没有其他能给冬冬的，这些钱你们看看怎么用，要是想买房子，可以付个首付……”

“我真不要，我真的……”舒冬着急得说不出话，连忙抽出手，“奶奶您快收回去。”

“拿着吧。”宋风说。

舒冬挣扎的动作忽然停住了，她看着宋风莫名有点生气：“我拿着做什么？”

宋风望着她那双倔强的眼睛，这些钱是爷爷的，是爷爷攒了一辈子的

钱，宋风不想要，然而舒冬这个傻丫头，她太傻了，她什么条件都没有提，就跟了他，但他不想委屈她。

“冬冬，你别生气。奶奶是觉得这个家对不住你，另外还怕你养父母那边不满意。”奶奶抓住舒冬的手说。

“这个卡您还拿着，就当是我存在您这里的。”舒冬把卡放回奶奶手里，想到张阿姨，脸上的温柔退了几分，“张阿姨和健周叔那边，我会想办法的。”

奶奶心里无声地感叹，老天还是眷顾他们的，让冬冬来到这个家。

舒冬低着头，张阿姨心里一直打着如意算盘，想用她嫁人的彩礼钱给正宇买房子，如果他们知道她已经领了证，肯定不会善罢甘休的，这么多年，他们就像吸血鬼。

舒冬很感激这些年他们对她的照顾，然而他们的自私又让她无法释怀，在有了正宇之后就迫不及待地想把她送走，九年义务教育一过就不让她读书了。

和他们在一起生活了那么久，却没有认识爷爷奶奶一年的时间里让她感动。对于他们的养育之恩，舒冬会好好报答的，但仅此而已了。

“江城那边还没有消息吗？”这几天忙得头脑混乱，宋风心里记得，却也忘了问。

舒冬闻言，目光低垂着：“前天来的电话，说不是。”

宋风心里略微一颤。

“别难过孩子，这个不是我们接着找，总有一天会找到的。”奶奶连忙抱住了舒冬，怕她心里难受。

“不找了。”舒冬笑着摇了摇头，眼里藏着难以言说的苦涩，眼神却很坚定。

这一次，说是不要抱太大期望，但心里抑制不住地还是很期待。明明线索都很吻合，然而 DNA 对比结果清楚地摆在那里……

当初以为是真的，舒冬才下定决心和宋风领了证，因为她怕以后横在他们中间的障碍会更多。

虽然很遗憾很失落，但她一点都不后悔。

没过多久，奶奶有点困回房间睡了，客厅只剩宋风和舒冬两个人。

宋风伸手把舒冬拉到怀里，舒冬愣了愣挣扎着起来，心虚地看了看奶奶的卧室。

“舒冬同学，我们已经领证了，现在我对你做什么都是合法的。”宋风又伸手轻轻松松地把她拽过来，紧紧抱着不放手。

“别欺负我，要不然……我也会反悔的。”舒冬被他抱得喘不过气，整个人都缩在了他怀里。

“没有反悔的机会了。”这几天宋风下巴冒出了密密麻麻的胡楂，他轻轻地蹭着舒冬的脸。

舒冬永远无法在他的怀抱里脱身，索性也不挣扎了，但埋在他胸口的脸微微泛红，这么亲密，有点不习惯。

宋风对她的心思很清楚，之前她在医院对他百依百顺，是因为她很善良，怕他难过，也怕爷爷担心。她的骨子里有刚毅的一面，也有柔软的一面，所以当尘埃落定后，她还会不自觉地躲他，这不怪她。

毕竟他们从在一起到结婚，最亲密的不过是一个吻。

晚上舒冬熬了点粥，吃过饭后他们和奶奶去楼下散了散步，回来后一起看了会儿电视，这种一家人平平淡淡的日子，舒冬向往了很久。

九点多，奶奶困了。

这几天宋风怕奶奶心里难过，让舒冬陪她一起睡。今天，舒冬像往常一样推开奶奶卧室的门，但刚进去奶奶就把她推了出来。

“总跟我一个老太婆睡做什么？奶奶没事，快去睡你们的。”奶奶说完，还把门反锁了。

“奶奶，我……”发生得太过突然，舒冬还没有反应过来，就已经被关在了门外。

舒冬在门外停了很久，有些缓不过来。

她要和宋风一起睡吗？虽然两人已经领了证，但是……

舒冬扭头看了眼客厅，准备今晚在沙发上睡一觉，如果奶奶真的没事，她明天就回自己家？

舒冬心虚地在心里打了个问号。可以吧？没什么不可以的。

舒冬准备去沙发上，但刚迈开步子，宋风就从浴室出来了，浑身只围了条浴巾，遮住了腰以下，上身完全露在外面，未擦干的肌肤泛起一片诱人的水光。

宋风越走越近，已经走到了舒冬面前。他往前走一步，舒冬就不自觉地往后退一步，直到后背贴在他的房门上。

宋风轻轻抱住她：“奶奶不需要的话，我需要。”

热气喷洒在耳窝上，留下一阵细细密密的酥痒，舒冬大脑有短暂的空白，心脏越跳越快，还没反应过来就被他环着掳进了卧室，没错，是掳。

他上身赤裸，舒冬后背贴着他的胸膛，两个人的心跳仿佛连在了一起。

“你穿上衣服。”舒冬挣脱他往前走了两步，两个人离开了些距离。

“睡觉了，应该脱衣服。”宋风又黏上来。

可能因为舒冬刚刚在他怀里挣扎得厉害，围在腰间的浴巾松了，宋风刚走两步浴巾就掉在了地上。

“你……”舒冬因为震惊而失声，刚才进来的时候没开卧室的灯，她只看到白色的浴巾下落，虽然其他什么也没看见，但她连忙转身捂住了眼睛。

浴巾掉下来的那一刻宋风觉得下身有点凉，心里随之一紧，但看到小木头那么迅速地捂眼睛，宋风笑了，他不疾不徐地将浴巾捡起来，重新围好，然后朝她走过去。

房间内光线昏暗，带着些许暧昧，视线不好的时候听力就格外敏感，舒冬右侧的肩膀贴着墙，感觉他在一步一步靠近。

“看清了吗？”宋风来到她身后，环着她不堪盈盈一握的纤腰。

呼吸渐渐乱了，舒冬的头下意识地往旁边躲，原本以为会撞在墙上，然而宋风的手提前贴在那里，她只撞上他温热的手掌。

“没有。”舒冬感觉背后藏着蠢蠢欲动的危险。

“想看吗？”宋风唇角往上勾，把她完全圈在怀里。

“不想。”然而舒冬刚说完，宋风就把她抱起来了，两个人一起陷落在柔软的大床上。

“你先穿好衣服。”这么大的动作，舒冬感觉浴巾似乎又开了。

“不想穿。”宋风禁锢着她的腰，将头埋在她脖子里，开始撒娇。

月光透过窗户照进来，房间内有一丝丝光亮，舒冬望着天花板笑了，不敢相信，身边这个霸道又温柔，还时常撒娇黏人的大男孩，在法律上已经是她合法的先生了。

跳过恋爱直接结婚的感情，在她看来一点也不草率，她相信他们会很幸福，会有一个温暖的小家。

“去穿衣服。”舒冬声音很轻，她转身看着他的脸，昏暗中只有一个模糊的轮廓。

宋风没说话，沉默地抗争了很久，在她脸上狠狠地亲了一口：“别让我等太久。”

舒冬脸上的红晕完全掩盖在了夜色里，缓缓点了点头。宋风起身走到衣柜前，拿了条睡裤穿上了，然后回到床边打开一盏壁灯，只照亮床头的方寸地方。

按照他几个月前的想法，如果舒冬答应了他，他肯定会立即和她成为一对真正的夫妻，然而现在，小木头太傻了，傻得让他不忍心，他会给她点时间慢慢适应。

况且，爷爷刚走，他还缓不过来。

一天虽然什么都没做，但还是浑身疲惫。

宋风重新回到床上，暖黄的光映着舒冬半边侧脸，散下来的几缕碎发贴在脸庞，显得有点温柔，宋风帮她撩在了耳后。

“今天看到你称体重了。”舒冬乖乖躺在宋风怀里，手在他肋骨摩挲。

“然后呢？”宋风抓住了她乱动的手。

“不到一百三。”对男人的体重舒冬心里没概念，但是林哥没宋风高还一百五十斤，而宋风一米八多还不到一百三十斤。

“嗯。”宋风正玩她的头发笑了，“那以后你要负责把我喂胖。”

“听别人说，结了婚的男人容易发福。”舒冬笑着说。

“哥才二十二岁，哪来的发福？况且你看咱们家有胖人吗？”宋风捏着她腰间的软肉，浑身散发着慵懒，“不好意思，没这个基因。”

“等着你胖的那天，再想想今天的话。”舒冬不知道是不是自己变暴躁了，他每次说话她都很想动手。

“你也多吃点。”宋风手放在她腰上，两只手合在一起几乎能掐住了，“太瘦了，我觉得还是把你喂胖比较有成就感，白白胖胖的。”

“不好意思，没这个基因。”舒冬把他的手拿开。

学会噎人了，宋风笑着伸出手臂，将她完全揉在怀里。

厚厚的窗帘拉上了，封闭的卧室只有床头一盏壁灯亮着，散发着淡淡的光线，两个人依偎在一起，时而安静、时而胡闹。

“舒冬。”宋风轻声试探。

她好久没说话，他以为小木头睡了。

“嗯？”舒冬翻了个身，往他身边靠了靠。

“我们什么时候办婚礼？”宋风轻轻吻在她的唇角。

他的身体源源不断地散发着温热，舒冬忽然沉默了，这个问题太过突然，她从来没有想过。

“我还没想好，”舒冬枕着他的手臂，望着天花板，“现在也不着急，

以后有合适的时间再说吧。”

宋风轻轻地蹭了蹭她的头发，他很想知道，小木头到底有多傻，每个女孩子都渴望婚礼，渴望穿上漂亮的婚纱，被所有人祝福。

但舒冬就是这种女孩，她很难对别人敞开心扉，但只要她认定了你，她就会掏心掏肺地把她拥有的所有都拿出来，就算自己受委屈也甘之如饴。

她担心爷爷刚走，而且现阶段下，不想给家里增添负担。

“我想的是等这段时间过去了，我们让奶奶挑个好日子，按照宋城的习俗办一次。”宋风接着说，“然后等以后老公赚钱了，我们再风风光光地办一次，好不好？”

“结上瘾了？”舒冬心里很暖。

“跟你结一百次都不够。”宋风轻轻咬着她的脖子，留下浅浅的牙印。

他是想等以后家里好了，他们想怎么办就怎么办，给她最幸福最难忘的一个婚礼。但经过爷爷的事，“等”这个字，太过缥缈，它就像是时间的卧底，等你渐渐麻痹，就偷走你最宝贵的东西。

谁也不知道以后会发生什么，所以，再也不要“等”以后了。

虽然宋风不想委屈她，但他会在现阶段，尽自己所能给她一个最好的。

“真的不着急，”舒冬手搭在他腰上，“而且，我这边还有事没处理好。”

“没关系，以后我们一起找，总有一天会找到。”宋风猜她想到家人了。

“不是，”舒冬微微摇了摇头，“是张阿姨和健周叔那边，如果他们知道了，肯定会纠缠不休。”

舒冬上次给宋风的那三万块他没要，舒冬想的是等过段时间再去上班，存够五万块钱后给他们，也算是为这些年的情谊，画上一个句号吧。

否则他们就像吸血鬼一样永远不会停止，舒冬不想给宋风和奶奶带来麻烦。

“别担心，我来处理。”宋风揉了揉她的脑袋，心疼她，“等办婚礼前，就按照正常的程序，把彩礼钱给到他们就好了。”

“不行。”舒冬毫不犹豫地拒绝，彩礼钱太多了，她不想白白给他们那么多钱，“我会还他们的。”

“分什么你我？”宋风起身喝了半杯水，然后重新把她抱在怀里，“睡觉。”

过了十几分钟，舒冬听着他均匀的呼吸和平静的心跳，宋风好像睡着了，但她却没有丝毫睡意。

“宋风？”舒冬轻声试探。

“叫老公。”宋风唇角弯了弯，却没睁开眼睛，他是真的有点困了。

本来还想着，如果他睡了就悄悄把他弄醒，舒冬轻笑，眼睛里的不怀好意藏了起来：“爷爷奶奶怎么一直说买房子？”

“爷爷奶奶说……”宋风打了个哈欠，从背后抱着她，这个亲密无间的姿势抱着很舒服，打了个哈欠后竟然不是很困了，他微微睁开眼睛，“这个房子挺老的，还是我爸妈结婚的时候买的，爷爷奶奶怕将来我结婚人家嫌房子旧。”

“我觉得挺好的。”舒冬的声音莫名高了一度。

“当初哪知道是你这个小傻子，什么都不要就把自己送来了。”宋风吻了吻她，全是疼惜和爱护。

舒冬不好意思地笑了笑：“从外面看有点旧，但里面很干净，总之现在就挺好的。”

“傻。”宋风笑了笑。

他这辈子能遇到舒冬，什么都值了，这还得谢谢俞知逸那个浑蛋。如果可以的话，他甚至想举行婚礼的时候给俞知逸发请帖，让俞知逸看看冬冬有多美，然而他俞知逸不配。

一时间，他和俞知逸之间所有的一切都烟消云散了。

但是，俞知逸对舒冬的伤害，他永远不会原谅。

过了片刻，宋风又困了，他迷迷糊糊地闭上眼睛，然而舒冬始终不安分，好像有说不完的话。

“宋风，我们以后开个什么店？”舒冬问。

“文具店、文身店，或者是书店，你喜欢什么？”宋风笑着说。

“还没想好，不过可以参考下奶奶的意见。”舒冬说。

“好，都听你的。”宋风困了，但还是句句都回应她。

夜幕之下，月光柔和静谧，两个人一起畅想着未来，属于这个家的未来。

舒冬和宋风这几天一直在家陪着奶奶，有时候林哥那里忙不过来，舒冬就过去，但时间上还比较自由。

奶奶吃过午饭和其他老太太去公园看人家下棋了，宋风看她情绪还算可以，就打算去网吧看看。

从爷爷住院到现在，宋风已经很久没有去了，因为是在暑假，陈辉就找了一个经常来玩的小兄弟帮忙看着店里，付他工资。都是信得过的朋友，也比较尽心。

九月份刚开学，又是白天，宋风推开网吧门人并不是很多，还是那几个熟悉的面孔，看到他虽然很惊讶，但都没有胡闹。

柜台前整整齐齐的，陈辉坐在椅子里睡着了，宋风没有吵醒他，往四周环视了一圈，所有摆设都跟之前一样，没什么变化。

“什么时候来的？”陈辉睁开惺忪的双眼，说话带着刚睡醒的含混不清。

“刚到。”宋风拿起桌子上的游戏机看了看，又放了回去，“江临呢？”

江临就是陈辉找来帮忙照看网吧的男生，刚成年，辍学不念了。

陈辉正伸着懒腰，伸到一半忽然愣住了，脸上带着几分黯淡：“怕你心情不好就没告诉你，江临他外公前段时间也查出来了癌症，他去佳市了。”

宋风心忽地一揪，不受控制地皱紧了眉头：“钱付给他了吗？”

“他说什么都不要。”陈辉叹了一口气。

“给他转过去。”宋风搬了张椅子坐在陈辉对面。

“我原本想等他从佳市回来，你当面给他，看现在这情况一时半会儿也回不来了。”刚睡醒有点口渴，陈辉从冰箱里拿了罐可乐，“你说世界上怎么有那么多病？”

宋风心里莫名地有些堵，思绪不受控制地又回到爷爷住院的那段日子，眼眸蒙了一层灰。他找到江临的联系方式，把钱给江临转过去了。

宋风目光掠向窗外，看着文身店的一角，今天舒冬来上班了，现在可能正在二楼。

这段时间宋风一直在想，以后该做点什么，开网吧不是长久之计，他迫不及待地想做点什么来对舒冬和奶奶好，但是目前脑海里还没有成熟的想法。

好像一切都还来得及，但又什么都无能为力。

“而且江临他外公在佳市下面一个县里，检查出来的时候已经扩散到大脑了，大医院根本都不收，可能是怕刚进去就死在里面……”陈辉沉沉地叹了一口气，人生怎么就这么艰难。

“然后呢？”陈辉的声音打断了宋风的思绪，他心里很窝火。

“没办法，跑了好几个医院，只有小医院敢收，但小医院设备都很简陋，连心电图都不给显示，现在就是保守治疗。”陈辉走到窗边透了透气。

宋风闭着眼睛揉了揉眉心，心里翻涌着深深的悲哀。

如果不是这些年和张医生关系熟了，当初爷爷去医院也挺难的，最后一次去医院，在里面待了也就不到二十天，张医生心地善良，但小城市的医生能力确实有限。

还记得最后几天的一个晚上，爷爷半夜突然醒了，但爷爷神志已经不清了，只抓着他的手说——

爷爷这里疼，爷爷难受……

回忆那么沉重，宋风扶着额头遮住了眼睛。

突然他想到什么，走到柜台前，打开浏览器，在搜索框输入几个字。

“以后有什么打算？”林哥往舒冬面前倒了杯茶。

“不知道。”舒冬微微摇了摇头，“但这段时间有可能过不来，奶奶一个人在家我不太放心。”

“看来我得再找一个小学徒了。”林哥十分惆怅。

“我又不是不来了。”舒冬笑了笑。

和宋风在一起，似乎并不会改变什么，虽然在文身店赚得不多，但至少能顾得住自己，总不能结了婚就当条米虫全靠宋风一个人，而且她也闲不住。

“我是觉得宋风那小子还不错，但也没让你这么草率地跳下去！冬冬，你说你……”

文身店的玻璃门开了半扇，宋风刚进来就听见这么一句，他站在门边，笑着敲了敲门：“要不我先出去？”

“还敢过来？”林哥摩拳擦掌。

“林哥。”舒冬怕他们真动手。

“客人快到了，去楼上准备东西吧。”林哥把舒冬支开了。

舒冬感觉到了剑拔弩张的气氛，正要拉住林哥的胳膊，就被推到了楼梯前。她的视线在两个人身上游移，看到宋风那副无所谓的表情，她忽然笑了，看着林哥说：“别打脸。”

在宋风呆滞的目光中，舒冬头也不回地转身上楼了。

“你过来还是我过去？”林哥将手腕掰得咔咔作响。

“那，我过去吧。”宋风说话忽然没有底气。

在林哥的注视中，宋风缓步走过去。

在两个人相隔半米远的时候，林哥忽然挥起了拳头，宋风只感觉到一阵凌厉的拳风……

然而五秒钟过去了，林哥的拳头还没落下来。

“胆子挺大。”林哥注视着他的表情，发现他连眼睛都没眨一下。

"年轻的时候没少打架吧。"宋风笑了笑，径自坐在沙发上，端起舒冬的杯子喝了口茶。

"不多。"林哥也坐回沙发上，"这一拳就留到冬冬不开心的时候，双倍还给你。"

"那恐怕你没有这个机会了。"宋风抬头看着楼梯上隐隐露出的衣角，嘴唇勾了一抹笑。

小木头，口是心非，明明担心得不得了，舒冬听见两个人说话，并没有打起来的意思，就悄悄地回了二楼的房间。

林哥问了宋风很多问题，关于以后的打算和婚礼的事，生怕自己看着长大的小丫头受委屈。

舒冬忙完已经四五点了，她不放心奶奶，两个人就一起回了家。

刚打开门，就听到客厅的电视开着，舒冬换了鞋走过去："这么早就回来了？"

"没什么意思。"奶奶侧躺在沙发上，整个人无精打采的，看到两个人也没起来。

舒冬看了眼宋风，奶奶虽然总说自己没事不用担心，但怎么可能不难过，然而这些疼痛，只能用时间去治愈。

"那想做点什么？"宋风敛了敛眼睛里的情绪，他坐在奶奶身边，"想吃饺子了，好久没吃到你包的饺子了。"

奶奶眼睛渐渐有了焦距，她慢慢坐起来："那我去超市买点东西，咱们晚上吃饺子。"

"好，我跟你一起下去。"本来他自己去就行了，但他想让奶奶出去走走。

"冬冬就在家吧，外面挺热的。"奶奶笑着说。

"好，那我在家先准备东西。"舒冬笑着说。

房门关上，舒冬缓缓坐在了沙发上。

她知道，宋风并不是想吃饺子了，他只是想让奶奶有事做，看来这段时间真得让林哥找个学徒了。

晚上，等到奶奶睡了，宋风和舒冬才回卧室。

宋风坐在电脑前，顺着白天查到的资料继续查。

舒冬在书架上拿了本爷爷的书，看了一会儿就困了，依旧是半坐半躺的姿势，她缓缓闭上了眼睛，但半睡半醒间，忽然感觉唇瓣一热。

“躺好睡。”宋风从她唇上离开，看着她迷迷糊糊的样子笑了。

“讨厌。”舒冬皱着漂亮的眉毛把他推开，然后把书放在床头柜子上，身体往下滑进被子里，背对着宋风继续睡。

宋风被她含糊软软的语调勾得心痒，他躺到床上，毫不客气地把她捞进怀里，然而舒冬睡觉总被打扰，又把他推开了。

“今天怎么这么不乖？”宋风又黏上来。

“你再这样，我就回我家了。”舒冬闭着眼睛睡意蒙眬。

“这里就是你的家，还想回……”宋风话说一半，忽然想到她住的一室一厅，心里暗暗噎了一口气，“改天去把房子退了吧。”

“不要。”困倦被他一点一点弄没，舒冬睁开了眼睛。

“这不是白交房租了吗？”宋风说。

“等哪天你惹我生气了我就回去。”舒冬嘴角噙着笑。

被威胁了，宋风惩罚性地咬住她的耳朵：“那现在我们做些让你快乐的事。”

舒冬莞尔：“生理期第一天。”

“明明上午还没有。”宋风满脸错愕。

“晚安，宋先生。”舒冬笑着转了个身。

宋风每天都给舒冬冲红糖水，舒冬不太喜欢甜的，有时候不想喝，宋风就哄着给她灌下去。

那天之后，他们就商量不要让奶奶一个人留在家，宋风总是等舒冬从文身店忙完之后再去网吧，两个人的时间恰好错开。

宋风坐在柜台前边查资料边想，要不然他再找个网管得了。

柯基在沙发边卧着睡觉，小家伙已经快一周岁了，之前那段时间忙，宋风就把狗狗送到了陈辉家，领回来后被奶奶喂得很胖，舒冬每次抱它都很吃力。

小柯基长大了之后特别好动，稍不注意就从厨房到阳台跑了好几个来回，每次都被宋风掐着脖子凶残地教训。

“奶奶，您看看这次怎么样？”舒冬端了一个盘子从厨房出来。

这几天在家闲着，她和奶奶学着做小蛋糕以及各种面点，残次品就留给宋风。

宋风这两天推开家门一闻到面包香甜的气息，就有种不好的预感，一半以上都被他送给了陈辉，还好陈辉的胃就像个无底洞，也吃不出来好坏。

“看样子就比上次好。”奶奶说着就要去拿。

“刚从烤箱里拿出来，先等几分钟。”舒冬连忙抓住奶奶的手，怕她烫到。

“这几天都吃胖了。”奶奶笑着捏了捏自己的脸。

“不胖。”舒冬眉眼挂着笑，看到奶奶又在翻相册，她坐在沙发上，“这都是什么时候拍的？好多爷爷的照片。”

奶奶这段时间在整理相册，时不时就拿出来翻看几眼。

“什么时候都有，不过大多数都是上次出去玩拍的，小风刚教会我用相机。”

舒冬翻了几页：“拍得真好。”

虽然奶奶不懂构图，也不懂景深，但舒冬看着照片，能感觉到镜头后那双眼睛里的留恋和爱。

“就一顿乱拍。”奶奶从来不是端庄娴静的性子，更偏向于风风火火，但这段时间却过于安静了，她抚摩着相册里人的脸，“这些年来，小风说什么我都依他，但就上次出去旅行，我自私了一回。”

舒冬知道奶奶又想起来爷爷了，很多安慰的话不知道怎么说，她只能抱着奶奶的手臂，轻轻握着奶奶的手。

“小风想快点回来找你，但我知道老头子的时间不多了，兴许那就是他最后一次，奶奶想让他再多看看这个世界，所以我就想多给他拍些照片，多留下点东西……”奶奶翻了好几页，全都是老伴儿的身影，忽然，一滴眼泪落在了上面，“结果回来后，让你们两个生了嫌隙，在医院的时候奶奶特别后悔。”

“奶奶没有错，而且现在不是好好的吗？”舒冬抽了几张纸巾，轻轻拍着奶奶的背，“昨天晚上我还梦见爷爷了，穿了件米白色的外套，特别年轻，好像三四十岁的样子，跟我说他现在很好，让我们照顾好您。”

舒冬不是在编故事安慰奶奶，她昨天晚上确实梦见爷爷了，可能这段时间奶奶总跟她讲以前的事，从他们年轻的时候到宋风爸爸妈妈结婚，一直到现在。

“其实也挺好的，他先走了，以后就不用为他操心了，你说要是我先走了，他可怎么办，也照顾不好自己……”奶奶声音很轻，像是在讲故事。

她这一辈子都在操劳，因为老伴儿身体的原因，家里很多事都落在了她肩膀上，但现在老伴儿离开了，她好像没有要忙的了，整天闲着不知道做什么，生活一下子就空了。

“爷爷这辈子能和您在一起，挺幸福的，”舒冬真的很羡慕爷爷奶奶的感情。

“幸福什么呀，整天嫌我做的饭不好。”奶奶忽然笑了。

“如果在家觉得无聊，过段时间等天气凉快了我们出去玩几天。”舒冬怕奶奶闲下来胡思乱想。

“你和小风忙，不用特地……”

“不忙，现在文身店林哥找了个小学徒，会渐渐轻松点。”舒冬拿起来桌子上的蛋挞，“尝尝怎么样？”

外层的锡纸还带着温热，蛋挞表层脆脆的，奶奶咬了一口笑着说：“特别好，比卖的还好。”

下午宋风和陈辉一起弄了下网管这件事，经常来网吧的熟人里有几个辍学不念的人，不读书了也没去干其他的，就整天泡在网吧里游手好闲，事情很快就解决了。

五六点钟，宋风准备回家，临走前给了陈辉一袋东西。

“什么？”陈辉很准地接住了。

“爱的供养。”宋风转身离开。

陈辉打开看见几个小面包，他跟在宋风身后笑了：“冬哥结了婚竟然变得这么贤惠。”

“一直都很贤惠。”宋老板轻扬嘴角，嘚嘚瑟瑟。

“啧啧，”陈辉跟着一起下楼，边吃边走，“怎么有点煳味？”

“故意做的这种味道。”宋老板信口胡诌。

“哦，还挺好吃的。”陈辉又拿了一个。

宋风脸上忍着笑，这几天他都快对面包过敏了，还好陈辉是个“傻白甜”。过了十几分钟，宋风回到家，但摸了摸口袋好像忘带钥匙了，他敲了敲门。

舒冬正在做晚饭，刚来到客厅就听见了敲门声，奶奶正要起来去开门，舒冬让她坐着自己快步走过去，但有只小东西比舒冬跑得还快。

柯基扒着门，绕着舒冬的腿转圈圈，舒冬从猫眼往外看，看到一枚熟悉的黑色耳钉。

“谁？”舒冬嘴角藏着隐隐的笑。

“你老公。”宋风眼睛通过猫眼往里看，他知道小木头在门后站很久了。

舒冬轻哼了声慢慢打开了门。

狗狗看见宋风热情地跳来跳去，围着他转，然而宋老板所有的注意都放在了舒冬身上。

她身上挂着围裙，长发松松垮垮地扎在后面，有几缕碎发散落在脸庞，眉眼带着浅笑，还真有几分小娇妻的味道。

宋风捧着她的脸，在她唇上狠狠地亲了一口。

“别闹。”舒冬连忙往后退了两步，还心虚地朝客厅看了一眼。

宋风看着她发红的脸，像个流氓似的揽着她的肩往客厅走，狗狗像个动态背景版似的在旁边跑，从头到尾被忽视了。

“回来了，快尝尝冬冬下午做的蛋挞。”奶奶端起茶几上的盘子。

随着奶奶的声音落下，舒冬明显感觉身边的人，身体微微一僵。

她抬头望着他：“这个表情是什么意思？”

“嗯？”宋风若无其事地笑了，“很想吃的意思。”

看样子似乎还不错，但宋风最近被投喂了太多甜点，他都生理性恐惧了。蛋挞刚刚从烤箱里拿出来还带着热气，宋风咬了一口，想都没想就开始点头：“好吃。”

脆脆的表层，浓浓的香味，过了两秒宋风发现是真的很好吃，他很快吃完第一个，然而准备去拿第二个的时候，舒冬把盘子拿走了。

“这些给陈辉留着吧。”舒冬端着盘子回厨房。

“老公都还没吃呢，你给谁留？”宋风有点心肌梗死。

“哦，对了，”舒冬正往厨房走，好像忽然想起来什么，她笑着转身，“刚刚陈辉发微信给我，说小面包很好吃。”

“……”

奶奶偷藏了一个蛋挞，看着他们两个人斗嘴很开心。

晚上十点，房间只亮了一盏昏暗的壁灯。

“宝贝儿，我错了。”宋风抱着舒冬的腰开始黏人，“陈辉说他饿了，我才给他的。”

舒冬躺在床上玩手机，对身后的人毫不理睬。

“明天还做吗？我都没吃够呢。”宋风的手悄悄探进她的睡衣。

“疼……”腰上的触感很强烈，舒冬倒吸了口冷气。

“嗯？”宋风从她颈窝抬起头，有点愣怔，他还没开始呢。

宋风在她脸上轻吻：“我轻一点。”

九月末，暑气渐渐过去，但还是有些闷热，舒冬晚上睡觉的时候只穿着黑色的吊带和短裤，修长笔直的双腿露在外面，黑发绕在脖子里，诱人的锁骨隐约可见，添了几分暧昧的情丝。

原本还想推开他，但舒冬渐渐变得力不从心。

“咝……”舒冬又疼得吸了口气。

“怎么了？”宋风连忙抬起放在她腰上的手。

“没什么。”舒冬的声音带了几分喑哑的情欲。

宋风感觉刚刚的触感有点奇怪，看着她紧皱的眉头，他的手又轻轻放在她腰上，小心翼翼地试探，然而随着他的指腹轻轻移动，她的肚子就往里缩一分，皮肤上有点凹凸不平。

看她的表情好像真的很疼，壁灯太暗，宋风打开了吊灯，室内忽然变得明亮。

“把灯关了。”舒冬遮住了眼睛，被他撩拨了一半，有点不好意思。

宋风小心地撩开她的黑色吊带，然而眼前的画面让他的心狠狠一缩。

原本栩栩如生的小火车，现在颜色变得很浅，皮肤上还遍布着水泡，在白皙的皮肤上显得很刺眼。

宋风看了很久，手指悬在离她皮肤一厘米的位置，不敢触碰。

他喉结上下滚动：“什么时候洗的？”

舒冬缓缓坐起来，抱着他轻声说：“领证的第二天。”

宋风只觉得眼皮有点烫，他看着那片肌肤红了眼：“为什么？”

文身的时候疼，洗文身时更疼，通常得洗四五次才能洗干净，一不小心还会留疤，然而舒冬还是洗了，并且已经洗了两次。

“不找了。”舒冬靠在宋风怀里，听着他有力的心跳，“你已经给了我一个家。”

宋风的眼泪瞬间就不受控制，渗入了她的发丝，他的呼吸很乱，以前她说不找，他以为是因为上次的结果打击到了她。

宋风似乎是把二十年来积累的所有眼泪都放在了这一年，这一年，眼泪经常不受控制，她总是给他带来那么多感动。

没有人比他更清楚这个文身意味着什么，那是她记忆开始的地方，也是她二十年来苦苦追寻的地方，是她的愿望，是她的执念……

然而现在，没有了。

胸腔里情绪翻涌，宋风注视着她微微泛红的眼睛，轻轻吻了上去，鼻子，脸颊，嘴巴，带着无限的爱与呵护，仿佛她是世界上最后的珍贵。

……

窗外月色如水，室内爱欲情浓，宋风低头看着怀里沉沉睡去的女孩，露出的肌肤遍布着浅浅的红痕。

他会的，会给她一个永远幸福温暖的家。

这几天，都是宋风抱着她去的浴室，她腰上不能沾水，他就拿毛巾小心翼翼地帮她擦。

宋风视线落在她的腰间，小火车已经不完整了，有的边缘颜色很浅，有的地方遍布着水泡，在其他光滑的肌肤下显得有点丑，但他每次看到都觉得热血沸腾，血液流动的速度不知不觉加快，浑身都充满了力量。

他轻轻地吻，想要把她揉在怀里，想要把她嵌在骨血里。

早晨阳光明媚，舒冬睁开惺忪的双眼，旁边已经没人了，她伸了个懒腰，意识清醒了但身体还没有苏醒。

舒冬刚下床，就感觉腰酸得厉害。

她皱着眉轻咬嘴唇，闭着眼睛沉沉吐了一口气，想到他昨天晚上的恶行忍不住咬牙切齿。

舒冬推开门，发现奶奶刚遛狗回来，而让她浑身疼痛的始作俑者正在做早餐。

“以后您别去遛它了，它太能跑了。”舒冬走到奶奶身边，怕她身体吃不消。

“没事，它挺听话的。我早上醒得早，就带它出去遛遛。”奶奶去洗了个手。

“有没有听话？”舒冬把柯基抱过来，抵着它的头。

柯基小声哼唧了两声，跑开了，舒冬笑着走进洗手间去洗漱。

在所有人的要求下，宋风不得不给“小冬冬”换个名字，要不然有时候叫冬冬，一人一狗同时扭头看着他，挺容易挨打的。

所以“小冬冬”就改名叫了“跑跑”，因为它实在是太能跑了，像有多动症似的，活脱脱一只“跑步基”。

宋风最近几乎不去网吧了，在家忙医疗器械的事。爷爷的学生有很多是医生，宋风挑了几个比较熟的咨询了一下。

那些叔叔阿姨都很好，还打电话过来给他建议和人脉。

宋风不去网吧之后，舒冬去文身店的时间就多了，吃过早饭又和奶奶聊了会儿，她刚准备起身，奶奶忽然叫住了她。

“冬冬，有空带我去见见你张阿姨吧。”奶奶吃饭比较慢，刚放下碗，“等挑个日子把你们的婚事办了。”

“不用奶奶，张阿姨她……人挺精明的，您对她不熟悉，我自己能处理好。”舒冬担心奶奶最近心情好不容易好了一点，再去见张阿姨添堵。

“她再精有奶奶精吗？我这辈子给别人说了多少媒，什么人没见过？”奶奶看着舒冬的眼睛流露出几分心疼，“不能再让她觉得你身边没人，就可以欺负你。”

舒冬心里暖暖的，像是暖流严丝合缝地注满了每个缝隙，很多事情她自己处理习惯了，短时间内还不习惯依靠他们，而且在她心里，奶奶是需要她保护的。

“好。”舒冬笑了笑，没再坚持。

“还有我。”宋风拉住她的手，目光落在她脖子里浅浅的红痕。她整个早上都没给他个眼神，宋风觉得自己受冷落了。

舒冬视线从奶奶身上移到宋风身上，脸上的笑慢慢消失，在他手上“温柔”地抚摩了一下，转身回卧室换衣服。

“吵架了？”奶奶在旁边看得美滋滋，整天看戏看不够。

“没有，闹着玩呢。”宋风看着盘子里的菜，有点郁闷。

“别整天欺负冬冬，气跑了上哪儿再找这么好的姑娘。”奶奶打了个哈欠。

“知道了，没欺负。”宋风说得有点心虚，“欺负”这个词，学问还是挺大的。

舒冬下午工作忙完之后，没有着急回家，她坐在楼下想这段时间的事情。

宋风有他想要拼搏的事业，她可以无条件地给他支持，在精神上给他鼓励，但她也不想迷失自己。

这么多年，她会的东西不多，可能只有文身这一件，以前觉得不喜欢也不讨厌，是因为那时候她的整个生活都是一团死水，在她的世界里，任何事物都没有颜色。

而现在，一切都变得明朗，她每次按照客人的想法完成一件作品时，能发现他们笑里的感谢，她渐渐发觉，她正在做的这件事很有成就感。

最重要的是，奶奶对她的工作很理解，让她最后一丝忧虑也没了。

林哥最近在招人，想把店面扩大一点……

舒冬正想得出神，手机的振动声打断了她的思绪。

看到屏幕上来电显示的名字时，她忍不住皱了皱眉。

“喂，张阿姨。”舒冬接通了电话，神色淡淡的。

“冬冬啊，最近工作忙不忙？”张月玲还是那副很热情的样子。

“还好。有事吗？”舒冬不想寒暄，因为太了解她了。

“这不是太久没见你了，姨刚刚买了点菜，现在去看看你。”张月玲已经进了小区，“我快到了，你下班后直接回家吃饭就好。”

舒冬视线低垂，过了两秒应了声：“好。”

眼睛里充斥着黯淡，舒冬从沙发上缓缓起身，张阿姨心里满是算计，不知道她这次又想算计什么。

不过舒冬本来就打算今晚回她那里的，因为宋风这两天太过分了，今晚就让他自己折腾吧。

舒冬推开门，就闻到了饭菜的香味。

如果在以前，她可能会因为这片刻的温暖而麻痹自己，心甘情愿地被张阿姨算计，但现在，她知道了真正的家人是怎么相处的，也感受到了不含一丝瑕疵的亲情。

“回来了冬冬，快吃吧。”张阿姨把最后一盘菜放到茶几上。

舒冬洗了手，坐到沙发上。

她每周都会回来拿东西，顺便打扫一下，所以房间并没有因为没住人而显得落寞。

“家里怎么什么都没有？别总吃外卖，对身体不好。”张月玲往舒冬碗里夹了很多菜。

“嗯，知道了。”舒冬不咸不淡地应着。

这还是从去年舒冬拒绝借给她钱后，她第一次这么热络，那之后舒冬还和往常一样，隔段时间就去家里吃顿饭，但每次气氛都不太好，后来渐渐地，她就不去了。

她累，他们也累。

“冬冬怎么还没回来？”奶奶做好了晚饭。

“她正加班，我们先吃吧。”晚饭，宋风吃得味同嚼蜡。

打她电话没人接，他又打给林哥，林哥说她已经走了，然而在网吧的小朋友说看见她从柳巷出来往东走了，这分明是她家的方向。

“奶奶，我去接冬冬顺便遛遛狗。”宋风把碗放下，“您先在家看电视，我一会儿就回来了。”

“你去吧，我在家没事。”奶奶笑着说。

宋风着急把小木头追回来，如果不是怕奶奶担心，他还吃什么晚饭，可能，兴许，真的是他晚上有点过分？

出了小区，狗狗特别兴奋，拴着绳子还一直围着宋风转，宋风为了不被它缠住只能围着他转。

“宝贝儿，今天想去哪儿？”宋风让它停下。

狗狗看着宋风愣了一会儿，然后开始撒欢儿往西跑，这是它平常一直去的方向。

宋风拽着绳子把它弄回来：“今天想往东啊，是不是想妈妈了？好，咱们现在就去找她。”

宋风拖着它往相反的方向走。

吃过饭，两个人坐着看电视。

舒冬话少，张阿姨也习惯了她这副样子，开口：“冬冬，阿姨有件事想跟你说。”

“嗯？”舒冬并不意外，“什么事？”

“是这样的，你今年也二十岁了，一直不交男朋友阿姨替你着急，这一年来一直在帮你看有没有合适的人，前几天终于遇到个合适的，各方面条件都特别好。”张阿姨满脸堆笑。

“是吗？”舒冬笑了笑。她有点好奇张阿姨口中的好到底是什么样子的，只不过淡淡的嘲讽被她藏在了眼睛里。

“在市区有两套房子，家里是做餐饮的，在咱们宋城算是条件挺不错的了，你看看怎么样，要是觉得不错阿姨帮你回个信？”

“条件这么好，为什么能看上我？”

“呃……是这样的冬冬，他可能比你年龄稍微大点，三十多岁。”张阿姨讪笑道，说话没有刚才利索了，“但现在这个社会，你们年轻人也不看重年龄，是吧？”

舒冬沉默了片刻，笑了：“是挺好的，就算年龄大有钱也就足够了，没其他的了吗？”

“冬冬还是你看得远，”听到舒冬这么说，张阿姨松了一口气，也不藏着掖着了，“他离过婚，有个四岁半的孩子，但就像你说的，只要有钱

其他的不重要……”

“出去。”舒冬面无表情，目光冰冷。

张阿姨的笑容渐渐停滞了，僵硬在脸上格外可笑：“怎么了冬冬？刚刚不是还挺满意的吗？”

“我已经结婚了，八月份领的证。”舒冬说完笑了，竟然还有一丝报复的快感。

“……开什么玩笑呢冬冬？”张月玲笑得很大声，一点也不相信，“你要是看不上这个，阿姨再给你找其他的。”

“我没有开玩笑。”

张月玲的表情慢慢僵硬，她意识到，舒冬说的是真的。她立即问：“彩礼钱呢？”

“没有。”舒冬冷笑了声。

“你要不要脸！这么上赶着找男人，什么都不要就把证领了？我说怎么家里菜也没有，什么都没有，去把彩礼钱给我要回来！”

谩骂还没有停止，这是舒冬第一次看见张阿姨这么气急败坏的样子。

毕竟在一起生活了这么多年，但听到她结婚了，不先问对方是谁，反而张口闭口都是彩礼，舒冬手放在口袋里，摸索着那张银行卡……

原本她想的是给张阿姨五万块，不过现在没有凑够，只有四万。

但现在，她一分钱都不想给了。

这一年来，她与他们联系得非常少，张阿姨的每次“热心”，都带着目的。舒冬八月份和宋风领证，两个月了，张阿姨没有发现丝毫异样，却总想着彩礼钱。

从某种方面来说，张阿姨说的那个男人条件确实还行，但是没有一个妈妈舍得让自己的女儿嫁给一个离了婚有孩子的男人。

去年舒冬拒绝借钱后，张月玲意识到，以后可能再也从她那里捞不到好处了，所以结婚的彩礼钱，是舒冬最后的价值，张月玲怎么能放过。

但是现在舒冬却告诉她，她算计了这么久的最后一口血也没了，她怎么能不气急败坏，所有伪装的皮都撕了下来，气得她露出了真面目。

争执间，门锁转动，宋风抱着狗进来了。

三个人同时愣住。

反而是张月玲先反应过来，她朝宋风走过去，扬起了巴掌：“就是你吧！彩礼钱呢？把彩礼钱给我！”

宋风打架多了，条件反射地抓住了她的手腕。

他扭头看了一眼舒冬，发现她没有拦的意思，就加重了手上的力度。

“嗞……放开我！”张月玲挣扎着想要挣脱出来，被捏得骨头好像都要断了。

跑跑冲张月玲叫了两声，张月玲抬腿就要去踢，宋风手上又使了点力。

不知道小木头受了多少欺负，宋风心里窝火，眼睛里铺了一层寒霜：“要什么？”

“彩……彩礼钱！”张月玲疼得倒抽一口凉气，“我养了她这么多年，不可能这么白白便宜你！”

“这我得问冬冬，”宋风满脸宠溺地扭头看着舒冬，“宝贝儿，给她吗？”

“不用了。”舒冬没有犹豫，坐在沙发上面无表情地看着这场闹剧，今天晚上她突然发现，张阿姨没比人贩子好到哪儿去。

宋风有点意外，小木头今天好像有点不一样。

“你说不用就不用了？从小到大吃我的喝我的花了我多少钱？”张月玲面目狰狞，扭头看着宋风，“别说废话，给我彩礼钱！”

宋风突然笑了，带着毫不掩饰的浓浓嘲讽和冷意：“如果你是她亲生母亲，钱我给你，或者你对她好，我也给你，问题是你配吗？”

对面的人年纪不大，但张月玲看着他眼睛里的狠戾，竟然莫名心虚，但她还是不甘心地胡搅蛮缠：“总之，把彩礼钱还给我，要不把从小到大花我的钱给我！”

这么多年，舒冬的心已经疼得麻木了，对他们再也没有抱过一丝期待，但真的到了这一刻，竟然还会这么难受。以前她或许还会忍，但这段时间，奶奶和宋风的宠爱给了她很多底气。

“您要这么说的话，那先把这么多年从我卡里取的，还有借的那些钱，还给我。”舒冬攥紧了手，沉沉开口。

张月玲哑口无言，她看着舒冬，仿佛是第一天认识这个女孩。

在她的注视中，舒冬慢慢走到门边。舒冬不想做这么绝，但今天实在是太让她开眼了。从小到大花她的钱，远没有她从自己这里拿的多，张阿姨这么说，让舒冬对过去的这十几年再也没有一丝留恋。

舒冬不想再和她纠缠，打开了门：“走吧。”

“你们等着，我不会这么算了的！”张月玲知道今天什么都拿不到，气急败坏地出去了。

走廊里响着噔噔噔的脚步声，连按电梯的声音都十分用力，很刺耳，宋风直接把门关上，世界瞬间清净了。

宋风暗暗观察着舒冬的表情，然后以很强势的姿势抱住她："乖，以后就不见她了，我们不生气。"

难过，是有一点，但舒冬心里也轻松了很多，像是终于摆脱了那些吸血鬼，以前她一个人无所谓，但现在，她怕给宋风添麻烦。

在他怀里靠了一会儿，舒冬走到茶几旁边准备收拾残局。

"老公来。"宋风把舒冬按到沙发上，捧着她的额头狠狠亲了一口，然后端着盘子走了。

舒冬摸了摸额头被他吻过的地方，想掐他的腰，但伸手的瞬间人已经离开了，腿长，了不起吗？

不知道狗狗是不是察觉到了舒冬不太开心，还是想跟宋风学坏，一直围着舒冬的腿转，还舔了舔她的脚踝。

舒冬心尖一痒，把它抱了起来，手指点着它的鼻子："学坏了。"

跑跑动来动去，直往舒冬怀里钻。

"小流氓，给我下来。"宋风一边洗碗还不忘关注这边的动静。

"洗干净。"舒冬嘴角微微上扬。她扭头看了一眼宋风，然后抱着狗回卧室了，还不忘关上卧室门。

水哗哗地流，宋风看着紧闭的门有些愣怔，现在连只狗都要来跟他争宠了吗？

宋风以最快的速度把客厅和厨房清理干净，然后推门而入。

眼前的景象突然让他感觉自己像个局外人，只见狗狗乖乖地趴在床下，舒冬躺在床上看手机，很温馨，岁月静好的样子。

宋风残暴地抱起情敌，打开卧室门把它扔了出去，然后再关好门，只听见外面一阵挠门声，但没多久就消停了。

宋老板营造好的二人世界，现在开始。

"你干什么？"舒冬从床上坐了起来。

"不干什么。"嘴上说着不干什么，然而身体却很诚实地压在了舒冬身上。

"起来……太重了。"舒冬往旁边躲。

"那你在上面。"宋风翻了个身，轻而易举地把舒冬放在身上。

"不要，放我下来。"舒冬手臂撑在他身体两侧，不知道为什么脸越来越红。

"确定吗？"宋风嘴角挂着不怀好意地笑，"好，下来。"

宋风把舒冬放下，又压在了她身上。

舒冬额头上不仅冒出了细密的汗，也挂满了黑线，她累得呼吸紊乱：“重。”再多说一个字都没有力气。

“那在上面不许动了。”宋风满脸得逞的笑，还带着丝丝宠溺，又一个翻身，把舒冬放在了自己身上。

挣扎间，她的发梢在他脸上扫过，有点痒，然后顺着脸颊蔓延到心脏，再到全身。

他是个无赖，又像个心智未开的幼稚鬼，舒冬永远不是他的对手，累得她一根手指也不想动，只想安静地伏在他身上，听着他胸腔有力的心跳。

“宝贝儿，突然发现我以后不用再去外面跑步了，这种床上运动就挺合适，而且总有用不完的力气，你说是不是？”宋风像哄小孩子睡觉似的，轻轻抚摩着舒冬，如果忽略那一脸浪荡的笑一切都完美了。

是不是？趴在他怀里，舒冬忍不住冷笑了一声，伸手掐住了他的脖子。

“我是为了你好，你看你体质弱的。”宋风正说着，手放在了她纤腰上。

“为我好晚上就好好睡觉。”舒冬放在他脖子上的双手渐渐收紧。

她的身体其实不算弱，属于那种很健康的瘦，但耐不住宋风食髓知味毫不节制。

“那咱们现在回去好好睡觉。”她的双手编织了一个温柔的陷阱，宋风乐在其中。

跟她冷冷的表情和语调截然相反，她带着凉意的手完全舍不得用力，他们的身体贴在一起，没有一丝距离。

宋风鼻间萦绕着她清冽带着甘甜的气息，像是一股冷泉，他忍不住埋在她颈间咬了一口。

“不回，我今天在这里睡。”舒冬往后躲了躲。

他现在任何亲密的举动，都让舒冬很有危机感，必须时刻保持警惕才能防止他乱来，只有两个人的房间，太容易擦枪走火，她怕了。

“好，在这里睡。”宋风答应得爽快。

舒冬狐疑地抬起头，看着他的笑容忍不住扯了扯他的脸：“我的意思是，我在这里睡，你回家睡。”

“不行，刚结婚就想分居吗？”宋风张口咬住了她在他唇边作乱的手指。

舒冬吓得身体往后仰。

不是她一惊一乍，实在是他嘴巴张得太大，像条张开了血盆大口的大灰狼。

但她没有成功，手指被他柔软的舌尖扫过，她不由得绷直了身体，有些心猿意马："谁让你每天晚上都那么……"

"每天晚上怎么？"她的脸渐渐红了，宋风心里竟然有莫名的成就感，看着更想调戏逗弄她，热意在他胸腔内膨胀，"我这是疼爱你。"

"谁要你爱。"舒冬气急败坏，声音不自觉高了一度，和他在一起的每一天都能刷新认知程度。

"注意用词，是疼爱，和爱还是有区别的，当然我也很爱你。"他嘴角勾了一抹笑，把她耳边的碎发撩在耳后，温柔中搅和着浪荡。

"放我下来。"舒冬的脸更红了，和清冷的眼神搭配在一起竟是绝妙。

不想再和他废话，她挣扎着想下来，拳头也毫不客气地捶在了他胸口。

"疼疼，说点正经的。"宋风抓住了舒冬的手。

"你说这句话就挺不正经的。"舒冬笑了笑，满满的嘲弄。

"你张阿姨那边怎么处理？不给她钱的话好像说不过去，而且怕她在街坊邻居间闹，对你名声不好。"宋风果然正经了起来，因为这件事不处理，他们的婚礼还挺不好办的。

"不给了。"舒冬声音淡淡的，但态度很坚决。

今天张阿姨说把这么多年花她的钱还给她，舒冬是真的伤心了。过去的十几年，张阿姨对她所有的好都是有目的的，把她当作一件商品，盼望着她长大能卖个好价钱。

宋风知道她今天受了委屈，所以刚才一进来才没有提那些事。他轻轻摸着她的脸，用眼睛勾勒着她的轮廓："如果我们早点认识就好了，那样我就早点把你抢过来。"

浑身充斥着强盗土匪的气息，说着些柔情似水的话，这是宋老板的独家宠爱。

"那可能会更早认清你的真面目，可不会像现在这么傻。"舒冬轻哼，嘴角不小心泄露了一丝笑。

"说不定现在已经有小宝宝了。"宋风的手放在她肚子上。

前几天他还在想，等再过几年就生个孩子玩，但是今天看到一只狗都能跟他争宠，他完全打消了这个念头。

"手拿开。"舒冬看着他越发炙热的眼睛，感觉到一丝危险。

看到她并没有因为那个女人心情低落，宋风就放心了，正事，现在开始。

"在家不好意思，待会儿记得放开声音。"

三月，春暖花开。

都说创业公司百分之九十九都死了，然而宋风还是想做那百分之一。

他没有急于求成，这半年时间，他准备了很多，把该调查的都查清楚，还说服了经常给他建议的两个叔叔入股，他们都是医生，可以提供专业方面的指导。

宋风和陈辉还去了佳市，在市下面的县和乡镇医院做了调查。

走在那里的小医院时，宋风就不由得想起了爷爷在医院最后的那段时光，还想起了江临的外公，江临外公已经走了，撑了不到半年。

小医院的医疗器械真的很简陋，连病房都有些破旧，宋风是想赚钱，但他更想给像爷爷那样的病人一点希望，而不是在人生最后一段时间等死。

初始的注册资金和流动资金不多，他们的目标受众就是县和乡镇的小医院，先在宋城试水，如果可以再慢慢发展到周边城市。

小医院的经济效益很不好，如果仅仅是因为资金问题，宋风可以让利到最低，还是那句话，他想让每个病人都多一点希望。

厂商联系好了，医院那边谈得也差不多，宋风准备下周就去工商局把公司注册了。

虽然这半年都在忙医疗器械的事，但宋风每周还会去一次网吧，他怕长时间不在有些人会闹事，顺便再给小木头带点吃的。

这天，宋风从网吧出来，走进了文身店。

“稀客。”林哥也学会了阴阳怪气，宋风现在比当初在网吧的时候，往这里来得还勤快，“冬冬今天休息。”

“嗯，跟奶奶去公园拍照了。”宋风像来到自己家似的，懒洋洋地靠在沙发里。

“难不成今天是来看我？”林哥饶有兴味地朝他看过去，倒了杯茶。

“冬冬身上的文身，手稿你还有吗？”宋风看似不经意地问。

林哥的手微不可察地顿了一下，茶水顺着壶嘴细细流下，热气蒸腾出袅袅的白烟，他点了一根烟看着宋风：“干什么？”

“有没有？”宋风注视着他。

“有。”

“给我文一个。”

林峰舔了舔嘴唇，满脸含笑地看着宋风。

舒冬身上的文身只有一个，他们都知道那个代表着什么。

经林峰的手文身的每个手稿他都会保存起来，那列火车是他文的，也是他洗的。

当初舒冬要洗的时候，林峰没有笑她傻，他知道，傻女孩终于找到了自己的幸福。

宋风今天来林峰也不奇怪，或许在舒冬洗文身的时候他就猜到宋风会来，否则就是她看错了人。

但林峰还是有点意外的，他以为宋风会像其他情侣似的，文个名字……

林峰笑了笑，还真是小看了他。

“预约，排队。”林峰往后靠了靠，神情愉悦。

“不行，就今天，现在。”宋风拉着林哥就往楼上走。

当土匪遇上土匪，还是宋风更胜一筹。

文身店今天不忙，要不然林哥也不会闲得在下面喝茶。

“文哪儿？”林哥打开电脑，找到当初给舒冬文身的那张稿。

“一样的位置。”宋风说。

林峰扭头看了他一眼，又缓缓转了回去。

宋风站在林哥身后，看着电脑屏幕里鲜活的图案。

已经半年了，这么鲜明的颜色只存活在他的脑海里，昨天晚上抱着她去洗澡的时候，他看到她腰上的图案，几乎已经完全消失了，只有很浅的痕迹证明当初那片肌肤上，有她深深的执念。

她把一切都交给了他，他也想让她的一切都圆满，相同的图案，相同的位置，只是从执念变成了爱。

虽然有手稿，但宋风来得挺匆忙，林哥还是准备了一会儿。

“要不然你先给我文另外一个。”宋风说。

“你还要文七八十来个不成？”林哥脑袋有点大。

“我爷爷的生日，1950 年 5 月 2 号，就几个数字，应该比较简单吧。”宋风抬起了胳膊，想文在手臂内侧，一眼就能看见的地方。

文身也是一种信仰，记忆可能忘记的事情，可以用身体记得。

林哥背对着宋风准备器材，想说的话全堵在了嘴边，冬冬还真是，找对了人。

一切弄好之后，已经下午四五点了。

“洗澡前先涂这个药膏，别游泳别暴晒，不懂的问冬冬。”林哥扔了个药膏给宋风。

“知道了。”宋风穿好衣服，腰往背上延伸的那片图案在骨头上，痛觉很清晰，“多少钱？”

“不用了，从冬冬工资里扣。”林哥捏了捏肩膀。

宋风笑了，大约估计了一个数，给他转了过去。

不知道是天意，还是巧合，宋风刚从文身店出来就接到一个电话。

王警官。

宋风愣了愣，不由得停住了脚步，腰和背上的痛觉忽然更清晰了。

“你好王警官。”宋风连忙接通了电话，语调里有暗暗的期待。

“是宋风吗？”王警官问。

“是我，请问您有什么事吗？”

“是这样的，”王警官欲言又止，有些吞吞吐吐，“最近在和港城的警方合作，有一个案子和冬冬挺像，目前还在调查，但是经过前两次的事，我有点不忍心跟冬冬说，旁人可能体会不到，但这种事对当事人的打击是很大的，所以我怕这次结果还是差强人意，所以先给你打了电话。”

“好。”确实是个好消息，但宋风忍不住一阵心疼，“那就麻烦您先调查，我随时配合您。”

“冬冬那里就需要你去沟通了。”

“没问题，麻烦您了。”

回家的路上，宋风感觉格外轻松，好像所有的事情都在往好的方向发展，一件一件按部就班地来到身边。

“怎么回来这么晚？”舒冬打开门。

“这是在查岗吗？”宋风又忘了带钥匙，笑着拧了下她的鼻子。

“嗯，查岗。”舒冬面不改色，查得很有底气。

“网吧有点事。”宋风换好鞋，两个人来到客厅。

“小风你快过来，看冬冬多漂亮！”奶奶最近沉迷摄影，把舒冬当作了专属模特。

“不看看是谁拍的。”宋风坐在沙发上，往奶奶身边靠了靠，拿起相机。

舒冬站在他身边，不动声色地掐着他的肩膀。

公园里的花开了，大多都是含苞待放的样子，柳树开始抽枝，湖水也变得碧绿，她坐在长椅上，清清冷冷，又微微含笑，像极了三月份的春寒料峭。

“还是冬冬好看，拍你就拍不出来。”奶奶开始拆台。

“那改天试试，我可是要出场费的。”宋风脸皮厚。

"我还不想拍呢。"奶奶傲娇地哼了一声。

"奶奶，等您再多拍一些我们就办个摄影展。"舒冬和宋风一起看着镜头里的照片。

"办什么展呀，我就瞎拍着玩。"奶奶笑了。

舒冬是认真的，奶奶在摄影的时候很专注很高兴，眼睛是有光的，她心态很年轻，自从爷爷走了很少看见她对哪件事情上心。

晚上睡觉前，舒冬半躺在床上看书，感觉今天的宋风有点奇怪，她不动声色地打量着坐在电脑前的他。

洗完澡竟然规规矩矩地换上了睡衣，往常都是来折腾她。

宋风关了电脑，刚转身就发现小女人在偷看他，他笑着走过去："想看哪儿？我脱给你看。"

舒冬可能是看得太入迷，连忙装作专心看书的样子："不看。"

宋风也没有捣乱，躺在床上抱着她。她安静地看书，他安静地玩手机。

已经过去了十几分钟，他也没乱动。

"宝贝儿。"宋风突然出声。

"嗯？"舒冬低头。

"过段时间天暖和了，和奶奶一起出去玩几天怎么样？"宋风把浏览器里港城的信息关掉。

"你不是在忙医疗器械的事吗？"舒冬把书合上放在旁边，也躺下了。

"下周我去工商局注册，然后我们就去，以后忙起来就更没时间了。"宋风攥着她一缕头发，在指尖缠绕。

"好，你别太累了。"舒冬有点期待。

"看见你就不累了。"手放在她腰间的软肉，宋风使坏地捏了捏。

"痒，"舒冬笑着往旁边躲了躲，"我们去哪儿？"

"港城怎么样？"宋风又把她捞进怀里，刚刚被她隔开的距离又变得没有丝毫缝隙。

"好像挺漂亮的。"其实舒冬更想说，跟他和奶奶在一起，去哪儿都一样。

一个月后，天气完全暖和了。

宋风这半年需要经常出去，就买了一辆车。他正在往后备厢放行李，出去玩带着狗不方便，跑跑被他丢到了陈辉家。

"没差什么吧。"宋风又检查了一遍。

“不差，反正过几天就回来了。”奶奶脖子上挂着相机，率先坐在了后排。

舒冬跟着奶奶坐在了后面。

“那就出发了。”宋风启动车子，看着后视镜里的两个女人，他生命的全部。

“出发！”奶奶挥舞着手，高兴得像个孩子。

宋风透过镜子注视着舒冬，她今天穿了一条白色的长袖连衣裙，是那种纯粹的白，清冽又带着无限温柔。

其实，她很适合白色。

舒冬抬头发现宋风在看她，她唇角上扬，笑着和他对视一眼。

宋风笑着戴上墨镜，车子慢慢启动，出发。

这辈子——

如果舒冬没有遇到宋风，她就是一只漫无目的的飞鸟，一辈子就为了寻找那根丢失的羽毛，直到在茫茫海域迷失方向，坠入深海，或者在荆棘丛撞得头破血流。

如果宋风没有遇到舒冬，他只是一个没有灵魂的空壳，最远的风景就是那条柳巷，在椅子里浑浑噩噩地瘫着，直到最后烂在泥里。

还好，他们遇见了彼此，此后漫长的时光里，在那条鲜为人知的小巷熠熠生辉。

— 正文完 —

番外一 / 婚后生活

又快一年过去，又是一个寒冬。

已经晚上十一点多了，客厅的灯还亮着，舒冬从厨房出来坐到沙发上，脚步放得特别轻，因为奶奶已经睡了，但宋风还没有回来。

房间的暖气很足，舒冬往身上盖了条毯子，他最近每天晚上都回来得特别晚，人都瘦了很多。

厨房的锅里煲着汤，舒冬顺着推拉门的缝隙，鲜香渐渐弥漫进了客厅，电视里播放着旧电影，声音很小，舒冬半躺着昏昏欲睡，就在这时听见了门锁转动的声音。

舒冬睡意忽然消失，她起身往玄关去看，但还没从沙发上起来，宋风已经走进了客厅。

“怎么还没睡？”客厅灯亮着，宋风扭头就看见了她，边脱羽绒服边往她身边坐，刚想抱她，又停住了。

他身上还带着室外的寒气，脸被冻得冷白，耳朵还微微泛红。

“不太困。”舒冬笑着靠向他伸出一半的手臂，手在他脸上搓了搓，“我去给你盛碗汤。”

“到底是不困，还是在等我？”宋风明知故问，带着三分浅笑身体往她那边倾斜。

“不困。”跟他在一起一年多，舒冬练出来了，面对他越来越面不改色。

“诚实一点。”宋风刚刚还担心自己身上冷，不敢靠近她，但下一秒就把冰凉的手伸进了她脖子里，摩挲着她温热的皮肤。

舒冬抬脚踢在他腿上：“出去。”

宋风抓住了她的小脚丫，连带着将她整个人都拖进怀里，鼻子抵在她的鼻尖磨蹭：“都老夫老妻了，还害羞。”

“没害羞。”舒冬掰着他的脸往旁边扒拉，冰冷的触感贴着皮肤，她忍不住缩起身体，“凉。”

硬来不行，舒冬还学会了撒娇。

这一招对付宋风很有效，他恋恋不舍地摸了最后一把，滑腻的触感让他不想出来。

宋风低头轻吻她的鼻尖。

“老公给你盛汤。”宋风拿过来毯子把她捂得严严实实。

“我不喝，减肥呢。”和宋风恰恰相反，他瘦了，而舒冬胖了几斤，最近连晚饭都吃得很少。

宋风走进厨房，浓郁的香味扑面而来。

她最近迷上了煲汤，其实宋风知道她是在担心自己的身体，虽然跟她说了晚上不要等他回来。因为最近他很忙，没个准点，她每天上班挺累的，他心疼。

但打开门的那一刻，客厅的灯亮着，家里有人在等，还煲好了汤，宋风忽然就觉得外面寒风再冷也抵不上这一碗汤的温度。

她总说自己什么都帮不了他，但其实她已经做了很多，把这个家打理得井井有条，除了上班还要照顾他和奶奶，其实她一点都不轻松。

这样的小木头，宋风一辈子都放不开手，一辈子都想把她捧在手心。

“需要喂吗？”宋风盛了两碗汤出来，放在茶几上。

“真的不想喝。”舒冬托腮看着那碗汤，感觉被诱惑到了，但她又低头看了看自己的肚子。

“哪儿胖了？每天睡觉都硌得我疼。”本来宋风没打算给她盛，但一听到减肥，就盛了一大碗。

“胖了好多。”舒冬撩开睡衣露出来小肚子，让宋风看。

“说不定有了小宝宝。”宋风趁机摸了一把。

“生理期刚结束。”舒冬笑了。

他们商量好了，等过几年再说孩子的事情，毕竟他们都还年轻，宋风

还没跟她过够二人世界，以及还想把事业稳定下来。

“来，就喝一点。”宋风拿勺子搅拌了一下，感觉没那么烫了，才去喂她。

唇边的香味太诱人了，还有他拿着勺子修长漂亮的手指，舒冬也不知道到底是被什么诱惑到，只坚持了两秒，像只偷吃东西的猫，她低头喝掉了。

“比前天煲的味道好一点。”舒冬说。

“那再来一口。”宋风又递到她唇边。

两个人结婚已经快一年半了，有些热情在慢慢消退，但还是腻得不像话。

舒冬只短暂地挣扎了一下，就放弃了：“我自己来。”

宋风勾了勾嘴角，有一丝阴谋得逞的意味，又看了一眼她的肚子，好像是胖了。

一个小时后，两个人躺在了床上，宋风如愿以偿地摸上了小肚子。

“你那里是不是人手不够？”舒冬的背贴着宋风的胸膛，听说这是爱人之间最有安全感的姿势。

“还好，今天有一个文件弄错了，明天要用，所以晚了一会儿。”

先前注册公司的时候，租了个办公室，不大不小恰好够他们用，还在郊区租了个场地当仓库。

人手倒不是宋风担心的问题，很多地方并不需要太多专业知识，但凡宋风有什么需求，网吧里那些无所事事的小朋友都愿意跟着他干。

他们也都是边摸索边学习，有不懂的地方就去请教那两个叔叔。当初除了那两个叔叔外，陈辉也拿了一些钱。想到这里，宋风忍不住笑了，吴阿姨是真相信他，也不怕这些钱打水漂了。

公司从注册到现在不到一年的时间，发展挺艰难的，刚开始一切都是在摸索，房租人力，还得去和医院谈，其实没赚多少钱，但也很庆幸没有亏损，并且还在往好的方向发展。

宋城下面一些乡镇医院已经谈妥了，这半年的合作，双方都很满意。

最先谈妥的这一批医院，宋风都让利到了最低，下一年他想稳住这批客户的同时，往周边城市发展。

“冬冬，我明天和陈辉要去佳市，四五天之后才回来。”她的肩膀从被子里露出来，宋风摸着摸着就想留下个牙印。

“这么久？”舒冬翻过身来，皱了皱眉。

“舍不得我？”这个姿势，宋风的手很容易就放在了她腰上，捏一捏，掐一掐。

这么久了，舒冬学会了面不改色地说谎，也会拒绝反抗，但还是没有学会去承认。

之前宋风需要和厂商联系，去的时间比这次还长，但不知道为什么，舒冬这次就是很舍不得。

“怎么了？”看她久久不说话，宋风温柔地抚摩着她的脸，把她往怀里抱了抱。

“怎么不提前告诉我？”看着他瘦削的下巴，舒冬忽然很难受，就觉得他承受了太多，太辛苦了。

“佳市这么近，我晚上开车回来也行。”宋风最近忙得连胡子都忘了刮，冒出了胡楂，他低头蹭着她的脸。

“不用，你忙你的。”虽然很近，但开车也得两三个小时，而且路上也不安全。

“别担心，会赶在你生日之前回来。”宋风把她散落的头发撩在耳后，看着她的脸。

舒冬虽然不知道自己的真实生日，但当初张阿姨和健周叔带她去公安局登记的时候，身份证上的生日是 12 月 7 号，比正宇的生日早半个月，所以他们说和弟弟一起过。

但在舒冬心里，从来不认为这是她的生日，她也从来没有记得过这个日期，直到去年，宋风在那一天给她准备了生日蛋糕和礼物，这个日子才变得有意义。

“没关系，等你回来再过。”舒冬不想让他有心理负担。

“再忙也得回来。”宋风抬手抚摩着她的头发，他始终记得自己这么忙的初衷是什么。

他抬起手臂的动作，舒冬又看见了那一串数字，随即鼻子一酸，然后就想起了他腰间的文身……

记忆回溯到去年，她是在第二天发现的，她永远也忘不了当初看见那个图案心里的滋味，就像当初发现他悄悄放到她包里的那两万块钱一样，在他怀里哭得眼睛红肿，直到哭得发不出声音。

他就是个骗子，偷走她的心，把她这辈子都骗走了，而她却深陷其中，不愿往外迈出一步。

“宋风，”舒冬手放在他尖尖的下巴，“其实我们不用赚太多钱，够花就好了，别让自己太累，奶奶会心疼的。”

“你不心疼吗？”宋风感觉到小木头今天有点多愁善感。

他的眼睛黑亮，还有淡淡的黑眼圈，舒冬看了一会儿，缓缓地开口："心疼。"

宋风笑了，如愿以偿地听到了他想要的答案。

两个人在一起这么久，对方身上有几颗痣都很清楚，但小木头很少说这种话，每次的答案都是"不想""不困""不心疼""没有"。

这次去佳市，宋风一共谈了五家医院，其中有三家医院谈妥了，并且当场就签下了合同。这也在宋风的预料之中，因为这几家医院以前就交涉过，慢慢地磨，总算是拿下了。

在舒冬生日的前一天晚上，宋风和陈辉赶了回来。

回到家后，宋风刚坐了一会儿就要去买食材，舒冬把他拉回房间让他好好睡一觉。

"你再这样奶奶该不满意我了。"舒冬甜蜜又心疼，看着他眼里的红血丝，给他盖好了被子。

"奶奶对你可比对我好。"好几天不见，宋风抓住她的手不放，"陪我睡一会儿。"

"奶奶还在客厅看电视，我再等一会儿。"舒冬把窗帘拉上，只留了一盏昏暗的壁灯。

宋风也没有再黏人，这几天实在太累，刚躺下没多久就睡着了。

除了上班时间，只要舒冬在家，她从来不留奶奶一个人在客厅看电视。他们家是老房子，以前的房子户型面积都很大，客厅空荡荡的，人老了很容易多想，舒冬怕奶奶心里不舒服。

第二天，舒冬刚睡醒发现床上已经没了人，她迷迷糊糊地看了眼时间，才八点，她抱着被子继续睡了。

以前刚来到家里的时候，舒冬怕起晚了奶奶会有看法，但每次起来奶奶都会把她赶回房间让她再睡会儿，渐渐地，舒冬就没那么多顾虑了。

人到了一定年龄早上一般都会睡不着，奶奶早上起来会去遛狗，顺带着也算是锻炼身体了，所以跑跑特别黏奶奶，在家一般都卧在奶奶腿边。

宋风今天也起得很早，去买了食材就回家准备，洗洗涮涮，又是备菜又是腌制，全程一个人，不让奶奶动手。

舒冬推开门走进厨房，带着刚睡醒的迷糊，她从后面抱着宋风的腰，声音含混不清："怎么起这么早？"

宋风不知道是她进来，他转过身看着她凌乱的头发，竟然有点可爱：

“是你太晚了，怎么变得越来越懒？”

舒冬笑了，捶在他胸口的拳头一点力气都没有：“还不是你跟奶奶惯的。”

“那也得有点自觉是不是？”宋风手上戴着一次性手套沾满了酱汁，没办法抱她，“难道结了婚就要破罐子破摔了？”

“你才是破罐子。”仗着他现在没办法动，舒冬掐着他的腰挠他痒痒肉，“上次说减肥，谁灌了我一大碗汤？”

“那只准你灌我吗？不讲道理。”

“就不讲道理。”舒冬说。

“别动别动，痒。”宋风受不了。

舒冬嘴角弧度咧得很大，手上的动作却没停，宋风觉得早上起来的小木头最有意思，可爱得让他欲罢不能，手没办法碰她，宋风胳膊放在她肩膀上，低头在她额头上轻轻地吻。

“我去洗漱了。”大早上就这么腻，舒冬有点不好意思。

“小懒猫。”宋风满脸宠溺。

舒冬洗漱好后来到客厅，奶奶在看书。

“刚刚温的牛奶。”看到舒冬过来，奶奶把书放下了。

舒冬撩了下头发，有点不好意思，今天确实起太晚了，墙上的挂钟时针已经走过了九点，奶奶非但不说什么还给她热了牛奶，真是要被他们宠坏了。

“谢谢奶奶。”舒冬卖了个乖巧。

“一家人谢什么，整天让你一个孩子照顾我，我还不好意思呢。”奶奶边说边从旁边拿出来个盒子，还神秘地晃了晃，“给我们冬冬的生日礼物。”

看着奶奶可爱的样子，舒冬笑着放下玻璃杯，唇边还沾了牛奶：“竟然还有礼物，奶奶真好。里面是什么？”

“打开看看。”奶奶一笑就有两道深深的法令纹，显得很亲切。

跑跑好像能听懂人话似的，也好奇地往前凑。

“是手镯吗？”舒冬边拆边猜，电视里经常看到老人家给小一辈的会是传家宝，玉镯之类的。

“奶奶手上这个是几十年前你爷爷送我的，这个我可舍不得给你。”奶奶说着还往背后藏了藏。

舒冬被奶奶的样子逗乐了，同时她也拆开了盒子，看到包装盒上的那

个英文标志她愣了。

“奶奶，您这是？”打开盒子里面放着三支口红，舒冬不知道该说什么，全世界也只有她的宝藏奶奶会送这么时尚的礼物了吧。

“我早上去遛狗的时候，在公园经常听到王老太说她儿媳妇，说整天买化妆品，就一张嘴口红买了一支又一支，”奶奶学得可像了，“然后我就忽然想到，怎么没见过我们冬冬买这些东西。”

“您真是的，”舒冬眼角有点红，除了感动还是感动，“我不爱用这些东西。”

“那可不行，有哪个女孩子不爱美。”奶奶知道舒冬懂事随性，她偷偷往厨房看了一眼，压低了声音，“男人有钱就变坏，小风现在忙工作，等他以后稍微有点钱，身边的诱惑就多了，可不能因为现在感情好就掉以轻心。”

奶奶偷偷说自己孙子坏话，是真把舒冬当自己的孩子了。

“好，那我听奶奶的。”舒冬眼泪马上就要掉下来了，心里特别暖。

“以后打扮得漂漂亮亮的，跟奶奶去拍照，让他有点危机感。”奶奶又往厨房偷偷瞄了一眼。

如果不是奶奶今天说这些，舒冬还真没想到这上面去，她和宋风包括奶奶，都是全心全意地对待彼此，但奶奶的话好像也有道理。

“那以后我自己买，您别乱花钱了。”舒冬看着怀里的礼盒，这三支口红应该也要一千块钱了。

“现在我也没有用钱的地方，你们每个月给我的零花钱我都不知道干什么。”奶奶是让王老太的儿媳妇帮忙在网上买的，给了对方现金，“别仗着自己底子好，就不注意，你看奶奶老了还不是一脸褶子。”

“知道啦，谢谢奶奶。”舒冬坐过去，给奶奶捏肩膀。

十一点多的时候，门铃响了，舒冬打开门，陈辉提着蛋糕站在门外。

“冬哥生日快乐！”

“谢谢，好久没见你了。”

“这不整天被宋老板压榨嘛。”鉴于陈辉之前往宋风家里来的频率，都已经有了他的棉拖。

“那你被压榨得也挺开心。”舒冬笑了笑，“买这么大个蛋糕？”

“宋老板订的，别误会。”

两个人走到客厅，舒冬把蛋糕放在茶几上，陈辉刚坐在沙发上就一把抱住了奶奶：“奶奶真是越来越年轻漂亮了。”

“我一个老太婆，这句话应该跟冬冬说。”奶奶和陈辉两人肩并肩，亲近得不得了。

“冬哥越来越水灵了。”陈辉伸手就去捏舒冬的脸。

“手痒了？”宋风把陈辉的手拍开。

“小气。”陈辉哼了一声，“做好饭没，我来就是等直接吃饭的。”

“礼物呢？”宋风跟陈辉要。

“又不是给你的。”陈辉把刚刚放在沙发上的盒子递到舒冬面前。

“谢谢。”舒冬笑着收下了。

宋风忙活了一上午，做了一桌子菜，很丰盛。

“我们冬冬二十二岁了，生日快乐，以后每个生日老公都陪你一起过。”

“噫——”

“噫——”

陈辉“噫”了一声，奶奶就跟了一声，两个人勾肩搭背地在一旁看戏。

“谢谢大家。”舒冬忽然有点不好意思，笑得腼腆。

许了愿望，吹了蜡烛。

时间过得真快，她怎么也不会想到，当初那个讨人厌总欺负她的男人，现在已经成了她的另一半。

“整天腻不腻？”陈辉被刺激到了。

“嫉妒就直说。”宋风说着还揉了揉舒冬的头发，给她夹菜。

舒冬不好意思地偏头躲开了。

“看在今天饭菜这么好吃的分上，我允许你们再腻一会儿。”对于陈辉来说，没有什么是一顿饭解决不了的。

“小辉也该结婚了，你妈每次看到我都问有没有合适的女孩子。”奶奶边吃边说。

“那您到底有没有合适的？”陈辉也很想问。

“奶奶多留意一些，着急了吧？”奶奶笑着扭头。

“不着急，还小呢。”陈辉比宋风还大两个月，宋老板刚在十月份过了二十四岁生日，其实陈辉长得挺白，以前微胖，不过最近一年跟宋风忙来忙去，变成了个瘦子。

陈辉情商很高，跟宋风出去谈客户的时候，他的嘴终于派上用场了，相比较宋风暗藏的锋芒，陈辉让人感觉更容易接近，一般在陈辉说完后，

宋老板再总结几句，宋风话不多，会给人一种沉稳可信的印象。

总之，两个人配合得天衣无缝。

晚上，宋风带着奶奶和舒冬去江边看了灯展，随便散了散步。回到家，奶奶有点累，直接回房间休息了，宋风把准备的礼物拿出来。

舒冬拆开，是一条项链。

“很漂亮。”宋风站在她身后，给她戴上。

第一次看见她的时候，是三四月份，她来网吧上网，穿了件牛仔外套，里面是件黑色的吊带。

锁骨很漂亮，但那里空空的，缺点东西。

“谢谢。”舒冬笑着转过身，手臂挂在他脖子上，踮脚在他脸上轻吻。

“就这？”宋风显然不满意。

“还要怎样？”舒冬想掐他腰。

宋风低着头，勾着意味不明的笑，他指了指自己的嘴唇。舒冬笑了，也没有犹豫，踮脚在他唇上轻吻。

“知道奶奶今天送我什么礼物吗？”舒冬往床上走。

“什么？”宋风也跟着过去，他还不知道奶奶送她礼物了。

“口红，奶奶说以后让我打扮下自己。”舒冬掀开被子，半躺在床上。

“化妆对皮肤不好。”这拙劣的借口，宋风从另一边上床，靠近舒冬把她抱在怀里，“在家打扮什么？”

“奶奶说外面诱惑太多，怕你有一天抵挡不住。”舒冬漂亮的眉眼里藏着刀子。

“宝贝儿，这你就冤枉我了，我在外面每天都戴着戒指，”宋风抓住她的手伸开，“是你总不戴，害我每天都担心有没有人打你主意。”

“我工作的时候不方便。”舒冬把手收回去。

“借口，林哥怎么每天都戴着？”宋风越想越担心，他打开抽屉拿出来她的那枚戒指，“现在就给我戴着，以后都不许摘。”

“现在睡觉呢。”没想到说到最后，竟然是她自己心虚。

“不管，睡觉也得戴着。”宋风霸道地从背后抱着她，固定住她的手腕不让她动。

“明天化妆给你看。”舒冬暗暗哄着他。

虽然她很少化妆，但宋风见过几次，很漂亮，他想看却又怕别的男人看见。

“宝贝儿，你说我们什么时候要孩子？”宋风手放在她后腰，轻轻地蹭。

“再过几年吧。”舒冬说。

“再过几年是什么时候？”虽然孩子很闹腾，但宋风今天突然很有危机感，他有时候在外面忙工作，陪她的时间越来越少，万一有不长眼的东西打她主意……

奶奶今天不只是给舒冬提了醒，更给宋风提了醒。

她到底有多好，没有人比宋风更清楚，突然就很想在她肚子里塞个孩子，这样就安心了，但又有点舍不得，她还这么年轻。

“等你想要的时候。”舒冬躺在宋风的臂弯里，连眼睛都没有睁开，纤长浓密的睫毛在眼皮下投下暗影，显得很恬静。

“那我现在就想要。”宋风在她脸上咬了一口。

舒冬被他弄得睁开了眼睛，看着他黑亮眼眸里的执着忽然笑了：“你在外面忙，把我和孩子扔在家，你觉得好吗？”

宋风不说话了，明显意识到了不妥，但又怕他的大宝贝被别人觊觎。

这一年来，宋风出去谈客户，从穿着和谈吐上都会让自己显得成熟一些，总会虚报几岁年龄，当初衣柜里全是T恤、运动裤、工装裤，但现在很多都被衬衫取代了，白色的，黑色的，然而在舒冬面前，他一直都是那个大男孩。

看着他委屈又纠结的样子，舒冬心里有一种莫名的欢喜：“不过也别太晚，我没有经验，奶奶还能帮我们一起照看孩子。”

“那我好好计划一下。”宋风一只手臂圈着舒冬，一只手放在头下面枕着，他望着天花板上的影子，“再等三四年怎么样？”

四年以后，舒冬二十六岁，这个年龄要孩子不算早也不算晚，公司应该也稳定下来了，他也能给家人更好的生活。

“好。”舒冬应了一声。

不知道是不是被他的话勾起了心底最深处的向往，舒冬忽然没了睡意，和他一样的姿势，看着墙上的影影绰绰，如果他们有了孩子，不知道是男孩还是女孩，是像他一点还是像自己一点。

但总之，她会把所有的爱都给他们。

“但你要保证，就算有了孩子，也得把我放在第一位。”宋风已经提前四年开始争宠了。

“跟孩子争什么？”舒冬乐了。

“不管，就争。”宋风不讲理。

“那就看你的表现了。”舒冬黑色的长发铺在枕头上，清冷中平添了几分妩媚。

宋风闭上了眼睛，笑着把她抱在怀里。

他会的，会用一辈子对她好。

番外二 / 迎接新生

又是两年过去，鹤然医疗器械有限公司度过了艰难的起步和瓶颈期，周围好几个市的医院都成了宋风的客户，渐渐地，不只是县和乡镇的医院，连市里的医院都与宋风合作了。

连刚开始一起入股的两个叔叔都说，没想到宋风能干得这么好，然而宋风很清楚，如果没有他们的帮忙，他是做不成的，他们除了给他一些专业的建议，还给了他很多人脉。

公司换了新的办公室，原来的办公室太小了，家里也置办了很多新的东西，一切都往好的方向发展，所有人都觉得宋风运气好，能在这么短的时间内发展起来。

但其中的心酸，只有身边的人才知道。

有时候需要竞标，他们就会忙得连轴转，只能睡四五个小时，还要不断地去应酬，总之这两年，宋风在家的时间越来越少。

他和陈辉都才二十多岁，但需要和那些在生意场上摸爬滚打了很久的老油条打交道，起初竞标失败的很多原因，就是看他们年纪太小怕不靠谱，但宋风和陈辉就这么一步步挺过来了。

舒冬今天休假，奶奶和其他老太太去山上玩了，舒冬不放心要和奶奶一起去，但奶奶不让她跟着，一大早自己就出发了。

舒冬在家待着没意思，索性做了午饭给宋风送过去，顺便看看他。公司换了新的地址，但宋城就这几条街，舒冬打车过去了。

顺着电梯上到七楼，舒冬来到公司外面敲了敲玻璃门，因为有门禁舒冬进不去。

前台的男生看见舒冬后，打开了玻璃门。

“嫂子来了。”他们都认识舒冬。

“好久不见。”舒冬笑了笑。

公司其实没多少人，二十多个，宋风不仅要了解器械方面的内容，还买了很多公司管理的书。

小公司一般很少有需要刷门禁卡的，但宋风当时想得很清楚，一方面可以保密，另一方面可以增强他们的归属感。

不大的办公室里，除了开放区域，还有一间单独的办公室，那是宋风和陈辉的办公室，放着很多重要文件，进这个办公室还得刷一次门禁。

这两年，宋风和陈辉的分工渐渐明确了，陈辉出去跑业务，宋风主要负责管理公司，不过有竞标的话还是两个人一起去，只是稍微细分了些。

公司里的事，宋风没有任何瞒陈辉的，年终除了他本该得的分红，宋风每年都会给他包一个大红包，今年，宋风准备送他一辆车。

陈辉对宋风而言，早已经不是同学、朋友、合伙人这么简单的身份，不管当初开网吧，还是爷爷生病住院，以及这几年开公司，陈辉从来不说别的，说了跟着他，这么多年就一直没离开过。

宋风一直把陈辉当亲兄弟。

他们办公室的门是开着的，宋风在里面的办公桌旁正低着头看文件，陈辉靠在玻璃窗前打电话，舒冬站在门外敲了敲门。

“请进。”宋风没抬头，依旧皱着眉看文件。

舒冬嘴角藏着隐隐的笑，她今天穿了双五厘米的高跟鞋，穿着牛仔裤，显得腿修长，露出骨感漂亮的脚踝，走在地板上有微微的响声。她直接坐在了宋风办公桌对面的椅子上，也没开口说话。

“有什么问题……”宋风刚抬头，说了一半的话停住了，转而嘴角以控制不住的势头往两边扯。

“老公不回家，请问有办法解决吗，宋老板？”舒冬把饭放到他面前。

“对不起我错了，宝贝儿。”宋风把办公室的门关上，开始撒娇，“等这段时间忙完了，我就好好陪你。”

其实不是宋风没回家，而是每天他回去舒冬已经睡了，他早上走了舒冬还没醒，两个人跟异地恋似的。

“今天怎么这么漂亮？”宋风把椅子拖过来，坐在舒冬身边撩了撩她的头发。

现在是六月份，天气渐渐热了，舒冬穿了件黑色T恤，化了个淡妆，并不是清新可爱的风格，她本身面容就比较清冷，配上黑色长发和红色高跟鞋，很是冷艳。

舒冬脖子里还戴着她生日的时候宋风送她的项链，虽然这两年他买过很多项链，但舒冬还是喜欢戴这条。

“喂！这儿还有个人呢。”陈辉挂了电话就看见两个人快贴在一起了。

“那就出去。”宋老板说。

“哼，就不出去。”陈辉来到宋风办公桌前，“冬哥越来越漂亮了，今天做了什么？”

“夸我漂亮是不是得看着我，而不是饭。”舒冬笑了。

“冬哥越来越漂亮了，越看越觉得嫁给风哥血亏。”陈辉说完这句话，很有先见之明地离宋风远了几步。

饶是宋风的腿再长，也没有陈辉躲得快。

“结婚前一天晚上加班怎么样？”

“冬哥你看他，一说实话就压榨我。”舒冬在的时候，陈辉就不怕宋风。

“准备得怎么样了？”舒冬看着陈辉。

“我爸妈在忙，这两天在写请帖。”陈辉坐在他们对面，“能吃饭了吗？饿死了。”

嗯，陈辉下个月要结婚了。

“要不放在微波炉里再热热？”舒冬从包里拿出两个饭盒。

“我去吧。”陈辉从办公室出去了。

“你吃过了吗？”宋风起身接了杯水，放在舒冬面前。

“吃了。”舒冬喝了半杯，玻璃杯沾上了淡淡的口红印，“奶奶今天去爬山了。”

“我知道，我和她一起出门的。”宋风说。

没过多久，陈辉就进来了：“冬哥的厨艺真是越来越好了。”

“等不忙了去家里吃，”舒冬笑了笑，“今天忙吗？”

“我这里还好，风哥呢？”

宋风迟疑了一会儿说：“今天尽量早点回去。”

“我没事，你忙你的。”舒冬倒不是真的生气，就是担心他的身体。

“要不要再吃点？”宋风夹了块排骨放在她唇边。

“我在家吃好了，不吃……”话还没说完，舒冬忽然一阵反胃，她赶紧转过身，弯着腰一阵干呕。

“怎么了？”宋风连忙把碗筷放下，去拍她的背。

“冬哥没事吧？”陈辉抽了几张纸递过去。

然而舒冬什么也吐不出来，但就是很不舒服，过了几分钟才缓过来。

“走，我们去医院看看。”宋风担心坏了，看着她苍白的脸很心疼。

舒冬坐在椅子上缓了好一会儿，喝了口水，说：“没事，可能最近不太舒服。”

“冬哥，不会是有了吧？”陈辉在旁边看着，越看越不对劲，他暗暗试探着。

一句话，舒冬和宋风同时抬头看着陈辉。

过了几秒，舒冬把视线移到了宋风身上。这个月她确实还没来月经，但她的生理期向来不准，当初和宋风商量过三四年后再要孩子，所以他们都有做安全措施，只有上个月，她在安全期……

“我们去医院。”宋风眼睛里情绪翻涌，他提着舒冬的包把她从椅子上拉起来，莫名地多了几分小心翼翼。

“你先吃了饭，我自己去就可以。”舒冬怕耽误他工作。

“刚刚吃饱了。”宋风揽着她的肩膀，扭头对陈辉说，“有事打电话给我。”

“知道了。”陈辉还处于眩晕状态，他刚刚只是猜测。

舒冬看着那没动几口的饭，还想说什么，却已经被宋风牵着手走出了办公室。

计划赶不上变化，当宋风拿着检查报告时，感觉那张纸是那么重，他几乎要拿不住，这些年，来了那么多次医院，第一次这么高兴激动。

然而当他抬头看着舒冬时，眼睛瞬间充满了愧疚：“冬冬……”

“谢谢。”宋风的话还没说完，舒冬向前半步紧紧地抱住了他。

从他的眼睛里，舒冬已经知道了答案，她激动得不知道说些什么，只是眼睛渐渐红了，她很感谢面前这个男人。

是宋风，把孤零零的她拉起来，让她和这个世界有了这么多羁绊。

“对不起。”宋风声音哽咽，大手放在舒冬脑后把她扣在怀里，温柔地吻着她的发丝。

周围很嘈杂，来来往往的人频频看向这里，但这一刻谁也无法打扰他们的世界。

宋风也不知道为什么很想说对不起，在他一无所有的时候，她跟了他，好不容易现在好了些，她才二十四岁，那么小，正是女孩子一生最明艳的年纪，却因为他又要承担母亲的责任。

舒冬知道他在想什么，两个人在一起生活了这么久，有时候只需要一个眼神就能看到彼此心底。

“不想要吗？”舒冬玩笑地说。

“当然想要。”宋风在她额头蜻蜓点水地轻吻一下，“但就是觉得对不起我的大宝贝。”

“你马上就要有一个小宝贝了。”舒冬笑了，手放在他脸上揉捏。

“不管一个、两个还是三个，都没你在我心里重要。”宋风拉着舒冬往外走。

舒冬脸上的笑久久没有消失，她轻轻抚上自己的肚子，这种感觉很神奇，即将有一个小生命出现，成为她和宋风之间的纽带，把他们黏合在一起，丝丝缕缕地缠绕，让他们成为一种再也分不开的关系。

“宋风，你会是一个好爸爸。”外面的阳光很盛，两个人十指相扣。

“你也会是个好妈妈。”宋风的手渐渐收紧。

“我们快回家告诉奶奶吧。”舒冬已经迫不及待地想看到奶奶的反应了。

“刚刚打电话说，已经在回来的路上了。”宋风来到停车位，和舒冬坐回车上。

二十分钟后，宋风就开车到了家，他开门的时候钥匙只转了一圈门就打开了，说明奶奶已经提前在家了。

“奶奶！”来到玄关，宋风还没换好鞋就开始大喊。

“叫这么大声干什么，吓我一跳。”奶奶拍了拍胸口。

宋风穿着拖鞋快步走到客厅，揽着奶奶的肩膀，两个人的头贴在一起：“下面还有更吓人的，准备好了吗？”

舒冬把包挂起来，慢慢走到他们身边，嘴角的笑藏不住。

“奶奶年龄大了，经不起你们……”

“冬冬怀孕了。”

奶奶瞬间愣住了，她不可置信地看着舒冬：“真的吗孩子？”

舒冬站在宋风身侧，被宋风揽着腰，她慢慢走到奶奶身边蹲下：“真的，您就要当太奶奶了。”

奶奶放在膝盖上的手渐渐握紧了，嘴唇有点颤抖，再一眨眼睛，眼泪就掉出来了。

“奶奶。”舒冬连忙抽了几张纸巾。

宋风懂奶奶的心情，于是抱紧了她。

“没事，奶奶就是太高兴了，你快坐着。”奶奶把舒冬拉起来，让她坐在自己身边，声音忍不住哽咽，“你们结婚也挺久了，奶奶想催你们，但时常又觉得冬冬还小。”

对这个家，奶奶操碎了心，送走了儿子，又送走了老伴儿，老了唯一的希望就是宋风能家庭幸福。

“砚生，鹤然，你们听见了吗？小风就要做爸爸了，我们都很好，你们爷儿俩安心吧。”奶奶看着全家福里的两个人，眼睛红得不像话。

“不准再哭了。”宋风拿纸巾帮奶奶擦干眼泪，“眼睛坏了就看不清您的宝贝曾孙了。”

“不哭了，还要给你们照顾孩子呢。”奶奶自己擦干了眼泪，抓着舒冬的手，“冬冬晚上想吃什么，奶奶给你做。”

“让他做，咱们看电视。”舒冬看了宋风一眼，抱着奶奶的手臂撒娇。

“好，我去做。”宋风隔着奶奶，手揉了揉舒冬的头发，对她是无限纵容。

“他不懂，我去给你做点有营养的。”奶奶好像突然就有了新的生活目标，跃跃欲试，充满了干劲儿。

“不用奶奶，才五周，正常吃饭就好。”舒冬的身体和她的人一样，不娇气，这几天除了偶尔孕吐倒没其他不舒服的，而且奶奶刚去山上走了一天，舒冬怕她身体吃不消。

“等明天上午我去超市买菜，给你做好吃的。”奶奶对于舒冬的话充耳不闻，似乎已经想好了下周吃什么，恨不得使出浑身解数给舒冬补身体。

宋风边做饭边给陈辉打了电话，陈辉在电话那头激动地捶墙，他本来就是盲猜，没想到是真的，但电话挂断陈辉看着电脑忽然就愣了，所以，他今天晚上又得加班？

陈辉再次捶墙！

本来以为这段时间他要结婚了，宋老板能少压榨他点，但万万没料到宋老板有孩子了！

奶奶爬了一天的山，今天竟然都不累，在客厅看了很久的电视，将近十一点才回房间，临睡前还特意跟舒冬说，让他们这段时间克制点，前三个月是危险期。

虽然早已经不是不谙世事的小女孩，但舒冬的脸还是红了。

舒冬躺在床上，开始查早期注意的事项，其实吃饭的时候奶奶已经跟她说了很多，但她还想再多了解一些。

宋风洗过澡回到房间，看到她半坐半躺着，看着手机屏幕里傻乐："手机有我好看吗？"

舒冬抬头，他每次洗过澡都只围一条浴巾："跟手机吃什么醋？"

"就吃。"宋风把身上的水渍擦干，换上了睡裤，然后动作迅速地上了床。

刚洗过澡的皮肤带着凉意，舒冬往旁边躲了躲，但她刚动，宋风就又把她捞回来，贴得死死的。

"躲什么？"宋风咬在她肩膀上。

"奶奶说让你前三个月克制点。"舒冬把他往一旁推。

"你不用克制吗？"

"我……"舒冬忽然不知道说什么，索性换了个话题，"听说男人在这段时间出轨率很高，你小心点。"

"对我还不放心吗？"宋风手轻轻放在了她肚子上，"我身边除了你哪还有其他异性？"

"公司就有一个。"舒冬忽然笑了，目光带着审视。

"谁？我怎么不知道？"宋风没有丝毫印象。

"是叫什么雪吗？"女人的第六感很准，舒冬每次去办公室的时候，都能感觉到那个人的目光，但她相信宋风。

宋风想了几秒才想起来："那就是个普通同事，平常交流不多，真是个小醋坛子。"

比起来他跟手机吃醋，舒冬可不觉得自己是醋坛子："总之安分一点，你孩子的命还在我手里。"

"我的命也在你手里。"宋风在她脸上用力吻。

没过多久，宋风也开始查早孕期的注意事项，以及饮食搭配，甚至连睡姿都查了。

舒冬一扭头发现他在买奶粉，而且正准备下单，她连忙把他的手机夺过来："给我喝吗？"

"给我的大宝贝和小宝贝喝。"宋风笑着说。

"大宝贝不喝，给小宝贝喝的话还有点早。"舒冬连忙退出了购买页面。

舒冬觉得他被冲昏了头，如果她再晚一点发现，他可能连小孩子的衣服都买了。

两个人又闹了一会儿，宋风趁舒冬睡了之后又查了些资料，买了很多书。

早上不到七点，宋风就自然醒了，他看着怀里正睡得香甜的小女人，现在都这么能睡了，再过段时间岂不是要睡一整天？

宋风看了她好久，放轻了动作悄悄起来，来到客厅发现奶奶也起来了。

"怎么起这么早？"宋风问。

"我一会儿去买菜。"奶奶精气神儿很足。

"您别太激动，还不到三个月呢。"宋风乐了。

"你不激动？你不激动你起这么早？"奶奶一点情面都不给宝贝孙子留。

宋风无话可说，索性也不狡辩了："我一会儿去公司拿文件和电脑，今天就在家了。"

"好，虽然你整天忙，但稍微抽出来点时间陪陪冬冬。"奶奶压低了声音，怕把舒冬吵醒，"这段时间孕妇情绪起伏都比较大，还比较敏感，有什么错你就乖乖认了。"

"知道了。"宋风无奈地笑了，他推着奶奶的肩膀往外走，"我把您送到菜市场，走吧。"

房间里安静极了，没过多久舒冬迷迷糊糊地睡醒，她闭着眼睛，手下意识地往旁边摸了摸，但什么都没摸到，和往常一样，舒冬知道他已经去公司了。

早上醒来只有一个人的房间，舒冬莫名有些失落，虽然知道他忙，但不知道为什么，今天忽然感觉有点委屈，很想让他在家陪着她和奶奶。

舒冬没有像平常一样赖床，起来洗漱，她看着镜子里熟悉的脸，手缓缓放在了肚子上。

昨天晚上她做梦了，梦见肚子里有个小宝宝在和她说话，还叫她妈妈。

舒冬低头看着平坦的小腹笑了，阳光透过窗户照着她微微上扬的唇角。

舒冬把化妆品收了起来，将高跟鞋也收了起来。

她换好衣服准备去上班，但刚走出卧室，就听见玄关处钥匙拧动的声音，然后门开了。

“准备去哪儿？”宋风手里提着满满两袋食材，如果不是他拦着，奶奶可能要把菜市场扫荡下来。

“你不是去公司了？”舒冬不想承认，看见他的第一眼很欢喜。明明已经结婚这么久了，再过段时间连孩子都要出生了，但对宋风，她还是控制不住地悸动。

“没有，小风去公司拿电脑了，说今天在家好好陪你。”奶奶抱着宋风的电脑和文件放在茶几上。

“你不会要去上班吧？”宋风把那两大袋菜放在餐桌上，不等舒冬回答就抓住她的肩膀，“在家好好待着，哪儿也不准去。”

得知有孩子后，他们的感情就像是融入了骨血，更加亲密，所以舒冬下意识地想黏着他，然而早晨睁开眼睛，第一天他就忙得不见人影，她很失落。

虽然舒冬什么都不说，但宋风能察觉到她的情绪。宋风想给她安全感，尽管以后的九个月里不可能每天都陪着她，但第一天是特别的，宋风想尽到做丈夫和爸爸的责任。

“但都跟林哥说好了。”舒冬微微抬头，嘴角藏着笑，也学会了傲娇，就这么答应他岂不是很没面子，一点点别扭的小心思，舒冬撒了谎。

“我跟他说。”宋风从口袋里拿出手机。

“还是我打吧。”在宋风拨通电话之前，舒冬把他手机抢了过来。

因为昨天晚上她已经跟林哥说了今天在家休息，只不过醒来看到他去上班，舒冬怕自己一个人待在家觉得时间漫长。

差点露馅，舒冬回房间装作打电话，也不是装作，她确实给林哥打了个电话，晨间寒暄，磨蹭够了又出来，只不过刚打开卧室门就看到了宋风。

“打个电话还要背着我，吃醋了。”宋风把她堵在门边。

“先吃早饭吧，别吃醋了。”奶奶出门前在电饭煲里煮了粥，整天听小两口吵架觉得很有意思。

“先吃早饭吧，别吃醋了。”舒冬笑着绕过了宋风。

虽然是换了个地方工作，但同处一个房间，宋风似乎都能闻到她身上的香味，很安心。

奶奶是个闲不住的人，本来觉得宋风好久没休息，想在家好好陪他们，但就待了一上午，下午就牵着跑跑去公园了。

午后的阳光明媚，在地板上投着窗户的影子，舒冬半躺在床上看书，时不时地往书桌旁看一眼。

看着他的背影，舒冬很安心。

时间过得很快，转眼又过去两个月，舒冬肚子里的孩子已经三个月了。

夏天的暑气渐渐过去，秋高气爽，天气很舒服，舒冬要去工作，奶奶怎么都不同意，早上也不让她睡那么久了，还强迫她去散步。

舒冬穿着宽松的T恤躺在床上补觉，已经三个多月了，肚子没什么变化，整个人也很利落，走在路上像个十八九岁的少女，完全看不出来是个准妈妈。

宋风总忍不住想乱来，她的身体还是那么纤细，只有晚上抱着的时候，才感觉腰上比以前多了点肉。

唯一让他比较满意的一点是，她的皮肤好像越来越嫩，脸上还长了点肉，捏起来很舒服。

宋风合上电脑，扭头发现她还在睡，脸上瞬间溢满了无奈又宠溺的笑，她现在越来越能睡了，一天里一半的时间几乎都在睡觉。

宋风走过去，在她脸上轻轻吻了吻，拿着柜子上的玻璃杯去客厅倒了杯温水，回来的时候他轻轻打开门，却发现她已经醒了。

"腿麻了。"声音带着刚睡醒的含混不清，舒冬闭着眼睛，一条腿伸在外面不能动弹。

"别动，老公给捏捏。"宋风走过去，把杯子放在一旁，娴熟地从小腿捏到大腿，再从大腿按到小腿，这种事情，半年来宋风已经很熟练了。

"渴了。"舒冬睁开眼睛说的第一句话。

"来，老公喂你喝。"宋风端起玻璃杯，水温正好。

半杯水见了底，舒冬喝完后又把杯子给了宋风，自己又躺下了。

"还睡？"宋风越来越佩服她。

"不想起。"睡不睡觉不重要，关键是不想离开床。

"要我抱你上秤吗？"宋风单手撑在她身体一侧，抬手抚摩着她越来越好的皮肤。

"不要，我可是两个人。"语气带着撒娇的意味，舒冬转身用被子把头蒙住了，有点害羞。

这段时间，宋风真的把她宠坏了，宠成了个废人，完全把她当作生活不能自理的孩子来养。

衣来伸手，饭来张口，起初舒冬还是很不好意思的，但最后竟然慢慢习惯了，并且还在这条路上越走越远。

她越来越放纵自己，完全不顾及形象，除了吃就是睡，有好几天舒冬都不敢照镜子，衣柜里那些很瘦的牛仔裤和吊带都被她收了起来。

但是这样好舒服怎么办?

“起来走走，别睡累了。”宋风掀开被子，看着她泛红的脸藏在凌乱的头发下。

“外面下雨呢。”舒冬总有借口。

“去客厅走。”宋风拽着她的胳膊让她慢慢起来，生怕碰到她的肚子。

他这么做主要也是为了自救，否则她白天睡太多，晚上不困就总闹他，以前多乖的小木头，现在太能闹了，由此可见，肚子里那个小崽子肯定不是个省油的灯。

“那我在床上动吧。”舒冬抬起腿，纤细的小腿从睡裤里露出来，很敷衍地动了动。

“一个人动有什么意思，要帮忙吗?”宋风躺到床的另一边。

舒冬撩开了睡衣，原本纤细的腰现在微微鼓起，她轻轻地抚摩着肚子：“来呀。”

宋风舔了舔嘴唇，低头看着笑得明艳的小女人，她就是仗着现在自己不敢动她，所以才这么明目张胆地挑衅。

两个人玩够了才从卧室出去。

客厅的电视开着，奶奶戴着老花镜正翻着字典，舒冬心虚地看了眼宋风，却发现他正不怀好意地看着自己。

“奶奶在看什么?”舒冬走到沙发前。

跑跑刚看见她，就在她腿边转圈圈。

“睡醒了?”奶奶的老花镜已经滑到了鼻梁下面，她往上推了推，“闲着没事给孩子起个名，以前这都是老头子的事，现在肯定在天上看我笑话呢。”

“我看看。”宋风拿起奶奶面前的纸，“这么多?”

“你们挑个喜欢的。”奶奶一笑，脸颊的法令纹更深了。

“挑什么，留着以后慢慢用。”宋风笑着看了眼舒冬。

舒冬很喜欢孩子，这样家里会显得热闹些，但只有经历过的人才会明白其中的辛苦，好在奶奶和宋风对她特别好。

舒冬时常觉得，她这辈子前二十年熬尽了所有的苦，才等来了宋风，然后来到了这个家。

上天是公平的，她很感激，感激以前生活的黯淡，才衬得现在的一切是多么来之不易和弥足珍贵。

对于老板来说，永远没有节假日和周末的概念，公司稳定下来，并且正在往上升期走，宋风和陈辉经常要去其他省市竞标应酬。

就在这种情况下，宋风每周还抽出来两天在家陪舒冬，虽然是在家办公，但舒冬很安心。

在忙得晕头转向中，陈辉抽出来空结了个婚。

姑娘挺好的，比陈辉小三岁，属于乖巧可爱的类型，自己开了个美甲店比较自由，经常找舒冬逛街，有时候陈辉忙得厉害忽略了她，再买个小礼物哄一哄就好了，日子过得如鱼得水。

昨天晚上宋风提前从临市回来，因为今天舒冬要去产检。

早上，舒冬半梦半醒，下意识地往旁边移了移想去抱他，但摸了好久都没摸到人。她睁开惺忪的双眼，床的另一边是空的，只有床单的褶皱和枕头的下陷证明，他昨天晚上确实是睡在这里的。

原本以为他要睡到下午。

舒冬闭上眼睛准备再睡会儿，但隐隐约约听见了开门的声音，她翻了个身。

“醒了？”宋风端了一杯温水进来。

“怎么起这么早？”刚睡醒喉咙很干，舒冬不情愿地坐起来从他手上接过杯子，不得不说，宋先生真的很贴心。

“九点半了。”宋风看了眼墙上的挂钟。

“你这是在嘲讽我吗？”舒冬抬头看着坐在床边的男人。

“当然没有。”宋风笑着擦掉她嘴角的水渍，“在嘲笑肚子里这个小崽子，一出现就让我们冬冬变得这么能睡。”

舒冬面无表情地把空杯子递给他，又躺下了。

“还睡呢？”看她懒懒的样子，宋风心里莫名很软，他俯身靠在她身后，语调温柔得像是在哄小孩子，“今天少睡会儿，等从医院回来再睡好不好？”

舒冬忽然睁开眼睛，她都忘了今天要去医院。

“要不你在家休息吧，我和奶奶去就行。”舒冬转过身面对着宋风，他昨天晚上回来已经凌晨了，她怕他身体吃不消。

“我不困，快点起来。”宋风掀开被子，像抱孩子似的把她从被窝里抱出来，“用老公帮你穿衣服吗？”

“不要，我自己来。”舒冬把被子抱在胸前，很有先见之明地拒绝，让他穿的话，这一个上午就要过去了。

舒冬看他神清气爽的样子，也不担心了。

从小到大，宋风就没有睡懒觉的习惯，小时候爸爸管他严不让睡懒觉，后来他总是担心爷爷奶奶，忧虑重重，也习惯早起，现在有了事业，人在有特别明确的目标时，精神就会很足。

“待会儿我陪冬冬去就行，下午咱们一起去公园走走。”宋风从厨房出来，他看着沙发上的两个人说。

医院人多拥挤，宋风不想让奶奶跟着去。

“我在家闲着没事，你们什么也不懂，我不放心。”奶奶把茶几上的水渍擦了擦。

“那就一起去吧，应该挺快的。”舒冬在跑跑背上轻轻抚摩，拿起了包。

宋风拗不过她们，最后还是三个人一起去了医院。

今天医院的人不算太多，排了半个多小时的队就轮到舒冬了，宋风和奶奶在外面等着。

进去之后，舒冬躺在床上，医生翻出来档案开始和她聊天。

“上次来还是一个多月前吗？”女医生翻着档案。

“嗯，快两个月了。”舒冬想了想说。

早上想让宋风多睡会儿，舒冬说她和奶奶来就好，但事实上宋风不在，她还是有些害怕的，这次很早就该来检查了，但宋风一直出差，舒冬就拖到了现在，真的被他惯坏了。

“以后需要每个月来做一次产检，别忘了。”医生声音很温柔，她往舒冬肚子上涂了些胶状的液体，拿着仪器开始移动。

“谢谢，麻烦了。”医生每动一下，舒冬都有些紧张。

医生看着电脑里的影像忽然愣了，她又翻了下旁边的档案：“上次来检查是怀孕五周的时候，当时医生有说什么吗？”

舒冬心里忽然不安，回想了下那时候的场景：“没说太多，请问有什么问题吗？”

医生又在舒冬的腹部慢慢移动：“宫腔里有两个孕囊，可以听到两个胎心管搏动。”

舒冬望着天花板有点愣怔，忽然心脏一紧：“您是说……”

“没错，是个双胞胎。”医生笑了笑，“可能上次天数不够没检查出来。”

突然的喜悦像潮水般铺天盖地向舒冬涌来，她望着天花板激动得说不

出话，只是眼泪毫无征兆地顺着眼角滑落。

“别激动，注意身体。”医生接着给舒冬检查。

“我的身体有问题吗？”舒冬之前还没有太上心，但这一刻，她特别害怕因为自己拖累孩子。

“子宫挺好的。好了，起来吧。”医生把仪器收起来，递给她一些纸巾擦肚子。

“谢谢。”舒冬还没有从刚才的消息中缓过来，用纸巾擦肚子的时候都是小心翼翼的。

舒冬眼泪流个不停。和宋风在一起后，她越来越明白，原来高兴的时候真的会流泪，她已经流了太多幸福的眼泪。

“现在能看出来是男孩或者女孩吗？”舒冬把T恤放下来，心里的好奇越来越重，脑海里甚至飞快闪过一些画面，有两个长得一样的宝宝，叫她妈妈，叫宋风爸爸。

“医院有规定，不能做性别鉴定，男女都一样的，放宽心。”医生笑着推了推眼睛，在电脑上填写档案记录。

“抱歉，我之前不知道。”舒冬这才看到墙上贴的禁止B超检查性别。

“没关系。”医生说。

舒冬从床上下来：“有什么需要注意的吗？”

“怀双胞胎是件好事，很多人都求之不得的，但要注意怀双胞胎的危险也会加大，所以要定期来医院做相关检查，以后每个月都要来一次。”

“我知道了，谢谢。”舒冬忽然觉得身上有个无价之宝，每个动作都变得小心谨慎。

“其他没什么了，如果身体不舒服及时来医院就好。”医生打开了门。

“好，谢谢。”舒冬从房间出来，往走廊两侧扭头寻找他们的身影，迫不及待地想把这个消息告诉宋风和奶奶。

宋风和奶奶在大厅的椅子上坐着，看到她出来后立马朝她走来。舒冬也迎过去，她很想跑过去扑到宋风身上，但又担心肚子里的孩子。

两个人越走越近，走到彼此身边的时候，舒冬忽然抱住了宋风。

宋风低头，发现她的眼眶发红，心里突然发慌：“怎么了？”

刚才在医生身边舒冬控制着自己的情绪，但看见宋风她完全忍不住了，在他怀里摇了摇头，又哭又笑。

宋风吓坏了，一瞬间有无数坏消息在脑海中浮现，但他还是极力控制着自己的声音，温柔地擦掉舒冬脸上的泪水：“怎么了冬冬？”

奶奶走得慢，这时候也来到了他们身边，她轻轻拍了拍舒冬的背："怎么了冬冬，别怕，有什么问题我们一起解决。"

舒冬从宋风怀里起来，她转身抱着奶奶："恐怕您要再取一些名字了，最好是一对的。"

"什么？"奶奶没有听明白。

"医生说是双胞胎。"舒冬抬头看着宋风，嘴角的弧度不受控制往两边拉扯，没有错过他眼睛里的震惊。

"真的吗？"奶奶惊呼。

"真的。"舒冬刚说完，就被宋风紧紧抱住了。

"我们冬冬真棒。"宋风长长地舒了一口气，仿佛在坐过山车似的，心里瞬间被填得满满的。

这一刻，他觉得自己拥有了整个世界。

"我们风风也很棒。"在他怀里清晰地听到他狂乱的心跳，舒冬笑着轻轻拍了拍他的背。

"太好了！太好了！奶奶回家给你做好吃的，两个孩子更得多补补，你看你现在瘦的。"奶奶这么多年的习惯，心情激动的时候话就会很多。

"谢谢奶奶。"舒冬拉着奶奶的手，撒娇地摇了摇奶奶的手臂。

"奶奶得谢谢你，你来了之后家里就越来越好，老头子没那个福气，全让我赶上了。走，快回家，奶奶给你做好吃的。"已经过去那么久，再提到自己老伴儿，奶奶不会像之前那么难过，但也时时刻刻都记着，无论遇到什么事情都想向老伴儿汇报一下。

奶奶迫不及待地要回家给舒冬做补品，拉着她就往医院外面走。

宋风在后面跟着，看着逆光的两个背影，说不出来具体什么滋味，但总之就是很幸福，特别幸福。

转眼又过去几个月，舒冬还有一个多月就要进入预产期了。

过去的半年，宋风每天工作都神清气爽，因为背后有源源不断的动力，同事见到宋风也都忍不住祝贺几句，大多是些年轻有为家庭美满的话，宋风听了也高兴，藏都藏不住。

如今生活越来越好，家里添置了很多东西，但以前的家具一件也没换，房子也没换，因为这里有太多回忆。

夜深人静的时候，宋风偶尔还是忍不住流泪，爷爷为什么就不能再等等他。

爷爷辛苦了一辈子，省吃俭用了一辈子，家里刚要往好的方向走，他却等不及了，没有享受过一天好的生活。

爷爷时常说自己拖累了宋风，宋风却觉得是他拖累了爷爷，如果不是担心他读书结婚，有那四十万，发现病情的时候还会治不好吗？

爷爷永远是宋风心里的痛，永远的遗憾，永远解不开的心结。

注册公司时，宋风犹豫了很久，他不想用那四十万，但也没有办法，四十万拿在手里沉甸甸的，但在心里的重量更沉，所以他不能成为那百分之九十九，他必须要做成。

这几年，宋风拥有了比四十万数十倍还要多的钱，但他不仅是在做生意，他还在做慈善。

鹤然医疗器械有限公司，是为了爷爷，也是为了更多像爷爷的人。

现在，宋风完全待在家里办公，出差的事就安排给了陈辉和下面的人，同事也都很理解。

宋风不想错过孩子的每个阶段，生孩子是两个人的事，他不能把这些责任完全丢给舒冬。

晚上，舒冬躺在床上看书，本来对手机就不依赖，这段时间看得更少了，宋风温了两杯热牛奶，一杯放在了奶奶房间，一杯放在了舒冬床头柜子上。

"你看你现在躺着快成一座山了。"宋风推开房门看见她的肚子笑道。

"你在说我胖吗？"舒冬从书里露出半张脸。这半年，她被宋风惯得脾气越来越大。

"没有，是这两个小崽子胖。"宋风低头趴在舒冬肚子上，听着里面的动静。

其实舒冬一点也不胖，手臂和腿还是和之前一样纤细，只有肚子很大，皮肤上有了浅浅的妊娠纹。宋风时常担心她瘦弱的身体撑不住这个肚子，奶奶也经常苦恼为什么吃了那么多补品，还是不见胖。

刚开始，宋风还天真地想等三个月危险期过去，他可以小心翼翼地给自己点甜头，但看见她的肚子，他所有的邪念都忍了回去，有双胞胎的孩子很幸福，但对妈妈来说孕期会很辛苦。

"早点睡，明天早点起跟我出去走走。"怀孕的人嗜睡，宋风也真的见识到了小木头有多能睡。

"起不来。"舒冬把书合上，腿跷在宋风身上，不轻不重地踢着。

"不行，明天早上起来跟我去散步。"宋风很害怕她睡傻了，医生也说过要多动动对身体好。

“外面冷。”撒娇什么的，舒冬现在是信手拈来。

“穿厚点，我抱着你。”在这件事上宋风一点也不退让，“你现在还没有奶奶身体素质好。”

依稀记得几年前还在网吧的时候，陈辉嘲笑他还没有对面理发店的李大爷身体好，现在他用在了舒冬身上。

“奶奶身体好我很高兴。”舒冬在宋风脖子里咬了一口，留下浅浅的牙印。

“还学会咬人了？”这以前都是宋风经常干的事，这段时间他忍着不敢乱动，怕玩到最后忍不住把自己点着，“是不是在家和跑跑学的？”

“跟你学的。”舒冬笑出了声。

二月份的天气，前几天还下了一场雪，晚上雪停了，宋风拉着舒冬从家里一直走到柳巷，在楼下看了看文身店，看了看三楼霓虹灯牌亮着的网吧，还看了看那棵老柳树。

一切美好的回忆都留在了这条不起眼的小巷子。

虽然当初把网吧开在了这条街，但宋风对这里是厌恶的，毫无生机的灰色，连经过的人都很少，那时候宋风的想法和俞知逸一样，他会烂在这条街。

然而现在，因为在这里遇见了舒冬，一切都不一样了。

柳巷，舒冬来得也很少了，因为林哥扩大店面，在西街开了个更大的店，这里就当成了分店。

下雪的柳巷很安静，路灯照在雪面上留下昏黄的光影，宋风拉着舒冬的手，踩着积雪一步一步走过，回家的时候，他们还经过了舒冬原来租房子的小区。

“要进去看看吗？”宋风低头。

两个人在电线杆旁边停住，上面依旧贴满了各种寻人启事，但舒冬再也没看一眼。

“不去了。”舒冬往里面看了一眼，收回了视线。和宋风结婚不久，她就把房子退掉了。

对于这里，舒冬并没有太多的感情。对她来说，这里只不过是因为家里容不下她，她无奈栖身的地方，里面有太多她一个人的难过，一个人的黯淡，一个人的痛楚和孤单。

唯一值得留恋的，或许里面有她和宋风的拥抱。

“回家吧。”风里带着寒气，她的耳朵红了，宋风把她的帽子扣上。

“好。”舒冬把手伸进他的口袋里，很暖。

最后一次复查，医生说预产期就在近几天，客厅里，奶奶又拿出了小本本。

“两个孩子一个跟小风姓，一个跟冬冬姓，咱们家一直都是这样。”奶奶戴着老花镜，往鼻梁上推了推，“宋大宝，舒小宝，舒见风，宋江，宋疏野，宋喜舒，宋慕冬，宋舒行，宋意，宋暖冬，宋温暖……太多了，你们来挑一个。”

“您取这些名字还挺赶潮流。”宋风拿起了奶奶的小本子。

舒冬笑了笑，往宋风那边靠过去。

“你们年轻人不就爱这样的吗？”奶奶笑了笑，往旁边看了看老伴儿的照片，“老头子现在肯定在笑话我。”

“奶奶取得很好，这两个挺好。”舒冬干净的指尖点在两个名字上。

“宋遇，舒意？”宋风读了出来，“还挺顺。”

“我也觉得这个好。”奶奶得到了肯定很高兴。

“别跟我姓了，跟爷爷姓吧。”舒冬看着爷爷的照片笑了笑。

“‘舒’挺好的。”奶奶看着舒冬笑了笑，“姓什么不重要，关键是跟你姓。”

“还是‘孟’吧。”舒冬坚持。

“那就孟遇，舒意。”宋风在她头发上揉了揉。她穿着一身白色绒质的睡衣，上面印着几个粉色的爪印，整个人显得可爱。

“好，那就这么定了。”奶奶很满意。

舒冬看着他们，心中是说不出来的感动。

“中午想吃什么？我去做。”宋风问。

“我去做，你歇着吧。”其实奶奶是怕他做不好。

“不用麻烦了奶奶，让他做。”舒冬拉着奶奶的胳膊，但刚伸出手，肚子就隐隐约约一阵痛，身体渐渐支撑不住，舒冬坐在了沙发上。

“怎么了？”宋风连忙过来。

“好像要生了。”痛感越来越强，舒冬尽力控制着呼吸。

“别怕别怕，小风快去开车！”

宋风立即把舒冬抱起来往外面走，步伐稳健有力，他附在她耳边轻声开口：“别怕。”

开车去医院的路上，宋风就给医院打了电话，这些年跟他们打交道，很多人都认识，本来想过几天再去医院待产，但没想到会这么快。

到医院之后，有医生和护士在等着，直接就进了待产室。

奶奶陪着舒冬进去了，宋风在外面等着。已经过去了两个小时，还是没动静，他焦虑地在原地走来走去。

又过了半个小时，有护士推开了产房的门，宋风连忙走过去。

“舒冬家属在吗？龙凤胎，一个男孩，一个女孩。”

3 月 7 日，宋大宝，舒小宝，欢迎你们来到这个世界。

新增番外
/
不负相遇

如果存在无数个相似宇宙，我们会有怎样的故事？

阳光明媚的上午，舒冬骑着自行车去学校给弟弟送衣服，在门卫登记后，她将衣服留在了宿管阿姨那里。

时间还早，她慢悠悠地走在白杨小道上，放眼望去，树木成荫，满眼绿色，东边是教学楼，西边是寝室，中间矗立着几座她不知道的建筑。

突然旁边传来一阵欢声笑语，舒冬扭头看向旁边的操场，好像是在上体育课，有人在打篮球，也有人在打羽毛球，阳光下，他们穿着校服奔跑跳跃的姿势，看起来是那么朝气蓬勃。

学校的初中部和高中部是连在一起的，而这些学生应该是高中生。

阳光透过斑驳的缝隙打在舒冬身上，她站在树荫里，隔着铁丝网看着操场的情景，像是在看另一个世界。

舒冬收回视线，往前走了走。前面是高中部的教学楼，靠墙的地方立了几个公告栏，她走过去，看着上面贴的奖惩公示，还有各个年级的成绩单。

她漫无目的地看着，目光落在第一名的位置，高三年级，宋风。

他各科成绩全都接近满分，比第二名高出一大截。

舒冬认真地看着那个名字，想象着这是一个怎样恣意的少年，在青春年少的时光里是多么意气风发。

舒冬很早就知道，这个世界上有些人出生就是被上天选中的，明明身处同一片天空，却那么遥不可及。

这时，悠扬的下课铃声响起，告示栏前面出现了几个人，都在找自己的名字，有人欢喜，有人沮丧。

“风哥厉害啊，又是第一！”

“简简单单。”

“能不能把你的脑子借我用用？”

“还是做梦比较合适。”

听见身旁的声音，舒冬侧身抬头，阳光下少年棱角分明的脸，是和她想象中一样的恣意张扬。

周围不知道什么时候涌了很多人，舒冬被一群穿校服的学生包围，忽然觉得自己是那么格格不入，她从人群的缝隙中挤出来，加快脚步离开了校园。

春天里，天气总是那么多变，忽冷忽热，舒冬在文身店整理账目的时候突然晕倒了，幸亏当时林哥在店里，赶紧把她送到了医院。

“跟你说多少次了，要按时吃饭，而且发烧了都不会说一声吗？这次我要是不在店里可怎么办？”看舒冬醒了，林哥忍不住教训她。

“知道了，以后会注意的。”舒冬脸色苍白，她本来想等下班后再去医院的，没想到晕倒了。

看舒冬虚弱憔悴的样子，林哥没继续唠叨，安慰她说：“好了，没什么大事儿，医生说是肠胃炎，又碰上最近变天，就连带着感冒发烧了。医药费我已经交过了，你在医院好好养几天再回去。”

“知道了，谢谢林哥。”舒冬笑了笑。

“谢什么，从你工资里扣。”林哥还是忍不住生气，“不过我今天要和你嫂子回趟家，这几天不在宋城，要不要我打电话给你姨？让他来照顾你。”

“不用。”舒冬连忙说，“医院里有医生、护士，不用他们过来。”

林哥也没强求，让他们过来还不知道会发生什么事儿。

过了一会儿，林哥出去买了点水果零食，又嘱咐了舒冬几句，直到中午才离开医院。

舒冬睡了很长时间，迷迷糊糊中听见病房传来一阵声响。

“你最近战斗力直线下降啊，打不了就跑，也不丢人。”陈辉把宋风送到病房。

“胜败乃兵家常事，你懂什么？”宋风躺到床上，腰刚挨着床，倒吸了一口凉气。

“活该，有能耐别叫，我看哪一次残废了就好了。”陈辉把床摇起来，让他半坐着，说得毫不留情。

“聒噪，赶紧滚回去吧。”宋风注意到旁边还躺着人，看样子是在睡觉。

陈辉愣了愣，停了两秒问：“风哥，聒噪的聒怎么写？”

宋风乐了，陈辉这脑子真不知道是什么构造。

“回去查字典，赶紧回去。”

“我不走，你待会儿不还得输液嘛。”陈辉坐在椅子上，往他背后垫了个枕头。

“趁着这会儿老师还没给家里打电话，你赶紧去拦一下，另外跟老头儿说我今天晚上住你家。”宋风说。

“那我等你扎上针再走。”陈辉还是不放心把宋风一个人扔在医院。

过了一会儿，护士过来给宋风吊上水，他立刻把陈辉赶回去了。

病房又安静下来，宋风无聊地坐着。他这次打架伤到了左手，现在打着石膏，右手也扎着针，没办法看手机，输的液体里有安眠的成分，没过一会儿他就困了。

舒冬慢慢翻了个身，她看着旁边熟悉的校服，眼前的脸和一个月前在学校公示栏前的少年渐渐重合……

他怎么会在这里？

舒冬目光停在他打石膏的左手上，看了好一会儿，不知不觉中沉沉地闭上了眼。

等舒冬再次醒来，旁边的人还在睡，但他的液体已经滴完了，而输液管里回了很多血，她看了看他不方便的手，连忙下床关了单向阀，然后按响了呼叫器。

听见细微的动静，宋风慢慢睁开了眼，等看清了软管里的血后，吓得他立即清醒了，他连忙去按呼叫器，这才发现身边站着的女孩。

“叫过了。”舒冬说。

“谢谢。”宋风看着她苍白的脸，有点不好意思，“你快回去躺着吧。”

舒冬没说话，默默回到了自己的病床上。

护士很快过来了，见怪不怪地帮宋风换了液体，又急匆匆地离开。

宋风这次不敢睡了，他看旁边的女孩也没睡，担心自己待会儿再睡着，就主动跟她聊了起来。

“你这是怎么了？”宋风侧了侧身。

舒冬没想到他会和她说话，她扭头：“肠胃炎，发烧。”

“年纪轻轻的怎么能不好好吃饭呢？”宋风平常话不多，尤其是对女生，但此刻莫名觉得这个女孩很合眼缘。

舒冬没回答他，而是看着他的手问：“你呢？”

宋风笑了笑：“打架……不是，见义勇为的时候不小心骨折了。”

“好学生也打架吗？”舒冬忽略他后面的话。

“你认识我？你也是一高的吗？”宋风问。

舒冬一愣，视线移开，缓缓摇了摇头：“我不念了。”

“哦。”宋风注意到了她的神情，没继续问。

只有两个人的急诊病房里，再次安静下来。

宋风看着自己的手，这次确实是见义勇为，回家路上看到有个同学被隔壁学校的欺负，他能不上前帮忙吗？

天渐渐黑了，旁边的女孩一直躺着，应该是睡着了，而一下午的时间，他没看到她任何亲戚朋友过来。

这时，宋风收到了陈辉的消息，问他吃什么。

宋风让陈辉带两份晚餐过来。

“来次医院饭量还变大了？”陈辉一进门就开始叽叽喳喳。

“小声点。”宋风说。

陈辉动作停住，看了看旁边的病床明白了，然后手动把自己的嘴拉上。

“没关系，你们聊。”舒冬头脑昏沉，一直是半睡半醒的。

“醒了？正好起来吃点东西。”宋风把其中一份晚餐递给她。

“不用了，我不饿。”舒冬坐起来，还是没胃口。

“你都生病了还不好好吃饭，算是谢你下午帮我。”宋风的手递着晚餐。

“真的不……”

“快点，我的手不舒服。”

舒冬这才接过来，然后低低地开口：“谢谢。”

陈辉看着这幅场景，脑袋转了几个弯儿，总算明白了怎么一回事：“真是谢谢妹妹替我照顾这残废兄弟了，包子是我妈蒸的，特别好吃，喜欢的话明天再给你们多带几个。”

“行了，快回去上课吧。”宋风嫌陈辉啰唆。

"晚自习我请假了。"陈辉说。

"请什么假？晚上我又没事，你要看着我睡觉吗？"宋风看着自家傻"儿子"，心情复杂。

陈辉想象着这个画面，莫名觉得诡异："用不用给你带两本书过来？"

"不用。"宋风说。

"那我回去了，有事打电话。"陈辉说。

"回学校上课，别去乱七八糟的地方。"宋风看着他说。

"知道了，啰唆。"陈辉头也不回地走了。

宋风笑了，没想到还会有被陈辉嫌弃啰唆的一天。

在医院住的这几天，宋风和舒冬渐渐熟了，但宋风始终没见过她的家人过来。这天上午，两人依旧吊着水聊天。

"你这样不耽误学习吗？"舒冬知道这几天晚上他疼得睡不着，第一天夜里还打了止痛针。

"学习，没那么重要。"宋风脸上的笑忽然浅了。

"很重要的。"舒冬看着他，眼神异常认真坚定。

"可是我没有选择。"宋风苦笑一声，眼里有遗憾，有不甘，还有沉重的妥协。

舒冬不明白他的意思，明明他的成绩那么好。

"你工作了吗？"宋风换了个话题。

"在一个文身店。"舒冬说。

"没看出来啊。"宋风笑了笑，有些意外，"不过你还这么小，以后有什么打算？"

"找家人。"舒冬想了想说。

"你没跟家人住一起吗？"宋风一时间没反应过来。

"养父母。"舒冬视线低垂。

她的话很简洁，但宋风还是明白了。联想到她辍学，还有这段时间始终一个人在医院，他心里突然很不是滋味。

"找到家人之后呢？"宋风相信她一定可以找到的。

"想读书。"舒冬说。

宋风依旧很意外，他笑了笑："一定可以实现的。"

"所以，你现在拥有的，是很多像我这样的人努力都追求不到的，况且你的成绩还那么好。"舒冬说。

两个人待在一起的这几天，这是宋风第一次见她说这么多话，他怎么会不知道她什么意思呢。

“我父亲过世了，家里就我和爷爷奶奶三个人，爷爷身体很不好，身边离不开人。”宋风不知道自己为什么会对一个陌生人说这些。

舒冬顿时愣住了，她看着眼前美好的少年，原来身上也有这么沉重的一面。

一时间，她什么都说不出口了。

“放心吧，我会好好学习的。”宋风笑了，看着她比他还伤心的样子，突然很想摸摸她的头。

又过了两天，他们一起出院了。

分别前，宋风让陈辉从老头儿书架上拿来三本书。

“送给你。”宋风笑着将书塞到她手里。

三本书，一本《唐诗宋词》，另外两本是《飘》和《面纱》。

舒冬本能地想拒绝，但她忍住了，感受着这份沉甸甸的重量，她笑着看向他：“谢谢你。”

“好好读书。”宋风如愿以偿地摸了摸她的头。

“你也是。”

“你工作的文身店在哪儿？有空去照顾下你的生意。”

“柳巷。”

医院大门外，他们挥手道别，迎着光朝相反的方向离去。

三年后，舒冬看着街角的网吧，看着柳树旁那个熟悉的少年，还有床头诗词里那些密密麻麻的注释……

她的眼睛突然酸得想流泪。

“你不该在这里的。”

“没有那么多该不该，我认真学习了，我不后悔。”

“你的学业呢？”

“有很多比学习更重要的事，无论在哪里梦想都不会被辜负，虽然我们很平凡，但不妨碍我们渺小又盛大。”

— 全文完 —